U0488989

本書爲

全國高等院校古籍整理研究工作委員會

上海大學211工程第三期項目『轉型期中國的民間文化生態』

資助項目

乾嘉名家別集叢刊

張寅彭●主編

王曇詩文集

鄭幸 點校

人民文學出版社

圖書在版編目(CIP)數據

王曇詩文集/(清)王曇著;鄭幸點校.—北京:人民文學出版社,2012
(乾嘉名家别集叢刊)
ISBN 978-7-02-008975-8

Ⅰ.①王… Ⅱ.①王…②鄭… Ⅲ.①古典集歌—詩集—中國—清代②古典散文—散文集—中國—清代 Ⅳ.①I214.92

中國版本圖書館 CIP 數據核字(2012)第 018395 號

責任編輯　周絢隆
裝幀設計　柳　泉
責任印製　李　博

出版發行　人民文學出版社
社　　址　北京市朝内大街 166 號
郵政編碼　100705
網　　址　http://www.rw-cn.com

印　　刷　北京天來印務有限公司
經　　銷　全國新華書店等

字　　數　408 千字
開　　本　880 毫米×1230 毫米　1/32
印　　張　16.375　插頁 2
印　　數　1—3000
版　　次　2014 年 5 月北京第 1 版
印　　次　2014 年 5 月第 1 次印刷

書　　號　978-7-02-008975-8
定　　價　65.00 圓

如有印裝質量問題,請與本社圖書銷售中心調換。電話:01065233595

乾嘉名家别集叢刊總序

張寅彭

歷史概而言之，就是由時間貫穿起來的人和事件。文學則是用凝聚和刻畫的特有方式來呈現歷史的一種形式。而對於歷史也好文學也好，感受和認識反過來又需要時間。例如唐代文學的價值，就是在當代人和宋明以後人持續的感受中被認識的；宋代文學的特徵，也是在當代人及明清以後人的贊成與反對中逐漸被廓清的。明清文學的被認知歷程自然應該也是如此。惟距今時間尚不遠（尤其是清代文學），故對其面貌和性質的認識，目前仍還處在探究的過程之中，尚未達成如同唐宋文學那樣的共識程度。當然，如從根本上來說，對於文學和歷史的體認，又總是不可能窮盡的，永無停止的那一刻。

此次編纂『乾嘉名家别集叢刊』，就是嘗試認識清代文學特徵的一次新的努力。

清代文學由於距今較近，較多地受到諸如晚清以來所謂『新學』的影響〔一〕，以及西式生活方式流行等現實因素的干擾，一直並非正常地處於主流研究及普偏閱讀的邊緣。在諸種體例中，小說、戲曲等或以俗文學之故，尚能稍受優待，詩、文等正統樣式則最為新派人士所排擊，如『桐城派』、『同光體』

〔一〕民國以來學者多視清代學術為高峰，文學為小丘。其論最典型和影響最大者，莫如梁啟超《清代學術概論》，其有云：『清代學術在中國學術史上價值極大，清代文藝美術在中國文藝史美術史上價值極微，此吾所敢昌言也。』

等文、詩派別，多被置於負面的地位，誤會至今未能盡去。直至近三十年，對於清代詩文的正面研究，方才漸次開展。

如再就詩、文之體進一步細究之，則清初和晚清兩個時期之作，以能反映家國變故、社會動盪的緣故，其遇又稍優。惟中葉乾隆、嘉慶兩朝，或又以『國家幸』之故，作為文學時期反而最受漠視，詩、文作家能被新派文學觀詮釋的，可謂寥若晨星。故今欲研究有清一代之詩文，宜其從世人相對較為陌生的乾嘉時期入手乎？

乾隆朝歷六十年，嘉慶朝歷二十五年，前後凡八十五年，約占全部清代歷史的三分之一。這是中國傳統社會的最後一個盛世。此後歐西文明長驅直入，中華文明遂不復純粹矣〔二〕。作為文學創作的外在生成環境，這一『傳統盛世殿軍』的特殊性質，使得乾嘉時期文學最後一次從內容趣味到技法形式仍然整體地保持着傳統樣色，其內在所有的發展變化，都仍屬固有範疇內部之事。而在這一點上，詩、文以其正統性，較之其他體例顯示得尤為典型。這個最大的時代社會性質最終投射予文學的影響，不論是積極的還是消極的，無疑都是最值得關注的。它使乾嘉詩文而不是此後的道咸同光文學，平添上文學史最近一塊『化石』的意義。

另一個方面，與此義形同悖論的是：事實上國家的幸與不幸，對文學的好壞又並不具有決定的意義。文學寫作是個人之事，文學作品的價值最終取決於作者個人。詩人的至情至性，無論『幸』與

〔二〕此用余英時之說。見其《試論中國文化的重建問題》等文。

『不幸』，才更關乎作品的成敗。而國家的盛衰與否，反而是退居其次的因素。在現實層面上，國家幸，詩人也可以不幸； 而詩人又可能將現實的『不幸』，轉換超越為文學的『幸』，這才是永恒的。這也才可以解釋堪稱中國文學最上品之一的《紅樓夢》何以產生於此一盛世時期的事實。本時期袁枚、汪中、黃景仁等詩家文家的現象，莫不如是。縱覽全清一代詩史，前期的錢謙益、吳偉業、王士禛，以及後期的龔自珍、鄭珍、陳三立，也莫不如是〔一〕。

這一個末期盛世的詩、文作品數量和作者數量，如以迄今容量仍為最大且最具一代整體之觀的詩文總集《晚晴簃詩匯》和《清文匯》為據，作者即已達一千七百餘家之多，詩七千六百餘首，文近二千篇〔二〕，比例占到四分之一以上。而實際的總數目，按照柯愈春《清人詩文集總目提要》的著錄，乾隆朝詩文家達四千二百餘人，詩文集近五千種； 嘉慶朝詩文家一千三百八十餘人，詩文集近一千五百種。這是目前最为確切的統計了〔三〕。這個龐大的數量表明其時詩文寫作風氣

〔一〕蔣寅曾提出一個清代最傑出詩人的十人名單： 錢謙益、吳偉業、施閏章、屈大均、王士禛、袁枚、趙翼、黃景仁、黎簡、龔自珍（見其《清代文學的特徵、分期及歷史地位》一文，載其《清代文學論稿》）。余則稍有不同： 前期牧齋、梅村、漁洋外，中期隨園、籜石齋、兩當軒，晚期定庵、巢經巢，末期散原、海藏，亦為十人。説詳另文。

〔二〕徐世昌輯《晚晴簃詩匯》約從卷七十至卷一一二為乾隆時期，錄詩人一千二百餘家，卷一一三至卷一二九為嘉慶時期，錄詩人五百五十餘家。此據正文統計，原目人數標示有誤。又沈粹芬等輯《清文匯》，乙集七十卷錄乾嘉兩朝作者四百八十餘家，文一千九百六十餘篇，今以作者詩、文往往兼善，故不重複統計。

〔三〕參見柯愈春《清人詩文集總目提要》（二〇〇一年北京古籍出版社）。

的普及，應該是不在話下的〔一〕。

普及之餘方有精彩多樣可期。此時論詩有『格調』、『性靈』、『肌理』諸説並起，論文有桐城派創為『義理、考據、辭章』之説，駢文亦重起文、筆之爭，一時蔚為大觀。更有一奇文《乾嘉詩壇點將錄》，將並世近一百五十位詩人月旦論次，分別短長重輕，結為一體，雖語似遊戲，然差可抵作一部當代詩的史綱。此文今署舒位作，實乃其與陳文述等多人討論之作也〔二〕。凡此皆屬未及染上道光以後新習之見識，宜成為現代閱讀及研究的基礎。

本叢書第一輯所選各家，驗之《點將錄》，如畢沅為『玉麒麟盧俊義』，錢載為『智多星吳用』，王昶為『入雲龍公孫勝』，法式善為『神機軍師朱武』，彭兆蓀為『金槍手徐寧』，楊芳燦為『撲天雕李應』，孫原湘為『病尉遲孫立』，王曇為『黑旋風李逵』，郭麐為『浪子燕青』，王文治為『病關索楊雄』，皆為天罡或地煞首座；惟王又曾未入榜，則又可見此文或亦不無疏失矣。

上述十餘位，加上此前已為今人整理者如袁枚（及時雨宋江）、蔣士銓（大刀手關勝）、趙翼（霹靂火秦明）等所謂『三大家』，以及黃景仁（行者武松）、洪亮吉（花和尚魯智深）、舒位（沒羽箭張清）、張問陶（青面獸楊志）等人，庶幾形成一規模，可為今日閱讀研究乾嘉詩文者提供一批基本的文獻。而為避免重複出版，袁枚等遂不再闌入，非未之及也。

〔一〕袁枚《隨園詩話》十六卷，錄詩人近二千家，對當年作詩普及的現象，更有直接的記載。

〔二〕詳見拙文《汪辟疆〈光宣詩壇點將錄〉與晚清民國舊體詩壇》。

整理標準則以點校為主。底本擇善而從，如彭兆蓀《小謨觴館集》取有注本等。無善本者則重編之，如畢沅有詩集無文集，其文則須重輯之；王文治亦無文集，今取其《快雨堂題跋》代之；王曇集別本甚夥，此次不僅諸本互勘，且考訂編年，斟酌補入，彙為一本；諸如此類。同一家之詩、文集，視其篇幅，或合刊，或分刊。各家並附以年譜、評論等資料，用便研讀者參看。其他校勘細則，依各集情形而定，分别弁於各集卷首。

乾嘉時期，詩文名家衆多，至於第二輯的繼續整理出版，則請俟來日。

作於上海大學清民詩文研究中心

前　言

王曇，後改名良士，字仲瞿，號瓶山，又號秋涇生。秀水（今浙江嘉興）人。其人才華橫溢，性情尚奇，然經歷坎坷，一生鬱鬱不得志。至所爲詩文，則縱橫揮灑、奇氣鬱勃，既繼承了『性靈』詩派重情率性的特點，又能自出機杼，別創一格。時人法式善曾作《三君詠》，將其與舒位、孫原湘并稱舉，可說較爲允當地點出了其在乾嘉詩壇上的地位。

一

乾隆二十五年庚辰（一七六〇），仲瞿出生於秀水杉青。其家與後來官至户部尚書的王際華同族，而外祖金夏峰先生亦爲乾隆朝進士，故家境當屬優良。仲瞿在這種良好的家族環境中成長，四歲就能識千字，讀書則過目不忘，顯得聰穎過人，時有神童之目。少年時興趣廣泛，於經史文章之外，還喜歡騎射、遊俠等武事。龔自珍曾提及，仲瞿少年時曾跟隨蒙古喇嘛學習掌中雷法（龔自珍《定盦全集·續集》卷四《王仲瞿墓表銘》），其愛好之奇，可見一斑。

乾隆四十三年（一七七八），十九歲的仲瞿來到紹興，讀書於外祖父紹郡學舍之中，次年前往北京補國子監生。赴京途中，與金兆燕、羅聘等文壇老輩結識。及抵京，寓族祖王際華發祥坊舊宅。王際華曾受命總裁《四庫全書》，故府中書籍甚多。仲瞿來居後，幾杜門不出，潛心研讀四庫典籍，如是者數年，遂於兵、農、禮、樂、天官、河渠，旁及百家藝術之書，無不精通。其時舒位也於乾隆四十七年（一七八二）從廣西入京，後娶仲瞿姨母金氏，兩家往來漸密。至乾隆五十二年（一七八七），仲瞿返浙。後數年中，則常偕三五好友往來於嘉興、蘇州、杭州、紹興等地，詩酒文會，無日不歡。乾隆五十八年（一七九三）曾入江寧知府李堯棟幕，寓居金陵有日。時與袁枚、吳錫麒、唐仁埴等人游，所作詩文，曾得袁枚稱許。

乾隆五十九年（一七九四）秋，仲瞿中浙江鄉試第十八名。所作闈墨，同年梁章鉅稱有『傲兀之概』，一時膾炙人口，婢女亦能誦之。此後兩與會試，皆薦而不中，意不自聊，幾欲改行爲醫。人以其喜談兵，薦入軍幕中，遂於嘉慶元年（一七九六）隨軍赴河北、吉林一帶，遠至長白山。後因岳翁去世而倉促南歸，攜家室居於蘇州。

嘉慶四年（一七九九），仲瞿遭受了人生中最大的一場變故。是年，清仁宗親政，和珅下獄，政局大變。仲瞿鄉試座主吳省欽因與和珅交好，懼累及自身，故思以微罪避禍。恰逢白蓮教事起，省欽遂上疏薦士數人，其中於仲瞿則稱能作气按掌，可辟易多人。仁宗見疏，斥爲不經之言，遂罷省欽之官。時雖未罪及仲瞿，而仲瞿終以是受累。自此場屋中相戒不錄其文，凡揣測某卷似仲瞿文字者，必不中。蓋仲瞿文風奇麗，極易識別，又不肯稍稍貶損，見者輒能辨之。後雖改名良士，而不錄如故。自嘉慶四年至二十二年，凡七與會試，皆名落孫山。期間家道亦逐漸中落，生計日窘，雖遠求幕穀於山東、陝西一帶，而仍經常陷入窮困潦倒、祈求資助的境況。這種仕途、生活上的不如意，使得仲瞿的性格顯得愈加狂放怪僻。龔自珍曾描述其晚年生活云：『君亦自問已矣，乃益放縱。每會談，大聲叫呼，如百千鬼神、奇禽怪獸，挾風雨水火雷電而下上，座客逡巡引去，其一二留者偶隱几，君猶手足舞不止。以故大江之南、大河之北，南至閩粤，北至山海關、熱河，販夫騶卒，皆知王舉人。言王舉人，或齒相擊，如譚龍蛇、説虎豹。』（龔自珍《定盦全集·續集》卷四《王仲瞿墓表銘》）這段描述雖略顯誇張，卻形象地説明了仲瞿與衆不同的怪僻性格。

而在這往返應試、客幕他鄉的十餘年中，除了與姨丈舒位頻繁往來之外，仲瞿又陸續結交了孫原湘、席世昌、宋翔鳳、法式善、趙翼、龔自珍、陳文述、趙懷玉、唐仲冕、潘奕雋等人，往來倡和，在文壇上逐漸有了一定影響。嘉慶八年（一八〇三），法式善推仲瞿、舒位、孫原湘爲『三君』，與此前袁枚、蔣士銓、趙翼這『乾隆三家』相呼應，使得一時人皆知仲瞿之文名。嘉慶二十一年（一八一六）十一月，仲瞿走訪龔自珍於滬上，留居其叔父署中一月，與署中鈕樹玉、何元錫等人相與討論學問不輟。旋還杭州，於嘉慶二十二年（一八一七）八月初一日卒於杭州西馬塍之紅柏山莊，年五十八歲。龔自珍爲助其葬。

仲瞿初娶嘉興朱樨香，復納側室錢畹。朱氏早卒，仲瞿乃於乾隆五十九年入贅山陰金氏。金氏名禮嬴，字雲門，號五雲。精繪事，工界畫人物，近劉松年、趙千里、仇實父諸家。亦能詩，有《秋紅丈室遺詩》。嘉慶十二年（一八〇七）先卒，年三十六。子一，錢出，名人樹，小名善才，亦穎秀能詩。

二

關於仲瞿詩歌的特點，清人宋咸熙《耐冷譚》有『全爲自己寫照』的評價。此語雖係針對仲瞿《落花詩》而發，卻頗能切中肯綮。故則杰師《清詩史》亦稱仲瞿詩歌『以感慨個人身世爲重要主題』，可謂定評。當然確切地說，以此來評價仲瞿中年以後詩作似更爲妥貼。在嘉慶四年吳省欽案之前，仲瞿的生活總體而言還是比較如意的。後遭省欽案打擊，又於仕宦一途屢受挫折，人生才逐漸陷入低谷。在此之前，仲瞿尚有少量早期詩作，呈現出與中後期詩作不同的面貌。

仲瞿早期詩作主要保存在鈔本《煙霞萬古樓詩錄》卷一之中，其中不少未見於通行刻本。這部分詩作以描寫日常生活爲主，如《秋涇夜櫂行》、《南湖船》等作，語調閒適，辭風清麗，表現了作者安嫻的生活狀態。此外尚有不少懷古、詠史之作，如《登鐵甕城》、《讀後漢書畢并題黨錮傳後》、《讀宋史》等，正體現了詩人『恃才放縱，議論俶詭』的特點（語見郭麐《靈芬館續詩話》卷六）。值得一提的是，卷一最後有未見於刻本的《隨園》組詩八首，對袁枚的創作、性情、地位、影響都作了非常中肯的評價。如其四『結集自知傳世易，忌才人要殺公難。中年名大官場熱，老去山游世路寬』，其五『聖於詩處是聰明，成就詩流好性情。開卷文章驚濶大，與人言語近和平』、其六『呼朋助寂難禁雜，諛墓多金不厭誣』等語，越數百年而觀之，真覺此乃定評。從詩意推斷，其時袁枚當仍在世。仲瞿在袁枚生前作此等暢快評語，則其人之眼光與性情，亦可略見一斑。由此觀之，仲瞿之被稱有『性靈』之風，亦不誣矣。

至屢躓於科場之後，仲瞿詩中自憐自怨之情便逐漸濃厚起來。如著名的《落花詩》四首，以落花自比，唱出『殺花聲裏坐消磨』、『如此飄零怨也遲』的感傷之調。這種感傷到了稍後的《住穀城之明日謹以斗酒牛膏合琵琶三十二弦致祭於西楚霸王之墓》中，更是化爲滿腔悲憤。詩共三首，尤以第一首最爲後人稱道。詩云：『江東餘子老王郎，來抱琵琶哭大王。如我文章遭鬼擊，嗟渠身首竟天亡。誰刪本紀翻遷史，誤讀兵書負項梁。留部瓠蘆漢書在，英雄成敗太淒涼。』此詩名曰哭項羽，實爲傷自身，且這種沉慟哀涼之感，竟表現得如此強烈。最後一句『英雄成敗太淒涼』，更憤怒卻又無奈地道出了個人在面對現實和命運巨大支配力量時的無力。所謂借他人之酒杯，澆胸中之塊壘，至此可謂發揮到了極致。詩作於仲瞿四十三歲赴京會試途中，面對即將到來的科試，竟毫無希望之辭，這種痛苦也可謂是深入骨髓了。

個人遭際的不公，當然是仲瞿詩中悲憤之情的原因，但從另一個角度來看，也是因爲仲瞿是一個感情極其豐富，對人生的苦和樂有着極其強烈的感受和體會的人。一個很重要的表現，就是集中有大量關愛與同情女性的作品。無論是悼念亡妻的《鶴市詩四十二首於虎丘之盈盈一水樓作》，還是爲古代女性翻案、祭悼的《隋蕭愍后哀文》、《遼懿德蕭后哀文》，都表露了仲瞿的多情和敏感。而他個性中狂放不羈的成份，則使他在感情受挫後，容易以一種尖鋭和抵觸的姿態来面對這個世界。然而令人傷感的是，這樣一種姿態，無力顛覆傳統價值標準加在他身上的束縛。儘管仲瞿不時流露出對朝廷、仕宦的失望和厭倦，卻仍然無法擺脱内心對功名的渴望，以至一生沉淪於科場仕途。一方面，舊的價值體系、晋升渠道尚未崩潰；另一方面，隨着政治的腐敗，這種體系能給予普通文人的空間又越來越狹窄。這種矛盾和痛苦，實在是一種無解的絕望。與仲瞿同時的黄景仁、舒位，都遭受着同樣的痛苦。因此，他們詩中所極力表達的，實是對這個時代的悲憤之音，只是或許他們并不自知而已。

除了強烈的身世之感外，仲瞿詩歌最大的特點當屬『奇』。陳文述稱『君詩奇於雪車冰柱之劉叉』（《頤道堂詩選》卷十五《哭王仲瞿》），又稱其『所爲詩文不循恒蹊，海内識與不識，皆曰奇才』（《頤道堂文鈔》卷八《王仲瞿墓誌》），正是將仲瞿詩文的特點定位在『奇』上。舒位在《乾嘉詩壇點將錄》中將其比作『黑旋風李逵』，認爲其詩『牛而鐵，風則黑，突如其來，學萬人敵』，他所強調的，也正是仲瞿詩作奇崛剛勇的特點。此外如孫原湘、龔自珍、錢泳等一干好友，無不視仲瞿爲詩界奇才。這種『奇』，一方面得益於仲瞿的多才多藝、博聞廣識，另一方面也源於惡劣的環境遭際，使其心中不平之氣無從消解，最終化爲筆下奇詭怪譎的文字。而好騎射、喜遊俠的性格特點，又爲這種『奇』平添了幾許粗豪之氣，有時甚至會滑落到粗疏的境地中去。

值得一提的是，仲瞿詩文中『奇』的特質，也是他自覺追求的結果。其《煙霞萬古樓結集自序》中曾廣引前人之語，如『文豈有常體，丈夫何至因循寄人籬下』、『文章須自出機杼，成一家風骨』等，以此來表明自己對文學創作的態度，即當絕去依傍，別創一格。而其最終的表現形式，則是仲瞿式的『奇』。這種創作態度，很明顯受到了袁枚的影響。仲瞿早年曾游於袁枚門下，而『性靈』詩論中強調真性情、反對因循守舊的特質，不僅與仲瞿本人天性頗合，也進一步影響了他的創作觀念。從這個角度看，後人將仲瞿視爲『性靈』派餘緒，是不無道理的。當然仲瞿繼承的是『性靈』之神，而非其貌。他那奇崛怪肆的創作風格，與袁枚信手拈來般的巧妙靈動，表面上看來還是相去甚遠，骨子裏卻是一樣的自抒情性、別具一格。

仲瞿生前嘗有散體、駢體文各六卷，但散體未見傳世。事實上，其更爲時人稱道的也是駢體文。龔自珍稱其文能『一往三復，情繁而聲長』，孫原湘則稱『其文章可以凌駕百代，牢籠萬物』，仲瞿自己亦屢次提及所作闈墨得時人傳誦不已，以至於吳仰賢《小匏庵詩話》有『生平文勝於詩』的評價。按仲瞿之文現存六卷四十餘篇，其中最具代表性的當屬卷一、卷二的廟碑文與哀文，其中包括稱名於時的

《穀城西楚霸王墓碑》，竇光鼐即有『二千餘年以來無此手筆』的評語。在這些文章中，仲瞿將自己的身世之感、歷史之思有機融合到四六之體中去，使文章格局開闊、氣韻沉博。而仲瞿尚奇的審美傾向，加上駢文特有的格調形式，又使文章呈現出氣勢奇雄、聲韻流麗的特點。故孫原湘稱其文『瑰偉瓌麗，忽莊忽騷，若正論，若游戲，由其才大氣盛，噴薄而出』（《天眞閣集》卷四十一《王仲瞿煙霞萬古樓集序》），確爲知己之論。

仲瞿一生著述甚富，範圍涉及經、史、子、集各個領域，可謂多才多藝。據其《虎丘山穸室志》一文記載，所作除前及詩歌、駢文之外，尚有《西夏書》、《讀竺貫華》、《鴻範五事官人書》、《歷代神史》、《居今稽古之錄》、《隨園金石考》、《繙帑集》、《魚龍爨傳奇》、《遼蕭皇后十香傳奇》各若干卷；錢泳《煙霞萬古樓文集序》又補充《經解》三卷、《史論》三卷、《傳家六法》一卷、《歸農樂傳奇》九齣、《玉鉤洞天傳奇》四十八齣、《萬花緣傳奇》四十八齣。此外，其在書畫方面亦頗有造詣，舒位即曾贊曰『大有法』（《瓶水齋詩集》卷十一《與仲瞿論畫十五首并示雲門》）。然而遺憾的是，這些作品均未能流傳後世；即便是詩文，也只是保存了其中的一小部分而已。

三

據錢泳序文記載，仲瞿詩文原稿共四十四卷，包括『散體六卷、四六文六卷、本集十六卷、外集十六卷』。今刊刻行世的，僅有《煙霞萬古樓文集》六卷、《煙霞萬古樓詩選》二卷、《煙霞萬古樓詩殘稿》一卷以及《仲瞿詩錄》一卷。此外尚有數種以鈔本形式流傳的詩集，可作補遺。

《煙霞萬古樓文集》六卷最早刊行於仲瞿生前，亦即嘉慶二十一年十月仲瞿自刻本，今已難覓蹤跡。錢泳曾於道光十八年夏獲得此本書版，爲之增刻并作序（此本上海圖書館有藏，以下簡稱錢本）。後陳文述於道光二十年，再次增刻，補其缺佚，并作序道其顛末。今上海古籍出版社《續修四庫全書》所用底本，即陳文述增刻之本（此本上海辭書出版社圖書館有藏，以下簡稱陳本）。此外，文集的主要版本尚有光緒元年據錢本重刊的伍紹棠《粵雅堂叢書》本、光緒間張鳴珂據陳本重刊的巾箱本。刻本之外，上海圖書館尚有一鈔本頗具參考價值。此本篇目較陳本尚多出三篇，且補足了錢本、陳本均殘缺的《爲師禹門刺史送琴師張燮堂道士入東磊山序》，顯然另有所據。又《文集》云有稿本六卷，藏於北京大學圖書館，然經筆者目驗，實爲鈔本，且較刻本晚出。

仲瞿詩集原有至少十餘卷，現存各本收詩數量不一，然均非全帙。諸本中，刊行最早的爲《煙霞萬古樓詩選》二卷，係陳文述子婦汪端所選，初刊於道光二十年秋。此本今已罕見，筆者亦未能寓目。後上海徐渭仁於咸豐元年前後重刻此本，收入《春暉堂叢書》中。後又由伍紹棠重刊，同《仲瞿詩錄》（詳下）、《煙霞萬古樓文集》一起收入《粵雅堂叢書》。此外，上海圖書館尚藏有《煙霞萬古樓詩選》鈔本一種，係葉恭綽之父葉佩含手鈔之本。此本個別詩篇內容與刻本小異，如卷一《桃花菴詩》即較刻本多出兩首，似別有所據。

較《煙霞萬古樓詩選》更爲重要且稀見的，當屬咸豐元年張鳴珂所鈔《煙霞萬古樓詩錄》六卷本（今藏南京圖書館）。此本係據張氏之婿嚴少春所藏《煙霞萬古樓未刻詩》十餘卷所選鈔，存詩五百四十餘首，是現存諸本中保存詩歌數量最多的。集中包含了《煙霞萬古樓詩選》的所有詩作，可知當同出一源。然因從未刊行，研究者多未寓目，故在論及仲瞿詩歌時，皆未徵引利用。筆者借此番整理之機，將此六卷鈔本悉數錄出，相信此集對全面瞭解仲瞿之生平、創作，定能有一定的助益。

在上述二種詩集之外，尚有三種輯佚之集。一是《仲瞿詩錄》一卷，係徐渭仁從舒位、陳文述等人作品中輯佚所得，於咸豐元年與《煙霞萬古樓詩選》重刻本同時刊行，收入《春暉堂叢書》中。此外尚有伍紹棠《粵雅堂叢書》本。二是《煙霞萬古樓殘稿》一卷，係張鳴珂於光緒二十六年據范雯茁所藏仲瞿手稿一冊刊行，後又有民國二年有正書局鉛印本。此集收錄仲瞿乾隆五十三年至五十五年間的早期作品，大部分爲其他各本所未見，殊爲難得。三是嘉興市圖書館所藏《煙霞萬古樓詩佚稿》鈔本一卷。據卷末陸祖穀跋語，可知係陸氏據仲瞿舊戚嚴氏原鈔本過錄之副本（原鈔本今已佚）。按所謂『嚴氏』，疑即張鳴珂曾提及的『嚴少春』，姑存疑俟考。集中所錄仲瞿詩作或未見於刻本，或與刻本有文字出入，頗具校勘價值。

此外，筆者又於他書中輯得仲瞿佚作若干，作爲附錄附於集後。另編有《王曇年譜簡編》、《王曇資料簡編》等一并附於集後，以供讀者參考。

本書在整理過程中，曾得上海圖書館梁穎先生、復旦大學圖書館王亮先生、上海辭書出版社圖書館華蕾女士指點版本問題，同時也得到了南京圖書館、嘉興圖書館工作人員的熱情協助，在此致以真誠的謝意。筆者學養有限，才力疏淺，謬誤疏漏，必所難免。希海內外方家學者，予以匡助爲感。

例言

一、仲瞿詩集，以南京圖書館藏鈔本《煙霞萬古樓詩録》六卷（簡稱《詩録》）最稱完備。今以此爲底本，别取《煙霞萬古樓詩選》二卷（簡稱《詩選》）、《仲瞿詩録》一卷、《煙霞萬古樓詩殘稿》一卷（簡稱《殘稿》）、《煙霞萬古樓詩佚稿》一卷（簡稱《佚稿》）依次校勘，剔其重出，補其闕遺，新成一集，總題《煙霞萬古樓詩集》。其間增删同異，俱以校記説明。各集原有序跋，則統置於卷首或卷末。

一、《詩集》編次，大體仍依《詩録》，以年代先後爲序。未見於《詩録》者，則略考其編年，結合原集編次，依次插入；編年不可考者，則附於集末。

一、《詩集》諸校本中，以《詩選》二卷流傳最廣，版本亦多。有徐渭仁刻《春暉堂叢書》本（簡稱『徐本』）、伍紹棠刻《粤雅堂叢書》本（簡稱『伍本』）及上海圖書館藏葉佩含鈔本（簡稱『葉本』），各有異同，今悉取以校勘。

一、《詩集》其他校本，《仲瞿詩録》取《春暉堂叢書》本，《殘稿》取光緒二十六年張鳴珂刻本，《佚稿》則取僅有之嘉興圖書館藏鈔本，以作校勘。

一、《煙霞萬古樓文集》六卷，以陳文述道光二十年增刻本爲底本（簡稱『陳本』），校以錢泳道光十八年增刻本（簡稱『錢本』）、上海圖書館藏鈔本（簡稱『鈔本』），參校以光緒元年據錢本重刊的伍紹棠《粤雅堂叢書》本（簡稱『伍本』）、光緒間張鳴珂據陳本重刊的巾箱本（簡稱『張本』）。

一、集末附錄，分爲《秋紅丈室遺詩》、《生平資料彙編》、《前人評騭》、《王曇年譜簡編》四部分，以供讀者參考。

一、文中古今字、通假字、異體字、俗體字等，視不同情況，或予保留，或改成通行繁體字，不出校記。明顯的版刻、刷印訛誤，如『已』、『己』、『巳』等，凡可根據上下文斷定是非者，亦徑改，不出校記。

一、文中避諱字一般改回，個別視今日通行程度，酌情予以保留，如『邱』之用於姓等。缺筆字則補足筆劃。

一、文中原有缺字，或因印刷及蟲蛀而間有奪字者，均以『□』代替。

目錄

卷二

卷三

卷四

卷五

卷六

跋

煙霞萬古樓文集

卷一

卷二

卷三

卷四

卷五

卷六

集外詩文

附錄

王曇自序〔一〕

《太玄》之草成，而劉歆欲覆醬瓿；《三都》之賦出，而士衡欲蓋酒甕。同是時也，桓譚以爲絕倫，張華爲之紙貴。豈文無定體〔二〕，嗜痂者有異癖，嬖眇者多一目歟？李百藥曰：『文章者，性情之風標，神明之律呂也。』張融自序曰：『吾文章之體，多爲世人所驚。』又曰：『文豈有常體，丈夫何至因循寄人籬下？』裴子野論文曰：『人皆成於手，吾獨成於心。』北齊祖瑩亦語人曰：『文章須自出機杼，成一家風骨，何能共人生活哉！』讀劉勰之《雕龍》，不如通摯虞之《流別》；讀鍾嶸之《詩品》，不如追韓嬰之傳説。見其委海若天吴，見其原岷觴積石。統四千年之文爲一文觀，合四千年之詩爲一詩釋〔三〕，而古今詩與文之正變，洞然胸中矣。法律一新，如曹參守蕭何之文；旌旗一變，如光弼將子儀之軍。非謂師涓奏樂，必造新聲；徐摛作文，不拘舊體也。或曰延年隘薄，靈運空疎，爲之奈何？曰此不盡讀天下之書與詩文〔四〕，而漫然操觚之謂也。漢郭憲、王嘉全搆虛辭，孟堅所以致譏，張華爲之絕倒〔五〕。《抱朴子》所謂『懷空抱虛，有似蜀人葫蘆』之喻乎。南史氏曰：『文章容易逋峭難。』又曰：『文章不斌媚，正如疥駱駝。』今世之勉力宏詞者，班馬奇字，白孔陳羹；華林類苑，疊韻雙聲。驟焉而蘇綽《大誥》，忽然而王莽金縢。著《淵通》以擬《道德》〔六〕，仿《太玄》而作《測靈》〔七〕。以艱深文其淺陋，以奇險幸其功名。揚雄以爲嘵嘵之學，繡其鞶帨而目之爲翰林主人者，非也。亦有好事焉者，鑄賈島而拜，像東坡而祀。蜜膏飲杜少陵之灰〔八〕，遍體刺白香山之字。老兵之貌中郎，優孟之學期思。高冠大屐而自居某一家之詩與文者，悖矣！氣，水也；言，浮物也。袁先生曰：『重而能行，乘萬斛舟；重而不行，猴騎土牛。』水浮而物之浮者大小畢浮，不然，而任昉、沈約結其集，魏收、邢邵爲之偷，斯文之末流也。鼻馬頰牛之論，中軍聽之而生爭；搗虀嗽杵之談，洗馬思之而成病。則又斯文之魔業、翰墨之魔境。至若宏通碩彦、經師大儒，鄭玄之文，通人不取，溫公之筆，四六不能。此不可以辭章律之者，其經濟大也。樂旨、潘詞，廣談、虞筆，二千年以下兼而有之者，繄何難哉？

予髫幼成文，中年萬里，經史爛於胸中，雲山亂於脚底，自以爲才學識皆當有也〔九〕。乃志功名，急經濟。遭臺官之禍，纂述之成書者，經史之論辨者，樂府之未諧宫商，金石之未付雕鐫者，吴中郡縣官持抱以去，而摯仲治半生之文書蕩然矣。并非關通丁謂之書，而概與一燒；亦不借重洪喬之寄，而投之江底。此砥柱之沉災，榮宫之火洗。當時也，郭子横之救火，任文公之逃水，何暇計及著與撰之存焉否耶。幸而王陽疐道，險路求生；韓愈華山，危途獲濟。或藏之殷浩手巾，或寄之王恭如意。主人《莊子》，僅留《漁父》殘篇；中書《孝經》，惟剩王混摘句。抑不啻嵩山蝌斗之文，顯節陵中之蠹也已。竊惟彦章死豹，名以皮留；楚國神龜，生以骨貴。而乃陸澄著述，力已倦於經年；任昉屬辭，才將盡於晚歲。五行志少，尚可暗抄；三篋書亡，多難默背。憶當日十吏環書，五題岔集。門庭藩溷，盡是賦才；户牖門牆，無非刀筆。沉慮而王充爲之氣衰，苦思而桓譚爲之感疾。見楊汝士『蘭亭』『金谷』，元白無詩；聞孟浩然『疎雨微雲』，中書罷唱。議《禮經》則白虎堂中，講《論語》則金華殿上，何其壯也。無谷子雲之筆，而空有樂令之口；無揚子雲之才，而徒有光庭之手。開頃刻之花，造逡巡之酒。斯文之道，有《急就章》乎？蘇明允之詩，衹有廿篇；杜子美之賦，不過十首。片羽苟重其吉光，千金可享其敝帚。僕今年四十五歲矣！前不遇古，後不遇今。死不見峴首沈碑，英雄墮淚；生不見阿難結集，活佛傷心。李旭曰：『文章之事不足傳於後世。』蕭恭亦曰：『千秋而後，亦復誰能傳此？』嗚乎！未爲傖父，已笑衙官；纔讀《離騷》，便稱名士。劉季緒才非一世，偏能詆毀文章；徐孝穆一代傳人，未嘗譏訶作者。留達生廿四首丈人之集，娱我餘年；傳枚皋數十篇必不可讀之文，自傷娸詆。哀我文者，亦庶幾諟我言而恕我狂也。〔一〇〕

【校記】

〔一〕此文見《文集》錢本卷五，題作《煙霞萬古樓結集自序》，列於《重修潮海寺啓》之後；此外，又分別見於《文集》陳本卷首、《詩選》卷首，内容基本一致。今以弁之全集卷首，以爲總序。

〔二〕『體』，《詩選》各本作『評』。

〔三〕『爲』，《詩選》各本作『作』。

〔四〕『曰此』，《詩選》各本作『曰此乃』。

〔五〕『張華』，《詩選》各本作『子玄』。

〔六〕『擬』，《詩選》各本作『仿』。

〔七〕『仿』，《詩選》各本作『擬』。

〔八〕『蜜』，《詩選》各本作『密』。

〔九〕『才學識』，《詩選》各本後多『三者』。又鈔本天頭有朱筆校語：『當，疑是富字。』

〔一〇〕《詩選》各本末有『仲瞿自序』四字。

孫原湘序〔一〕

天之生才不數，生奇才尤不數。積日星河嶽之氣，百年而一生。生矣或遇或不遇，天似不能無厚薄於其間。要其得於天者既厚，必使之有以盡其才；而其所以盡其才者，不係乎遇不遇也。以賈生之通達國體，親承宣室之問，而不能不困於長沙；以杜季雅之淹博壯烈，封奏論都之書，而一爲郡文學掾，廿年不闚京師。又況於偃蹇扼塞，十試不成進士之仲瞿乎？

嗟乎！仲瞿其才辯，其學博，其文章可以淩駕百代，牢籠萬物。以文武膽志爲略，以措置一世爲務。方其羸然弱冠之年，於兵、農、禮、樂、天官、河渠，旁及百家藝術之書，靡不講明切究。廣庭雜坐，抵掌而起，聽者側耳屏息，莫敢發難。雖未見於設施，而其囊括古今，爲有體有用之學，固已粲然矣。既連不得志於有司，挾其策奔走公卿間，未嘗不倒屣改席，延致上座。君畫灰借箸，指陳事宜，當事摳衣奉手，奉教惟謹。然卒未有能用其言者，而君已垂垂老矣。嘉慶辛酉、壬戌之際，名流宿學雲集京師。法梧門祭酒主盟壇坫，論定君之詩，與大興舒鐵雲位及余爲三家，作《三君詠》，傳播其事。君夷然不以爲意也。余乙丑假旋後，息影江干，不復踏長安塵土。君與鐵雲連轡入都，再試再黜。鐵雲侘傺以死，君流蕩江淮之間，益不自得。然氣益斂，文益奇。裒集所爲詩文如干卷，自以鐵雲而外知君者莫余若，屬爲之序。噫！仲瞿乃今爲辭人矣。以仲瞿之才之學，俾得傾筐倒庋，盡出生平藴蓄，潤澤海内，必有奇蹟卓犖異於俗吏之所爲者。屑屑於飾竿牘、絺鞶帨，爭工拙刀錐之末，豈其志哉，豈其志哉！君自言今夏遊雲臺山，山中多古木，皆數千年物。其材偉然巨麗，而自晦於窮厓絶壑、人跡罕到之境，殆天之有意位置之者，不如是不能輪囷離奇至此。仲瞿此言，其殆自謂耶？觀於賈生雖放廢，而《治安》一疏彪炳千古；杜季雅既得從事擊羌，旋戰殁於射姑。信乎天之待其人，不係乎遇不遇也。讀仲瞿之文者，亦可無論其遇已。若其文之瑰偉瓌麗，忽莊忽騷，若正論，若游戲，由其才大氣盛，噴薄而出。仲瞿之學，固不盡於此，而人亦不當以此盡仲瞿也。

【校記】

〔一〕此序不見於集中，得自孫原湘《天眞閣集》卷四十一，原題《王仲瞿煙霞萬古樓集序》。孫、王文名相埒，情誼篤好，可以摯交目之。今序中稱此文係受王曇之托，且於王曇一生行事文章，均多所論定，頗具文獻價值。按王曇生前曾編全集，然僅自刊其文集，餘皆散亂亡佚，不復見其原貌。幸存此序，可謂吉光片羽。故仍弁之卷首，以全孫原湘友朋之責，亦以略存《煙霞萬古樓全集》之原貌。

陳文述序〔一〕

秀水王君仲瞿，奇才也。奇於文，亦奇於詩。言論風采，出以遊戲，雄辨博奧，所至傾其座人，類談天、雕龍所爲，非狂傲也，而世人咸以狂傲目之。夫狂傲，文人之大病也。君未嘗狂傲，人目以狂傲，一倡百和，而狂傲之名遂不能自解於世。則露才揚己之所致也。又爲座主吳公假其名，形諸奏牘，得以微罪罷官歸里，而君之名遂爲世人所口實。屢試南宫，擯於有司，卒潦倒不得志以死。則露才揚己、人因目爲狂傲之所致也，則有才而不自晦其才之所致也。

君生平著録甚富，大半零落。駢體文數十篇，錢君梅溪蒐葺付梓，寄余吳門書局；詩稿十餘卷，君病中付余子裴之，爲敬禮定文之託。裴之没於漢上，稿存余子婦汪端所。端詩學甚深，嘗選定明三十家詩，遠出牧齋、竹垞、歸愚諸選本上。又重刊裴之《澄懷堂遺詩》〔二〕，於余詩亦多所删訂規正。其所爲《自然好學齋詩》十卷，老輩皆推重之。又嘗爲余戚邵夢餘大令刻《鏡西閣遺詩》。仲瞿與井叔兩集，恒置案頭，呼之曰「老王先生」、「小王先生」。以兩人詩集皆裴之生平未竟之志，各爲選定。病中請於余，期他日必付梓以完裴之人世文字之債，余諾之。逾數日卒，余爲作傳，所謂孝慧宜人也。端中年以後，奉道誠篤。知前生與裴之同自玉清來，今仍歸玉清也。井叔名嘉禄，長洲人。詩人鐵夫先生子也，爲吳門七子翹楚，年未三十而卒。詩極明秀，端爲選存四卷。今年余至繁昌，乃先爲刻仲瞿詩而誌其顛末如此。

道光庚子中秋錢塘陳文述書於春穀官舍。

【校記】

〔一〕此序原見《詩選》卷首。

〔二〕『遺』，伍本作『集』。

張鳴珂序〔一〕

咸豐紀元之秋，予臥痾三月，病榻無俚，向婿嚴少春茂才處借《煙霞萬古樓未刻詩》十餘卷，讀之藥爐茗盌之旁，隨手鈔成一冊，時時諷詠。後家春水徵君貽予雲伯刻本，僅二卷，與手鈔者互有同異。乃復從嚴氏借鈔，略次先後，分爲六卷，名曰詩錄，不敢居選例也。始於丙辰冬日，斷手於戊午夏仲。時以養痾，乃得蕆事。昔盧德水著《杜詩胥鈔》，役竣祭告，詩曰：『十年曾有約，三歲始能成。』予於此編亦云。《文集》六卷已刻，板藏金鑽錢氏，二梅褚君曾以印本見惠。至先生生平行事，具詳於自製《虎丘山窀室志》中，兹不復贅。

嘉興後學張鳴珂。

【校記】

〔一〕此序原見《詩録》鈔本外封。

張鳴珂題識〔一〕

余既録栞《煙霞萬古樓時文》，風行遠近，索者紛然。秀水范君雯茁見之，乃出舊藏詩稿一冊寄余，楮墨霉爛，首尾斷缺。審其字迹，碻係仲瞿先生手筆。其紀年爲乾隆戊申、己酉、庚戌之作。時先生尚未舉孝廉，而近遊江左於越閒也。内有《石飄樓》一詩，似乎碧城仙館刻本亦有之，餘皆不甚經見。細斠一過，時序稍有紊亂，不敢更正，仍依原書録出，亟付手民，以廣其傳。題曰『殘藁』，紀實也。

光緒二十有六年庚子春二月十日嘉興張鳴珂識於鄱陽湖上。

【校記】

〔一〕此題識原見《殘稿》卷首。

煙霞萬古樓詩集

卷一

登鐵甕城

日落甕城高，長江過雨潮。靈鼉廣陵鼓，帝蝀海門橋。樓櫓齊梁在，烽煙吳楚消。蒼茫今古事，遺蹟任寥寥。

望金山寺

突兀大江中，浮山縹緲風。蓮華香水海，閻浮提外有香水海，海有七金山鎮之。見《華嚴經》。山以此得名。寶樹梵王宫。舍衛何難渡，楞伽自不同。人人憂阻絕，天地正晴空。

臘月十二日雲陽道中寄内并示妾九蘭

草堂纔得避爰居，是日信宿草堂，八日而别。何事嚴寒在野廬。秦觀家貧宜食粥，馮煖客久定無魚。水天震澤三操槳，風雪雲陽一蹇驢。吾不爲卿鹽米計，匆匆無以待冬除。

水僊花

美玉霜裙何處覓，飛瓊雲襪杳難真。星歸天上誰家女，賦入黄初定有神。終抱馨香儷君子，水仙一名儷蘭，見《三餘帖》。卒羞顔色賜夫人。唐玄宗賜虢國夫人紅水仙十二盆，見《花史》。湘流沅水皆根蒂，瓶史何勞瘁此身。

清明日觀叢鄉筵席〔一〕

鬻杏羞魂府，羹榆奠鬼城。桃花開月令，少女哭清明。蹋踘春無影，鞦韆院有聲。淒煙寒不散，終古若爲情。

【校記】

〔一〕此詩又見《殘稿》。

寒日於林槑寓齋飲廟後茶蓋徐偃王廟後産也案馮可賓岕茶牋載羅岕之間有曰廟後者在小秦王廟後與此同號余薄乎鄉産未述嘉名闕而不紀慮有誚焉〔一〕

徐王廟後三弓地，羅嶰山頭一品春。吾輩亦如草冷面，此鄉亦有樹清人。身經櫝圃疑前度，記續茶寮是後塵。聞道傾筐將此會，正教騎火過湯神。

【校記】

〔一〕此詩以下至《題東山坐隱圖》，未見《詩録》，僅見於《殘稿》。又諸詩在《殘稿》中列於《清明日……》與《龍虎吟……》之間，今據《殘稿》依次補入。

翼日復憶此茶重諧前韻

玉壘金沙那有比，靈苗重憶是先春。青牛山遠逢真士，白鶴園深問土人。晏子有貧蔬不熟，周公無夢盌生塵。龍塘十步攜瓶去，拜水還慙利市神。

送柏堂之甬東

明州太守要賢驛，結束蒯緱因使敦。東麂雲山新布韈，南淮花月舊匏尊。柏殢戀，竹西書使敦迫，意不樂行。鷹鞲馬廄慚旬客，余寄食三陵，頗嫌醴酒。柏之豁達，聊勉遵時。宋遠燕遙幸里門柏七載遊京，去年過宋之行，尤非得意。今江臺咫尺，冬筍之味庶乎可達。唯有響巖尋賀老，倩將聲價爲評論。

秋涇繩妓中有粲然者疑衡遙之有燭恨聚窟之無香

罥索翩翾眩不扶，花氍蘂滚亂春趺。釵淩玉燕風多少，神渡銀灣鵲有無。貼地弓腰鉤弋小，經天鴻路□□圖。當時同□□□□，□亂今看石火胡。

寶鼎湖篷窗書事

寶鼎古湖東，春桃罩水紅。一船御史雨，三日大王風。魚婦腰蘆箭，蠶官鬢柳弓。神君嗔舊水，簫鼓震靈空。

鄂王墳

天意不祚宋，王心獨忤秦。忠完一父子，國誤兩君臣。生死獄三字，興亡人百身。黃龍渾未到，遺恨此山垠。造化有時定，孤臣終古春。青編塵乙夜，白簡悟壬人。岳氏《謝昭雪表》有『青編塵乙夜之觀，白簡悟壬人之譖』二句，爲鄂王史斷千古美文也。六帝園無土，三宮墓不神。棲霞風雨在，湖水酹遺民。

西湖感事

鸚鵡花飛三竺雨，鴛鴦馬走六橋風。龍香乍手金泥扇，狢袖初腰玉靶弓。簫鼓不知山影外，樓臺只記櫓聲中。柳門竹巷無陳事，一選春衾竟不同。

瑪瑙坡遲曉山三日不至

瑪瑙坡前樹，鳩巢足當家。主情如燕子，客思是楊花。斗笠遮山雨，魁艭趁水霞。馬聲空自去，春艇數魚蝦。

石賢士歌

石賢士者，墓間翁仲也。其事載《風俗通義》。余慨其有類乎時世之見聞者，感而歌之。

石賢士，松柏梓。羚無上脣虎無齒，野火焱焱狐與雉。田家婆兒遺餅餌，云是神農老臣子。氍毹口，鴛鴦被，麟帶蟬衫金以紫。石賢士，耳無聞，目無視，陳朝檜樹當時死。君不見琉璃塚、蝦蟆陵，雪白楊花爛紅柿。

石賢士，雨無笠，風無衣。蜻蜓蝴蝶空中飛，麒麟嚙草鶻鵃啼。車船來，福以禧，吞湯服散非所宜。魚之腴，肉之肥，輈瓊轅鈿壓春隄。石賢士，百人信，一人疑，郭公之土郭郎泥。君不見，五卒鬚，杜十姨，金龜結帶爲夫妻。

寄柏堂甬上達渡江之信

礁口春艚日日開，黃牛白馬夜潮來。桃花有渡人終去，桃花渡在寧府北。燕子無書字不回。海上雲煙鄞子國，夢中風雨越王臺。茲行且訪元真住，肉熱漿涼尚與裁。

端州石硯歌寄贈山陰金丈

端州石硯田田紫，巇黑青龍寺中柿。黃犢鞭尻肉已死，鐵搭錚錚老無齒。東家穫稻千萬秭，吾稻無花食穅秕。蠶妻織妾笑如是，漁有勾竿獵有矢。經以經，緯以史，黼黻從今贈君使。鵝毛筆，魚卵紙，禹海瀰瀰舜江水。

瑪瑙坡園館送春

雲貯雕寮玉貯房，蕉旗酣展竹迴廊。蠐螬化羽憎胡蝶，蝌蚪書涎笑海羊。海羊，出《東醫寶鑑·湯液篇》『蝸牛』條下。紅雨尚逢雄甲子，黃花猶臢母丁香。東皇設有陽關譜，誰上春亭送短長？

錢江晚渡

越子餘軍空自武，錢王遺弩尚能雄。潮來白鴨三竿日，月出黃牛五兩風。楚水吳山童稚後，南坍北漲歲年中。逢人話說西陵渡，我又青衫過剡東。

剡溪之遊羅僊石館我逸園之含香閣

漫向何公窺學井，多來曹氏賃書倉。平生直賴夷吾舌，今日欣連禦寇牆。水閣静含風篁潤，小牕濃染露豪香。從君和倡藝輝壁，煩指蜂腰問沈郎。時與沈樹崑秀才同榻。

琴莊山蜂如陣徧蝕檐椽戲吟一絕

金房玉室門腰支，爾獨穿椽號笛師。鑽徧柯亭十六竹，宫商不遺蔡邕知。

題東山坐隱圖

東山坐隱有誰同，嘗擬燒貂譴侍中。可似武冠真觸火，倒無人笑陸雲公。
東山坐隱有誰同，生笑黄門局未終。人道西南生死計，心知不是覆舟風。

龍虎吟爲羅二十五兄題越史三俠圖〔一〕

旗之黄兮蓋之紫，龍山虹氣占天子〔二〕。纛牙白雀走踆踆，天下人人唱桃李。龍舸鳳艒江都宫，西京守者楊司空。霹靂弓聲威戴頭，踞牀漫駡卿與公。秦箏趙瑟行行立，南臉西眉暗嗚唈。蝶舞蜂飛十八鬟，李郎辯騁高陽揖。髑髏臺下心心語，花笑蘭言軸簾女。臨軒執拂問何人，處士何行住何處。鳳城柝轉明星霽，雞犬三條咤嗚吠。紫衣著帽仗囊來，妾是楊家畫衣妓。張星不是人間有，十九佳人膽如斗。萬人叢裏少如公，吾侍司空閲人久。礪君山兮帶君河，上有松柏下絲蘿。容顔不惜屍居死，騎鳳吹簫去已多。關山月夜陳籌箸，芨舍晨炊太原去。雄鳴雌宿下荒原，靈石風霜税行路。雲中公子赤髯鬚，寶刀跨下六腰驢。囊中飲器仇人血，怒氣難平檻下駒。靈蛇髻子房中出，佩響環鳴罷梳櫛。平生姓氏少人知，兄妹何妨締秦越。黄羊胛熟客調饑，葡萄覓酒主人西。就中密識英雄士，座裏英雄翼已齊。龍吟虎嘯雲風速，天下勞勞逐秦鹿。秦王破陣掃隋氛，東海魚王走平陸。越中畫史史中英，圖成三俠頰毫生〔三〕。何人不讀《虬髯傳》，一似兒童説姓名〔四〕。吁嗟乎！芒碭山中劍如水，赤蛇帝斬白蛇子。兩賢不厄竟何如，田横五百同時死。

【校記】

〔一〕此詩又見《殘稿》，詩題中無「兄」字。

〔二〕「虹」，《殘稿》作「王」。

〔三〕『毫』，《殘稿》作『豪』。
〔四〕『說』，《殘稿》作『識』。

東郭奉懷金二丈〔一〕

東郭閒眠舊隱賢，相逢爲羡腹便便。平生肝膽奚門子，天下交遊魯仲連。落拓尚隨黄犬日，往來多近白雞年。己酉秋仲與李堯枚、羅雲錦締交西泠，丈爲之介。故蕉雨詩有『端人取友尹公佗』之句。風流藉有清談麈，常與三陰當管弦。

【校記】

〔一〕此詩以下至《四月十一日於臨江閣登眺》，未見《詩録》，僅見於《殘稿》。又諸詩在《殘稿》中列於《東郭……》與《由聞……》之間。今據《殘稿》依次補入。

江黿上岸詩

尹子云：漁之爲事，有罛、罶、罟、罩、棎、笱䈂、罧、罨、筭、篧、銛之具。讀徐鉉《初學記》及《廣雅》諸書，謂取鯊用罨，取蝦用筭，取蟹用篧，取黿鼉用銛。而銛之器未可識。案何承天《纂文》云：『銛，鐵有距，施竹頭以擲黿鼉。』則取黿之用銛也爲近古。又攷《抱朴子》：『黿潭爲魅，有戴道炳者，以越張封泥偏擲潭中，大黿浮出。』則無所謂銛，而直以他術制之者也。戊申之夏，余繫船江湄，聞江有捕黿者，觀之，則一人垂長絙百尺，乘艑艖十里外而下。絙之末弓鑽鐵，飾倒鬚爲鉤，罥豚臠以爲之餌。餌畢，盤渦擁沫，黿銜絙而逝獅之南、象之北。舟隨黿而上下者飯頃。捕者出鐵物如兜鍪，鍪之內距鉤數十，循鍪之口貫絙而下，須臾間覺漁者之舟凝重如碇，漁者係絙戙間，唱歌鼓檝，泊其舟於北固之下，而其徒屬已三四成群，設交木爲鋸解之具，牽絙呼邪，黿已蹣跚蹩躠，步步趨趨，入交木中而受鋸矣。蓋黿之初餌也，張吻咬舌，四足爲用。及兜鍪之下，箍其喙而莫可開，帽其目而莫可視，奮力饋面，而居前之兩足復膠黏於鍪口之內，距黿愈疼而足愈櫂，足愈櫂而首之戴鍪也愈固。隨絙進退，負力而無能展。或謂此捕之之法，必有所祖述者。《雲濤小說》：金陵上清河之崩，洪武詔民捕黿，黿猝受釣，即以前爪扒沙，入深不出。於時老漁者諳黿之性，鑿缸穿底，從綸下貫，頭目被覆，不復扒沙，引之，盡戮。則法之相仍於今者如是。嗟乎！黿之力，牛可鬥，虎可格。及受制於漁者之餌，則僂行登岸，幪頭而就死地者，何耶？余序捕黿之事，憫其膏血之釁也，繼以詩。

繄天地之初，介潭生先龍，先龍生玄黿，介蟲三百六十黿爲尊。江崩河潰猛以神，廣陵白牯生可吞。宣城虎死含創痕，龍魚可友蛟可昆。洞庭之主爲君臣，靈龜天屬繁子孫。何爲隨蟬逐月望，咫尺來江亹江頭。漁父行年八十老，如蜎得之費肩豚。君不見齊士古治子，左操馬尾，右挈黿頭。食桃一死營三墳，黃河之水黑且渾。黿不死，死桓溫。

河豚入竹詩

魚之族，鯸、鮔、鯢、鰗、鰞、鮈、鯆、鮭、鯺，總而名之，皆河豚也。曰胡夷，曰海規，曰斑兒，曰吹肚，曰水底羊，曰青郎君，曰西施乳，曰黄薦可者，别名也。而其辨以無脂肆者爲江鮰，有脂肆者爲河豚。要其瞑目切齒、觸物脹怒，則不如甬東人呼嗔魚之爲當。覽宋元小説，或言其肌肉之美，出没之時，烹煮之慎，而不及捕取之術。昨日越銀山之滸，漁者二人，方對操張繩繫簹竹爲吹筩之象，短長不過六寸，繩約二丈許，鱗比二十餘。筩内實粇飯，横沈石壁間，而罥其兩端於岸。問之，曰捕河豚爾。蓋豚之入筩，餂其餌以爲樂國。漁知其入筩也，震其繩而搖之，則豚怒。豚怒則腹脹，腹脹則身大於竹，鑷其尾而倒出之，皤皤然如毛鞠，江河遠而鼎湯迫已。吾聞河豚之毒也，獱獺之所不顧，鳶鳥之所棄遺。泳游憩息，圉圉焉，與江神爲從事，夫亦可以避罾罶，遠杌俎，而卒歸於豫且之匕箸者，爲能怒也。河豚之曰嗔魚，惡謚也。余既作《江黿上岸詩》，憫豚之以情性失其命，作此篇以配之。

銀山之西皋，蘆青沙白江生潮，楊花初絮魚初苗。鱣鰷鮇鱴不論價，鰗魚一部吹紅濤。漁人登山截琅玕之青玉，葦絙百尺纏其腰。貯以青粇之香餌，以竿結幟沉塘坳。鰗魚陷穽非樂國，雌雄銜尾偕朋曹。胭脂瀝汁膾橄欖，紅鹽一味烹蔞蒿。嗟爾鰗魚，下闕

鼓樓岡曉望潤州城郭

曉陌留晨月，晨煙帶曉星。潮添郭門漲，山入市牆青。

四月十一日於臨江閣登眺

北府縈江鎮古州，南徐風物舊淹留。城連茅蔣雄瓜步，潮轉金焦接石頭。沙鷗尚能存楚漢，野羊誰復話孫劉。風梭雨櫛臨江閣，難遣憑高下酒籌。

由閘關奉參軍叔一絕〔一〕

桁渡相逢話齟齬，西陵官格事奚如。阿咸未敢偷船算，爲并甄琛讀稅書。

【校記】

〔一〕此詩又見《殘稿》。

舟由金灣下閘行抵仙女廟作〔一〕

金灣東下夕陽遲，楊柳風懸岸岸絲。楚水全經仙女廟，吳船爭過佛貍祠。余每至邗江，阻舟瓜步。唯是日風便，得駛行一百餘里。江鄉市語喧魚火，海國蠻花眩酒旗。吾往東陽纔假道，聞人多誦少游詩。

【校記】

〔一〕此詩又見《殘稿》。

泰州水利詩〔一〕

泰州之水，自西鎖而東〔二〕，涓流一綫。啓閉之宜，旱潦所係。四月，從淮海浪游，舟膠泰城之南，聞桔槔轉注，龜兆坼矣。當時舍船姜堰，便於筍轎中得《泰州水利詩》一首，非必自效芻蕘，亦一時耳目之所經爾。

海陵之地車與舟，前高後下如旄丘。上河三閘借瓴建，下河灌溉來秦郵。上從芒稻數白塔，鹽漕百里資糧餱。下從新城發三派，秦潼樊汊需田疇。田高苦旱低苦潦，旱潦啓閉須良籌。就中溪沼少匯蓄，常年一洩無餘留。當時西東立二壩，咽喉一綫隨添抽。尤疏海口慎諸閘，場河坦蕩通游儵。從來法守歷邃古，遵循莫可違前修。一遭怠惰稍弛棄，饔飧盈歉廑宸憂。吾皇軫念燭閭隱，恩蠲寰海頻賑賙。東南民俗感汪濊，耜耘作苦靡停休。臣工日夜體上意，還勞睿慮煩諮諏。吁嗟乎！安得芻蕘此語獻泰宰，坐令豚蹄盂酒歌甌窶。

【校記】

〔一〕此詩又見《殘稿》。

〔二〕『鎖』原作『銷』，據《殘稿》改。

泰東〔一〕

泰東城外背斜曛，原草茫茫見野麇。松火青迷丞相塚，土花紅上小兒墳。徐翁亭古思歸鶴，陳守樓高憶起雲。祇有藕花洲上客，吟香不踵宋諸君。

【校記】

〔一〕此詩以下至《獅山》，未見《詩錄》，僅見於《殘稿》。又諸詩在《殘稿》中列於《泰州……》與《謍船……》之間，今據《殘稿》依次補入。

如臯戲述

不識黄公有酒壚，恰來又遇女如荼。三年未解如臯笑，□□□□賈大夫。

信宿征行稅野廬，憑他人笑魯秋胡。吾來撩草庚宗夜，那遣驕牛夢裏呼。

海門道上

華嚴靈土變塵埃，問法空傳到此來。五十二員都見過，再參一箇海門迴。

獅山

獅山，土阜也，隆然而高，望之爲海門之勝。語曰：培塿無松柏。豈責之沙疆、遐陬哉？聞海門無專志，久必有傳之者。不足登，不可以勿詠。

獅山一簣土，峌峴海門東。地即黿鼉宅，天當斗女宮。樓臺高蜃氣，草木下腥風。不入沙魂市，相聞野叫中。

營船港夜泊〔一〕

蘆筍緣支港，蒲芽輾小舠。沙圍丁字水，風上子時潮。蟹火星行岸，魚燈月度橋。村雲高酒幟，巷雨遠餳簫。河柳黏篙尾，籬花壓櫓腰。海師深下狗，江嫂淺投貓。浪跡終如梗，浮蹤卒似藻。懶仍坐蟋蟀〔二〕，巧且喚鵂鶹。遠賸無盈橐，新詩只滿瓢。烏竿看不颭，歸影滯全宵。

【校記】

〔一〕此詩又見《殘稿》。

〔二〕『坐』，《殘稿》作『歌』。

狼山泛海於鯨鯤出沒中偶占一律

狼山灣口石雞啼，日午鹽潮趁海西。春夏魚王連島嶼，東南風母現虹霓。珠璣蹈遠難求寶，魍魎潛深不照犀。空有釣鰲來往客，未將迂語證長隄。

【校記】

〔一〕此詩以下至《題聯香疊韻詩卷》，未見《詩錄》，僅見於《殘稿》。又諸詩在《殘稿》中列於《砮船……》與《婢自……》之間，今據《殘稿》依次補入。

福山東口作

福山東口綠魚飛，潮閃紅盆下日暉。徐市仙山無一處，管甯神火有全歸。沙爲鮷渚黃羊熟，船轉鯋潯白鷺肥。驚我夢魂纔咫尺，必欣一葉謝青衣。

常熟北水門外作

鷺堠烏亭明不了，紅闌窗檻恰誰家。一河楊柳徐熙鴨，半郭芙蓉孟主花。調馬莎深驢輩熟，捕魚村遠燕流斜。星生月没城隅路，可似神風轉若邪。

題聯香叠韻詩卷

《聯香叠韻》，越中李秀才蕉雨、羅秀才僊石代妓倡酬卷也。庚戌春仲，余訪兩秀才於蘭亭、梅市間，蕉雨已刺篙龍灘，假僊石逸園半閣，欣賞彌旬。得此讀之，珍諸行篋。四月，又歷昇潤，櫂船邗江。邗之良芙蓉楊柳，亦一時春秋蘭菊。諷詠之間，醉情芳躅，因書其後，爲二十八字，曰：『望梅閣老終消渴，畫餅尚書卒療饑。孺子不知名下士，樂人誰唱卷中詩。』感而題之，得八首。

枇杷深院閉門時，斬斬清新洛下詞。何必黄金買人賦，紅牆窗左福孃詩。

蓮花爲號玉爲顋，唐句。誰與南昌喚取來。聞道江娘名字好，恰教人妒趙陽臺。江名若蘭。

埽眉才子筆花新，占得西湖楊柳春。鸚母在籠珠在手，崔徽真是畫中人。兩君有《純陽寶鏡圖》。

銀字笙調心字香，烏衣春巷是門牆。座中亦有秦淮客，疑似青娥小謝孃。

紅牋不合漫書名，日日街頭亂椀鳴。我亦鍾陵潦倒者，只無佳詠贈雲英。
每說尋梣都遇桂，桂應輪過麝蘭枝。詩家眷遇尋常有，只遣玲瓏唱小詞。
越中名士風流甚，一數羅郎再李郎。吾是善和坊裏客，不拈銀管亂雌黃。
琵琶鐵撥小紅笙，昨夜揚州月最明。袖得聯香詩卷去，文章分得鳳皇名。

婢自吳興歸三首〔一〕

吳綿衫子曳輕裾，學得茴香髻好梳。纔說吳興好風土，大頭春菜小頭魚。
黃藤桑繭最圓勻，餵得花蠶過晚春。一似棲賢山下過，依稀能說管夫人。
昨夜停船江子匯，荷花開滿墮釵橋。人家水閣羅裙曲，記取新腔度短簫。

【校記】

〔一〕此詩又見《殘稿》。

蕩舟曲五月八日南湖納涼作〔一〕

龍姊篙舟蜆妹來，紅□□□白荷開。釣鼇磯上月初白，放鶴洲邊風好迴。湖雲入郭鳥上下，野鴨上船人溯洄。秋涇野客且歸去，櫓底水聲如作雷。

【校記】

〔一〕此詩及下《同人南湖小集周于郘秀才苦船登岸以詩卻寄》，未見《詩録》，僅見於《殘稿》。又諸詩在《殘稿》中列於《婢自……》與《款冬……》之間，今據《殘稿》補入。

同人南湖小集周于郘秀才苦船登岸以詩卻寄

鴛鴦湖上鷺毛蓑，艓子銜風浪若鵝。遊客共成三解脱，居人先証十波羅。門無題鳥蜘蛛繭，榻不留人蟋蟀梭。最好蚊巢安几席，雲山犖犖大癡哥。

款冬樓述舊贈徐秀才晁采〔一〕

每枉衡門空埽壁，枯腸今日共殘茶。吾爲秋雨悲蒿菜，君以春風及薺花。苦語似刀勞劚水，鄙才如飯賴炊砂。平生故有三彭舌，爲感江楓諍齒牙。

石頑勞匠醜勞媒，昔日神鎚誌飲灰〔二〕。藕綫難穿鍼七孔，松煤易染硯三災。觀書盡夜升梯月，煮酒終年落箸雷。唯有舊情隨舊筆，鴟鳶迷眼尚徘徊。

燕殭魚涸君憐我，鴨逐雞隨我計君。韓愈不開延鬼座，孫樵那有罵僮文。愁城縱大難逾甕，讒箭能高易入雲。最好邀呼明月酒，當關先絕舊知聞。

莫問酸鹹等級貧，濁醪麤飯最精神。賢於東郭更無履，美若西施仍負薪。冬去鶢鶋常避魯，秋來蟋蟀尚依豳。相期并有箴規在，可似桃人說土人。

【校記】

〔一〕此詩又見《殘稿》。又《殘稿》題作『款冬樓述舊贈徐春圃秀才晁才』。

〔二〕『神』原缺，據《殘稿》補。

柏堂定婚吳門令弟笠予爲介〔一〕

乍說吳門是壻鄉，季來呼我做平章。不知巧巧令狐夢，曾爲裴寬說短長。今朝待闕鴛鴦社，牽犬何人笑隱之。君自安排鍼綫帖，鄙人先有繡桐詩。

【校記】

〔一〕此詩以下至《鄂德孚席上同贈高三沈五兩校書》，未見《詩錄》，僅見於《殘稿》。又諸詩在《殘稿》中列於《款冬……》與《鵜鶘……》之間，今據《殘稿》依次補入。

蛣蟩化蚊歌

蚊之螫人最毒者，其一種爲倒跂蟲所化，利觜長距，蛣蟩之後身也。余居水鄉，草堂中最多是蟲。每一霪雨，甕缶戢戢，頃刻之間，穿幬入帳。昔歐陽公作《憎蚊詩》，道其陰噬之虐，殆無遺滲。今之爲此歌者，又述其變之神、化之速有甚於憎之者矣。

蜻蛚號孫蟻號祖，蝓蠮祝子螟呼父。蝦蟆下水活郎生，鶂鳥爲禽是蚊母。從來陰陽生物具九趣，歷自風輪振今古。胎卵濕化類有四，色想非非并爲五。或言蚊從化生不食聖人國，或言巴山旦暮行人趣亭午。或言信安滄景馬牛道上多泥塗，穴肉傅鹽渡衡浦。或言南中谿磵蛆生黑色作而螫，或言塞陰血草藏草化而蟲。或言嶺南蚊樹夏日實作枇杷熟，群化甍飛若爲樹。吾吳湖波千頃會，水域葭亂菰蔣葦。莽莽霪潦五月盆盈缶積井竈底，蛣蟩爲蚊細於黍。初成壯士獨特孑孓左右臂，詰曲浮沉肖其詁。瞬時驚影散去有若脫落丁子尾，後後前前散其部。繼若鄭僑池上將生不死圉圉魚，十十三三倍其數。古云蚰蟲風動八日始變化，竟不崇朝喙而羽。衝檐度梠越闉闍，聲作尸尸撼庭宇。蘭堂日夜翽翽偪枕席，幕火幃鐙伺門戶。漂山衆煦勢若合，不慕醯酸慕雷聚。潛噆暗咂齧，不讓黃帝、廣成子，師曠、離朱未聞覩。譬如毛遂錐，刺入蘇秦股。譬如荊軻匕，擲臿秦庭柱。譬如晉陽銅箭鐵鏃矢，諸葛雄軍萬人弩。譬如蠕蠕阿那黑漆露絲槊，鐸刃鑾刀化爲雨。譬如田單畫牛束火觸戮五千衆，拋石撞車到腸肚。譬如陰平鄧艾鑿山攀木魚貫七百里，人馬銜枚偃旗鼓。櫻桃紅腹豈是白鵠血，眞比牛湩與馬乳。昔爾未羽翼，戢戢泥沙腐。蹄涔轍迹間，魚蝦不吞吐。何爲忽翍飛，即作荓蜂舞。焉知造化心，有意恣君怒。吁嗟乎！蝘蜓旋杯儵習龍，獮猴擲掌須臾虎。

鄂德孚席上同贈高三沈五兩校書

回頭童子爾爲郎，栗栗槐花踏得忙。一輩煙波雙釣客，百年風月兩平章。《野獲編》載，秦淮妓有私印作『司風月平章事』，時高年四十五，沈年四十七，故云。本來人面如桃李，此去文名或鳳皇。俱是不如人□看，酒杯和淚并淋浪。

鵜鶘來〔一〕

鄉人入市門，見懸異鳥者，以狀告〔二〕。余往驗之，鵜鶘也，來主水。今五月方畢，而霪潦累旬，西鄉之窪者浸矣。聞田家古諺，謂鵜鶘夏至前來爲犁湖，夏至後來爲犁塗。犁湖主增水，犁塗主減水。當時古書之占有紀八日而水退者〔三〕，故作《鵜鶘來》。

鵜鶘鵜鶘魚滿胡，澤爾乾兮河爾枯。嚼我鯋鰽咀鰣鱸，何年竊肉化爲鳥，遭我弋人屠鵜鶘。鵜鶘夏至前來犁我湖，夏至後來犁我塗。鵜之去，雨如酥；鵜之來，苗且蘇。鵜鶘不來，來爾呼。

【校記】

〔一〕此詩又見《殘稿》。

〔二〕《殘稿》無『告』字。

〔三〕《殘稿》無『當時』二字。

闕題〔一〕

迎霉雨，送霉雨，灑竹噴花細於縷。迎時雷，送時雷，阿香推車何時迴。農人東皋一頂笠，倒踏翻車夜心急。抽簾拔簣秋涇子，竈火燒煙淚如挹。霪雨苦，商羊鐘，商羊鼓。蚯蚓不吹笛，日夜商羊舞。

【校記】

〔一〕此詩未見《詩錄》，僅見於《殘稿》，列於《鶺鴒……》與《淮海……》之間，今據《殘稿》補入。

淮海歸來杜門匝月郊原稍霽繞舍閒吟〔一〕

淮海歸來三十日，高齋坐臥雨翻盆。客疑徐穉虛懸榻，人笑陶潛實閉門。幾處桑麻新燕雀，數家籬落舊雞豚。不須人道鄉園好，直是饑驅席未溫。

【校記】

〔一〕此詩又見《殘稿》。

周秀才訪客池上不顧我而作〔一〕

褚季野無相苦意，孫興公乃有塵埃。于部苦船，故以爲謔。如何咫尺洲錢水，不見南湖大將來。

【校記】

〔一〕此詩未見《詩錄》，僅見於《殘稿》，列於《淮海……》與《穭田……》之間，今據《殘稿》補入。

穭田述〔一〕

穭，稻自生也。古者摩蜃而耨，抱甀而汲。揚子云：男子畝，婦人桑，勞逸之數也。曇不以農圃守其素命〔二〕，毀先疇，舍樹藝，棄堆壤、臯田，仰面呻噓，歲不獲下農夫之利。於是感穭稻之榮，稱穭田以自字，夫亦可以顧名思義者矣。

黃唐生黍秫，黑壚生稻粱。農人習耕道，乃是不涸倉。曇生蘇秀民，圍田匝陂塘。分煙析戶帖，官給方與莊。昔遊歲豐壤，賣割東西鄉。百佃列奧族，質劑壚中王。邇無瑯邪刈，鋤口南北方。本非播琴子，焉能候雨暘。昨冬昇潤間，輦車村路傍。離離野田禾，忽見二七行。啁啾五雀群，羽翼青與黃。銜穗啄馬尾，鬥格西飛揚〔三〕。穭生始漢史，繼者稱盛唐。雖非連理瑞，獻之比靈光。眴眴誇北中〔四〕，含含笑東牆。或曰自然穀，而云禹餘糧。吾懷齊民諺，黃金覆匡牀〔五〕。既無人牛力〔六〕，敢羨千車箱。

又懷李憕癖，脂脯東西望。更無雲陽錢，雲陽段氏，值豐年，取金錢埋之，九里皆滿。曰有得意田，可棄無用錢。見《雲仙雜記》。敢羨陂汪汪。昀昀秋涇水，尚有十畝強。不耘亦不耔，流潦生菰蔣。何當誕旅穀，省我春莳秧。惰農貪天力，此意良不蘉。朝飯鳴蟬稻，暮飯紅蓮香。爲我顧名義，加餐懷慨慷。

【校記】

〔一〕此詩又見《殘稿》。

〔二〕『圃』，《殘稿》作『固』。

〔三〕『飛揚』，《殘稿》原缺。

〔四〕『中』，《殘稿》原缺。

〔五〕『牀』，《殘稿》原缺。

〔六〕『既』，《殘稿》原缺。

凝碧閣當滮湖之勝夏日可風今繚以周牆僅堪障暑而全湖不可復識矣〔一〕

凝碧閣當軒敞處，常年攜酒瞰滮湖。篔簹暑淨三庚日，菡萏寒生六癸符。鴨綠光中聽鳴鶴，鵝黃陰裏看飛鳧。而今好事司風輩，司風令史見《齊書》。鑿得龍門七井無。霍仙鳴別墅在龍門，一室之中，開七井以生涼氣。見《雲仙雜記》。

【校記】

〔一〕此詩以下至《湖南薄遊不入寺作》，未見《詩錄》，僅見於《殘稿》。又諸詩在《殘稿》中列於《穭田……》與《蓮府……》之間，今據《殘稿》依次補入。

飲馬河觀荷遇雨

曦炎側西景，遵步杉青渚。忽聞荷花香，風静不知處。雕闌二美人，紅羅扇清暑。中有宿鷺鷥，喧喧驚笑語。吾觀蓮花義，泊然忘能所。能所兩不有，垢淨在何許？東海伽羅龍，歡喜下霭雨。此雨豈入池，大海乃藏貯。吾腳不曾濕，行行且延佇。歸途蕩層雲，灝月懸霽宇。

武林僧舍斅陸放翁體時同舍多人絕無僧窗之致

僧舍不如頽舍静，蟲鳴多雜瓦簷鳴。四更蝴蝶半牀夢，一院梧桐雙杵聲。鄰有春相之聲。蚤惱睡人紛占席，鼠憎生客亂跳檠。西湖大有尋盟在，卻又泥污廢此行。

聞蟬懷鶴司馬王孫而作

露飽風棲足爾豪，酸吟聲調似人高。自君不占斜陽樹，戴叔倫詩：『斜陽千萬樹，無處避螳螂。』多少蜻蜓避伯勞。

湖南薄遊不入寺作

湖南深處足幽尋，策策芒鞵轉寺陰。石有高人下拜意，山如古佛坐禪心。花超解脱觀空色，鳥入因緣説世音。欲訪精廬思憩息，舉頭已見月升林。

蓮府諸君約我二十一日遊湖上作〔一〕

夏暑如羹未肯清，浮瓜煎餅興初生。衣冠久闕葵丘會，花月重修踐土盟。風浴藉觀諸子撰，湖山能説四賢名。當時吾輩癡狂者，細馬香衫亟出城。

【校記】

〔一〕此詩又見《殘稿》。

臥槐

河間郡廳事之西有臥槐焉，風雨百年，婆娑古貌。有三公折臂之容，無斗米支腰之狀，雷燒不死，冰凍仍生，蓋有志士風人之慕者歟。予時也黄花踏罷，下第重來，白雪吟成，高齋獨臥。憶當年晉公堂下，七樹濃陰，發祥坊第，大槐七章；感今日大阮庭前，一枝憔悴。嗟乎！揚子雲《太玄》草後，空賦青蔥；殷仲文司馬府中，徒傷此樹。於是聊賦三章，偶圖一幀。所謂木猶如此，人何以堪者耶。

學市當時種，都堂何日栽。五年烏巷月，七樹晉公槐。似爾當齋臥，憐予下第來。此花黃得久，風雨最徘徊。

龍臥南陽日，槐生號守宮。有牀眠十笏，無地拜三公。惡睡秋風下，南柯一枕中。虛堂人散後，淒惻聽絲桐。

似折三公臂，難支五斗腰。冰花戕宅相，霰米活孫條。伸屈終身事，榮枯一命招。分明忙舉子，人樹兩無聊。

奉酬舒鐵雲姨丈〔一〕

十載聲名眠裏思，天涯親串見時遲。江湖到處無家住，風雨相逢有贈詩。兩姓中衰諸舅說，一身家難母姨知。故鄉豈少論心處，不忍言情淚要垂。

夫子才名日下傳〔二〕，出門也是別離天。婿鄉住久吳音熟〔三〕，母黨傳來阿士賢。戶限功名千古誤〔四〕，南中骨肉幾人全。西州已斷羊曇路〔五〕，判取衷腸說兩年〔六〕。

昨宵篝火聽雞聲，夢裏橫行見長卿。吳下名儒無後輩，燕南才子是先生。羊公譽鶴渾難舞，平叔删書敢便成。喜與徐公謂朝玉孝廉同彦會，半篇漁父坐三更。

劍合雌雄暗自誇，飛騰還讓渥洼騧。文章不負三條燭，名姓爭添一榜花。元度官銜新著作，終軍容貌舊年華。天南回首南湖路，一帖泥金祝到家。

【校記】

〔一〕此詩其一又見《詩選》卷一，其二、三、四見《仲瞿詩錄》；其中其三、其四未見《詩錄》，據《仲瞿詩錄》補入。又此組詩題《仲瞿詩錄》作『城南雨夜與鐵雲姨丈話舊』。

〔二〕『才名』，《仲瞿詩錄》作『聲華』。

〔三〕『久』，《仲瞿詩錄》作『後』。

〔四〕此句《仲瞿詩錄》作『海内英雄餘子在』。

〔五〕『已』，《仲瞿詩錄》作『賣』。

〔六〕『說』，《仲瞿詩錄》作『話』。

柏堂偕曉山見過時余將渡浙柏堂亦擬以七月赴甬東約余於玉笥山相敘於是以出處之計委曉山而爲韻語以記其事〔一〕

槐花街上舊塵顔，終古論交杵臼間。琥珀定徵鍼芥合，珊瑚且覘釣竿閒。舜江水落消庚伏，禹穴書藏勝西山。逸園書籍最富。嗤我丘隅籌知止，一如黃鳥賦綿蠻。

【校記】

〔一〕此詩以下至《木客吟》，未見《詩錄》，僅見於《殘稿》。又諸詩在《殘稿》中列於《奉酬……》與《寒山……》之間，今據《殘稿》依次補入。

別柏堂

甬上遲君兄弟信，謂泰交沈兄，在甬幕。剡中勉我友朋思。行同縣白州青路，『州青縣白浙河濆』，章孝標句也。歸并菱寒芡煖時。沈兄、柏堂各訂余秋末同歸。新舊雨商離會處，短長書約笑談期。可憐意氣無持贈，不是投魚又有詩。

爲吴興沈訥菴題說劍烹茶圖

蟋蟀僧牀夜蕭瑟，梧桐病雨寒砭骨。時余寒疾甚作。吴興逸客枕幽單，吹火挑鐙話清絕。聞君歷魄走幽燕，馳騁秦潼下閩越。炊薪爇桂數平生，即今又溯東西浙。香山出示少年真，貌得雄年舊青髮。縱横說劍事逍遥，枕底盧仝愛軒豁。元和詞客錦成堆，千首瑲璘狀幽鬱。嗟余鎚鈍筆錐鈍，欲補緗綈愧豪末。吁嗟乎！騏驎八尺世所羈，靮短鞅長厭贅敓。

偕柏堂訪七龍潭同書胡綠孃樓壁

繡幕褰雲錦帳開，金鵝屏繞鳳飛迴。桃花洞小人能到，燕子樓高客又來。楚里未傳傾國譽，洛川誰愛濟時才。可憐一輩登場屋，賀老琵琶祇自哀。

蕭山

越州山水固陵關，好似丹梯未可攀。今夜烏篷坐明月，簫聲吹滿鏡臺山。

徐山秋夜

寥落心情不可陳，雞窗鐙火苦吟身。蜘蛛度冷虚尋夜，蟋蟀迎涼實笑人。一屋寒聲風有力，四山清響月無鄰。秋宵殘卷資消遣，祇博形神兩自親。

七夕戲簡吳藕花

今宵已遇雙蓮節，此夕須登九引臺。靈鳥已逢填漢日，吉花誰爲渡河開。侍兒小洞星初落，神女高唐夢未回。欣望麻姑呼再拜，恐今王母咤三來。

和延華兄素蘭韻

玉魫閩崖舊有名，仙霞新穎冠秋城。美人夢冷三湘月，空谷香寒一瓣明。珠舄乍飄風欲立，銀裙纔渡水初盈。人間第有妝成號，蘭有一品名妝粉者，見王貴學《蘭譜》。容慮姮娥隔性情。

瘧瘳

冷煖寒暄偏歷之，經旬水火夠調治。驅店不騁孫樵筆，已瘧何煩杜甫詩。藥法漫尋皇帝術，符書曾拜祝由師。雖然一種清涼味，還在維摩病起時。

秋夜爲吴藕孃寄李蕉雨閩中

六月，秋涇生自淮海來越。唯時越王臺下，離愁風愁水之天；鄭旦宫邊，求爲雨爲雲之國。始也，枇杷門巷，伊人在煮藻灣頭；楊柳人家，是日過採花橋下。其人也，眉無點翠，元和舊樣之釵；額不圖黄，宋玉東家之粉。以故夏衫袖短，淡薄衣即是僊衣；秋枕雲鬆，倭墮髻豈非佛髻。然予也初逢段七，乍述張三。觀永豐楊柳，人只在一樹風前；聽天寶琵琶，心乃在四條弦上。客方以一妹呼張，人謂其三郎姓李。則所謂伊人者，又鸞鳳虬龍之君子，江山花月之仙人也。既而琉璃淨匣，開緘出李白之詩；菡萏名罏，添火索王維之句。嗟乎！庚玉臺腳短三寸，步韻何堪；陸餘慶手重五斤，拈題可笑。於是摹鸚鵡幽思，渲以文藻；繪鴛鴦良夢，緝以辭華。章唯五也，五日之期；言乃七也，七襄之恨。爰書鯉字，即渡龍灘。蟋蟀同吟，蜩螗無吠。是日也，索桃者窺戶之賓，嫁杏者撞門之酒。

鴨鐙無焰夜綿綿，心逐龍灘上水船。花草坐荒鸚鵡谷，圖書留戀鷓鴣天。去時馬上懷長恨，別後灣頭住小憐。敢忘銀牋書鏤臂，紫雲猶自誦君篇。

越子城頭草樹平，梧桐囊裏子初生。春雲墮影花無夢，秋月凝寒雁有聲。金枕欲諧神女意，寶釵難斷玉人情。朱愁粉瘦緣何事，猶吹媧皇袖裏笙。

靈禽飛去歎匏瓜，昨夜星筵遲母車。太白臨凡那有地，神仙留客竟無家。寒蠶瘦繭題蓮子，翠扇紅衣賦藕花。祇爲凋零秋落葉，繡牀清影坐糯紗。

露冷風涼不可禁，碧天難渡水雲深。樓中燭影飛瓊鬟，門外簫聲弄玉心。苣蕂耐顔收紫米，薔薇留笑買黄金。無端故學胭脂品，爲待劉郎兩度尋。

浙江輕浪舞輕舟，纔問汀州又福州。海水何如湖水淺，閩山能似越山稠。魚兒人遠無緘字，燕子秋深合駐樓。聊附彩鸞詩裏意，鍾陵同是謫仙儔。

東武吟 一名龜山

龍山脊接珠山陲，胎青孕紫横蛾眉。八山幽趣數東武，蹣跚伏俯如穹龜。山趾實地轉層磴，踏虚穿翠瞻雲榍。三天刹影耀空界，覺花香草緣厜㕒。時當揫斂蕩暄濁，商風瑟瑟凋條枚。秦山矗立似正笏，群峰冠冕容趨陪。人間埃壒翳心目，登兹直覺凌煙梯。睢盱雲影覰天色，高飄一鳥超藩籬。君不聞瑯琊東島自邃古，一宵風雨從空吹。飄來土石已奠定，天星隱隱明靈蠵。又不聞蜀阜山來帶兒婦，山在山陰西北。二十餘人工錦機。今吾登山履石安得縹緲又飛去，日與蓬萊潮水咫尺恒追隨。

題虹橋里 宋理宗誕生處

開禧國子紫衣郎，帝生之夕，父夢紫衣金帽人來。此處雲旗照里黄。雞黍潛留丞相客，龍圖明屬濟陽王。

冕旒峙闕山空壯，金帛朝陵氣不長。冕旒、金帛皆山名。祇有虹橋殘草樹，秋深斜景怨錢唐。

唐城曲

幸二宮之不果歸也。庚戌秋孟，瞿將訪宋陵遺蹟，作唐城之曲。案《癸辛雜志》：楊髡發宋諸陵，徽陵止存朽木，欽陵僅有鐙檠一具。而《野獲編》謂：金世宗以一品禮葬欽宗於鞏洛之原。柩且不還，檠從何有？是二宮之不陷唐城，最爲明確。余讀《輟耕》所載，□傷五陵見發，而實幸二帝之不歸。則所謂不幸中之大幸者，《唐城曲》所以作也。至唐君義事歌詠如林，篇中不述。

徽陵朽木欽陵檠，楊髡孽火燔狐麑。當年二帝不邱首，天教異域留孤塋。粵稽徽喪值紹五，上皇沙府埋金城。《宋元通鑑》：紹興五年，上皇卒於金五國城，遺言欲歸葬內地，金主亶不許。七年空櫬紿宋請，緦麻大禮迎臨平。初，高宗數遣使於金，求歸梓宮，凡七年而後許。高宗親至臨平，易緦服奉迎，寓於龍德別宮。見《癸辛雜志》。又稽欽喪葬鞏洛，天章永獻尊陵名。《朝野雜記》：欽宗之喪，舉哀於天章閣，以學士院爲几筵殿，遙上陵名曰永獻。暨乾道中，遣使求陵寢地，金人乃以禮葬於鞏縣云。往來迎遣考譚略，靖康不返存真評。《譚略》：紹興十二年，皇太后韋氏至自金，而靖康帝故未歸也。至二十一年，遣巫伋迎之而完顏亮云不知歸何處，頓遣伋歸，伋唯而還。余觀《函史》弔二后，得歸不幸還輼輧。至今顯肅并懿節，宮攢百載榮冬青。《函史》：十二年己丑，迎徽宗及顯肅皇后鄭氏、懿節皇后邢氏梓宮，至，奉安於龍德別宮。吁嗟乎！兩宮不歸，歸作牛馬骨，不如魂遊五國，人馬從芻靈。唐城水，清泠泠。

木客吟

木客山去山陰二十七里。相傳吴王作宫室時，越使木工三千人入山伐木以獻，一年無所得。一夕，天生神木，長五十餘尋，於時越工歌《木客》之吟。今其聲已亡，秋涇生本遺事以補之，亦纚纚乎古音之未遠也。

銅鉤玉闌吴王宫，雕梁夜作珊瑚紅。千櫨百柱且不足，越山歌嘯三千工。木亦不可得，工亦不可歸。越山草木春無輝，天生神木長且圍。越未活，吴未死，喬木傷戕國人恥。陰爲梠，陽爲梓，東海艅艎轉千里。君不聞海靈之館館娃閣，麋鹿銜花晝蕭索。闔廬墓上當時虎，多少寒烏夜啼郭。噫吁嚱！梅梁荇藻神龍飛，塗山功德不庇風與雨，黄池之霸何足歸。

寒山訪方干舊墅〔一〕

鑑湖逸客棲遲處，蘆筍藤花老白峰。塢西爲白峰山〔二〕，干詩「頭宜白此峰」者，蓋謂此也。三拜自嫻名士禮，十官那受宰臣封。干沒後，朝廷允宰臣之奏，追賜及第。孝標詩「及第全勝十改官」。東溪野鳥迷陳迹，西島寒猨識舊蹤。東溪、西島，見方干詩集，干遊息之所。祇爲江東容隱遁，石磯沙井野情濃。

湖北湖南只自由〔三〕，茅齋松島足淹留。亦干遊息之地，見集〔四〕。文章第作孤雲侶，名姓能高玄冕侯。干有『潛夫自有孤雲侶，可要王侯知姓名』之句。又云『故交若問逍遙事，玄冕何曾勝葦衣』。已往孤情懷處士，即今遺興羨漁舟。寒山壓鏡空塘在，野草花香一徑秋。

【校記】

〔一〕此詩又見《殘稿》。

〔二〕『白』原缺，據《殘稿》補。

〔三〕『南』，《殘稿》作『西』。

〔四〕此句原無，據《殘稿》補。

磨針石歌〔一〕

石在法華山寺，晉曇翼逢老妮磨針感悟處也。歌曰：

磨磚作鏡鏡無光，磨杵作針針有芒。他人磨磚不鑑物，衲子磨針便成佛。曇翼山中老妮子，磨得針成口無齒。君不見尼連河魔舞戈蘆，穿膝骨髻，鳥巢青螺。

【校記】

〔一〕此詩及下《露立》，未見《詩錄》，僅見於《殘稿》，列於《寒山……》與《鑑湖……》之間，今據《殘稿》依次補入。

露立

露立風凝砌，庭空□□□。星生纔霽夜，月冷乍秋天。茉莉噴香霧，梧桐罥野煙。單衣寒□□，鐙影静吟箋。

鑑湖懷遺佚諸賢〔一〕

雲山是處足盤桓，往事沉淪幾釣竿。狂客逢時唯賀監，詩人投老是方干〔二〕。魚龍水闊知秋冷，麋鹿山深識夜寒。天意陸沉名利客，竟教留得鑑湖寬。

【校記】

〔一〕此詩又見《殘稿》。

〔二〕『是』，《殘稿》作『有』。

冕旒高〔一〕

懷宋也。山名大巖，宋時與臨安宫闕相值，於是易名冕旒。余悲故宋之亡，而感艮嶽凰山之讖，傷錢唐，亦傷東京爾。

冕旒山，何亭亭，臨安宮闕插青冥。紹興天子垂旒日，越上青山作畫屏。淮有界，海有涘，駱駝夜走湖州市。《宋元通鑑》：伯顏自湖州市入臨安城。山無靈，海無靈，秋江八月潮無聲，越山靉靆雲中青。伯顏入臨安，駐兵錢唐江沙上，太皇太后祝曰：『海若有靈，使波濤大作，一洗而空。』潮竟三日不至。見《輟耕錄》。君不見鳳皇山起龍門窄，艮嶽穿空介亭坼。冕旒秋草縱荒涼，至今猶勝排衙石。《艮嶽記》：介亭最高，於諸山前列巨石三丈，號排衙石。案《雲麓漫鈔》：政和五年，命內官梁師成築山於景龍門側，象餘杭之鳳皇山，遂賜名鳳皇，即臨安大內麗正門之對面山也。

【校記】

〔一〕此詩以下至《望巫山不獲至》，未見《詩錄》，僅見於《殘稿》。又諸詩在《鑑湖……》與《繡野……》之間，今據《殘稿》依次補入。

霽後登樓作孤雁出群體一首

霽後看山山不同，山山晴擁四窗風。人家半郭月初出，鴻雁一樓秋正空。東眺遠收西眺雨，上方高接下方鐘。出□東西二眺，暨上下二方，皆樓中所見之山。從來此際□□□〔一〕，快閣當年有放翁。

【校記】

〔一〕《殘稿》於缺字旁注『過從者』三字，上方注『藏鈔本校』四字。

天衣寺二絶

十峰雙澗路遮圍，何處鵑花紅夕暉。聞道磨鍼人去後，袈□□□木蘭衣。

蓮花□唄山容寂，高隱人傳晉義熙。惆悵金鑪香冷處，一山風雨李邕碑。

望巫山不獲至

群山西北面梅峰，倚檻登空辨遠容。一目雲天過鴻雁，滿川煙雨隔芙蓉。塢茶未老春何處，徑竹初寒秋又逢。梅峰勝處有茶塢竹徑。渾道天香泉滿窟，得來澂洗淨心胸。

繡野園〔一〕

繡谷蒸青占錦沙，峰枝罊蔓路縈斜。黃雲秋九雞孫地，紅雨春三燕子家。是處桑麻緱氏圃，幾年煙月孟城花。買溪分水羅含在，鞭草增鄰約藝瓜。

【校記】

〔一〕此詩又見《殘稿》。

譜蘭堂〔一〕

綠野堂前玉魫春，閨蘭幽野結花鄰。一窗瓶史留香祖，四壁花經續美人。繡戶友雲嫻品第，雕房賓月護精神。須知十客題新譜〔二〕，還是羅虬會討論。

【校記】

〔一〕此詩又見《殘稿》。

〔二〕『須知』，《殘稿》作『輸他』。

眠琴閣〔一〕

霧閣香芸潤野煙，秋窗鑾布匣鳴泉。柳公風月歸雙璅，雷氏神明鎮百年。石室高寒神女軫，明生隨神女禹章入石室，見金牀玉几，有琴一弦。見《誠齋雜記》。蘭房深煖主人弦。宋玉僕馬饑疲，值主人開門，主人出，主人女在，爲蘭房奧室，置琴其中。見宋玉《諷賦》。金牀玉几高張處，可許閒情學醉眠。

【校記】

〔一〕此詩又見《殘稿》。

膩紅池〔一〕

金簟平鋪綠錦紋，渟膏涵黛滃氤氳。芙蓉秋老胭脂水，菡萏香深瑪瑙雲。瑪瑙雲，見陸機《浮雲賦》。日暖朱魚沉翠甲，翠甲，見陳至《芙蓉出水詩》。雨飄花鴨墮紅裙。香殘水淺秋搖落，一鏡澄明空晚曛。

【校記】

〔一〕此詩又見《殘稿》。

鷲林精舍〔一〕

愛法生嫌結字遲〔二〕，瓶光幡影學威儀〔三〕。經香懺火皈依禮〔四〕，佛水僧花供養詩。雨後因緣生忍草，風前解脱長禪枝。因緣雨、解脱風，見《止觀輔行》。鸝黄鴿紫罘罳下，月性雲心悟了時。

【校記】

〔一〕此詩又見《殘稿》。

〔二〕『愛』，《殘稿》作『寶』。

〔三〕『光』，《殘稿》作『花』。

〔四〕『禮』，《殘稿》作『地』。

朱魚檻〔一〕

紅魚一部錦斒璘，闌雨珊珊半檻春。丙穴寒顋明火鬣，庚池小尾蹙金鱗。風寒菡萏嘘青藻，花壓闌干唼白蘋。聊爲齋餘閒徙倚，嚼香噴餌坐來頻。

【校記】

〔一〕此詩未見《詩錄》，僅見於《殘稿》，列於《鸚鵡……》與《觀音……》之間，今據《殘稿》補入。

觀音巖〔一〕

雞足零丁鷲腳偏，篔簹秋老紫生煙。人間佛頂圓光石，菩薩石在峨嵋山，五色如佛頂圓光。見《談苑》。海外潮音小洞天。香草煖留花鵲臥，錦苔晴護竹鼯眠。靈峰自有西來意，復又叵叵大士前。

【校記】

〔一〕此詩又見《殘稿》。

畫山樓〔一〕

樓外煙光到雨餘，樓前風影向晴初。四家墨戲王維畫，一部青山《越絕書》。鷺立汀花明亥市，人歸沙月靜魚車。藍花聽染鑪峰色，所恐清魂了不如。

【校記】

〔一〕此詩以下至《越州歸後風雪滿窗偶檢李三贈妓一編讀而誌之》，未見《詩錄》，僅見於《殘稿》，今據《殘稿》依次補入。

得樹軒

西北東南枝屈盤，西北東南，本《隋書·王劭傳》中。飄香落子靜吟壇。開軒大有陶元亮，陶詩：『靜寄東軒春，醪獨撫仙石。』本以此軒設茶酒之具，今欲重加整飭，故云。得樹次於管幼安。檜柏紆牆，似管幼安。見《避暑錄話》。雨纛珠青栽不易，雲幢針玉樹尤難。『遠移難得樹，立變舊荒園』，劉禹錫句。龍丘敢羨移居事，龍丘隱處有龍鬚檉柏，徐伯珍移居之。見《南齊書》。直寫鑪峰坐好看。新柏寫鑪峰，本魏收。

鑄月廊

窈窕楨廊得月遲，梧桐風定上樓時。談雞夢蝶穿幽徑，洗竹澆花度小池。纔滿三間留看畫，只容七步待吟詩。茶香酒熟經行處，鳥毳風飄罥網絲。三間、七步、看畫、吟詩，俱古以名廊者。

漱風壑

雲門陰吹出離宮，簷乳垂寒孕好風。黍谷且逃三伏外，明山如在四窗中。行雲未必需姑射，乞雨徒煩覓社翁。幾爲秋眠捐葛製，人間窯火任屯蒙。

廖輸館

家居玉室金堂地，人在三臺四部中。宛委當年誇太史，瑯嬛今日羨司空。子雲自爾精今古，甘露須君別異同。多少山淵富漁獵，尚嫌三篋擬河東。

芙蓉坳

石子斕斑偪岸低，牆陰霜蘚□平隄。輞川景小坳仍在，孟昶花多秋欲迷。鵲引瓶脂馴西水，鶴留兵爪護辰溪。從來雁宕峰高處，都指芙蓉問驛西。芙蓉驛，見《夢溪筆談》。

垂雲砌

春雲匝地露初濃，茜染綃裁又幾重。花海四時先月令，香山百草後神農。金松粉竹依人淡，鶴頂猩唇到雨穠。最是林亭收不盡，蜂糧猴果助秋容。

繡野園秋日聯句二百韻

唐園滌芊蕙，曇許谷盪茄蕾。葭牆眠巉巇，會稽羅仙石雲錦。艾席瞰□□。耳山玉鑪清，曇目水玖鏡冽。短吟喟蟪蛄，錦長號噫蜻蛚。金虆二七時，曇白露十五日。爨火辛后巡，錦祓水兌神率。褸貜釀新酘，曇禱杼釃陳醱。葉河埽冥鴻，錦條海振飛鴐。菰采死菰蔣，曇蕇定活秭櫛。巖黃鴨腳寒，錦碉赤雞頭熱。人楓有臏株，曇娃草無遺枿。家剝恒陽梨，錦戶熟句漏橘。烏踆微元車，曇兔顧蘇摩蹕。太嚣燦天阿，錦長庚耀神闕。憩跡羅含居，曇息志楊顒室。楸槐狹百弓，錦桐楊廣十笏。秀宇近蜷垣，曇明軒遠埃玠。待邵樂窩開，錦希陶福門閉。南犨悵不除，曇西潦忻可越。蜀艮傍銅陵，錦秦坤倚金堨。蘧廬首陽林，曇疏堂面陰樾。疊阜低擬華，錦鑿沼深窺渤。仿彼仙的凹，曇作此神嚣凸。闖竇熊耳豕，錦劚壑虎牙齾。檽園走倉鼺，曇檻伏伺仇鶻。庨窌蠅窽嶭，錦狋獌螘宮臬。高下若牛駘，曇俯仰似駝圓。溺溺睨櫨枅，錦魄魄覘栭楶。沒馬緎蘚莓，曇埋蛇繞藤葛。豐夏畜囊雲，錦耗冬垛窖雪。香池冷且洌，曇粉水寒可嚽。壬夫勞晨畚，錦丁女告宵埃。漏汋涸以盈，曇斟溪溢乃竭。渟圝瀉臆懑，錦澄瀿灑心愲。藍濃垣染衣，曇綠淨石渲髮。來風影沺沺，錦過雨光汃汃。罵流嗤童嗔，曇咒湧笑僧喝。甯愁苦海滃，錦第喜甜泉滑。春榭窔深堂，曇秋庭邃幽闥。隖平理夷曠，錦畹小治疏豁。星樓潛驒騱，曇水檻竄獱獺。徑短尚宛委，錦廊長亦通達。橫欄捐壒氛，曇峻砌拭塵沕。井藻隸題楣，錦梁花篆顏額。文窗戽水讀，曇交寮裂帛刷。啓扉咤盱眙，錦掩扇駴鰲座。百柯贊窋窡，曇群莖扤轇轕。楝綾耀掍批，錦杉錦炫排拶。龍髯紐樫松，曇鳳翅翼檜栝。素筍綠筒升，錦湘箬彤竿脫。紅斑蕙方茂，曇碧健蘭初茁。蓮生必三花，錦蒲長或五節。葱鹿刪角利，曇葵兔刈脣缺。負岡喜猗萎，錦蔭渚愛蒙密。華冠喧鴽鶡，曇繡羽靜鷭鶒。綠衣颼翩躚，錦丹嘴颸嘲唽。婦巧巢鴟鴂，曇匠工卵鷭鳩。霍繹奏笙竽，錦紛泊叶蕎篁。鶺鴒啄山雲，曇鴛鴦唼潤月。宿桂罥明囮，錦棲梅罣闇罻。斂形一葉中，曇分響千藹出。浮沈足目娛，錦下上動情悅。紫鱗促躭費，曇頳頣各聱耴。呴鬣爍珊瑚，錦吹尾燦韎韐。伍伍覎行遊，曇一一見淪沒。噴香逐細影，錦嚼餌聚微沫。戲荇安齋濚，曇依繁樂鰯潔。抛梭忽瞪瞢，錦黏黴乍飄瞥。婢屣放湏濡，曇奴屩斥漻蕩。瀺灂玩憍蹇，錦噞喁弄狡黠。鹿牀鼎紅罽，曇鱎簾羃紫纈。眠援警枕嗽，錦坐擁隱囊設。簟涼展蛇皮，曇屏溫厠鳥骨。芙蓉蜀鏡清，錦翡翠丁爐質。檀几疊陳玩，曇樫案積古物。蝕卣臚霒[illegible]，錦蠹鼎飾饕餮。磨鸜鴿睉眊，曇注蟾蜍碣磍。意衰戒撇擲，錦情興勵振拂。箱攟王准遺，曇倉拾曹曾逸。黸多柳可編，錦陋少蒲堪截。隋品舊已三，曇劉略新未七。北堂遜虞錄，錦東海壯匡說。欲登鄭馬壇，曇將希沈任埒。籖牙漢石貞，錦軸玉秦金吉。行披挾綈函，曇臥檢抱縹帙。居今曷足矜，錦識古聊自伐。嫛婗舒湯勺，曇教窣蕩坌坲。陟趣遠瀆渭，錦守寂避啾唧。虞桐埋晏閑，曇宓梓調甯謐。注綽熟左猱，錦滾輪習右撮。動行蟹郭索，曇靜跳魚潑剌。蜻蛉象飄揚，錦螳螂肖伸屈。拊軫平坻頽，曇操徽慎僵蹷。遠水何沆溶，錦衆山自漻沉。朝爭淠一道，曇夕騁瞻三術。冠燒詎肯收，錦舟覆焉能撤。勝則八月利，曇負且三日決。爛鞍事固癡，錦褫裘氣猶桀。玉層競幽險，曇金鼎鬬奇崛。六花顯喧豗，錦八門現詭矞。商量較機權，曇品評諍優劣。乘除非禮數，錦否臧豈紀律。朋來數觶斝，曇賓至計粱秫。龍窺蔡邕醉，錦烏擬劉伶渴。觴政乏嘉賞，曇觥令足嚴罰。婆娑釋愁囂，錦綷縩集讙聒。吳絲三弦浮，曇羌竹七漏裂。嬥歌濫也除，錦傮響襍者黜。指點耳譜舛，曇辨析肉聲茶。酒闌習噌吰，錦飲散斅撅攔。測交憶解瑑，曇雅遊念投轄。款好同歆甯，錦契分共僑札。膠堅豈易甄，曇衡固抑難抈。世俗尚蛩負，錦初終變狐搰。墮膽趨炎歊，曇抽腸扇蒸暍。吾輩重縞紵，錦古人責輗軏。賢賢招苹鹿，曇惡惡擿桑蝎。芳懷紉荃蓀，錦列志佩椒樧。道誼嵩泰崇，曇意氣瀟湘闊。水情淡以親，錦醴性甘而絕。與爲群飛凫，曇甯作孤棲鶻。與爲堇荼榮，錦甯作蘧蓮拔。與爲蔗汁甜，曇甯作焯絲辣。省德弓引彀，錦行義矢離筈。當知榮辱緣，曇只繫機樞發。凡音雜筍簾，錦正響豈鈴鈸。衛詩誦磋磨，曇魯誓戒礪秣。方欽衡門痦，錦所思市朝撻。峨峨鸞鷺巢，曇虆虆蛙蚓窟。驝騾戀禾粟，錦驊騮嗜蕡麧。美卉陋樗櫟，曇良材鄙楗橛。銳如錐處囊，錦朗若金盈鎰。馮衍論積素，曇孟嘗議應卒。不彈貢公冠，錦且結王生韤。出門復五噫，曇書空唯四咄。終登百尺竿，錦定植千尋刹。直飄瀛海航，曇幾渡涪江筏。宿林魑魅愁，錦觸浪黿鼉怛。燕趙屢迴車，曇青揚頻告軷。讀殘峴山碑，錦閱偏黃門碣。歲序隙轉馳，曇寒暑關難遏。不留千金盼，錦豈肯一介掇。而今雲溪醉，曇遂荷煙霞癖。芥蔡鄙紳組，錦錙銖視纓紱。事薄矛頭淅，曇名輕劍首咉。耆學酯與醪，錦味理麯兼糵。不述短長經，曇獨躡東西浙。逃時惕瘡痏，錦避俗怵瘢疕。常隨阮蠟屐，曇劇勝嵇煅鐵。幽願希夷惠，錦高情託

莊列。稽古待曠覽，曇孜往獲綜悉。好事等風汜，錦名賢若星撒。金堂銷盛榮，曇玉室毁衰孽。烏臺硯
崢嶸，錦白樓眄㛹嶭。筆倉霜草埋，曇書巢雲樹滅。土城有遺蓁，錦雲門無舊箄。翼亭洵雄豪，曇項里訪
英傑。夏窆垂神勛，錦秦封空偉烈。怨鶴曉淋滲，曇驚狷夜嗚咽。清談足埤垷，錦元義尚髣髴。謝何弃
韁鎖，曇許孔厭羈紲。虞孟步前輪，錦張方踵後轍。風月留坫墠，曇湖山賸茅蕝。衣香兩窨塵，錦履迹一
指蔑。衣冠苦巢由，曇丘壑困夔契。希榮感顑頷，錦畏辱慮蹃跌。詩談豎趙幟，曇文論建魯蕨。溯源振
言凡，錦迴狂救辭淈。規晉羞攣扶，曇模唐秉棲櫝。陸海亦踸踔，錦潘江尤健倔。披卻擴陳蕪，曇解頤搦
荒茀。和聲樂春鶊，錦淒音怨秋蟀。摛藻冠紘綖，曇掞華佩璆珌。灝灝走楚聿，錦渾渾灑燕弗。炯介動
翹懃，曇英跱驀掉慄。祖構揣徽徽，錦宗習乏乙乙。華篇豈忘拔，曇光誦不暇揭。前型當虎上，錦時流值
兔訖。河形祇東趨，曇濟勢但南泆。梢梢植藩籬，錦營營樹丘垤。韓愈馬牛溲，曇陶侃竹木屑。少小睇
曹鄶，錦老大望滕薛。魯鼓參鏗訇，曇周鐘辨弇鬱。楚玉豈任贗，錦齊竽亦信飶。駢坒或蕉覆，曇墆翳或
鈇竊。自從文鋒摧，錦誰拼心刃掘。將爲回柁拗，曇且作翻羹捩。鋠撧立匠纆，錦鏓硐置工槷。靡靡放
繩咬，曇瑣瑣斥契苾。非澄菡萏心，錦難繙霹靂舌。思微細似繹，曇義貼平於熨。新意藉鎪鐫，錦繁詞務
刊刕。謰言偶雙孖，曇隻語畏單孑。戈撞戟去來，錦陣突騎交迭。輻輻轆轤轉，曇皪皪璣珠綴。何須蹴
醋甕，錦還堪叩銅盍。聊搗魚卵光，曇暫倩鵝毛涅。回回龍蛇蟠，錦儵儵蚯蚓結。一書首尾串，曇再讀心
脾徹。倘遇李白仙，錦定誇賈島佛。曇。

會稽沈秀才金燧以七音子母來問偶成二絶戲有甚焉

呼宫呼徵太紛紜，眼學年來竟不聞。顧我盡將聲韻譜，從頭還與沈休文。

歷徧山川偶得之，飛沉誰復辨參差。自逢往日雙聲婢，不見人間一字師。

稽山大王辭

鷓哥山之麓有稽山大王廟焉，俗傳神掌昆蟲草木。或又疑百虫將軍爲伯翳之尊號，神豈是耶？曇案：玉笥石匱，當時宛委之神，必不淪於不祀。則山深村僻，似有失其考者。余聞稽山爲陽明之統攝，斯其爲宛委尊祇，定無異議。送迎無曲，作俚篇以當妥神之樂。

澤馬陪三子，雲龍御七年。神靈尊草木，功業奠山川。蒼水知何□，元夷恨不傳。稽山春社火，風雨護靈編。

登徐山有懷

徐山有石室，乃在武原東。偃王走仁義，士民藏其弓。兹山襲名字，駛駥甯復同。長松偃塚墓，泠泠來秋風。茫然感晏暮，睇覽難可窮。黄雲接丘隴，中有稑與穜。以彼西沉日，似此南來鴻。煩懷託徙倚，禾田多蒿蓬。

薄暮同樹崑僊石登小隱山

落日泠秋空，侯山東復東。鳥鳴衆峰裹，人坐夕陽中。遠水有時到，深村何路通。秋田三百頃，多是稻花風。

亭山腳下

不見亭山面，亭山面面風。野煙噴臉白，霜樹染人紅。到岸不知路，入高疑在空。城南多好處，留與賣花翁。放翁有《城南賣花翁》詩。

三山懷放翁遺事

陸放翁之出也，韓平原招致之。一夕，夢故人語曰：『我爲蓮花博士，鑑湖新置官也。月得酒千壺，汝爲之乎？』觀此，則放翁之悔出可知矣。然放翁之悔，不悔於未出之前，而悔於既出之後。始之不悔，後何及哉？考《四朝聞見錄》，韓喜陸附己，出所愛四夫人，擘阮琴起舞，索陸爲詞，陸有『飛上錦裀紅皺』之句，則較之《南園泉記》，殆有甚已。夫便嬖媚佞，下隸之所不爲，而陸爲之，宦情雖切，何不自少減耶。又陸作《南園記》，後有進士鄭棫者，自作一篇，刻石以獻。韓以陸記爲重，撲仆鄭石。文人廉恥，宜誠齋之痛哭擲筆就死，而不願生者矣。余讀《宋史》至陸游晚出事，最爲悼嘆。今寓居之地，即爲放翁三山舊址。己酉九月一日記。

爲訪書巢到此間，秋田潦水狎鳴鷴。龜堂老子今何處，撇得青山是等閒。
試問劍南歸櫂後，文情能似宦情深？青山若得先生筆，也作移文傳到今。

歸秋涇數日前湖上諸妓相率往吳淞矣感而作詩由禾無地主也

湖上秋千多繡旗，這來人散野鴛飛。鄉親舊日疑蘇小，地主從今是陸機。唐韓君平詩有『吳郡陸機爲地主，錢唐蘇小是鄉親』之句。乘興且尋盤馬路，得閒同上釣鼇磯。□□□□邪溪月，不誤莼鱸誤紵衣。

越州歸後風雪滿窗偶檢李三贈妓一編讀而誌之

鑑水歸來費討探，滿窗風雪又曇曇。庭前梅樹來滕六，夢裏楊花見李三。嘉話已成破蝨錄，好詩如當菜羹談。可知別後西湖月，曾有心情寄海南。

鞦千旗下一春忙

嘉興繩妓見《劍俠傳》，《漢書》所謂走索上而相逢也。放翁詩『鞦千旗下一春忙』，今禾中尚存此景，年來愈盛。佛經爲罥索戲云。詩贈勝寶。

壓鬢油鬟新樣梳，花飜蕊滾亂春趺。釵淩玉燕風來往，神渡銀灣鵲有無。溢路衣香三月熱，上天梯足一繩扶。年年踹破弓鞵底，鑼鼓春深船滿湖。

書吳祭酒圓圓曲後

金陵王氣盡江東，事到平西局已終。李密投唐空跋扈，竇融歸漢似英雄。驕兵易作公孫述，負國難爲屈突通。可惜紅顔頭髮白，君恩不與父讎同。

秋涇夜櫂行

秋涇渡口秋風清，秋涇之夜秋月明。東家姊姊美臣里，美得如花似秋水。秋波凸凸秋雲飛，秋風吹水雲滿衣。阿儂不願流連處，櫂出杉青亭子西。月中仙子雲中雨，百里無山兩人語。遙指荷橋十丈紅，一聲笑入荷花去。花去花來花不知，湖深水大風來癡。一盞明燈飛水面，荷花水上立多時。歸不去，風太狂，湖雲陣陣月昏黃。解儂繞腕明珠子，濃笑親親贈與郎。

南湖船

龍姐扳艄蜆妹開，賣魚艑上看花來。釣鼇磯下月初出，放鶴洲邊風打迴。湖雲出郭島上下，野鴨入船人溯洄。黃昏無奈得歸去，櫓底水聲如作雷。

白衣詩爲三處士作

顧處士樊渠、汪處士林梅、吴處士白生，各製有『江東白衣』小印，屬余爲詩。

李彪白衣良史氏，崔駰白衣友天子。李泌白衣侍聖人，王隱白衣修國史。而且南海白衣觀大士，惟有王弘白衣送酒使。黃衣爲天子，紫衣爲相公。不見顔師伯白衣僕射橫行尚書中，亦不見何胤白衣坐食尚書祿，十萬官錢縣庫供。

題石砫女司秦良玉畫像上書西河毛大可傳

殺賊驕兵羞上將，左將軍良玉同名。勤王烈女慟忠臣。英雄脂粉奇男子，思陵有『世間不少奇男子』句。左右弓刀美婦人。良玉勤王，初有『男左右三千人』之誣。及胡梅林遺營弁覘營，夫人大怒，酒間發露，皆婦人而男冠者。回首人傳公主事，鬢眉君是丈夫身。南朝若問家兄帝，馬上桃花淚滿巾。

戲贈顧丈樊渠

一甕終年抱，書聲小巷譁。時課孫。頭顱能似杵，老眼不曾花。樂府傳千古，有《風雨閉門詞》刻。詩名足一家。閉門往來絶，風雨亦天涯。

毛髮健如此，雙瞳七十青。家貧難減竈，人老戒添丁。五嗣君，十孫。瘦骨宜夫酒，紅顔借火靈。居然金石固，行藥注黄庭。

元夜五婢子作迷藏戲歌

頭無簪鐶髻無髮，赤腳拖鞵鼻拖涕。日來風雨走街頭，夜作迷藏戲。大婢醺醺光，兩耳軒軒豚其鼻。襴襠肉磨五百斤，老大無蝦配以婿。次婢猴而瘦，病蠱深沉貌顑頷。寒衣百結褲無緣，冷凍瞢騰懶無貳。次婢螻而垢，廁牏中裙滌溺器。鹽虀市上買魚腥，溉釜焬鍋未辭瘁。次婢馴而慧，緩頰迎門能擁彗。夜來坐紡木棉車，燒燭煎茶憚人詈。小婢⿰犭齐而黠，觸鼎翻盆醮鹽豉。不遭箠楚亦呼號，似得華嚴大無畏。蘭堂燈火明星霽，元夜屠蘇主人醉。是時五婢走階除，豎指伸拳道其技。主人呼五婢，婢知主人意。五婢自陳辭，主人試條試。大婢如鍾馗，搜鬼入王宮，四目黃金逐儺厲。次婢如癡猨，井底捉死月，黐草黏猿臂重膇。中婢如髑髏，朝斗戴人頭，偵候人聲學狐媚。小婢如包胥，伏哭倒秦庭，涕淚霑顏殢人替。惟有最小婢，最狡多生計，兩手帕其頭，噴空仰伸嚏。始於飢鷹逐兔食鳥雀，猘犬狂狺要狋噬；又如魯人赤手捕長狄，夜深縛得吳元濟。一聲不受代，閧然共逃避。堂前燭火滅，履舄紛拋棄。五婢告主人，婢聽主人使。主人無紀綱，莫作迷藏事。君不見吳宮金鼓能教美人戰，耳目聰明在旗幟。

讀後漢書畢并題黨錮傳後

麗華顏色自龍潛，死後前星感鏡匳。豈是中官敢用事，六朝母后愛垂簾。

膺滂徒死我心悲，張儉魁名死不隨。東漢文章金石好，并無一堵黨人碑。

施府君神弦曲〔一〕

思賢鄉有施府君廟最古者，建自宋景定中，今稱祖廟是也。府君名伯成，姓施氏。九歲爲神，土人祀之，旱潦輒應。至景定載入祀典，已逾百歲。俚俗神歌謂府君生長神異，託活外氏，童而好弄。如所稱驅牛入地，放鵝上天，幻迹不可殫述。又謂府君九歲脱化，探鵶巢至殞，遇大蛇，古木尚在，則皆東野傳言，似足徵實者也。壬子二月，乘輿廟下，聞野巫操盂酒而祭者，陋其俚而爲之辭。

東方曈曈老鵶死，樹上蛇來食鵶子。蛇鳴一聲破巢去，雷公吹巢墮流水。野田不曉神靈聚，土馬泥神夜言語〔二〕。秋七八月水花乾〔三〕，巫來一笠天下雨。神死幾多年，驅牛下黄泉。黄牛入地走，野鵝飛上天〔四〕。釃酒殺羊爲神壽，三十二都歲大有，魚鴨千頭米千斗。大姑箕，小姑帚，蠶子蛆蛆繭盈缶。一歌施府君，府君爲我聽。蛸蝗不教出，嘬食田苗青。再歌施府君，府君爲我醉。囑付馬頭娘，湖桑不妨貴。百年三萬六千日，處處笙歌好年歲。迎神曲，送神曲，神去神來受神福。願神化作東方雲，雨我村村粟，不願老天雨我珠和玉。

【校記】

〔一〕此詩又見《詩選》卷一。

〔二〕『土』，葉本同，徐本、伍本作『上』，誤。

〔三〕『秋七』，葉本同，徐本、伍本作『七秋』。

〔四〕『天』，《詩選》各本作『天鵝天』，誤。

讀宋史

刪太史公書爲十萬言，編班孟堅紀爲三十卷，此良史氏絶大手筆也。《宋史》繁蕪，予以三律盡之，助一笑爾。

《論語》得天下，《周官》誤本朝。風流蕭母后，跋扈趙㬊霄。《大學》補邱濬，長編續李燾。黄袍與泥馬，都付浙江潮。

呂馬富韓日，劉韓吳岳時。徒傳元祐法，誰見順昌旗。珠子天書貴，花綱艮嶽奇。澶淵一孤注，只有寇公知。

不搗黄龍府，焉知南渡危。誤入道學傳，蹙國黨人碑。歸骨申王罪，要盟侂胄隳。橋亭與柴市，辛苦幾遺書。

書唐書姚璹傳後

阿翁婞直阿兒娶，能諂雌龍事女媧。酷吏清廉生意盡，佞臣忠愛誤君多。聰明才語欺人易，淹雅經書論事訛。可惜兩朝良史後，更無人舉順孫科。

審山懷古

審山者，鹽官武原間之東山也，俗傳爲辟陽侯審食其葬處。案：食其爲劉萇所賊，其不葬此也何辨。俚俗相承，予亦仍其訛而爲之詩。

不孝不弟漢沛公，殺人不計平生功。辟陽醜兒好身手，翻身竄入㛮豬宮。英雄作事每如此，那有恩情戀妻子。食其不出一寸謀，劉氏功臣血如水。男兒得意不到頭，一朝富貴辟陽侯。人生只作死前計，富貴何如水上漚。鐵不中，副車頭；錐不出，張良袖。產祿功名非種鋤，富貴能教食其守。君不見審山北、亞山西，朝朝暮暮鵓鴣啼。辟陽疑塚不知處，只今惟有野雞飛。

閱明成化至崇禎經藝文數十冊

百歲光陰欻忽過，何須花樣太繁多。唐朝詩賦元朝曲，即有英雄已轂磨。罩眼紅紗又幾重，可憐劉緦舊雕龍。千年罪孽王安石，絕代聰明唐太宗。

金鐘山題李王廟并書夫人寢碑〔一〕

安吉爲唐故鄣地，公平輔公祏於此，故碑有平盜丹陽之語，今名李王山。山中碑版林立，皆唐宋人書。案：公爲韓擒虎外甥，初見楊素，即有拊牀推坐之目。公爲庸人，亦當感恩知己，況英雄乎？是必無私其侍姬，爲申公巫臣之爲者。小説欲以英雄推夫人，故重誣衛公矣。詩以辨之。

金天華嶽一書通，首上江陵十策功。青海驕汗巢穴盡，陰山亡主幕庭空。韓擒宅相難爲舅，楊素胡牀推與公。能得青年有知己，良弓高鳥自英雄。

我讀《虬髯傳》不然，夫人墳冢象祁連。衛公謹畏如平日，越國房幃況晚年。侍史忍辭袁盎去，舍人肯負孟嘗賢。《唐書》兩種難憑信，況且《虞初》九百篇。

【校記】

〔一〕此詩又見《詩選》卷一。

錢江待渡

白沙江女足，行李擔夫肩。過客西陵岸，無潮二月天。犢車新九錫，江嫂舊同年。安穩關津吏，逢人索飯錢。

越溪吟

人言越溪好，儂道越溪惡。白日弄行人，風雷頭上作。
一步一溪雲，前山後山雨。只有洛水神，那有巫山女。
山如郎面好，水作多情繞。流到半山前，迴把郎腰抱。
山如十五女，濃笑人來去。雲雨兩無心，留郎何處住。

上巳日蘭亭時歲在癸丑〔一〕

抱書看山山欲眠，酌酒勸花花可憐。上巳風光留此地〔二〕，永和流水到今年。山如好女能濃笑，春不人情做冷天。四十一賢香火地，更無人與塵談玄。

【校記】

〔一〕此詩又見《詩選》卷一。

〔二〕『留』，《詩選》各本作『來』。

登良鄉大防山〔一〕

薊北山河一雁長〔二〕，黄花春影見牛羊。軒轅臺冷風煙古，碣石宫墟草樹荒。千里南車迷火帝〔三〕，百年羸馬哭昭王。幽陵兩道長榆外，濕水無聲下范陽。

【校記】

〔一〕此詩又見《詩選》卷一。

〔二〕『河』，原作『阿』，據《詩選》改；又『薊』，《詩選》各本作『冀』。

〔三〕『火』原作『大』，據《詩選》改。

涿州題張桓侯廟

虎將弓髯鎮古州，春陰堂殿護松楸。三分大局無完史，一樹新桑尚姓劉。古廟荒禽啼蜀帝，空村兒女哭桓侯。將軍横死爭天下，不值譙周一紙休。

瓊華島金鼇玉蝀橋所見白塔也〔一〕

玉女曉披衣，翩翾一塔飛。可憐蕭母后，不見李宸妃〔二〕。金粉三朝在，聰明一月非。水精簾下看，惆悵不能歸。

【校記】

〔一〕此詩又見《詩選》卷一。

〔二〕『宸』，《詩選》各本作『元』。

萬壽寺銅鐘重八萬七千斤姚少師鑄內外刻華嚴經八十一卷華亭沈度書鑄之年月日時四丁未移徙之日亦四丁未也

一劫華嚴到此時，燕王功德懺來遲。曾翻六卍唐三藏，再刻阿荼姚少師。義士屍身悲鐵鍊，鐵弦練子寧。魚王頭骨痛銅椎。佛經：千頭魚王日受千刀，聞鐘聲則痛止，故說法則自椎也。可憐八萬千斤重，不鑄方黃錯字垂。

南海子

紅門南去覺天寬，十萬長楊六月寒。司隸不知禽獸簿，嗇夫早做上林官。種瓜事羡侯門樂，築屋心欣海戶安。遲我晾鷹臺上過，班揚詞賦是豪翰。

西洋天主堂編簫二座中各三十二層層各百管合得三千餘管凡風雨戰鬬波濤百鳥之聲無不畢備予按元時有興龍笙列九十管爲十五行行列六管以鞴鼓之亦西域所進也

嬴女留笙簫史簫，鳳皇聲裏顫波濤。不知戰退修羅後，誰與諸天奏早朝。

工部廳事前鐵磚晉石季倫家舊物也

屋藏黄鐵今何在，地埒金溝留得無。此錯亦經名匠鑄，是磚不向富家鋪。姜香舊閣澄泥少，銅雀荒臺片瓦麤。我是書生桑魏國，請他磨破抵珊瑚。吏人於此磚磨墨云。

遊西山檀柘寺〔一〕

手接太行嶺，平看一地煙。時逢小春月，身到大西天。出郭青牛穩，馱經白馬便。雞山難可見，彈指此壇邊。

【校記】

〔一〕此詩又見《詩選》卷一。又『檀』，伍本作『壇』。

太液池觀演冰戲

五百揀花人，三千埽雪兵。明南京舊制：宮中設揀花舍人五百名；北都大内每雪後，撥京營兵三千内廷埽雪。身無奪標勇，宫有水晶明。但得騰身法，何須蹴足平。廣寒梯路滑，踏破鐵鞵行。

讀章嘉國師所譯天竺梵音漢字觀音大悲咒文

秦言晉語細披尋，珍重慈悲一咒心。東土舊文唐古忒，晉唐舊本爲今唐古忒國音，今定爲九十五句，則天竺正音也。西來新字漢今音。金函再檢龍王藏，鐵杵重磨大士鍼。授我總持三昧法，耳門功德更深深。

奉陪彭鏡瀾學士陳春溆諸史公於浴德堂正字

忽入祕書監，居然著作郎。纔窺聰明富，已見石渠藏。玉柙裝潢出，花磚正字忙。在官私寫讀，見《南史·郎基傳》。王隱白衣狂。

咏鏡

昨日紅顔今日皤，先來新媳後爲婆。鑄成薄命妝臺上，照盡深閨醜婦多。肝膽似渠謀面忌，聰明如汝受人磨。少年意氣英雄性，撲碎孫郎呼奈何。

抹粉塗脂假笑歡，照來毛孔教儂寒。同時各愛鬚眉好，從古無人背面看。一代精華唐歲月，百年文字漢銅官。可憐一片靈臺狀，摩盡人間頭髮團。

錢

標黃標紫散爲蚨，未必紅厓再設爐。老去難從太公借，少年能似鄧通無。稱兄尚恐方家笑，得姓須存孔氏孤。可惜家君五百萬，不曾買個大司徒。

清字經館奉呈章嘉佛時譯藏既竣〔一〕

逍遥園裏貝多春，波若臺邊笑語親。校定舊經三百卷，歸依乞士五千人。華言唐古紛紛異，國語房融筆筆真。授我楞嚴總持意，傳燈畢竟有前因。

【校記】

〔一〕此詩又見《詩選》卷一。又『譯』，《詩選》各本作『繹』。

觀西洋郎世甯大人作畫并出示金川戰勝圖刻本

淺染胭脂畫阿青，金川女將。麒麟閣外看圖形。何如留取尚書筆，爲寫官家太液亭。

萬馬千軍避白袍，金川圖上鬼蕭蕭。分明戰勝堂中見，曾替諸天盡早朝。

當票

鼲貂狐貉，不五六年而盡爲典券矣，悵然成詩。

從頭數子母，屈指計支干。堯典三年閏，《豳風》九月寒。

賸有崑侖券，藏收竇不如。授衣大令帖，乞米魯公書。

河間七里井感竇建德事

高雞泊接萬春宫，千里風雲草澤中。一旅西師覘王氣，六年東帝足英雄。勤王故事封王日，作賊豪情殺賊功。可惜書生淩祭酒，不能強諫摸羊公。

芟盡蒹葭有霸臺，聊城一矢賊圍開。中宮帝后蒙塵出，公主陰山先馬來。負弩驅馳真勝事，稱臣嫵媚是奇才。英雄亂世如君少，宮女千人悉放回。

平山堂同金棕亭羅兩峰作〔一〕

淮南雞犬竹西僧，占盡揚州此一層。百劫山河隋大業〔二〕，一家文字宋廬陵。匆匆絲竹空哀樂，久久樓臺幾廢興。笑問木蘭今長老，南朝香火有然燈。

【校記】

〔一〕此詩又見《詩選》卷一。又《詩選》各本題作『平山堂同金棕亭羅兩峰兩先生作』。

〔二〕『河』原作『阿』，據《詩選》改。

梅花嶺弔史閣部

一局殘棋收建業，九邊烽火定榆關。老臣要乞偏安計，上國容教使命閒。塚有梅花如水部，死非柴市是文山。世傳閣部爲文山後身。平西幸有真王號，遲暮妻孥跋扈頑。

瓊華觀讀明武宗皇帝禡祭記〔一〕

武宗征宸濠，駐師觀中。記謂其觀兵揚州，一時金鏊介甲之士，市巷坊街，幾無立足。禡祭之日，敕諸生執絲竹襄祀者二百餘人，軍容之盛，振古無比。蓋武宗處中葉太平全盛之時，揆文奮武，仿漢唐渭橋故事，安不忘危，致有深意。而讀史者，似謂其弄兵好勝。不知有宋九朝，全賴澶淵一出，使天下知有黃龍大纛也。況武宗賢相在朝，名將視師天下，將垂拱無爲。此《玉搔頭》一部傳奇，雖曰遊戲〔二〕，亦一朝樂府之不可不傳者。

遊龍戲鳳下揚州〔三〕，武宗南巡，戎服簪花，鼓吹前導。見《陔餘叢考》引傅維鱗《明書》〔四〕。如虎宸濠一縛休。此日六軍同祭馬，當時一炬笑迷樓。三千殿腳悲瓊樹，十萬貔貅弔玉鉤。天下安危注將相，大明天子自風流。

【校記】

〔一〕此詩又見《詩選》卷一。
〔二〕『遊戲』原作『遊龍戲鳳』，據《詩選》改。
〔三〕『遊龍戲鳳』，《詩選》各本作『簪花鼓吹』。
〔四〕此句原無，據《詩選》補。

祖堂寺阮懷甯度曲處

大鋮避客於祖堂寺，三更人散，則挑燈度曲，作《雙金牓》、《獅子賺》等齣。及降我朝，軍中問其作《燕子牋》能自度否，乃手板拍歌侑酒。見《池北偶談》。

一年幾見月當頭，弘光宮中楹句，王覺斯書。勝國山河幾齣休。真有相公知曲子，可能天子竟無愁。驕兵債帥嗟何及，羯鼓斜陽空此樓。不用南朝草降表，過江檀板是譙周。

莫愁湖落成奉呈李松雲宮允作〔一〕

香山未到，西子湖枯；醉翁不來，環滁水涸。以故吹安石之竹，則東山不惟一時；讀少陵之詩，則渼陂可以千古〔二〕。守土者即不能名山學士，號湖郎官，而古迹之湮埋，亦當事者之責備歟？石城西有莫愁湖者，當甃社珠沉之後，太白樓荒之日，蒲生董澤，草長蘇灣，裙屐去而人影銷〔三〕，笙歌散而衣香寂。久已哉金粉百年，雲煙已散者矣。湖在前明時〔四〕，爲徐武甯王湯沐之地。當時也阿侯故宅，曾經光祿池臺；少婦青樓，忽作將軍樓閣。二百八十年，是處風多；三萬六千場，此間人醉。今也大功坊第〔五〕，門戶猶存；十廟功臣，子孫尚在。豈非良弓高鳥，范蠡先聲；醇酒婦人，信陵故智乎？松雲中允來守是州，重新黝堊，圖淩煙舊日丹青，再買胭脂，染好婦當時顏色。某青鞵布韈，弔古懷今。慨異姓之真王，可憐功狗；笑開元之天子，不及盧家。序滕王高閣，落霞與孤鶩齊飛；作王儉短篇，老子與韓非同傳。

天子無愁妾莫愁，此湖傳是古青樓。功臣十廟同時盡，異姓中山與國休。弘光滅而中山國絕。甲第華林留舊石，將軍弦管剩箜篌〔六〕。高明詞曲《琵琶記》，高帝以則誠《琵琶》傳奇比之五經肴核。帝亦風流護阿侯。

杯酒兵權到此時，黄袍還恐美人知。六橋湖柳閑鄱國，一部清商老尉遲。佐漢留侯如好女，大明高帝本能詩〔七〕。可憐一地胡藍血，不與歌兒舞女期。

【校記】

〔一〕此詩又見《詩選》卷一。

〔二〕『渼』，葉本作『渼』。

〔三〕『屐』，葉本作『屧』。

〔四〕『前明時』，《詩選》各本作『明初』。

〔五〕『功』，《詩選》各本作『宫』。

〔六〕『箜篌』原作『空篌』，據《詩選》改。

〔七〕『高』，《詩選》各本作『皇』。

蔣王廟

神亦有興衰迭王乎？ 昔蔣侯爲帝，聲靈震於江左。 及蘇侯帝，而蔣帝稍衰。 陳霸先尊項王爲帝，而蔣、蘇兩帝之祀幾絕。 明以祠山張帝爲帝，而項帝無聞。 今蕩寇帝，而祠山之帝又無聞焉。 佛經謂諸天五百年壽，髻花萎落爲劫，信有之乎？ 登蔣山，幸神之得以山名也，留詩廟壁。

血食三分國，神始封於吳。 精靈百戰身。 而今關盪寇，昔日項王神。 蘇事竟無述，祠山僅有春。 村民留社鼓，感慨到天人。

蕭寺

南朝四百八十處，猶有迴光一字蕭。 同泰凡身原可捨，江陵餘火怕重燒。 僧更南北無宗派，佛自齊梁見兩朝。 安得現錢勤布施，叫渠阿六費黃標。

隨園

分明詩國要英雄，留此青山天與公。 纔好功名知一縣，及身文字殿江東。 成仙歲月諸如此，作相經綸盡此中。饒得滿園脂粉氣，好花原是近春風。

當陽豪氣少年如，孫綽流言老未除。愛士或疑男左右，傳經偏是女尚書。每言燕國延年杖，怕乘明堂步挽車。細取鍾嶸《詩品》讀，開章原有兩班徐。

八十一科唐取士，本朝祇有兩宏詞。撐腸不過三千卷，走馬如何二十時。早達最爲名士累，失官不絕翰林遲。天留五十年間空，重教先生讀盡奇。

部民還愛說袁安，絕世聰明好長官。結集自知傳世易，忌才人要殺公難。中年名大官場熱，老去山遊世路寬。極愛《漢書》《循吏傳》，張湯黃霸不中看。

聖於詩處是聰明，成就詩流好性情。開卷文章驚濶大，與人言語近和平。還山故老無同輩，折節知名敬後生。訝是公卿勤倒屣，先生原不佞公卿。

文人生計古來無，黽勉開山有畫圖。時相遣人畫隨園。鬭酒人宜車馬客，看花交到守財奴。呼朋助寂難禁雜，諛墓多金不厭誣。名刻《睽車》全不看，《子不語》衆手所湊，先生全不寓目。賣得萬金，而刻板三十千也。賣書錢要泛江湖。

台雁三茅近未遊，芒鞵踏盡遠山頭。兩番薄宦經秦嶺，一入城門過廣州。香亭太守守肇慶，而先生始滿載。東屋歸來西屋好，南兄年老北兄留。倉山若當黃樓看，紅豆村人蘇子由。

似此嫏嬛似此春，好花紅得滿園新。從公讀遍名媛傳，贈我深情絕世人。白髮誓留方外約，青山指與富時鄰。小桃源在倉山隔磵。先生嘗步行二十里，指此山一區曰：『此足下他日名成，與我結鄰處也。』不知底是成名處，脫下芒鞵來隱淪

善才生二十五月矣計識得二百五十餘字示以詩云〔一〕

阿爺四歲識千字，一一形書曉其義。兒今三歲字二百，他日爲文定奇特。人間識字天上嗤，阿爺自誤還誤兒。兒莫學阿爺，知書娘道好，至今餓死無人保。夷齊廟裡要香煙，誰捧藜羹到門禱。阿爺配食兩廡去，賴爾門庭來洒掃。秦王燒書黑如炭，豫讓吞之不當飯。魚鹽作相盜作將，天下功名在屠販。兒不聞倉頡作字鬼神哭，從此文人食無粟。又不聞軒轅黃帝不用一字丁，風后力牧爲公卿。

【校記】

〔一〕此詩未見《詩錄》，今據《仲瞿詩錄》補入。按此詩創作時間未詳，惟仲瞿十九歲即娶善才生母樨香，而以常理推斷，其得善才當在三十歲之前。《詩錄》卷一詩作基本作於三十五歲之前，今姑繫此詩於本卷之末。

弄書行示善才〔一〕

書不弄兒兒弄書，愚公之子如公愚。牢把一冊愛如命，撇得《中庸》便《論》《孟》。睡來不放醒叫呼，阿兒餓死前生定。人家一蠏生一蠏，生到蟛蜞骨不改。不然龍生九子子子別，弄水噴雲性還在。仲尼少小愛俎豆，十年廟食尊彝侑。子輿生長託黌宮，到今血食黌宮中。但願吾兒讀書讀貫上下古，不願吾兒一科一甲呼吾父。

【校記】

〔一〕此詩未見《詩錄》，今據《仲瞿詩錄》補入。考證參前詩。

對雨〔一〕

男兒少不成名三十許，日日浪浪聽山雨。雨聲不住人耳聾，抬頭不見天上龍。一蛟盤天受天語，魚鼈黿鰍半空舞。三十六鄉都是雲，白日一照天下春。河伯外臣日之使，何不捫天洗天水。雲中妖蛟有時墮，吾亦登天見龍子。

【校記】

〔一〕此詩未見《詩錄》，今據《仲瞿詩錄》補入。按此詩有『男兒少不成名三十許』之語，或作於三十歲前後，姑據此繫於本卷之末。

卷二

讀元史

時有以《元典章》附入《元史》中，如裴松之注《三國》者，良史也。惜未合經世大典，删附爲一書爾。

仲尼作《春秋》，六月脱其稿。邢邵讀《漢書》，五月便已了。大明修《元史》，六月歘已好。而時經世書，卷帙頗不少。中山收圖籍，倉卒弗探討。匆匆八十年，霎若風吹槁。賴有《元典章》，合作急就草。方知鮮卑語，亦要南人曉。如何《契丹書》，禁止弗許道。遼造《契丹書》，不許流傳內地，有竊以鏤版者。惜無李延壽，再作北史考。

靈谷寺寶公塔下

靈谷荒凉不紀年，寒松十里帶長阡。南朝弟子今衰歇，佛土人天亦變遷。勝國山陵原草外，老僧方塚夕陽邊。珠衣已火根塵靜，一片鐘聲化晚煙。

題方正學祠堂壁

七國誅鼂錯，爲公十族愁。六經生注腳，三木死囊頭。僧綽南朝事，元凶一詔休。王僧綽爲元凶草詔，元凶即滅。朝衣死東市，畢竟不安劉。

景陽宮井爲寺僧失其欄今新甃也〔一〕

美人不照華陰井，叔寶心肝麗華影。失我胭脂婦女愁，六宮淚水如泉冷。陳宮往日八才人，如魚如水一家春。金釵照月年年豔，玉樹從風日日新。麗華十歲兵家女，金屋承恩阿嬌貯。三鳥初來王母家，玉清本在天孫許。梧桐結子早盈囊，豆蔻含花乳鳳皇〔二〕。得寵不緣憐太子，專房只合侍承香。求賢殿裏西來佛，不妒娥眉愛如月。長樂宮花春自芳，昭陽院草秋來歇。選入東宮初乘鸞，承封冊拜綠霞冠。中宮不數陳皇后，侍女何須賈佩蘭。君王初起齊雲觀，複道捫天鬭霄漢。欲規漢武合歡宮，不仿長楊射熊館。風流直是住臨春，三閣連連兩貴嬪。宮中妃子三千歲，天上張星十二辰。洞房左右離離曲，翡翠沉檀間珠玉。寶帳宵眠兜沫香，金牀晝爨仙音燭。官家歌舞愛山池，虹草恒春好四時。樂景不緣天上有，賞心那得外人知〔三〕？復有深宮往來道，淑媛亦在蓬萊島。美人爭說倢伃賢，昭儀誇道修容好。黃門給事肯教遲，牋奏封章事事知。中使只稱李善度，内官兼愛蔡臨兒。臨兒解識風流猾，鬒黑如雲貴妃髮。七人喚取侍神仙，十客呼來伴明月。江總文章足大觀，客卿詞賦是豪翰。宮裏佳人袁學士，殿中才子孔都官。雲光牋采桃花色，哦詩寫近君王側。不須安世譜房中，何必《周南》勝諸國。驪留樂罷奏琵琶〔四〕，挾彈吹笙盡内家。那曉《春江花月夜》，衹知《玉樹後庭花》。結綺宮中人婉嫕，望仙樓下呼兄弟。天子宮中且莫愁，尚書不討君王計。班姬文學左姬賢，飛燕如花事事專。左右貂璫纔五十，後宮巫蠱僅三千。三宮昨夜傳妖厲，一足山禽字成謎。閣中天子夢黃衣，山鳥來歌奈何帝。君王身是佛家奴，黃塵皂莢不須呼。人間萬歲爲天子，不若長星醉一壺。蜀江流柹中江隘，烽火南來一衣帶。璽書十萬下江陵，飛來忽到南天外。春官弦管正登臺，京口城門昨夜開。貴妃尚在君王膝，天子那知有禍來〔五〕。鍾山鐵馬着山谷，擒虎南軍勢如竹。江龍已扼上流軍，白土岡南鬼神哭。孔郎俠少不知兵，遊戲承當大將營。蠻奴只作迎降計，司馬焉能一背城。摩訶少小蘭陵族，急作皇畿大都督。平生名勇冠三軍，今日爲俘陣前辱。此時天子妮宮娃，牀下軍書事事乖。僕射不堪還獻納，舍人那敢更詼諧。官家最是風流子，不作降王未能死。金井無波好誓心，河魚已著春秋史。流傳此井已千年，欄口丹書字字鐫。愚公擔石焉能塞，精衛銜砂不教填。轆轤索斷銀瓶冷，古甓相傳照形影。香徑宮花百草荒，君山鼓吹千年靜〔六〕。景陽宮瓦已成灰，狐鼠空山雉鳥媒。山僧不忍前皇辱，重與官家葺一坏。從古繁華若轉燭〔七〕，琵琶浪寫開元曲。京洛門前舊日駝，闔閭臺下當時鹿。銅雀西陵事可哀，行人誰識故宮槐？六朝脂粉成塵土，八代風雲變草萊。寒食飛花莫相送，長城公老胭脂痛。天子風流自古然，往來多少雞臺夢。

【校記】

〔一〕此詩又見《詩選》卷一。

〔二〕「寇」，葉本作「蔻」。

〔三〕「得」，《詩選》各本作「有」。

〔四〕「驪留樂罷奏琵琶」，《詩選》各本作「麗留樂奏罷琵琶」。

〔五〕「那」，《詩選》各本作「焉」。

〔六〕「山」，《詩選》各本作「王」。

〔七〕「燭」原作「矚」，據《詩選》改。

眼鏡此翰林官大考題也隨園袁先生以此題詩會與十七府詩人同作

靉靆無波一境空，琉璃世界兩輪中。雖非日月燈明佛，能補先天父母功。百劫難修天眼淨，萬花纔放水精宮。是日江東閨閣十二人同集水精域，故云。要知到老無花處，還仗先生一照公。

遇北來僧於攝山禪堂同登天開巖次日放櫂青溪呼奴勸酒

吾亦當初竺法深，無端相遇佛圖澄。繙經不礙邀名妓，釀酒何妨勸老僧。五濁世緣誰耐住，九天宮遠怕難登。只參一句西來意，龍女明珠得未曾。

石颿樓〔一〕

弔琴娘也〔二〕。琴娘天台魏氏女〔三〕，以國朝順治三年死潤州之甘露寺〔四〕。按魏自序琴娘歸三月〔五〕，鞞鼓南來，擁之北去，歷河渡淮，欲死無地。既而琵琶擊碎，幸脱餘生，破面毁形，蒙垢廢迹。晝乞道途，夜竄青草。託流水之飄花，言來京口，遂登北固，涕淚如狂。憶昔爹娘〔六〕，空傷魂魄。良人天遠，存没何知。惟幸遊魂帶血〔七〕，夜化啼鵑；猶恐不解南歸，雁峰路絶。因題短什，望達孤親。遺事流傳〔八〕，附諸誌末，亦足偉矣。嘗覽潤州故實，如《華山畿》、《杜秋娘》，瑣屑閨情，文人膾炙〔九〕。琴娘以奇特孤操委身宿莽〔一〇〕，翰墨無聲，訪諸操觚，未能口實。予登石颿之明日，緝綴繁辭〔一一〕，次其梗槩，雖不足補苴藝林〔一二〕，亦未始非宏奬人倫之盛事也〔一三〕。

江上晴雲晝如絮，紅梨花底紅禽語。紅禽樓下逐花飛，樓上飛紅墮樓女〔一四〕。金閨自述琴娘嫁〔一五〕，銀鑪爇麝檀郎夜。珊瑚枕絮不成眠，玳瑁妝花未曾卸〔一六〕。鯨鯢唐突月翻營〔一七〕，蠭蛾一旅雪登城〔一八〕。當時鳳吹樓頭出〔一九〕，今日鶯啼馬上聲。敲冰斫凍朝漿汲〔二〇〕，掩翠低紅夜深泣。上前鵶韈倩人扶，落後弓鞵亂流立。黃雲墮陣濁河頭，紅旗扱靫清淮流。駝囊瀉酒駝鞍喫，鬼妾呻吟鬼馬愁。蠻氈帳裏蠻弦語，春燕秋鴻亂無序。崑崙不是姓康人，琵琶忽中秦庭柱〔二一〕。鞍騾抱馬三更櫛，戴月承星怕呵叱〔二二〕。偷壕出塹死誰知〔二三〕，虎口縋生命如虱。野田積水淮南道，日乞窮途夜青草。娉婷秋月缺誰圓，爛熳春雲亂誰掃〔二四〕？雲煙羃䍥天如弓，關山不見昔來鴻。猿驚烏怯傷前侶〔二五〕，鶴寡凰孀泣故雄。北固山頭半城雪，西陵渡口行人絕。魂禽叫下土山雲，鬼鳥啼紅寺門血。阿爺生我阿娘慈，袖中卻扇妾郎詩。君生妾死君休恨，妾死君生妾不知。風風雨雨山頭壁，字字行行淚洴澼。此時烈骨枕荒涼，此夜遊魂免驚惕〔二六〕。豚魚吹浪江生風，雲霓爲佩月爲容。石飈山下飈來去，且上飄船到雁峰。江南遊子青衫客〔二七〕，捉筆題詩替嗚咽〔二八〕。一弔江樓謚君貞，再弔江樓謚君烈。

【校記】

〔一〕此詩又見《詩選》卷一、《殘稿》。

〔二〕「琴娘」，《殘稿》作「貞烈」。

〔三〕「魏」，葉本作「衛」，下均同；又此句《殘稿》作「貞烈姓魏氏，字琴娘，赤城人也」。

〔四〕「三」，《殘稿》作「元」。

〔五〕葉本此有「于」字。

〔六〕「爹娘」，葉本作「耶媽」，《殘稿》作「爹媽」。

〔七〕「惟幸」，《殘稿》作「唯念」。

〔八〕「遺」，伍本作「遠」。

〔九〕「瑣屑閨情，文人膾炙」，《殘稿》作「閨情猥褻，禮法羞稱，文士詩歌，到今膾炙」。

〔一〇〕「琴娘以奇特孤操委身宿莽」，《殘稿》作「今琴娘以奇特孤操燼身宿草」。

〔一一〕「緝綴」，《殘稿》作「綴緝」。

〔一二〕「補苴」，《詩選》各本作「振揚」；又葉本於「藝林」後有「以□附」。又此句《殘稿》作「雖不敢以傳播藝林，敷揚藻澤，儻異時上之禮官，謚以貞烈」。

〔一三〕『亦』,《残稿》作『抑』。『盛事』,《詩選》各本作『本意』。
〔一四〕『樓上飛紅墮樓女』,《殘稿》作『樓上紅花墮樓雨』。
〔一五〕『金閨自述琴娘嫁』,《殘稿》作『金裙簇蝶琴娘嫁』。
〔一六〕『妝』,《殘稿》作『簪』。
〔一七〕『鯢』,葉本作『鯤』。
〔一八〕『一旅』,《殘稿》作『雜沓』。
〔一九〕『出』,《殘稿》作『夜』。
〔二〇〕『敲冰斫凍朝漿汲』,《殘稿》作『截雲劚凍朝漿汲』。
〔二一〕『琵琶忽中秦庭柱』,《殘稿》作『琵琶忽作都亭女』。
〔二二〕『鞍騾抱馬三更櫛,戴月承星怕呵叱』,《殘稿》作『鞍驢韉馬三更櫛,戴月承星避呵叱』; 又『怕』,《詩選》各本作『伯』,誤。
〔二三〕『出』,《殘稿》作『竊』。
〔二四〕『熳』,葉本、伍本、《殘稿》均作『漫』。
〔二五〕『鳥』,《殘稿》作『雁』。
〔二六〕『遊魂免驚惕』,《殘稿》作『貞魂罷驚惕』。
〔二七〕『青衫客』,《殘稿》作『家居浙』。
〔二八〕『捉筆題詩替嗚咽』,《殘稿》作『筆不能詩臆嗚咽』。

焦山夜泊〔一〕

華嚴靈館壓嶕嶢，一片風煙接寂寥。大地星河圍永夜，中江燈火見南朝。魚龍古寺三秋水，神鬼虚堂八月潮。獨上數層捫北極，滿天風露下銀霄。

【校記】

〔一〕此詩又見《詩選》卷一。

萬歲樓

萬歲樓頭一席風，江雲不斷午潮空。六朝花草斜陽外，兩戒山河暮雨中。往事到今成逝水，壯遊從此任飄蓬。登臨不感榱簷改，劫火曾燒舊日宫。

昭關

急着征衣緩着鞭，行人安穩吏人眠。此關送盡吹簫客，前路重開乞食天。雨宿風餐年少日，驢馱馬走大江邊。平生一飯將錢買，何苦天涯十九年。

漂母祠懷韓齊王作〔一〕

王孫如此不忘情，漂母祠邊浪有聲。作帝何妨先楚漢，忌才畢竟是良平。恩從一飯甘刀俎，義不三分合鼎烹。三分鼎足之說，始於西漢項王之約、東漢囂述之書。賴有英雄劉季在，肯教傳得蒯通名。

【校記】

〔一〕此詩又見《詩選》卷一。

瀛洲旅夜

風定馬鳴蕭，燕南夜寂寥。燈花遊子夢，春水狀元橋。去年今日與梅園外舅山陰泛雪於此，與蓉城成婚後重棹山陰之第二日也。舊事迷金枕，鄭花寄來詩有『十年舊事揚州夢，百計相似蜀道難。抛我明珠雙顆冷，贈君金枕兩頭寒』之句，意在續我姻緣。新情戀玉簫。寄江左諸姬詩有『宮袍著後再團圓』之句。五更人眼合，渺渺浙江潮。

濟南即事

二十東風嫁未遲，藁砧何事誤當時。居孀豫約三章法，選婿先求一卷詩。往事上官司玉尺，來時小婢閨桃枝。相如詞賦無人薦，知己文君似我師。

趵突泉茶話

當軒三級禹門幽，權當中泠淪一甌。喜我坐當雷起處，無人嘗著水源頭。隨波到底非真性，出地何曾肯下流？七十二泉無品第，君謨茶錄未能收。

李清照故居

一隖荒陰身後春，籬門光景一愴神。秋山病馬悲遊子，時一馬病而一馬死。苦雨淒風弔美人。之子年華名士命，不才遭際大家身。文林列傳英雄記，難倩三班另討論。

錢忠烈祠

降旗一片出城隍，猛把金椎震博浪。七國同心斬鼂錯，將軍無計殺燕王。銅駝浪保孤城在，鐵骨空撐一鼎香。千古帝王明永樂，剝皮揎草勸忠良。

冒雨與祝簡田太史置酒大明湖上

油衣要紙不要瓦，阿客遊山一群馬。仲尼雨具子路齎，有傘不借卜子夏。是日與及門借傘不得。臧孫雨行魯人笑，知雨之遊善遊者。龍山太史作雨遊，歷下明湖七月秋。雲裏看山如走馬，雨中騎馬似騎牛。荷花雨裏紅於火，水香十里明湖左。一聲長笛破蒼煙，花底行船雨中坐。迎人水鳥送人雲，荷花有似雲中君。三千美人作水戲，風來同舞鬱金裙。鷫鷞水路笅蓏曲，上有青天下無屋。北極星高不敢捫，翻身一上天地肅。半湖之外雲水黃，神宮池館接滄浪。香水海中新佛土，蓮花國裏小迴廊。且酌深杯莫相壽，生挂金龜死何有。膾鳳屠龍不計錢，脫帽一叫三百斗。五花細馬千金貂，太白死後無人豪。今朝醉殺明湖裏，我與先生同釣鼇。迴頭日下胭脂沒，雲破山空出山骨。只見南山萬古青，何人年比南山月。巫山小妹洛川姝，叫月不上城南隅。一醆紅燈飛水面，龍王女子弄明珠。歸船明月來船雨，雲雨何人作天主。百年滄海變朝昏，一日魚龍作今古。三張篙，一枝櫓，城頭鼕鼕打三鼓。

讀嚴相國鈐山堂集

一生纔占杏園芳，有子郗超不早亡。如汝功名長樂老，似他文字半閑堂。當年臺閣成佳話，多大冰山辱彈章。不敢厚非公好處，一編留與釣竿長。

過華不注下

美人閧一笑，四國戰干戈。此日華附注，經秋木葉多。野田寒散市，古道碾成河。苦厭車輪響，輕軀倩馬馱。

憫忠寺石壇唐太宗瘞征遼戰骨處也〔一〕

沙蟲猨鶴亦從龍，豈是英雄竟不逢。失地降王生有廟，唐英雄廟以祀李密、建德，太宗時建。無功名將死難封。命無麥飯歸殘骨，福不苴茅負戰攻。一樣君臣時際會，昭陵陪葬有青松。

【校記】

〔一〕此詩又見《詩選》卷一。

長椿寺展明慈聖太后像〔一〕

九蓮花下倪天神〔二〕，柰素生香母后身。衣法尚傳童女面，家風原是國夫人。中宮講讀悲沖帝，勝國絲綸慟老臣。再乞田妃遺像看，茂陵金椀一朝春。

【校記】

〔一〕此詩又見《詩選》卷一。

〔二〕『倪』，《詩選》各本作『現』。

觀梨園演王承恩守門殺監齣

僅仗軍容事已遲，九邊烽火九門時。買臣莫斬黃羅漢，賣國無關郭藥師。出走不爲航海計，勤王難望渡江旗。朝恩敗事懷恩死，留得承恩好傳奇。

天下大師墓

一肩風月走天涯，雙履歸來計莫差。是處更無天子氣，此山權當老僧家。開荒盤古留郎廟，南宋金棺失帝粑。一十三陵原氣盡，恐無餘生葬袈裟。

炸子橋楊忠愍公故宅

黃金流溺溢中朝，石破天驚一疏抄。受國有恩心太急，殺身無補死纔豪。言官搕路多於虱，媪相持權自古牢。難道霜臺多管筆，不從公借一根毛。

彈相參章纔出閣，救夫疏又入朝門。天生烈女忠臣配，身把冰山熱血噴。晏子楹書遺卷在，龍逢民戶一家存。庸奴定怕頭顱痛，到底楊家有子孫。

落花詩〔一〕

三十韶華栩栩過，殺花聲裏坐消磨。百年流水隨春去，一代紅顏奈老何。天上好風君子少，世間無福美人多。西牕一夕淋鈴雨，愁悵風姨太撒魔。

一曲山香化作塵，東皇遺我舊頭巾。榮華受盡三春福，茵溷飄成兩種人。兒女算來溝水命，天仙排定下凡身。空林一片唐衢血，羯鼓敲來識不真。

如此飄零怨也遲，斜陽肯照未殘時。生成一樹桃花命，冷落終年后土祠。隴水人吹三弄月，孤山魂葬半墳詩。寒鴟齒冷秋煙笑，死若能香那得知。

殘紅殺盡綠難肥，誰想逢年再夢緋。春了定教分手別，山空只好背人飛。從遭幻女拋來着，敢笑文殊放下非。千里胡沙千里月，琵琶此曲是明妃。

【校記】

〔一〕此詩其三、其四又見《詩選》卷一。

中山觀東坡雪浪石并搨其手書銘刻

我亦蓬萊客，曾經彈子窩。東坡《遊登州五日》蓋不見文登之石，而以彈子窩當之，誤也。追魂嗤北海，刻石笑東坡。山勢壺中好，壺中九華，坡以百金買之。交情佛印多。坡得齊安江石作怪石供以貽印。不知醉道士，相賞又如何。

不見斜川集，猶傳雪浪齋。叔黨亦判中山。詩留怪石供，碑有手痕揩。玉局牀何在，仇池室未霾。可憐名父子，垂老住珠厓。

銅雀臺故址〔一〕

如許疑墳冢冢煙，殘磚猶字建安年〔二〕。荒臺鼎足三堆在，亂世奸雄一瓦全。七子賓僚名士誤，二喬夫婿婦人憐。曹公石墨香姜閣〔三〕，焚卻君苗不忍研。

【校記】

〔一〕此詩又見《詩選》卷一。

〔二〕『磚』，葉本作『碑』。

〔三〕『香姜』原作『姜香』，據伍本改。

自胡桃園至於柏井中歷井陘二關石壁爭天梯田鳥道及關則峰迴徑斷呀然中開忽戍樓雉堞冠山而起登樓見衆山歸雲懸泉飛瀑競響爭流出關危棧臨溪延緣錯互李左軍所謂車軌馬列何足以知之

峰迴徑斷一窩雲，剩水殘山廣武君。今日當將圖畫看，仙山樓閣李將軍。

緜上懷介之推

英雄到底識英雄，事在龍蛇一曲中。信越分羹黥布死，春秋先有晉文公。
歸來一霸殺三臣，寒食緜田竈火春。同樣腥臊狐偃肉，豈堪流血啗亡人。
文若空籠事可悲，功名成後介山灰。陶朱一去留侯病，亦似前車介子推。
空山龍忌冷無聊，赤壁樓船一炬燒。何事江東吳大帝，又將餘火殺張昭。

霍太山感李靖騎龍行雨事

畢竟功名不可遲，騎龍須趁少年時。霍山老母今何在，問煞當年李藥師。

聞喜雙碑

唐裴晉國文忠公里

元和聖德頌平章，元結中興頌大唐。間世完人裴晉國，四朝元老郭汾陽。興亡邸第東都里，出處安危綠野堂。髣髴淮西碑版在，令人猶憶午橋莊。

宋趙豐國忠簡公里

不拜尚書乞豸冠，遭彈畢竟是言官。章惇誤國真奇禍，秦檜稱臣只苟安。一馬孱王南渡穩，兩宫昏帝北盟寒。宗臣兩紙銘旌字，留與河東父老看。

唐莊武王馬燧廟

片言單馬下長春，留得雙岡百戰身。河北畔藩終跋扈，大唐天子慣蒙塵。甯甘羸服還兵柄，不許朝廷赦賊臣。當日河東祠廟在，功人纔死子孫貧。

中條山

白衣鳩杖兩芒鞋，閒踏王官谷裏來。趁我司空圖未老，入山來訪女鸞臺。

風陵埠渡黄抵潼關作

黄河南岸萬重山，華嶽三峰擁髻鬟。當日哥舒二十萬，而今單馬進潼關。

潼關石闕謁漢太尉楊震墓

之子關西孔子才，夕陽亭下墓門開。死能悔過中牢祭，生感悲鳴大鳥哀。清白幸傳强項相，黄昏誰又袖金來。功名竟到楊彪盡，七塚離離幾個堆。

西嶽廟

蓮花十丈藕如船，華嶽峰頭玉女前。我亦布衣臣李靖，一書不敢告金天。

藏得華山一紙碑，千金不賣字成灰。退之得死文章在，我亦登山哭一回。

登閣

腳蹋青牛樹，身登白帝宮。皮囊從地湧，鼻息與天通。哀響終南雨，悲聲太華風。分明涇渭水，惆悵望河潼。

希夷洞

一枕無憂樹，關門作睡王。未登乾慧地，已到黑甜鄉。混沌古無譜，邯鄲夢不長。看來仙佛事，亦是一黃粱。

青柯坪

穿盡娑羅樹，青柯一片平。危梁離地起，飛瀑挂山明。虎谷風搖響，龍湫雨助聲。瓊臺差似此，安穩踏梯行。

韓退之慟哭處

鱷魚頭上踏濤過，坦坦華山哭則那。險以功名試文字，輕將身命託驢𩦺。潮陽一表家嫌遠，宰相三書字太多。似此懸厓難撒手，藍關雪擁又如何。

郭汾陽故里

中國天汗傳已死，夷人爭識令公來。投閒部曲親仁里，下馬威名父子才。一姓中興唐尚父，兩家旗鼓李臨淮。出佳字一韻，用少陵體。朝恩敗事懷恩死，如此成功有幾回。

唐河西節度王忠嗣墓

倘不偏聽林甫讒，以公持重住潼關。喪師未必征舒翰，反狀真能殺祿山。出處但爲平世將，功名早在古人間。嫖姚貶死祁連在，血戰荒阡草尚殷。

鴻門

麒麟不侶行，豺狼不單走。項王重沛公，英雄不相負。平分十六王，且立六國後。而況同里人，視若左右手。崤關有大功，鴻門聊相壽。初舞項莊劍，如擊秦王缶。亞夫目玉玦，何異使犬嗾。此老一唉聲，其言糞土垢。天意大亡楚，而非戰之咎。身殉八千人，報之五體首。一馬若渡江，江東豈漢有？再掃十餘王，不過一麾帚。成敗論英雄，英雄必不受。陳平四萬金，何惜兩玉斗。樊噲死不辭，何況一杯酒。鴻門兩扇中，如殺一群狗。

留侯祠〔一〕

子胥鞭楚楚不絕，留侯入秦秦則滅〔二〕。英雄爲報一家仇，何苦漂流萬人血。胥不得佐太子建，良不得佐韓王成。不爲赤松走，幾爲猛犬烹。功人功狗兩無益，徒受亭公謾罵名。張良不食穀，李泌不娶妻。早欲祠黃石，何如老白衣？君不見五湖范蠡載西施，一舸鴟夷去已遲。魯連不忍秦皇帝，密鑄亡秦一個鎚〔三〕。倉海君爲仲連養士。

【校記】

〔一〕此詩又見《詩選》卷一。

〔二〕『則』，《詩選》各本作『即』。

〔三〕『個』，《詩選》各本作『柄』。

樊舞陽廟

瞋目鴻門裏，貪饕一彘肩。如何驂乘日，亦有檻車年。畢竟橫行易，焉知反接便。至今屠狗輩，牽犬廟門邊。

驪山烽火樓故址懷華清遺蹟〔一〕

仰不見斜陽羯鼓吹笛之樓，俯不見望春樓下弘農得寶之舟。何處宜春舊時苑，何處芙蓉勝容院，明珠何處南箏殿。亦不見鬬雞舞馬內毬場〔二〕，桃花何處玄都觀。唯見驪山烽火樓，潼關走敗哥舒翰〔三〕。我復登山望馬嵬，佛堂紅粉已成灰。當時馬上朝天去〔四〕，一雨淋鈴再不回。憶昔開元全盛時，華清宮殿此參差。三姨宅裏分脂粉，妃子宮中洗祿兒。三郎羯鼓甯王笛，梨園龜年吹觱栗。教坊傳喚念奴來，野狐箜篌賀老拍。新豐女伶謝阿蠻，三百萬錢犒樂籍。留得清平調幾章，而今何處按霓裳。自從一曲《長生殿》，陪下優童淚幾行。踏到驪山最上頭，琵琶西去出延秋。四條弦綫今生斷，我亦斜陽無限愁。仰不改韋杜城南尺五天，俯不改鳳棲鴻固樂遊原。皇子陂前月，清明渠水煙。紫峰白閣依然在，香積慈恩不曾改。太乙終南萬古青，天寶繁華十三載。傷心最是美人身，承得君王多少恩。朝廷不辦干戈事，輕把興亡罪婦人。忠言逆耳蕭妃子，狎客吟詩孔貴嬪。從來夫婦愛，何必盡昏君。叔寶心肝拚一醉，三郎檀板棄三軍。細取《唐書》讀，何關楊太真。君不見晚唐九廟無皇后，也有朱溫殺猘猻。

【校記】

〔一〕此詩又見《詩選》卷一。

〔二〕『舞』，《詩選》各本作『走』。

〔三〕『走敗』，葉本作『敗走』。

〔四〕『朝』，葉本作『期』，誤。

秦始皇墓

司馬遷謂帝燒不中用之書，則未嘗焚六經也。謂阬韓衆、盧生等方士四百六十人，則未嘗阬儒生也。王充始有登孔堂、上孔牀之語，其《論衡》蓋引哀平以後之讖書。至《異苑》演《論衡》之謬，更稱發孔子墓。孔子去始皇遠，且足迹未至秦，於秦何怨，秦乃不發六王墓而發孔子墓耶？予按始皇功德，其最利萬世者曰一統，曰長城。今小生信《虞初》之語，而不參今古天下之大勢，故作四詩以誌始皇之墓。

六王不畢亂難平，不用申商法不行。一統山河傳後世，萬年功德在長城。身爲王霸開新局，死與黔黎任怨聲。差有一樁遺憾事，焚書弗盡誤經生。

倉海金椎鐵未消，《素書》圯上未全燒。百家邪說亡周索，六部殘經誤漢朝。漢信經生博士之謬說，釀王莽、劉歆之禍，故班固於《儒林傳》痛詆諸儒。治世生民須孔子，傳家法律自皋陶。王充誤信沙丘語，造作亡秦讖一條。

神仙或者在蓬萊，說到長生便可哀。五百童男浮海去，八千子弟渡江來。英雄諱死平生誤，臣子欺君十族該。天假幾年能不死，祖龍皇帝是奇才。

而今復土尚嶕嶢，猶有陰靈接二崤。毀廟荒唐笑王朗，掘墳奇禍慟黃巢。山陵死帝讎何益，地市生人鬼不交。吾欲頌秦功德好，腐儒畢竟又炰哮。

自薦福至慈恩寺觀唐時雁塔薦福寺亦有小雁塔云

一雷轟薦福，忽見雁塔古。下有佛名千，上有天尺五。甯作方三拜，不作陳同甫。宋陳亮一及第而卒。

一雷轟薦福，忽見雁塔塹。不聞九龍殿，惟見千佛龕。甯作羅江東，莫作褚河南。龕下有褚河南碑，太宗有遂良飛鳥依人之誚。

鐵狻猊漢舞陽侯樊噲家故物也

怯不敢豕突豨勇横行十萬匈奴中，勇亦不過瞋目裂眦步出鴻門東。徒有狻猊舞陽鐵，云是樊卿樊氏物。以爲銅，鑄馬骨；以爲鐵，蚩尤額。一爐鐵火飛上天，而乃搖尾藏頭草間活。呼之爲狗不可屠，呼之爲虎不可射。昆陽大戰虎豹來，曷不將王莽頭顱繡毬擲。爾不見鐘簴飛廉銅爲金，臨洮銅人化爲汁，泣得銅仙眼睛濕。同是漢朝一模出，爾身没有猩猩血。羊可以牽，牛可以眠，馬可以鞭，爾之惡鐵不可以鑄錢。銅可以鑄鏡，金可以鑄印，爾之惡鐵世所擯，百戰荒原血來釁。我欲踢蛩蛩，殺駏驉，唤起陳平誅呂嬃。大呼一聲噲可斬，反接狻猊登檻車。

韋曲題牛頭寺壁

清明渠水繞村流，韋曲花多不覺愁。以往名人今雁塔，當前詩境舊牛頭。蒙塵佛面唐年古，絶代僧房聖火留。猶有龍堂勛蔭在，杏紅深處一登樓。

樂遊原

如此繁華地，遊人尚樂遊。衣冠唐士女，陵塚漢春秋。塔尚慈恩古，碑仍薦福留。踏青時節好，添我百憂愁。

下馬陵漢膠西國相董仲舒墓也留詩祠壁

不獨高園一稿愚，言天說理太拘墟。詼諧我愛東方朔，調笑君逢呂步舒。射策比於鼂錯好，論才未必賈生如。明知兩相驕王誤，何不家居早著書。

碑林

予嘗爲袁簡齋先生作《隨園金石考》，凡不下二千餘種。其稿四卷尚存倉山，而予所收漢唐碑版今已蕩然，爲之惘惘也。

許讖貞碑爲浣具，周宣碣鼓助春聲。洛陽貴紙年年賣，石版磨人漸漸平。古物有靈留舊塔，殘經無字助修城。歐虞薛褚今何在，贏得裝潢費老生。

渼陂舟中時也斜陽既散新月未來〔一〕

高冠潭北渼陂東，紫閣峰陰一抹空。襖靄波聲隨櫓出，夕陽煙影進城紅。沿堤人語當頭月，隔水湖燈帖岸風。咿啞一聲全不見，小舟摇入亂雲中。

【校記】

〔一〕此詩又見《詩選》卷一。又「中」，《詩選》各本作「泛」。

漢武帝茂陵五首〔一〕

祖龍而後事驅除，千古雄才斷不如。一統早收南越地，六經始重聖人書。求言帝度容方朔，問道儒官用仲舒。五十四年文治日，天山犁得幕庭墟。

一辱平城未百年，焉支山血濺祁連。肯教冒頓留遺種，不許□屠再祭天。衛霍有才容臥起，良平無計與安邊。賨顔洗罷胡塵静，纔得呼韓拜殿前。

求賢初詔下金門，一榜賢良百十人。容得馬遷留謗史，能成蘇武做忠臣。張湯峻法刑名好，汲黯狂言戇諫真。明説賦才無用處，鄱陽枚馬任沉淪。

西域河沙古未開，犛牛徼堠接輪臺。掃空瀚海長城外，斷得匈奴右臂來。和議終非中國計，窮兵纔是帝王才。守文弱主書生見，難與英雄靖九垓。

壺關一悔奈匆匆，思子歸來僅有宮。命將不曾封李廣，愛才畢竟誤江充。神仙大藥無消息，方士招魂又鑿空。不有茂陵遺恨事，怎教人士哭秋風。

【校記】

〔一〕此詩其一、其三、其四、其五又見《詩選》卷一。又《詩選》各本題無『五首』。

馬嵬驛楊太真墓

黑獺殺明月，太公斬妲己。不悲張麗華，可笑陳玄禮。明皇棄天下，乃在安祿山。不怨李隆基，何況楊玉環。妃子不長生，君王亦有死。人間天上若有李夫人，何必追魂召方士。《連昌宮詞》《長恨歌》，一情之累乃至此。

五將山觀苻帝敗兵處

歸來淝水一鞭風，五將山頭數已窮。不岔苻堅終敗事，傷心王猛未成功。禍從姊弟雙飛後，事在夫人一疏中。留得家兄皇帝在，阿房宮冷霸臺空。

三班曹大家祠〔一〕

一門文賦有笄纓〔二〕，傳得家兄父子名。班氏史才歸妹子〔三〕，馬融經學是門生。馬融從昭受讀〔四〕。村留絳帳先生在，東南爲絳帳村。家有楹書子婦成。一疏酒泉生入得，玉門關外不勝情。

【校記】

〔一〕此詩又見《詩選》卷一。

〔二〕『笄』，伍本作『簪』。

〔三〕『班氏史才歸妹子』，《詩選》各本作『班固史才歸妹氏』。

〔四〕『讀』，《詩選》各本作『學』。

絳帳村相傳爲馬季長傳經處〔一〕

苦無時命趙邠卿，到此猶聞絳帳名。徒有將軍西第頌，并無絲竹後堂聲。殘經易拜班昭讀，胡粉難爲李固情。前列生徒後女樂，不應謀殺鄭康成。

【校記】

〔一〕此詩又見《詩選》卷一。

漢伏波將軍馬援墓

生不願竇波水失勢居洛陽，將軍橫野絕席陪王常；亦不願裹屍馬革輕薄杜季良，據鞍顧盼帝婿拜下牀。南宮雲臺廿八將，伏波不在雲臺上。縱不能一丸泥封函谷關，畢竟大王霸天水。即使鸞旗警蹕洞胸死，畢竟傰人假天子。何苦壺頭坐困矍鑠翁，下潦上霧跕跕飛鳶中。人生可貴不可賤，長者家兒爾何羡。遨遊二帝間，來無一言薦。伏波大印心心戀，薏米明珠君不見。君不見赤伏符，起南陽，千秋亭，開壇場。騎牛殺尉，得馬屠鄉，美鬚眉者真帝王。亦不見萬人上，一人下，食其狂生受人罵，淮陰少年出人胯。不能上方劍斬佞臣頭，何不下澤車乘款段馬？伏波藁葬扶風也。

周公廟

風雷無故感金縢，忽被姧雄盜此名。三叔干戈唐殿起，六官經典宋人行。王通學孔毋甯似，曹操爲文事未明。賴有春秋是非在，聖人原不誤蒼生。

秦穆公墓史稱橐泉祈年觀下今鳳翔城東南隅也〔一〕

一夢鈞天霸業長，橐泉王氣定咸陽〔二〕。尚書作誓經文在，左氏尊秦史筆彰。豈有孟明赦一眚，斷無黄鳥殺三良。小臣或有攀髯意，蕭史飄飄隨鳳皇。

【校記】

〔一〕此詩又見《詩選》卷一。

〔二〕『王』，《詩選》各本原缺。

陳倉祀雞臺秦之陳寶祠也先日登吴山西嶽沿汧水至西虢古城

石棧天梯險未開，陳倉已接祀雞臺。吴山過雨穿天起，汧水拖雲入渭繞。七國雌雄爭地日，六王男女進關來。明修暗度知何事，畢竟亡秦無霸才。

寶雞渡渭自益門入棧於觀音堂宿

破釜沉舟過益門，蜀天難舐我來捫。似經入險蠶叢迹，瞥見開天斧鑿痕。仄壁迎人危鳥道，亂雲擁馬走黄昏。纔過一□□□路，已覺荒荒黑水渾。

和尚原觀吴玠吴璘與金軍十年戰績

鐵象嘶鳴曲端死，寶雞營砦連珠起。兀朮靴尖趯倒城，一旅西軍節度使。浚殺曲端而舉玠爲西川節度。我行來至和尚原，有如諸侯壁上觀。不聞殺金坪，但見仙人關。順昌旗幟不得下，鐵浮圖軍拐子馬。忽然啼哭破郎君，誰似吴璘吴玠者。君不見四十六日黄天蕩，鐵貫金山不得上。石灰寫滿揚州市，大書完顏死於此，一夫守隘萬夫摧。文官不愛錢，武官不惜死，何愁十萬鶻眼郎軍士。下斫馬足，上揕人胷，將軍疊陣與之爲無窮。我來和尚原，饒風箭筈饒人煙。不見將軍兄與弟，但見兀朮鬍鬚在地。見辮髪者，盡被劉錡鬄。

馬道是酇侯追韓信處

七十二洞紫柏山，二十四鞍騾馬趨武關。當日蕭何追韓信，而今不見鞭絲影。一笑思尋褒姒城，匹馬來登馬鞍嶺。關東非漢有，洛陽得劇孟，一個由余好霸秦。登壇一拜三秦定，而今尚有章邯印。明萬曆中，土人於廢丘故地得雍王章邯印。

雲棧

棧道有四：從成和階文出者爲沓中陰平道，鄧艾入蜀由之；從兩當出者爲故道，漢高帝攻陳倉由之；從城固洋縣出者爲斜駱道，武侯屯渭上由之；從褒鳳出者爲今雲棧道，漢王之南鄭由之。此讀古書者所當親歷也。作《雲棧》詩。

當作園林看，鞭絲帽影行。兩朝徵故事，四道用奇兵。出走懲天寶，行軍笑孔明。魏延以孔明爲怯。將才知不是，未必重書生。

定軍山弔諸葛武侯

彝陵一敗僅三分，五丈荒原終此身。不任魏延原失計，竟誅馬謖更無人。出師有表酬先帝，嗣子無成痛老臣。祇是平生太持重，將才儒處相才真。

抱膝功將流馬居，鞠躬才盡臥龍噓。身留季漢三朝火，死付譙周一紙書。王猛霸才前輩在，謝安宰度後來如。定軍山下英雄淚，灑與南陽舊草廬。

漢左將軍斄鄉侯馬超之墓

馬兒果死定何如，七十疑墳葬地虚。操有『馬兒不死，我無葬地』之語。名將豈能經敗局，英雄無計下降書。一門從弟依人在，百口身家合族除。吾欲大呼劉備字，精魂能聽定長嘘。

沔西聞警不得瞻劍門之勝渡褒歸秦

村店有民皆警柝，石壕無吏不從軍。五丁似斷金牛路，八陣能高白帝雲。籌筆要題諸葛驛，投戈不弔武擔墳。淋鈴一路郎當雨，難作相如諭蜀文。

登漢王拜將壇〔一〕

此間旗鼓太繽紛，韓信登壇不可聞。但有救時賢宰相，何須埽地大將軍。塚中枯骨袁公路，天下貪官庾仲文。即使天兵全洗盡，瘡痍無足第功勛。

【校記】

〔一〕此詩又見《詩選》卷一。又《詩選》各本題無『拜』字。

晉龍驤將軍王濬墓

造船空費七年工，七十平吳忽有功。老去誰爲孫子計，時來可有石頭風。酖人好酒無羊祜，處世名言有范通。髣髴三山曾鼓棹，旛旗長戟第門中。

黎陽李密墓下并弔王伯當作

不將成敗論英雄，可惜丘山一戰窮。人哭田橫空有血，天教項羽不成功。投唐未必如徐勣，歸漢焉能了竇融。留得少時牛角在，姓名還挂兩書中。

匆匆兩馬下稠桑，我復傷心王伯當。再舉明知難入洛，初來原不勸投唐。事知無益身須死，勇可成名敗不妨。惆悵一坯黄土在，髑髏無血祭黎陽。

崤底懷漢大將軍馮異〔一〕

不傲河西五郡尊，我來崤底笑公孫。苦無鄧訓滹沱運，微有蕭王粥飯恩。河不奈何公且渡，樹猶如此我銷魂。可憐一騎回谿馬，踏破髐陽草舍門。

【校記】

〔一〕此詩又見《詩選》卷一。

登大伾成皋經滎陽京索至廣武東西

一十三篇高祖傳，至今不載《漢書》中。諸侯壁上談何易，豎子成名敗乃公。陸賈春秋悲楚事，馬遷本紀慟重瞳。匆匆五六年間耳，築好長城也是空。

苻離渡

以力與人戰，鎧甲不如扇。以刀與人殺，搖扇不如甲。賊臣忌功多，兩將必不協。金兵苻離來，射人如射獵。退則原一舍，進則漢三匝。彼非岳家軍，焉知野戰法。可憐宋孝宗，失此孤注着。宫中漆鐵杖，豈是王景略。

卷三

偕內子五雲西興渡江

歌聲襖靄出沙隈，十幅風帆一張開。春水愛他無浪起，青山隨我渡江來。留人好雨因花住，送客潮聲逐夢回。又道杭州春酒好，再攜鞵韈再追陪。

岳王墳

昏帝不須思復壁，孱王有意要偏安。姧臣賣國調停易，名將勤王跋扈難。余幼時有『監國軍書一紙灰，勤王軍令急於雷。小生若定黃龍計，百道金牌召不回』。袁先生曰：『武穆不肯跋扈，故誤。』泥馬馱來天意定，金牌歸去士心寒。朱仙鎮上爺爺淚，留與河東父老看。

題五雲所畫大唐長公主像

獨將偏師冠一軍，入關娘子是功臣。淩煙閣上無名姓，闕寫開唐第一人。

謙山方伯有滇南之命紀别二首

忽假旬宣繞纛行，天南銅柱要公擎。地經全楚資籌筆，路入諸蠻看洗兵。驛馬臨關清雪戍，山花延堠護霓旌。辰南草木須經濟，賨布種花頌太平。

蠻書一卷迓征旗，祖帳將懸不忍題。公節遷延向洱海，皇恩敦迫爲滇黎。猺童夜禁弛刁柝，巖道春農靜鼓鼙。都有輪屯諸大政，仗移高蓋駐蠻谿。

補録桃花扇傳奇

紅板橋邊第幾樓，溪聲淮水盡西流。將軍大馬沉瓜步，義士黄冠哭石頭。從古寡人空好色，向來天子慣無愁。中原三百年陵寢，只下孱王一酒籌。

奉酬蔣立厓司馬業晉〔一〕

一登東岱廢豪遊，重揖華山見蔣侯。到底何人如管樂，此間有客是羊求。文能上馬聲何壯，心欲擎天老未休。多笑仰蘇樓下客〔二〕，有和雲松先生《仰蘇樓》詩。只教公早築菟裘。

曾薾冰山萬里馳，樓蘭風土兩囊詩。先生老健須籌筆，餘子文章不救時。絕塞張騫雙鬢在，還家蘇武一官辭。平羌功德安西碣，親到燕然是見知。

【校記】

〔一〕此詩又見《詩選》卷一。

〔二〕『樓』，《詩選》各本作『臺』，據夾注，當以『樓』爲是。

蘇臺留別〔一〕

口不吹吳門之簫〔二〕，手不舂粱鴻米。全家風雨一船來，安穩三年住吳市。來時無一錢，二十四番花底眠。賓客纏頭錢百萬，家僮鼠耗米三千。去又不能遂，粉面吳娃強人醉。琵琶七十二條弦，一一條弦響流淚。青樓十二釵，南部煙花記。斷袖猶牽飛燕裙，割席還聯麗娟袂。玉壺紅淚涼，流斷女媧腸。金陵已負秋娘謝，見前集。鶴市重悲一妹張。舵樓細雨弦聲急，鸕鶿貫酒文君泣。內素昵星娘。肉陣屏風散似雲，燭圍尚向封家立。金鎖纜雲舟，張星天上頭。能栽楊柳三千樹〔三〕，終少鴛央一座樓〔四〕。人間命薄耆卿柳，妓館傳餐我何有。樂遊原土葬詞人，三月清明一桮酒。青山綠水兩橋邊，越水吳山總一天。少游終負長沙女，且約翶風五百年。楓橋河柳桐橋月，元墓梅花夜如雪。湖山如許尚無情，迹刻潘吾也曾滅。白馬換春娘，逐客路途長。三生如落葉，一曲是迷陽。平頭老奴赤腳婢，項帕濃書鬢君臂。綢繆喚取守宮砂，印花顛倒死鴦字〔五〕。

【校記】

〔一〕此詩又見《詩選》卷一、《佚稿》。

〔二〕『之』，《佚稿》無。

〔三〕『栽』，《詩選》各本作『裁』，誤。

〔四〕『央』，《詩選》各本作『鴦』。

〔五〕『死』，《詩選》各本作『鴛』。

汝和立厓諸老走送胥江冒雨話別〔一〕

絲管咽江濱，湖上諸姬餞余水次。商山數老人。兩行兒女淚，一座宰官身。賈誼文章盡，王陽道路新。金牌留一曲，白髮共沾巾。

春杵經年住，皋橋足敝廬。東西支巷，太守兩次以大宅推贈，臨別還之。授衣王令帖，乞米魯公書。珍裘、冬米，三年取足於兩老家。華管三龍在，文唐一輩如。通家交誼。汝和，余之文衡山也。幾番風雨惡，尤感舊籧篨。《籧篨覆庚詠》，見《世說》。余在患難，三公力庇之。一片江東月，安豐枕上身。内歸越。雨留雄甲子，人戀女唐寅。獨我無家別，諸公不老春。湖山留好別，珍重舊情親。

【校記】

〔一〕此詩未見《詩錄》，僅見於《佚稿》，列於《蘇壹……》與《舟泊……》之間，今據《佚稿》補入。

舟泊莫涇日已暮矣雲門率女奴氈墨搨東坡三過堂詩是日余過里門不入〔一〕

空燒紅燭夜摹碑，殺費隃麋不畫眉。已分丹青抛夜織，更耽文字廢晨炊。仇池石在空爲爾，雪浪齋留搨與誰〔二〕？徒被坡公濃笑看〔三〕，明誠夫婦又同癡。

【校記】

〔一〕此詩又見《詩選》卷一、《佚稿》。

〔二〕此句《佚稿》作「千年化迹人尋舊，三過家門我屬誰」。

〔三〕「看」，《佚稿》作「殺」。

武林郭外雲山如畫雲門有梅妻鶴子林君復泛宅浮家張志和如此溪山留不得五湖歸計又如何之句以詩答之〔一〕

清風明月水仙家，有半年華彀看花。白日於人如走馬〔二〕，青山爲我大排衙。初年結集悲如是，余詩十七集，內攜至越中，爲結集計。趁早光陰占若耶。唯有烏篷隨處好，前船賓客後琵琶。

【校記】

〔一〕此詩又見《詩選》卷一、《佚稿》。

〔二〕『走』，《佚稿》作『先』，誤。

大雨同雲門遊三竺礼大士越石城金竺諸嶺登小和山展拜諸天龍兩四集大霧迷歸〔一〕

聖人不兩出，神仙能雲遊。高唐一片地，乃在巫山頭。吾來拜倒竺山下，生笑觀音老尊者。渠是楞嚴會裏人，而今流轉杭州也。莫是落伽山，有地無金布。莫是如來老死時，走斷靈山路。可憐八萬爍迦首，生成如數雌黃口。八萬母陀臂，神通招人忌。何況三眼九眼八萬四千清淨眼，青白看人那能免。徙居下天竺，下竺山未深。上竺窈以邃，無有人聲音。人天兩隔絕，風雨深沉沉。如是結趺坐，清淨幾百年。圓通二十四，呵叱不許前。如何女媧氏，手拽泥紐團不止。地癢人多沙蝨蟲，樓下愚人老妮子。買得心香不計錢，空山五色寧封煙。燒山似逼之推死，火熱阿房一樣天。富貴灼凡人，香煙薰聖神。人間無福地，煙火莫藏身。乃從金剛際，走出鐵圍開。石城三百磴，金竺似籠環。天宮入兜率，中有小和山。和山粟米藏天地，下接光音上忉利。薛荔神將守天門，只許天人自遊戲。天宮八萬四千柱，一一尊天一妃□，七七重樓不閉門，如綫穿珠走天女。生男夾兩膝，生女夾兩股。天女吟詩點額來，蓮花白面金瓶乳。朝遊雜亂苑，暮遊衆香市。抱腰接手逞天情，八萬年中不輕死。呼天之門登天樓，皮襌延閣暫勾留。天府婚姻憐眷屬，人間凡骨羨豪遊。唐突天宮感天怒，雨伯風師片時怖。青衣五百藥义神，手掣騰蛇喚雲霧。合手告諸天，諸天莫我惱。天宮有貧富，厚薄不同皁。我亦當初薄福天，窮謫人間食酸棗。酸棗不療飢，空著五銖衣。偶騎放逸鳥，許向滿天飛。竭天之淚灑天宮，人天貧富兩難通。回頭一笑觀音老，也在濛濛霧雨中。

【校記】

〔一〕此詩以下至《戲作肉身定光佛歌》，未見《詩錄》，僅見於《佚稿》。又諸詩在《佚稿》中列於《武林……》與《西湖……》之間，今據《佚稿》補入。又「四」，據文意當爲「寺」。

翼日又雨復自理安觀雲棲竹徑雨甚同雲門登六和浮圖

九溪十八磵，倒瀉銀瓶注馬尾。必是天河決瓠子，二十八層天淪水。雲棲山，理安寺，風似城牆雨如夫。一群輿夫白交趾，全似河精半山鬼。出寺雨聲來，入寺雨聲止。美人浴罷青山洗，風花雪月不足遊，遊山唯愛雨清幽。香濕茶花迷古磴，衣黏竹粉度山樓。蚌蛤螺螄僧面俗，遍勸新茶食新竹。古佛空傳老祖禪，欲天種下愚人福。山光樹影泉聲瀉，一笑油衣半身瓦。龍宫霜霰起空中，瞰見閻浮四天下。天宫七市曼陀雨，禹步蟻穿片時住。光音天上少人來，嘈雜潮聲亂人語。終不是水仙王、雲中君，太山行女洛川神，如何霧霧花花裏，總有朝朝一片雲。知不是潮音分水月，出水大家身，亦是天宫當水厄，小龍來化散花人。

顛長老六十初度剃鬚乞詩

剃鬚有説乎？予曰：子貢滅鬚，則衣婦人之衣。見王充《論衡》。子思借鬚，則郤文侯之鬣。見《孔叢子》。古稱長鬚者奴，無鬚者聖。吾夫子無鬚，要知楊朱之所不拔，宜乎釋尊之所悉剃也已。余交南屏顛老十七年矣。飲醇有口，酒來則蘇則鬚張；説法無心，我到則荊卿髮上。本來面目，相相皆空，縱不於髭，鬚鬚頗有。乃者重到西湖，聞其於沉淪黝蘖之時，爲墮落鬚眉之舉，蓋臘年已六十也。迎門一笑，張儀之舌尚存；緩頰而談，參軍之髯盡落。豈果梵天大塔，有人向如來乞髭；亦或靈運尊髯，竟送與閨人鬬草耶。抑余聞之，桓司馬雙頤反蝟，貌似宣王；崔季珪四尺長鬚，儼然曹操。鬚已何助於人哉。某青春已去，張元之潞涿空傷；白髮未生，劉備之諸毛已遠。於此過馬鳴刀下，已慙皮盡毛存，有日付周官薙人，亦許我還童返老乎？贈君四偈，龍髯莫攀；讀吾三玄，虎鬚再捋。

林公鬚髮最神明，道林鬚髮神明。見《世說》。何事删除不教生。畢竟修羅纔殺退，梵天刀下傲人情。佛鬚六十四莖。剃後，梵天立刀塔，以兩莖鬚與修羅助戰，大勝。見《大藏》。

顛師究竟未曾顛，衹把顋髭剃兩邊。何不眉毛全墮落，只留鼻孔去撩天。

并無鼻孔更便宜，憑聽鬍毛在兩頤。似我兩三年裏樣，亂毛穿破嘴唇皮。

不覺年華上兩腮，而今有口啞難開。昂溪舌本山峰嘴，兩公皆衲之美鬚者。洗盡狐涎一笑來。

將進酒贈南屏小顛上人〔一〕

濟公一生醉如鰲，死作靈山去來佛。濟公不生酒不清，濟公不死佛不滅。醒中三昧醉中春，酒字南山大法門。山前失卻瓢壺帚，三十七代無兒孫。顛師大演西來法，酒竿打起門前剎。三千魔女醉來呵，五百僧人醒來喝。一家衣鉢掛南屏，提出千年老酒瓶。旁邊署個醍醐字，可似楞嚴十卷經。酒爲功德水，能澆煩惱薪。阿難不吃酒，呼作驢入群。目蓮不吃酒，終古沙蟲一細民。伽羅龍，好兒女，要湖要海杯中取。香膠布作大慈雲，髇飲吹成法華雨。只勸阿顛飲，不勸阿顛止。文殊不出女兒定，何況酩酊醉男子。但恐罔明没眼老鬼瞎，勘破機關笑人死。人勸阿顛止，阿顛口不開。一杯復一杯，彌勒何時來。打穿洞底盛糟具，脱下娘生當酒材。東家吃酒西家醉，如此針鋒少人對。儂是天官大酒人，一瓻送上龍華會。

【校記】

〔一〕此詩未見《詩録》，據《仲瞿詩録》補入。按：《顛長老六十初度剃鬚乞詩》小序有『余交南屏顛老十七年矣』之語，可知此『顛長老』與『南屏小顛上人』係同一人，即杭州淨慈寺僧禪一，字心舟、號小顛者，且二人結交已至少十七年矣。今姑繫此詩於此。

戲作肉身定光佛歌

法相寺肉身定光佛，少婦祈子者，必探其陰藏相。每歲三月，裙纓之遊，褻越殆甚。考是佛爲五代時人，淫僧漆其屍以愚人者，凡香火八百年矣。余爲是詩，爲老鳩摩懺罪，亦爲善女人説戒也。俗僧假經典以惑人，故篇中於如來藏相，三稱三替也云爾。

祀張仙者多生子，漆身爲厲何用此。爾何淫神不肯速朽死，必閹懷義今日始。必閹懷義者，唐補闕官王求理也。告爾定光佛，爾之肉身芭蕉堅，昏朝五代之時欺人天。既不是劉鋹雙大體，鳥獸之合媚猪對；又不是潞涿君，見《三國·蜀志》。河間鼻，見《柳州集》。蓮花六郎大陰器；又不是露醜宣淫周伯仁，見《世說》。慣弄狐狸掉尾戲；見史。又不是西天变修演楪老胡舞，十六天魔授淫諦。爾何來自裸人國，定光佛箕踞不袴。端坐尸居聚餘氣。爾不似脫巾弄鵲老王澄，爾不似打鼓揚槌鍾士季。明是韓康肉鴨偶遇漆雕氏，乃敢寶蓋長幡高座寺。尸篡燃燈位，殿不是飛行，車不名任意。佛王法堂豈是裸遊舘，尻帶前穿太無忌。宋朝劉子業，不裸斬宮人。齊朝東昏主，裸體逐妃嬪。爾不是金海陵、元順帝，復不是如意金輪女皇配，乃學天堂懷義開此無遮會。告爾定光佛，吾言汝莫嗔。如來陰馬相，如來陰藏相見種種神變。見《觀佛三昧經》。原是法王身。猶如寶馬藏，不示三夫人。當時五百春，或見蓮花變相不敢捫。所以羅睺羅母十八載，只是指腹娠。所以修曼那女淨意女，一一離垢得悟生死門。殺鼈去其醜，雄雞斷其尾。爾何定光佛，此物猶疊疊。必是鳩摩慾鬼兩肩頭，冉冉淫魂未曾死。陽春二三月，哄動良家子。錦襪佛堂前，嬌嬌通姓氏。豔如織女星，美如觀大士。婬如摩登伽，貴者延年弟。媚藥獻淫香，懸幡散花水。袒衣齋戒遊，月脈虔誠洗。秦宮花底奴，鸚鵡王家婢。洗僧纔到浴堂前，散去求男溫室裏。佛住羼提宮，瑠璃不透風。饞燈一盞熱，狂燭兩枝紅。煬帝烏銅屏子暖，完顏房撤帳幃空。亂掀金縷衲，觸手弄春風。而時善女人，燦燦諸子屈。撒臂五絲繩，解腕雙跳脫。繞涿索諸毛，尋臍捉溫豽。明知凸忌凹，肯以蚌失鷸。或爭鬭腕羸，鬱陵何妃事。或慮典籌失。或嫌嬾龍嬾，或驚小蛇活。遼懿德后語。或如窠裏捉楊花，或似瓠蘆中探月。北齊武成后母事。或如竊吹寧王笛，太真事。斛律輪拳手擎玦。斛律妃事。或疑察妃金袋弄鶻鶉，金袋鶻鶉、贈堂古帶，金察八妃事。握固冥牢妃手慄。《飛燕外傳》。或疑蓮花不爛真身舌，或手疑鎖骨金身杵磨鐵。定光肉身藏相已壞，僧易鐵鑄。今聞已屢易矣。尾疑騰蛇灰，肉疑細君割。心疑危弦動，手疑兜綿熱。慾識彈龍弦，淫神挾虎乙。私臆椓丁丁，微聞笑吃吃。祿山大腹玉環捫，御座婬言石哥褻。

似以心印心，不敢物交物。告爾善女人，我言不欺罔。如來三十二，下身陰馬相。侍女四千人，無人知其狀。謂是不男人，寧受無根謗。偶以慈悲緣，乃現蓮花藏。初如童男身，漸如少年壯。白如天劫貝，勇如馬三臟。百億化身佛，同時繞其上。所以六句偈，能消諸女障。今爾善女人，不肯回心向。不憂根不淨，而憂脅不脹。無事要求男，淫根受人誑。佛說處胎經，未將胎相述。哪吒析肉父還骨，男女皆從搆精出。女年二十嫁，癸生三十日。老除五不女，少除室女室。欲求坎中滿，無宜兑口閉。閉塞其兑。見《參同契》。黄昏湯盞溫，助情花性熱。夜來五石散東生，曉起七丸膠慎鄰。果不是琵琶閹人羅黑黑，宋女茓苢夫惡疾。果不是海西天劓不男兒，馬老溧陽北門塞。定教墮地產神兒，露柱成男胎相實。爾不聞陸終女嬇左右脅，六子孿生黠如達。又不聞田常家婦長七尺，七十二男瓜瓞瓞。更不聞蓮花鹿女產千兒，五百道乳千口啜。不愁孕不育，但求腹不劈。三百年鄴宮幽閉尚宜男，何妨一孕三年廿四月。絕不須彭祖方書行氣術，絕不須羲皇天姥房中訣。有子月輪明，無子似流星。趙家一塊肉，亦是命中生。巫蠱徒多事，祈男必不靈。汝不聞百金買子囊盛死，赤鳳徒來姊邊侍。城南年少厭南風，箱籠盛來洛陽吏。胡母縱縔拜母假，虛費金錢抱兒洗。鬚眉不厭丈夫心，三十面首亦無計。縱使燈光菩薩化身來，楚女文殊一牀睡，亦不敵犢車男兒十數輩，爲汝生兒子。何況此僧鬼，無靈不能祟。定光佛，告爾秃，大陰之人天不福。居奇貨，厚其毒，醜夫殉，不韋族。嫪毒開輪醢其肉，劉萇一鎚辟陽伏，鐵奴纏稍子高哭。白馬淫僧露穢逐，雒市招搖主家宿。金輪未死女賓戮，昌宗淫藥主手辱。侯祥、柳模各以大陰薦，一一千牛刀鬭腹。汝不守法王，法律戒具足。軀不出頭根守六，蝮蛇螫腕女手柔，掌有釘疤豈宜觸。告汝定光佛，如來八十好，陰藏神通寶。出家尼連河，忽遇諸外道。各將犍尼七百五十大陰人，露出身根七圍繞。佛以寶馬陰，袒臥須彌島。繞山七匝弄神通，高過天身出天表。而時諸魔伏，搖頭不敢擾。爾無神通力，所以法根小。不離婬女市，天宮七市有淫女市。見《起世經》。而受妖神禱。爾不知涅槃大戒非法淫，以手觸根佛所惱。他神尚可敬，此佛不可佞。棘矢桃弧釁鬼來，胔骸血骼魂靈乘。古來草妖花孽有遊魂，豈有屍氣千年不神聖。善女子，爾不聞。盛姬在座傀儡瞬，房后爽德丹朱憑。淫龍漦毒化玄黿，齔女不幃猶受孕。若更是杜伯衣冠魂氣正，猶不該女鳩迭蕩生淫興。善女子，豐富偉岸誰似朕，金海陵語。帝體洪壯創我甚。《飛燕傳》中語。產帳鴞鳴定不祥，創痕射鳥何曾妊。且不是四十九妻彭祖媵，亦恐似河間髓竭屍傳病。何不將一點神君太乙精，留來別續嫖姚命。告爾善女人，我言汝莫怒。如來陰藏相，原有人天護。總因女子業根深，四十年中不能度。頗於涅槃時，身根示堅固。無如阿難弟，忍恥不肯露。寧受迦葉嗔，竟把遺言迕。阿難不成佛，不示陰藏故。想彼秘密因，淫僧會意錯。可憐定光佛，生前未曾悟。饒他八萬四千舍利子，已把真身誤。枯木寒崖暖衣無，徒然不着娘生袴。善女子，曲終雅。告爾記，祓郊禖。古有祭，求男女。事有例，履迹敏歆嚳生棄。塗山石腹兒，侁國空桑地。浪說天書八百燕涎涎，虹遶龍迷異，究不如梁嬴孕過期，甥姑徵蘭得來易。伊洛雲遊必不真，神童白帝全無忌。況將宜男兩字問桑門，未免成遊戲。瓜田不納履，投鼠忌其器。善男子，爾不見洛陽女兒急作髻，瑤光寺裏奪人婿。荊州智遠後堂僧，曇獻金錢舊牀替。各見《魏書》、《南北史》。吾固知高辛之狗非人耦，衆雌無雄雉求牡。養由基撮自家陰，見《博物志》。何必出人胯下求牛後。倘不遇容成淫季三身首，祈得蒙雙生四手。隨清娛寧作腐遷妾，司馬遷宮刑，妾隨氏清娛鬱死。見《褚遂良碑》。曷不鑒攘羭龜兆驪姬醜。善男子，法相寺中僧作俑，大雞昂然小雞悚，爾不必精進投誰五體勇。定光佛，放爾三十棒，爾自有濃香觸體風流箭，見《開元遺事》。又何必遠借客□索人種。

西湖祖席奉贈趙介山殿撰李墨莊舍人奉使琉球〔一〕

蟒衣一品乘輶軒，旌蓋湖船餞狀元。外海山河唐屬國，中朝天使宋王孫。時逢名士文章會，客忘詞臣禮數尊。一路榮光羨持節，鯉魚風裏望蛟門。

聞道文章憚鱷神，鄰侯家世謫仙身。聲名中國蕭夫子，詩價雞林白舍人。山島田橫猶逆命〔二〕，時海寇方張〔三〕。樓船楊僕是文臣〔四〕。伏波未署將軍號，趁寫圖經靖海塵。

【校記】

〔一〕此詩又見《詩選》卷一、《佚稿》。又『贈』，《佚稿》同，餘皆作『題』。

〔二〕『猶』，《佚稿》作『來』。

〔三〕此句《佚稿》作『時海警未靖』。

〔四〕《佚稿》此處有注云：『時使舟鳩造未畢。』

錢江送內子還山〔一〕

橫江一座鏡臺山，枕上楊花夢未還。儂道一聲歸去也，荒雞啼出草橋關。

尤郎風裏送横波，三轉長干唤奈何。連日三至江干，風水不能别。吾是送儂儂送我，五年頭裏舊天河。

越來溪上好看花，依舊西施歸浣紗。人笑吴王慣亡國，夫差無國我無家。

可恨雌雄兩岸風，烏江西似浙江東。大王意氣虞姬淚，豈獨書生哭路窮。

好個黄初賦裏人，亂頭粗服似真身。汨羅江水懷砂路，可似靈均送洛神。

傷心一語囑臨行，左臂封痕肉未平。少上松臺山上望，舅葬於松臺山，内舉服三年，封痕尚在。上墳時已過清明。

更何聊賴入人寰，此去胥門尚往還。難道有簫吹不得，教人含恨進昭關。

【校記】

〔一〕此詩未見《詩録》，僅見於《佚稿》，列於《西湖……》之後，今據《佚稿》補入。

閏四月自越中旋櫂移寓吴郡東園留别曉林太守〔一〕

全家杵臼梁鴻宅，一舸鴟夷范蠡船。吴市鶯花新閏月，皋橋風雨又三年。方回門户歸來在，支遁東西巷有緣。東西兩支巷中前後推我大宅，臨别封還。爲有題碑賢太守，唐寅死，無人爲書墓碑者，郡守胡公宗續爲之大書深刻云〔二〕。桃花菴畔我流連。

馬革齒骸我不能，全身俠骨已磨稜。中年霹靂留王導，半片籧篨覆庾冰。周旋患難，紀實事也。名已冷灰難再熱，家猶衰漢不中興。余兩散家貲，動以巨萬，是凡三次矣。平生不敢言恩怨，豫讓前情報未曾。

鷁飛如退是便宜，清到胡威只匆奇。名士妻孥能散火，官場局面是圍棋。桓溫小草無多贈，曹操當歸只一枝。珍重吳門塘上月，魯連城下最相思。

上流束濕下流乾，兩病難分藥一丸。小犢慣將轅子債，高官不似泰山安。人將名士論斤賣，吾把將軍當樹看。九十九籌全展處，合時宜怕肚皮寬。

【校記】

〔一〕此詩其一又見《詩選》卷一。

〔二〕『宗纘』，各本皆無。

蓬萊閣〔一〕

赤闌干外一回旋，往蹟心傷此十年〔二〕。好景可容含淚笑，人間原有盡頭天。李斯書此三字於文登山。愁城兩所筐籮大，窮海三周栲栳圓。聞道神仙笑凡骨，可能凡骨換神仙。

【校記】

〔一〕此詩又見《仲瞿詩錄》，係《海上雜詩》組詩其十。

〔二〕『往』，《仲瞿詩錄》作『刻』。

渤海〔一〕

江北江南遊盡春，茫茫一粟到迷津。神魚擊水狂生事，小鳥銜沙細女身〔二〕。外海七奇曾有志，撐天一柱竟無人。當初誰賦三千字，祇覺陳言不切真。

【校記】

〔一〕此詩又見《仲瞿詩錄》，係《海上雜詩》組詩其一。

〔二〕『銜』，《仲瞿詩錄》作『含』。

戚少保墓〔一〕

蓬萊小縣有荒阡，少保松楸少祀田。官帑不過縻十萬，南兵只要將三千。篝燈肅法中軍靜，鼙鼓吟詩萬馬眠〔二〕。莫笑輕裘勤著述，老生紙上有多年。

【校記】

〔一〕此詩又見《仲瞿詩錄》，係《海上雜詩》組詩其九。

〔二〕『鼙』，《仲瞿詩錄》作『鞞』。

文登山〔一〕

文山南望逆河濆，颶母風來不可聞。聚議且無秦博士，伏波能有漢將軍。中原地偪長城短，海外天寬島路分。一扇帆竿風八面，古來防守最紛紜。

【校記】

〔一〕此詩又見《仲瞿詩錄》，係《海上雜詩》組詩其二。

田横寨〔一〕

康公城畔露蒼蒼，閒抱山經讀大荒。齊有諸田同日盡，楚留三户勿能忘。豈無淵藪逋逃地，誰是扶南不死王。寄語受降城外客，古來鯷海有滄桑。時廣南多艇賊，即安南黎氏之部屬也。

【校記】

〔一〕此詩又見《仲瞿詩錄》，係《海上雜詩》組詩其六。

備倭城〔一〕

百萬邊儲庫鋌空，漆城豈許寇來攻。士無勝國盧忠烈，地有奇才戚總戎。名將何曾能好死，謂胡忠憲。婦人也要在軍中。翠翹畢竟奇男子，到底收成有大功。

【校記】

〔一〕此詩又見《仲瞿詩録》，係《海上雜詩》組詩其八。

蜃樓海市余至登之第一日見之留詩以紀〔一〕

無端雨目冒紅紗，二十八天雲欲譁。未必青天逢鬼市，安知海外没人家。如看好畫開心孔，真住迷樓必眼花。豈是仙山身不到，總嫌池館太繁華。

【校記】

〔一〕此詩又見《仲瞿詩録》，係《海上雜詩》組詩其十一。又「余至登之第一日見之留詩以紀」，《仲瞿詩録》無。

漢武帝望仙門遺址今鼓樓也雄麗宏敞慨然褱古〔一〕

神仙富貴兩紛紜〔二〕，人莫聰明過十分。老去英雄多諱死，古來臣子半欺君。毋甯好色汙青史，且勿長生笑白雲。尚有望仙門子在，蓬萊山是武皇墳。

【校記】

〔一〕此詩又見《仲瞿詩録》，係《海上雜詩》組詩其七。又「遺址今鼓樓也雄麗宏敞慨然褱古」，《仲瞿詩録》無。

〔二〕「紘」，《仲瞿詩録》作「紛」。

秦東門李斯刻石〔一〕

長城一面飲朝暾，又暾滄瀛闢一閽。中國果然秦萬世，相公能免蔡東門。祖龍文字真奇僻，牽犬功名太老昏。欲取蒙恬新不律，重書三字與招魂。

【校記】

〔一〕此詩又見《仲瞿詩録》，係《海上雜詩》組詩其四。

丹崖奇石〔一〕

丹崖石壁畫難摹，好幅横長赤壁圖。朱勔留傳真艮嶽〔二〕，石崇敲剩古珊瑚。補天材料精華在，全蜀山川縮本摹。欲遣米顛來一拜，洞天清品似渠無。

【校記】

〔一〕此詩又見《仲瞿詩録》，係《海上雜詩》組詩其十二。又見《詩選》卷一，題作「丹崖石壁」。

〔二〕「留」，葉本作「流」。

羽山鯀城〔一〕

欲全唐祚猝亡身，一輩同流有四人。功在八年名父子，死能一怒定君臣。書傳堯典渾難信，屍副入聲吳刀必不真。豈有玄魚人化獸，中天冤案未曾申。

【校記】

〔一〕此詩又見《仲瞿詩錄》，係《海上雜詩》組詩其三。

之罘山經秦皇宮下〔一〕

王朗欲除秦帝廟，江南亦有始皇宮。燒書恰是英雄伎，血祭何年俎豆空。一統能懲周失計，長城足與禹同功。江東吳越間至今有禹秦二皇廟，讀《三國·王朗傳》知合祀已久。古來暴主聰明事，也有微勞利後侗。

【校記】

〔一〕此詩又見《仲瞿詩錄》，係《海上雜詩》組詩其五。

寄馬青湖徵君

西湖文佛古然燈，望海晨星祝老人。才到必傳窮亦福，文能不朽火無神。兩遇祝融之厄，文字尚有存者。

方干天與徵君命，謝尚名留敗將身。迴首吳門塘上月，更無潦倒似唐寅。

樗場如注一身孤，全仗春風衆老扶。意外流言天上有，夢中聲息故人無。從他命好談何易，謂我才多事太誣。欲訪史遷難自序，子卿書意寄青湖。

樂陵縣有顔平原所書大字右軍東方朔畫贊余唐碑中所未備也僕有齊姓者昔薦之青州太守公公峨幕下忌其名矣一日書來忽述其遇之善思報之切遠搨是碑爲贈僕亦今之麒麟客歟走筆報之

太初文字五花雲，曼倩佯狂迥出群。豪筆更加唐柱國，風流如見晉將軍。摹碑勝贈雙跳脫，割肉心憐二細君。平原碑陰記祠塑方朔像，旁揑塑二細君。據《漢書》僅有一細君，今云有二，則知臣朔風流，必非一妻也。唐人必有考訂。羞我一雷轟薦福，不堪千里報殷勤。

蓬萊閣四十二韻呈踈雨叔

銅鼓黔天息，備兵貴西，參平苗逆，隨經略、制府等於甲秀樓鑄柱紀功。朱輪渤海寬。左遷猶五馬，前年公誤鐫級，仍蒙特恩授守登州。東府望三韓。樓與三韓相望。是閣支雄鎮，當年敞大觀。地猶鼇斷足，山似馬馱鞍。畫栱淩參斗，雕甍壓井幹。神宮十洲寂，仙觀五時安。四水瑠瓈合，雙城栲栳盤。摩天波盪壑，浴日夜跳丸。水樂時疑作，星池古不乾。黿鼉三洑蟄，霜霰一樓寒。乍到施青漆，初來掃石壇。□流濃翡翠，澄浪嫩琅玕。縹碧鵝黃酒，松花鴨綠灘。海數千里皆黝黑，登州一碧如鋪翠也。山搖紅菡萏，人倚赤欄杆。列島峭函莿，縣厓閣棧攢。蜑窩排怒石，石潭曰蜑窩。獅洞擊驚湍。樓閣踞獅洞之上。大竹島名鷹瞿峙，長山島名虎步蟠。魚王吞鬼飯，颶母戰烏竿。槖籥風囊靜，樓臺蜃市團。二儀分渾沌，一氣視汗漫。牟子千年國，髯公五日官。豪遊耽眺聽，遷客變悲歡。圓嶠方壺地，銀堂玉宇完。妃宮儼環珮，天妃本廟，明世宗時奏請陞宮。見《欽定皇輿全覽》。呂廟尚邯鄲。左爲呂仙祠。僊或留金字，師其敗竈丹。道人守廟火居，子女甚多。英雄齊義士，福壽宋陳摶。華山『福』『壽』二字，重刻於此，道人搨以貸錢。贋筆災碑刻，東坡《海市》詩石刻，僞筆也。鴉書涅壁刊。壁碑林立。圖經分繪搨，刻登州八景於壁。石鏡好鐫刓。石鏡立壇上，云海舶望此以爲標的，舶至則景見於中。石來自高麗，實好碑材也。香火燒猪院，鴻泥學士冠。右爲蘇公祠。沙門移戍謫，鹽政救彫殘。蘇公到郡，奏除鹽榷。民至今數百年無鹽禁者，公惠也。志不載。黨禍憑饒舌，民瘝祇刻肝。清時仍蔀屋，前輩在朝端。赤郡鄰窮海，皇恩愧素餐。繭絲千石職，烽堡大邦翰。彫弊宜甦卹，擨呼或犯干。西來傷斬馘，韋苗之役，計所斬馘者百萬。南面念痍瘢。味覺廉泉易，心愁膏澤難。專城猶擊柝，逋藪未安瀾。海警未撤。画諾空披牘，桑田莫命倌。賓朋時徙倚，檽檻少盤桓。屋是黃岡比，亭留喜雨看。先憂還後樂，臨眺亦三歎。

泛海玩月舟自彈窩出洋長風乘興直抵長山諸島〔一〕

船又平平浪又恬，城樓三鼓月初銜。身疑列子風難御，水比西湖味少鹹。從古無人遊赤壁，中流有島是殽函。北宋守備之地。魚龍不阻狂奴興，再有飄飄借半帆。

【校記】

〔一〕此詩又見《仲瞿詩錄》，係《海上雜詩》組詩其十三。

遇颶入沙門汊港中宋時以罪人投水處

神火迴風一夕飄，周流大洋者一日。沙門撳下萬斤貓。并無地土容人種，唯有鹽多不要燒。居民曬滷爲鹽。屋樣粗牢無界畫，人形微具似焦堯。天留一角逋逃藪，未許流民絕後苗。

鼉磯小泊自珍珠門放櫂中流觀日月并出未暮抵小竹西岸〔一〕

小泊鼉磯不得眠，紅光燒熱蔚藍天。秦人避世桃源裏，伊尹乘船日月邊。問俗已離頭痛國，先日患頭痛。登山真勝肉飛仙。當時枉讀楞伽典，直渡重洋始惘然。

【校記】

〔一〕此詩又見《仲瞿詩錄》，係《海上雜詩》組詩其十四。又『未暮抵小竹西岸』，《仲瞿詩錄》無。

徧歷欽竹小大諸島岡巒頑惡絕無人煙

鳥不窠巢獸不窩，祖洲方丈此如何。野叉國裏遊人少，盤古年間死樹多。海水滿於烏賊墨，天光濃似佛頭螺。此間開闢無人種，吾要摶泥助女媧。

長山犯浪歸至天橋口作

欻忽長山百里長，龍王驅我出重洋。心知生死如兒戲，眼見登州是故鄉。惡浪昂頭狂似馬，尖風入肚痛於槍。迴舟已是天橋口，且上城牆看夕陽。

麒麟誄

麒麟生文登農家，犉牛孕而生，火光如炬。農以爲妖也，犍牛舍十日，不乳餓死。農擔以入城賣之，人無識者。舁之登州城賣十日，又不售。總戎富將軍見之曰：『麟也。』出緡錢買之，裹以玄纁棺以櫝。龍首龍鱗，皮肉腊乾如石焉，鱗如孔翠，牛蹄鴟口。登州知府余叔父朝梧語余曰：『麟也。』縣官萊陽沈鎬，博物者也，語余曰：『麟也。』余往驗之，按圖經而辨之，麟也。而哭之，而誅之。誅曰：

牸牛生牛人生人，牛生龍首生龍鱗。滿村滿城賣麒麟，賣死不賣生叶，三千文。買者誰？富將軍。文登牛，麟之母叶，東海龍鱗乃父孕。十二月，牛宮火，農人不祥謂之禍。乃關牛宮鍵牛戶，牛不乳，麟乃餓。

水精生，麒麟止，今年庚申麟又死。齒路馬者斬右趾，殺牛充軍殺麟死。下告方伯，上告天子。嗚呼哀哉！吾不見麟之胎，麟之孩，乃見龍身牛尾之麟骸。哀哉將軍且勿埋！吾道窮也，何爲乎來哉！

元旦仿秦相篆法作秦東門字將補刻成山也作詩試筆

臨洮金人斯相字，泯沒銅駝一十二。臨洮金人十二，皆秦李斯書銘，而金石不記。事見《水經》，文見《三輔黃圖》。梁父湘陰史載辭，嶧山之文乃不記。馬遷於瑯邪、之罘、梁父、湘陰、碣石諸刻各載全文，而獨遺嶧山碑，可怪也。嬴秦文字遺落多，馬遷之博未可恃。我疑秦東門字三，大書特書在秦紀。薛趙歐劉數十家，片瓦殘磚相次第。此石煌煌朐界中，何以千年遭弃置。憶昔始皇行郡縣，六龍繄自回中始。西杵脩城萬里沙，楊翁子築脩城。見《淮南子》。北縣陰山三十四。五軍南發尉屠睢，囊括天南陸梁地。於時嶽瀆并在東，時趙嬰、楊璆謂五嶽四瀆并在秦東方，於是始皇東行，起渤海、黃腄而南。咸勸始皇虎東視。黃腄鍥石上之罘，十萬金椎震徒隸。當初八主祀天齊，爰上成山事牲幣。乃書秦東門，高崖冠贔屭。書與趙高參，筆用蒙恬利。頡籀舊同文，胡母變其制。欒石俯瀛溟，神書瞰精魅。碑成榮馬縶蒲看，威弩精靈惡魚避。當時一碣壽秦東，自謂碑當萬萬世。螺舟海底來，玉舄安期至。徐市上封書，神仙乃從事。中原綿絕幾千年，金鏡何期一朝碎。泗水沒神光，妖龍齧鼎系。雲明臺子冠驪山，四百餘宮一時廢。斤權文篆存，詛楚神湫沸。岑石瘞稽山，讀碑感金匱。鄒嶧有全銘，摹傳雜真僞。賸有瑯邪字兩行，又被雄雷燬其塊。瑯邪刻石燬於乾隆中，秦碑絕矣。傳聞此三字，滅沒明中季。少見百家書，似有神靈祕。吾來遊東牟，空山薙荒穢。一笑鎬池君，荒唐太無謂。姑且磨碑作大書，補刻傳東裔。彼不見今日中原大九州，折破長城示無外。南窮續樠北禺疆，萬國梯杭一天戴。下接大浪足，上蓋星辰界。雪山西面盡臣奴，東海舟艎一杯芥。秦皇眼孔小，李相精神憊。便將此地作東門，喏大乾坤被秦隘。

白雲湖上望釁堂霽雪訪嚴三明府病中話舊〔一〕

馬上寒聲噤曉霜，白雲堤上見林光。銷金湖面如西子，傅粉山容認女郎。章丘山爲大章二女所葬，故名女郎。重九糕時前令尹，嚴明府置酒釁堂，大集賓客，丙辰年九日也。時余遊長白山。上元雪後舊釁堂。分明記得長山路，安敢重容白也狂。長白山爲李白養禽千計處。

【校記】

〔一〕此詩又見《詩選》卷一。

濟上謁可亭座師道及白華師近狀以詩呈別

旌節花邊雨露傍，科名草底荷榮光。東山人物文司命，容部威儀漢侍郎。灤水源頭新禮樂，梅花嶺上舊門牆。自慚魯國諸生後，隨□金聲過孔堂。

吴淞江上感追陪，吴師移居淞江。笑失鯫生箸一枚。百里雄雷留孝若，六州生鐵鑄顔回。還山尚喜當歸好，小草難當遠志培。總是受恩身太重，師生君相一門推。

不敢飄沉又入都，逌羞鄉達問葫蘆。明知虎氣終難上，所恨蓬生不可扶。杜默文章甘不中，馬周年歲費工夫。敢嫌一劫燒餘尾，重掉龍門舊路途。

嵇司馬承群權守青州三年未面及辱顧濟上余車已脂以詩謝之

絲竹春風嵇侍中，吴門一别太匆匆。青州治喜如皇象，太守貧能學相公。錫山相公綸閣數十年，貧聞天下。今聞司馬尤甚。名士奇談真海外，京師野語駭齊東。相期定在徂徠下，惆悵東山麈尾風。移補泰安。

與奴輩馬上口占燕南故事

十萬横磨劍氣秋，忍抛鐵硯握軍籌。書生豈獨桑維翰，何苦燕雲十六州。右鄭州廢城。
白馬叢中建霸圖，白洋春淀笑菰蒲。英雄亦有公孫瓚，不獨劉虞是懦夫。右趙北口。
河水清渾似往時，白溝春岸柳垂絲。蕭娘自飲黄龍酒，何必將兵付藥師。右白溝河。
薊北桑陰古路長，黄花坼斷舊邊牆。如今清淺桑乾水，不比唐朝舊范陽。右古范陽。

下榻虎丘武昌鐵舟大師館我於聽秋樓上〔一〕

吳天花雨楚天秋，踏破華山覓鐵舟。風月在公初住地，神仙容我半間樓。人將書學推懷素，我以詩才讓惠休。幾被潁師傳一曲，成連山下竟勾留。

【校記】

〔一〕此詩又見《詩選》卷一。

桃花菴詩〔一〕

唐陶山明府以唐六如居士祠墓荒蕪，分廉助葺。落成日，首倡四首，同人和韻。

百年紅樹已成塵，何事方墳又一新。吾輩功名多鬼裼〔二〕，君家文字兩傳人。憐才守宰悲枯骨，六如負譏既久，及死，人無肯爲之製文者〔三〕。太守胡宗纘哀之，爲書墓石〔四〕。今明府繼之，故云守宰〔五〕。薄命桃花哭替身。髣髴長官題字處，荒蛙燐火舊時春。

人生不合負時名，潦倒張靈乞食清。中酒文章狂杜牧，愛才兒女嫁陳平。弓傷都穆心猶碎，糞苦宸濠禍未明。多有舊交文沈輩，猶將奴態恕書生。

真把青衫著老奇，十官身誥鬼何知。清明埜火唐衢血，黄土碑文幼女辭。先生無子，唯一幼女〔六〕。闌雨殘風居士塔，衣香人影水仙祠。從他塑土摶泥後〔七〕，可做人間繾綣司。準提菴有六如塑像，婦女於桃花開時瓣香致敬，蓋以月老事焉。

一軍持水一孤燈，賣畫生涯冷似僧。九級靈光明古殿，六如名字佛初乘。中年詩思如花落，老去禪心若葛藤。怪道九孃墳太遠，不移松柏祔西陵。九孃墓在城西西跨塘之間。〔八〕

【校記】

〔一〕此詩其一、其三又見《詩選》卷一，其二、其四諸本皆未見，惟葉本有之。今據葉本補出。

〔二〕『多鬼裼』，葉本作『空喝雉』。

〔三〕『及死，人無肯爲之製文者』，葉本作『死之日，無人爲之製文者』。
〔四〕『太守胡宗纘哀之，爲書墓石』，葉本作『太守胡纘宗爲書墓碣』。
〔五〕『明府繼之，故云守宰』，葉本作『今明府繼作，故云』。
〔六〕『先生無子，唯一幼女』，葉本無。
〔七〕『從他塑土摶泥後』，葉本作『知他土塑泥團後』。
〔八〕此組詩作後，葉本尚附金禮嬴和作四首，見《秋紅丈室遺詩》，此處略。

戲題梅鶴雙清圖示雲門母子〔一〕

梅花喜與鶴將雛，鶴有梅花鶴不孤。寄語故山梅與鶴〔二〕，天涯走殺老林逋。庚申五月，與雲門母子西湖相別。余自瑯邪放迹涉蓬海、成山，探沙門、皮島。今年北瞰紅螺，犯洪流南下。及歸虎市，越書時至，而身不獲往。是圖之作，因雲門有梅妻鶴子之句也。

【校記】

〔一〕此詩又見《詩選》卷一。
〔二〕『語』，伍本作『與』，誤。

松臺墓祭金梅園外舅廷珪卜葬山椒圖墓者謂山水勝處非吉城也〔一〕

斗酒橋玄墓，空山窆石封。眼含宿草淚，人掃棘門松。遁世漢梅福，傳經女蔡邕。可憐三步過，腹痛丈人峰。

【校記】

〔一〕此詩又見《詩選》卷一。

釧影泉〔一〕

松臺山有乳泉焉，味如惠泉，尤冽。先是，梅丈未葬，僧屋無人，皆下山取汲。自五雲姊妹負土墳成，泉乃泌沸，今蹟在佛龕之後。余疑五雲之封臂創身，精靈應之也。名之曰釧影泉，志女孝云。

一行釵索影中泠，呼過春條汲一瓶。人指孝娥圖墓處，天教奇鬼發泉靈。龍堂䕷火成茶癖，丁巳春，我二人品茗於吳山之龍王堂。虎寺松聲記水經。庚申初夏，又同阻雨於虎跑寺，煮山泉二十餘碗，日暮得歸。前度雅遊全是夢，卿書碑版我題銘。

【校記】

〔一〕此詩又見《詩選》卷一。

奉上海李味莊觀察并寄鐵舟上人〔一〕

魚龍風冷失蛟豚，滬瀆東南一柱尊。海樣文章蘇玉局，中原名士李龍門。雞林詩價平夷舶，楊僕樓船撤野屯〔二〕。公自彈琴民自樂，春申江上有吟樽。

一通衙鼓吏傳呼，印紙閒書調水符。元白新牋繙樂譜，辛蘇小令課官奴。凡宋詞之不譜宮商者，公被以管弦。中郎爨尾文簫和，北魏殘碑楷字摹。手書十三經。軍國勛才經國手，太平時與暇工夫。

貫休豪畫惠休詩，懷素能書初不知。韓子門生賈島佛，鄴侯仙骨嬾殘師。舟留東郭書來遠，人集西園我到遲。徧讀屯田長短句，滿船風雪夜填詞。

【校記】

〔一〕此詩又見《詩選》卷一。

〔二〕『撤』，葉本作『撒』，誤。

書洪稚存太史大江東去詞後〔一〕

銅弦鐵撥到江東，胡粉粧花一塞翁。除死頭顱孤注擲，補天文字女媧窮。身從魑魅荒山後，人與辛蘇辣味同。誰是關西閒大漢，爲君彈唱夜鐙紅。

【校記】

〔一〕此詩又見《詩選》卷一。

義興相墓詩二首〔一〕

余少嗜狗馬，慕周孝侯之爲人。既潛心《墳》《典》，出謁前輩。年逾弱冠，又慕明盧公象昇之出身科第，忠於行間，乃卒不如志。今年臘已暮矣，於剡中得友人儲香巖書，招余往義興相墓。余慨然許之，蓋欲藉以誓二君子之墓以畢吾志於牖下也。慷慨之心，侯與公之神靈鑒諸。

周孝侯墓

力不敵南山虎、長橋蛟，書生之筆一雞毛。手不殺梁王彤、齊萬年，立功報怨心荒然〔二〕。人生立志亦有命，戴淵作刦將軍橫。平原豈是用才人，不過葫蘆道名姓。天遣亡吳不用公，案：三國時孫皓封國山時周處爲太常。幾教里老將公釁。豎子王渾豈得知，古謂楚材用於晉。將軍少小名父子，名重身輕不知死。讀盡人間風土書，侯著《風土記》尚存。何愁七萬梁山氏。不獨南塘祖士少，胡牀客識平原笑。士怪公卿不薦賢，薦賢也得朝廷要。華亭之鶴心感傷，一樣將門子，彼祥此不祥，侯爲吳名將周魴之子，步兵校尉賓少之孫，與陸氏皆三世爲將，而侯以善終云。卅篇《默語》在巾箱。侯有《默語》三十篇，見《晉史》。平生不羨將軍字，從此挽弓不用強。

盧忠烈墓

文不能華人國，武不提戈殺強賊。少年科第老勛官，笑倒孔門童五尺。一代文章明八股，崇禎元年天地腐。黑山大舉白波來，五色兵官亂無主。天生奇才洪承疇，當時不知皋夔流。遼薊長城呼道濟，中原一壁付盧侯。白面書生三十九，公像存廟中，微髯白面，美書生也。髑髏模糊血在手。一刀揮擲萬刀飛，以佩刀歸，今廟中無其物也。不見賊前見賊後。公之拉賊如拉枯，鄖陽瀦蕩光州屠。當時殺入滁州境，五里橋邊一賊無。鉅鹿呼援援不至，可恨諸奴壁上視。賈莊一戰滿身紅，夜半蒿橋鼓聲死。公不羨南霽雲、張睢陽，大忠大勇無文章；亦不羨吹胡笳，讀孝經，書生之兵紙上靈。觀公筆下字，讀公集裏詩。身如魯郡顏開國，人似中原卞望之。爛腸之尉竈下養，棘門遊戲中軍帳。明朝中葉太平時，錯當仇鸞是福將。

【校記】

〔一〕此詩又見《詩選》卷一。

〔二〕『荒』，葉本作『茫』。

國山封禪碑吳歸命侯孫皓時書也余舊有古揭所少僅數十許字及造碑下漫漶碎裂一字不可識矣慨孫氏之泯滅於暴皓也系以詩〔一〕

七十二君不見史，亡吳忽有公孫子。青蓋人傳歸命謠，洿宮自渚臨平水。三郎石印揚州士，渚楚都吳太平始。鬼草平盧號侍郎，癡兒之騃不如此。文臺往日霸江東，腸繞昌門夜冢紅。洛陽親探甄官井〔二〕，受命秦符入手中。獅兒東來白虎蹶，兩字孫郎失人魄。朝驅王朗夜劉繇，囊括長江捲以席。八十萬軍一船火，紫髯如虎將軍步。公孫海外下降書，飲馬能來不能渡。英雄老去少貽謀，弟及兄終亮與休。弄焚酋昷音迄礩舉擁〔三〕真可笑，𩅦𩃎窇柜音彎觥袞莽豈箕裘。從古人君誤符瑞，事始初年權僭位。黃武黃龍屢紀元，祆祥伏在麒麟至。前人陳迹後人師，天璽編年皓斅之。鳳皇寶鼎時時換，不到多年竟不支。吾讀金陵神讖碑，在江甯府學，石碎而字體完好。八分如篆字苔莓。心疑一片昏荒石，何故轟雷不與灰。物非經見即爲妖〔四〕，石若能言便可燒。商辛夏癸居朝日，鸞鳳飛來也是梟。國山一碑彰皓惡，面剝人皮眼睛鑿。揭來石室看全文，一片模糊心反樂。萬古煌煌朐界中，六篇石篆紀秦東。太山合許金刀刻，一統河山自祖龍〔五〕。壽無金石固，國笑虎狼兇。雖然六國芟夷盡，實有長城一堵功。

【校記】

〔一〕此詩又見《詩選》卷一。

〔二〕『官』，葉本作『宮』。

〔三〕『殨』，葉本作『賢』。
〔四〕『經』，《詩選》各本作『輕』。
〔五〕『河山』，葉本作『山河』。

題桃花紫燕卷

命似桃花薄，身如燕子飛。容顔怨人面，門巷笑烏衣。大宅無梁棟，依人有是非。夕陽山子外，營得幾巢歸。

小除日移舟鄧尉探梅也自至理山入徑香海銅坑潭東西間已七分矣是遊也於虎山橋度歲〔一〕

舊日林和靖，當年郁太玄。爲花閒一世，招我當三賢。有地能逃俗，無家不過年。人煙山墅裏，忙殺五更天。

【校記】

〔一〕此詩又見《詩選》卷一。又『橋』，《詩選》各本作『梅』，誤。

住穀城之明日謹以斗酒牛膏琵琶三十二弦致祭於西楚霸王之墓〔一〕

江東餘子老王郎，來抱琵琶哭大王。如我文章遭鬼擊，嗟渠身首竟天亡。誰刪本紀翻遷史，誤讀兵書負項梁。留部瓠蘆《漢書》在，英雄成敗太淒涼。〔二〕

秦人天下楚人弓，枉把頭顱贈馬童〔三〕。天意何曾袒劉季〔四〕，大王失計戀江東。早推函谷稱西帝〔五〕，何必鴻門殺沛公。徒縱咸陽三月火〔六〕，讓他婁敬說關中。

黃土心香一匊塵，英雄兒女我沾巾。生能白版爲天子，死賸烏江一美人。壁裏沙蟲親子弟〔七〕，烹來功狗舊君臣。戚姬脂粉虞姬血，一樣君恩不庇身。

【校記】

〔一〕此組詩作又見《仲瞿詩錄》，係輯自舒位《瓶水齋詩集》，文字多有不同。詩題「致」作「侑」。又其一、其二又見《詩選》卷一，文字同。

〔二〕此詩《仲瞿詩錄》所錄文字幾全然不同，於此錄出備覽。詩云：「穀城山曉黛蒼蒼，弦酌相逢拜憤王。百戰三年空地利，一身五體竟天亡。明分天下資劉季，誤讀兵書負項梁。留部瓠蘆全漢在，英雄成敗太淒涼。」

〔三〕「贈」，《仲瞿詩錄》作「送」。

〔四〕此句《仲瞿詩錄》作「天命何曾私赤帝」。

〔五〕此句《仲瞿詩錄》作「早摧函谷收圖藉」。

〔六〕「徒」，《仲瞿詩錄》作「明」。

〔七〕「親」，葉本、《瓶水齋詩集》同，《仲瞿詩錄》作「新」。

題法梧門祭酒詩龕圖〔一〕

十笏團蕉面壁存〔二〕，推敲人影認黄昏。詩家香火然鐙古，名士門堂祭酒尊。廈以千門容老社〔三〕，地方一丈當龍門。就中獅座容多少，瘦島寒郊一屋溫。

詩海詩城不足誇，一茆頂上蓋烏紗。撑牀史料三千卷，滿屋王風四百家。今上命鐵冶亭尚書纂選順康以來八旗詩集，尚書出帥南漕，未遑裒輯，祭酒已收集四百餘家。時奉旨多收宗室。天下山林仰梁棟，細生毛髮待袈裟。披圖不覺逢彌勒，滿紙圓光揖笑花。

【校記】

〔一〕此詩與本卷《移寓發祥坊第青藤初花懷袁州叔也》、《奉和舒鐵雲姨丈見贈之作》、《重過穀城書宋汝和觀察項王碑後》、《晉征虜將軍東亭侯廟在虎山之東俗所稱短簿祠也甍廡雄暢登內殿五十三級爲夫人之宫余以雲孫禮致禱於吾祖之靈假館內寢獻詩一首》依次又見於《詩選》卷一起始部分。又此詩《詩選》各本題無「圖」字。

〔二〕「蕉」，葉本作「焦」。

〔三〕「千門容老社」，《詩選》各本作「千間爲老社」。

移寓發祥坊第青藤初花懷袁州叔也〔一〕

一樹藤陰漬碧天，七槐風雨尚依然。分燈憶隔東西屋，宅分兩院，諸叔東西而居。借宅能居三百年。宋明帝以南苑借張永居，曰：且給三百年，期盡更請。今諸叔發祥坊第奉旨不繳。中祕芸書官本在，東院賜書尚存十分之二，西院書已分寄梁文定第三徙所矣。相公蓮府雀羅便。時韓城中堂借寓西宅。天涯諸叔專城去，獨坐瑤階撥阮弦。

兩袖清風一婜塵，犢褌南阮六朝人。江東花雨臺城路，司馬青衫白下春。手版尚留顛老拜，叔嗜石，攜靈璧以百數，第中尚有存者。黃金曾鑄莫愁身。莫愁湖之成，曇作文募之，成叔一人之手。秦淮弦管青溪筆，程司馬作《青溪閒筆》。一去袁江莫重論。

【校記】

〔一〕此詩又見《詩選》卷一。

奉和舒鐵雲姨丈見贈之作〔一〕

戎鼓喧天一柱銅，南籠之役〔二〕，同參軍幕蔵事。時制府監司鑄鐵於貴陽之甲秀樓，仍鄂大將軍故事也。蠻鄉兵幕瘴鄉風。書生汗馬髀留肉，初，巡撫馮公議以軍府辦事賓僚列請議敘，先生辭之，後亦奉部不准。時論高之。妖女囊仙血尚紅。黃囊仙，妖女也，以巫蠱煽聚，擒歸本道營。先生與之秉燭，以美言甘之，故降者不叛。才子文章山鬼泣，論苗砦文檄〔三〕，苗人識字者讀之，皆哭拜解散。婦人荼火大王雄。初達南壟，妖巫黄氏旗鼓最盛。時檄調雲南，土練中有龍土官之妹龍囊仙者〔四〕，年十八，美而善戰〔五〕，冒其兄品服，矛槍所發〔六〕，槊一斃十。黄氏所部遂不能軍。囊仙者，蠻語謂姑娘也。中年空橐從軍筆〔七〕，不乞平夷一字功。

些些招魂不到家，留黔三年，先時傳先生過朱仙鎮，楚賊齊王氏爲所害〔八〕。青衫白面又長沙。戊申歸吳門一月，應楚藩通方伯撫湖南軍營書記之聘〔九〕。余面誦東坡送喬施州詩『共怪河南門下士，不應萬里向長沙』之句。先生不然，曰：『吾負米養母，不畏百里，豈畏萬里？』青衫白面，見李東陽《長沙竹枝詞》。三閭血祭叢祠宇，故楚三閭大夫祠土人顏爲屈公祠，别書額改正焉，并請於本藩司黝堊之。太傅承塵破廟花。賀老琵琶怨塲屋，曇時寓吳門，約以是冬同赴己未會試。既而杳然，遂俱不赴北上。曇亦遭事。禰衡鸚鵡戀天涯。巴江烽火瀟江月，愁夢湘娥十二鬟。

神鼉風雨殺豬婆，舊年京畿大水，土人見鼉龍戰於桑乾，妖龍遶南西門城隍而退遁〔一〇〕。送我吳船抱白鼉〔一一〕。曇時乘狂流南下。下第書生留大命〔一二〕，公車舉子踏天河。先生從大水中乘筏達天津，依沈小如縣宰。水官解厄城三版，時天津不没者佐宰公紀綱水政。仙女療飢米一螺。内城食盡飢軀也。留得姜肱粗布被，先生有二十年古被，今歲倩泰州朱野雲画《襆被圖》，製長古，奇作也。大牀已被惡龍拖。在城時龍過屋揭，柏床碎焉。

五色明珠一斛才，每同試禮部，先生必以五色筆合寫兩人所作，致四次落卷傳抄遍國。大羅天榜又横開。時禮榜將發。紅紗古鬼魔宜退，老女當梁嫁也該。唐制，以子午卯酉爲當梁年，女子不嫁。吾兩人於此四科皆不利。名將七擒須得賊〔一三〕，先生自己酉後七舉不中，曰使比進士如劇賊，亦當見獲矣。死胎三墮或生孩。曇自乙卯、丙辰、辛酉三中三黜。金丹火字泥金紙，可有燈花響爆來〔一四〕。

【校記】

〔一〕此詩其一、其二又見《詩選》卷一，其三、其四又見《仲瞿詩録》。

〔二〕『籠』，各本作『壟』。

〔三〕『苗』，各本作『黄』。

〔四〕『嚢仙』，各本作『么妹』。

〔五〕『美而』，各本作『美麗』。

〔六〕『發』，各本作『及』。

〔七〕『櫜』，各本作『橐』。

〔八〕『楚賊齊王氏爲所害』，各本作『楚賊齊王氏焚掠，抵其營，罵之，爲其賊婢所害』。

〔九〕『應楚藩通方伯撫湖南軍營書記之聘』，各本作『又應楚藩通方伯椿撫湖南軍營書記之聘』。

〔一〇〕此詩及下詩小字夾注均爲《仲瞿詩録》本所無，今據《詩録》補出。

〔一一〕『吳』，《仲瞿詩録》作『南』。

〔一二〕『大』原缺，據《仲瞿詩録》補。

〔一三〕『須』，《仲瞿詩録》作『終』。

〔一四〕此句《仲瞿詩録》作『逼得鐙光響爆來』。

奉酬梧門祭酒惠贈之作

咫尺匠門下，蹉跎相見疏。得聞三昧集，若讀等身書。人海多高弟，詩城近直廬。岑王千載後，衣鉢一真如。大冶留凡鐵，醫門愛病人。功名三里霧，文字一囊塵。公府城西近，河陽薦士新。豐臺多芍藥，知殿那年春。

奉別那東蘭洗馬洗馬分校禮闈署余文曰才大如海心細如髮通今博古蓋世奇才

燒羊宴外感相知，洗馬門前剪拂遲。敗道彭籛猶末劫，画龍董羽尚當時。爲憐非子能同世，相見則抱予而哭。孰殺康成是本師。二十餘年來紙貴，從前文字當頑皮。人把糊名當覆盆，三條官燭耐黄昏。江東下士羅昭諫，薊北才人薩雁門。好雨似逢雄甲子，是日大雨，車住蘆溝。昭關難出伍王孫。先生慧眼離朱在，無奈荒荒赤水渾。還丹九火煉然燈，洗馬亦九舉得第。笑我還山雁一繩。佛法肯傳笞帚字，神通不付破山僧。密祖十二家弟子破山以神通被黜。早知身矮觀場苦，徒説心空及第能。總是大羅天管事，也由吾輩未該應。

紀事四首

前侍御史范叔度少卿鼇暴卒。同時周石芳先生系英於禮闈中手録曇詩文對策，逢人背誦。予素不作下第詩，感諸大君子之愛我也，用誌不忘。

軍中一范賈星芒，天上修文寶侍郎。乙卯以叔度侍御薦東皋侍郎，署余卷曰：『天下奇才。』又署三藝曰：『自司馬光詰孟以來，七百年無此文字。』興福寺年題壁日，上官樓下選詩忙。是科同年王以鋙牓，上命軍機大臣以落卷至御前另選。天憐方朔詼諧筆，人笑王充刺孟狂。所喜那年花落後，糊名文字進明光。

帝傍玉女一梟驚，從是龍年我出京。丙辰下第，遺卷遍輦下。予已旋歸虎丘，不復應舉，而吳師以薦言荒謬遂蒙嚴斥。薦福碑題雷打碎，相如文字蝌橫行。書生末命黄楊厄，洪範言妖玉虎鳴。如此風波經過去，幾年纔得浪頭平。

白雞年裏遇揚雄，荊棘圍中十八公。爲我三遺廉老飯，辛酉以楊靜庵詹事薦總裁蔣霽園侍郎，已置高第，尋復黜之。詹事爲不飯者三日。分渠一徑蔣侯風。明知彭祖丹難就，況讀平當傳未通。徒草玄經人不看，白詩傳遍海當中。

今年重被孽風吹，醇酒周公又入帷。虞監手抄劉向傳，范雲口讀始皇碑。才非鸚鵡譏何益，花有胭脂書與誰。倒是洛陽無紙好，年年徒貴也何爲？

丫髻山謁碧霞元君廟

拔地靈胡髻，翹空墮馬蟠。天門一綫入，月殿五銖寒。夜旭銅鉦熱，霜聲鐵瓦乾。神宫三百仞，一步一盤桓。

誕馬朱輪上，郊媒履大人。宫韡擁帝女，紅粉汗天神。河鼓靈無匹，幽房夢有身。空山一杯筊，金索孕麒麟。

天女獻花處，金錢撒地多。山門臥虎守，溪水老驢馱。山無水，馱運之。香市年三月，農田歲九禾。到天三十里，風雨鬭紅螺。

重過穀城書宋汝和觀察項王碑後〔一〕

大雞山後小雞前，馬火人燐一塚煙〔二〕。白帝山阿五十步，羊公碑版二千年。墓自漢迄今，從無碑碣。汝和觀察守汶，始表禁步。霸才遇主談何易，轅下無牛祭不虔。亦有烏江歸去客，穀城山下再流連。

【校記】

〔一〕此詩又見《詩選》卷一。又《詩選》各本題無『後』字。

〔二〕『火』，葉本改作『血』。

趙味辛太守招登兗州南樓舊址俗傳少陵臺也先日與大興舒鐵雲姨丈位虞山孫子瀟原湘席子侃世昌三孝廉同訪靈光遺蹟〔一〕

天不憐生王之貴貴死士，一火靈光魯王死；人不以少陵之賤賤南樓，十丈黃泥堆在此。鄴三臺，土花紫，四百餘宮一如是，通天臺上何人指〔二〕。不使公食橡栗嚼黃獨，死後精魂有誰哭？使公做皋陶〔三〕，爲稷契〔四〕，宋璟姚崇究何益？授公龍武軍，以公蕩安史。開門作節度，關門挾天子。不過西川一嚴武，做不到九鎮朱溫唐尚父〔五〕。乃使公潛身行，吞聲哭，一兩麻鞋破被宿，大雨狂風簸其屋。豈不是唐朝城、兗州土〔六〕，城有官司土有主。何以名之少陵杜，狐火荒荒一坯古。臺又不可歌，臺又不可舞。有酒如龍詩是虎，百年誰建詩旗鼓〔七〕？曷不見南樓月〔八〕，庚公到，戲馬臺，風吹帽，太守登臺賤子笑。廣武場頭土一丘，不得孫登一聲嘯，他年吾輩何人弔。

【校記】

〔一〕此詩又見《詩選》卷一。

〔二〕『上』，原作『土』，據葉本改。

〔三〕『做』，各本作『身』。

〔四〕『爲』，各本作『位』。

〔五〕『到』，各本作『得』。

〔六〕『兖』，各本作『交』。
〔七〕『建』，各本作『是』。
〔八〕『曷』，葉本作『君』。

發曲阜過聖人林下

一卷深衣誤秀才，尼山功德墓門開。生無血食分牛福，人笑頭巾措大來。中國香煙黌廟冷，儒家墳蔭一窮該。五經風水時文後，寒食年年萬紙灰。

一瓣心香句讀聲，兒年讀殺鄭康成。尋師盡踏桓魋路，乞貸徒過晏子城。聞道年華空老大，絕糧風味似門生。纔經子貢墳前去，下馬牌邊踧踖行。

晉征虜將軍東亭侯廟在虎山之東俗所稱短簿祠也甍廡雄暢登内殿五十三級爲夫人之宮余以雲孫禮致禱於吾祖之靈假館内寢獻詩一首〔一〕

老祖烏衣巷，雲孫馬糞寒。青氈家子弟〔二〕，團扇晉衣冠。借宅吾宗古，司香内寢安。淮流如不絕，留我一人看。

【校記】

〔一〕此詩又見《詩選》卷一。

〔二〕『家』，各本作『佳』。

卷四

鐵雲先生烏戍書來先日與桐門舅氏看花山塘連舟話別書來述及敬報一郵〔一〕

櫂酒三瓶夜，燈花夢未消。人歸鶯脰水，秋老畫眉橋。烏戍仙人宅，姨家佛母橋。得歸無長物，詩卷笑牛腰。

似舅何無忌，呼童許散愁。於舅氏處攜一童去，余之舊小奴也。好花雙老眼，明月一船頭。白水盟狐偃，青山戀虎丘。無家親串在，小別亦句留。

一卷元和體，金天鳳字工。買詩經島國〔二〕，獻鳥達空籠。承寄詩函并所書詩片，字畫精絕，爲銅商公肆中遮留，僅以封筒下寄，故有獻鳥空籠之喻。此藁矜三絕，無文祭五窮。南華橋下水，相見一郵筒。

附寄作

眼不看長安花，腰不跨揚州鶴。脚踏紅船晴渡江，直向虎丘山下泊。登山斜陽猶在樹，鐵舟所住我亦住。一笑見銕舟，一別三兩秋。我從別後攜玉笛，三弄黄鶴樓。漢江鴨緑不變酒，五月梅花亂打頭。師不食武昌魚，我不騎灞橋驢。同來讀書王摩詰，笑殺吹簫伍子胥。功曹之榻司業牀，東西兩夢秋衾涼。夢醒不聞黃米熟，但聞荷花香起來。看花花在水樓角，朝霞紅似海。一時飛雨過山前，山外人看但蒼靄。匆匆迴櫂惜離群，一宿微茫水國分。有我題詩了來意，妙蓮華上舊閒雲。

【校記】

〔一〕此詩又見《詩選》卷一，舒位來詩則未附。

〔二〕『詩』，《詩選》各本作『書』。

徐榆村先生虎山訪我三返不值舟過吳江以詩把臂〔一〕

一笑天隨子，歡然大覺仙。百年如願福，一等地居天。女樂封家陣，絲聲陶峴船。畫眉情太重，天與畫眉泉。其別業也，在石湖楞伽山東，屬我題刻。

三萬太湖水，吳江半竹篙。寥天居一鶴，橘子字三高。歲月長桑富，精神郭璞豪。虎山行看我，三返健於猱。

【校記】

〔一〕此詩又見《詩選》卷一。

西湖度臘迎內子於山陰〔一〕

浪有高柔癖，三年隔浙波。機聲留越絕，人影夢天河。病骨秋如葉，殘年雁戀窩。殷勤奴足健，風雨踏潮過。

問水雲門下，烏篷一櫂懸。舊年泛舟，雲門僅留七日。瓠瓜纔七日〔二〕，嫁女笑多年。夢落之流穩，迎桃楫子便。家書三十六，喜字不曾填〔三〕。

探到孤山下，梅花爲爾開。伊人秋水是，之子渡江來。度臘無詩祭，消寒有畫材。未容談米價，妝束但相催。

【校記】

〔一〕此詩又見《詩選》卷一。

〔二〕『瓠』，葉本作『匏』。

〔三〕『不』，葉本作『未』。

同登慧日峰〔一〕

鶴樹一林楓，魚天燒火紅。雪消天子嶂〔二〕，風落大王雄。一水江湖隔，雙星牛女通。不須悲薄福，酸棗梵王宮。

【校記】

〔一〕此詩又見《詩選》卷一。

〔二〕『嶂』，《詩選》各本作『幛』。

淨居精舍圖〔一〕

壑庵之左曰淨居精舍者，傑閣憑虚，軒堂四敞，湖南淨寺之南庫也，往來僑寓十年於兹矣。今歲爆竹迎春，梅花度臘，喜山靈之借福，内子爲圖，鄙人亦以詩紀。

一壑松風庖湢幽，南山欄作短牆頭。且將彌勒栴檀閣，權當昭明文選樓。幾度愛山留眷屬，此鄉誤我做菟裘。劇憐雪後梅花下，斜掛東峰月一鉤。

【校記】

〔一〕此詩又見《詩選》卷一。

同登雷峰分作〔一〕

夕陽亭子是耶非，斜日荒荒尚錦衣。一炬殘灰留鐵券，七層餘土葬黄妃。山悲婦女胭脂失，手鑄金塗佛力微。錢氏有金塗塔在越。徒有野桃天女面，隔江猶向故宫飛。

【校記】

〔一〕此詩又見《詩選》卷一。

酬官眉山司馬舊年見贈〔一〕

一船紅粉上琴臺，司馬青衫歸興纔。吳市秋娘初面處，河陽花裏一官來。司馬初識星姬於龍舟水次。是日也，余初與司馬同席。峨眉舊雪悲年老，生長於峨眉山，以自號〔二〕。玉局今生自蜀回。可惜五年前見日，玉人今老尚無媒。謂星姬杜門。

不踏椶鞖不出城，典衣時節過清明。寒家春杵粗如意，余遷家甫定。南巷春聲小太平。司馬居巷名小太平。聽柝已成三虎市，時暴客夜劫，旬日數處。傳牋纔隔一牛鳴。爲君更比峨眉景，宦海茫茫莫遠行。承屬山妻作《峨眉山勢》。

【校記】

〔一〕此詩又見《詩選》卷一。又《詩選》各本題作「酬宮眉山司馬舊年見贈」。

〔二〕此句葉本作「因以自號」。

鐵雲姨丈題近人所注杜樊川全集詩二首云第二篇爲阿曇作也寄自邗敬報一章〔一〕

唐昌觀裏看花時，承寄樊川集後詩。小杜文章炊甑裂，司勛名字夢神癡。曇初改名，故用杜本傳夢中改名事。才疑書記依僧孺，人借風流禮牧之。五百注韓千注杜，中郎虀臼有微辭。先生謂第一詩有譏讃注詩者之人，故不錄寄。

【校記】

〔一〕此詩又見《詩選》卷二。又葉本題作『鐵雲姨丈題近人所注杜樊川全集詩二首云第二首爲阿曇作也寄自邗上敬報一章』。

白松閣〔一〕

泰山十八公，黃山七十峰。如何居士宅，有此大夫松。招下神仙鶴，捧來風雨龍。花綱一片石，疑是宋徽宗。石百孔洞達，云得之朱勔園中。

【校記】

〔一〕此詩又見《詩選》卷二。

昭明閣〔一〕

倭國唐山寺，昭明太子觀音尊像由銅船歸中國，蓋初爲日本唐山寺供奉也。昭明文選樓。潮音育王力，是像仿阿育王像造於蕭梁天監中，乾隆中自東海入中國，寄奉於寧波阿育王寺者逾年〔二〕。佛法瓣香幽。畫手勾龍爽，其人仇十洲。

內子畫三十二應真觀音像，首描金像。南朝四百寺，聖火一鐙留。

【校記】

〔一〕此詩又見《詩選》卷二。

〔二〕《詩選》各本於『寧波』下多『之』字。

琵琶館〔一〕

蘇老登場屋，華亭俞秋圃爲吳下琵琶一十人之冠〔二〕，蓋蘇達子之高足也。琵琶有中興。而今賀懷智，蘇達子，康熙中生人〔三〕，生長西域，遍訪天方回部城郭諸國，其聲始備。吳門得衣缽者俞秋圃一人而已。當日鄭中丞。佛國門樓近，庭花玉樹能。《玉樹庭花》，所謂陳隋調者，秋圃傳之蘇老，餘之私淑者無傳也。不期天寶後，猶有佛傳鐙。

【校記】

〔一〕此詩又見《詩選》卷二。

〔二〕『一十』，葉本作『十一』。

〔三〕『生』，葉本無。

鸚鵡廊〔一〕

種滿清河舫，詩廊七步尋。鴛央樓子小〔二〕，鸚鵡畫堂深。紅袖詩人面，烏絲侍女心。有時同看月，鐘漏自沉沉。

【校記】

〔一〕此詩又見《詩選》卷二。

〔二〕『央』，《詩選》各本作『鴦』。

開元寺無梁殿爲兩層閣較金陵製造尤勝明鄭貴妃功德也碑紀用錢二萬萬云〔一〕

明知不用棟梁材，幻出空空妙手來。畢竟人間無柱石，故教天匠造樓臺。九龍鐘散千僧食，一火陶成萬竈開。銅雀成塵金虎盡，香姜閣瓦未全灰〔二〕。

燒成無數鴛央土〔三〕，費盡開元萬萬錢。七女宮樓能住佛，九蓮娘子可生天。漳河鄴瓦三臺冷，魯國靈光一殿煙。三百年朝元氣盡，貴妃功德尚年年。

【校記】

〔一〕此詩又見《詩選》卷二。又題中『紀』伍本作『記』。

〔二〕『香姜』，原作『姜香』，據伍本改。

〔三〕『央』，《詩選》各本作『鴦』。

蝴蝶廳者鴛央樓之女內堂也西家姬侍以丈室軒窗爲會真之地管弦翰墨絲竹琴書錯雜於此者三年矣紀一時之盛也〔一〕

蝴蝶廳前玉畫叉，鴛央樓下笑聲譁〔二〕。九華妃子分三品，七女天宫合一家。促席雲鬟方丈地，倚欄紅袖一廊花。古無女史修書福，孤負禁寒半臂紗。內子有『茉莉花香扇紙輕〔三〕，烏絲紅袖幾門生。晚來半臂無人送，冷殺修書宋子京』之句。

【校記】

〔一〕此詩又見《詩選》卷二。又題中『央』，《詩選》各本作『鴦』。

〔二〕『央』，《詩選》各本作『鴦』。

〔三〕『扇紙』，葉本作『紙扇』。

禮四面觀音刻楹對成懸之兩隅報愿也

卓公屬予製四面觀音楹句，凡七十四字，內子以漢隸書成，凡三年而購版不可得。今年夏月宿寺，與卓公大殿納涼，見兩棟上庋大板，曰似可作楹對。明日下之，各二丈四尺，有墨書一行曰：四面觀音殿對版，某門某氏捨助。蓋定數也。以所書配之，不爽分寸。

夢到兩楹邊，心香一鼎煙。圓通二十四，世界大三千。潮海梵音上，濃書漢字虔。兩行釵索在，稽首散花天。

題五雲氏所臨孫過庭草書縮本小字

賈氏蘭亭縮本便，山妻小字草書仙。龍跳虎臥千金跡，春蚓秋蛇七紙箋。解字彩鸞嗤我拙，工書逸少讓渠先。苦無明眼雙鉤手，玉版昆刀細爲鐫。

孫子瀟原湘以乙卯二名鄉舉復以乙丑二名登禮膀中式殿試二甲二名進士鐵雲姨丈有臣無第三亦復無第一之作奇體也亦紀以詩備詞林掌故〔一〕

君何不頭魚宴第一書名楊素箭，亦何不史萬歲手射行中第三雁。闍黎第一，法身乃第二，當日匆匆領鄉薦。阿平第一，子駡又第二，隨人踏上含元殿。乙乙復乙乙，畢竟頭魚不好喫。田文論功不及三，孫弘決策不得一。張說之乙天后改，蘇軾之二歐九抑。韓康不二君有二，李廣無雙君戚戚。時無鄂千秋，蕭何空歎息。臣無第三亦復無第一。

【校記】

〔一〕此詩又見《詩選》卷二。

白松閣題鐵雲先生詩刻

詩外非非別有天，赤欄干裹老詩仙。僑家上巳初三日，避水盤庚第五遷。撲檻松花六月雪，卷簾山影一樓煙。薔薇盥水焚香後，滴露研朱讀得虔。

寄歸佩珊夫人懋儀兼柬奉長真閣内史席道華夫人并示内子〔一〕

舊年滬瀆舟次，以太夫人合刻詩集及手書所製長短諸調新詞見贈。憶六七年前，虞山孫子瀟書來，謂長真閣内史席道華夫人欲與内子相見虎丘而不果。舊年虞山元日〔二〕，曇見道華於長真閣下。時内子在西湖，即欲爲兩夫人作《虞山清曠圖》，而有所待。今年元日，重繹兩夫人詩，如雲璈仙奏，因屬内子爲《三逸圖》。憶前歲法時帆祭酒寄《三君詠》詩，以鐵雲姨丈、子瀟、曇爲江左三君，其事殊逸。茲詩所寄，雖不足以紀彤管之盛，實爲《三逸圖》作先唱也。

鸚鵡樓頭一桁春，青綾帳下當朝真〔三〕。神仙墮落爲名士，見帝莊嚴失寡人。麤品官銜加學博，史載女學士、博士等官。聰明菩薩變男身。相逢紫府高閒處，手版呼名一搢紳。

人號先生宋若華，若華在宮中稱學士先生云。韋姑絳帳隔層紗。宣文兩部齊《論語》，子婦同堂漢大家。老子講幃嚴是母，秀才巾幗面如花。一門詞賦遷談在〔四〕，安得諸兄筆硯誇。

海虞山下女相如，同擅清華賦《子虛》。紅粉闕圖前進士，簪花元白兩尚書。內家旗鼓龍門似，逸少鬟眉弟子居。難怪鍾嶸《詩品》少，一朝能得幾班徐？《詩品》謂漢五言不過數家，而婦人居二，謂班昭、徐淑也。僕謂近日閨彥又不翅數十家，而佩珊、道華無與爲比。

全把書生玉局掀，女媧天子勸臨軒。上官玉尺詩才子，及第金釵畫狀元。南國大羅三鼎牓，江東寒士女文園。來生我亦男身換，伏奏東皇萬萬言。

【校記】

〔一〕此詩又見《詩選》卷二。

〔二〕『日』，伍本作『旦』，誤。

〔三〕『帳』，《詩選》各本作『幃』。

〔四〕『遷談』，伍本作『談遷』。

溯浙

丙寅重午之十日，種畢秋田，興懷遊蹋，將尋括州、永嘉兩郡君於南明東甌之間。時括蒼待移會稽，永嘉亦舊守明州。浙東山水，如石門、雁宕、四明、天台盡歸兩郡君部下，而賤子以襆被山輿健奴小僕藉覽溪山。是行也，欲溯浙流，或告以諸暨道僻，借訪方巖，遂飄然問渡至義橋，作《溯浙》詩云。

逆風十五里，自閘口至牛坊嶺。順風一十四。自牛坊至梅家堰。橫風十里來，自梅堰至義橋。斜行入江汜。本自一帆風，是日爲西南風。而乃左右使。黃河有九曲，一曲千里至。此江三折肱，咫尺見全勢。長江夫何長，錢江復何駛？泊舟義橋下，咄咄咤怪事。讀書三十年，纔識一之字。

腳蹬船

浙船小者以兩足踏槳而行，坐而盪焉。

瞑踏孤舟去，孤篷太覺低。兩山平似屋，一水浪如梯。不用揎篙足，無煩膩櫓臍。聽他雙白腳，躍過浣紗溪。

西施怨於臨浦舟中作〔一〕

《臨浦乘月》爲船娘寫怨而作。名西興姐，江舟年嫂中有盛名，所謂阿月者。是遊也，月赤如鐙，山醒欲笑，美人說舊，序以小篇。

西施去，月如磬；西施來，月如鏡。船娘誤姓西施姓。猶見嫦娥半面粧，誰見西施影？露腳飛飛兔初孕，捫心重問西施病。道是同年同月生，曾把扁舟媵。妾年輕去聲，妾命薄，一面青天三面水，儂與青天聽。郎是船兒妾如矴，苧蘿山，儂身定。烏篷船去白篷來，浣紗留匹將儂聘。郎歸來，月如甑。

【校記】

〔一〕此詩又見《詩選》卷二。

諸暨下水門

秋水一橋關，春城面面山。烏篷雙下櫓，紅粉九層鬟。好景工難畫，鄉音熟不蠻。維舟尋白塔，能上不能攀。

兜子巖暴雷澍雨以詩紀事〔一〕

山有石門，土人謂猨公白姓者居此。誤入者見眷屬往來，洞房窈窱，有女子倚繡牀者，亦時攝人間好女入洞云。但是山怪惡，猿猱所不能攀。其麓十里，則古木虬結，延袤皆紅土青疇，設色所不能到也。余初經是山，有『必有仙人家住此，丹砂紅作地皮鋪』之句，亦徐凝拙語也。改存一律，以記遊景之最奇者云。

處女白猨公，團圞一洞中。霓裳奔月入，雷斧駭人紅。龍影青天熱，魈聲夕照烘。鵂鶹伺人過，驚落滿山風。

【校記】

〔一〕此詩又見《詩選》卷二。

義門旅主人

雲影山聲，溪光樹色，於義門間顧而樂焉。平椽數十家，青山當門，女奚賣飯。有主人掀髯據席，揖余從來。余敬以姓名告，主人瞿然曰：『君三十許人耳！某天才駿人，僕讀其文十餘年矣，何以冒爲？』余低頭就飯，主人注視良久，曰：『君果某耶？某有某文某詩。』朗朗誦百餘句，皆余歷科下第及瀛鄭間牆壁上所題金陵、板橋時狎遊詩也。余急欲就道，不得已以褌帶間名印示之。主乃瞿然避席，更衣冠，率弟子見焉。噫！余不見知於今之宰相、尚書，而野老空山知其名姓，蹙然感焉。主人駱姓，之元其名也。

潦倒窮羅隱，江東識老生。束脩弟子禮，雞黍丈人行。蝴蝶疑莊子，蟛蜞誤長卿。不虧懷印在，幾冒買臣名。

大雨自婁莊酥溪至廿三里宿廿三里者距東陽道里表也

未飲東陽酒，偏逢大漏天。燎衣笑鄧禹，竊飯有顔淵。是晚從者二人，同時寒餓，燎衣未畢，取主人之飯而食，蓋不暇待炊也。市黑驚山鬼，燈明照水仙。不曾行蜀道，此路已如天。

昭德寺避雨留題天王殿壁〔一〕

寺在四山之中，踞大坪，圍牆周四千步，中積數十畝，大木千章，叢篁山果，錯雜其間。大門爲天王彌勒，轉右從石路間松杉曲逕，蒙密之中，爲荷田水稻者殆半。三折見琳宫壯麗，二大牛踞紅門之内。遇老僧，揖入，茶罷轉後院，觀塔幢碑版，字迹漫滅。問二牛，曰寺牆外四山之田皆寺産也，耕三百畝爾。雨勢如注，此浙江之東一極樂園也。作《昭德寺》詩。〔二〕

空山此寺自何年，玉帶留門息一肩。久雨難逢乾慧地，入門喜拜淨居天。碑仍棲簡頭陀寺，僧亦楞嚴道行仙。不有水田三百畝，法華空證大牛邊。

【校記】

〔一〕此詩又見《詩選》卷二。又葉本題作『照德寺避雨題壁』，徐本、伍本題作『昭德寺避雨題壁』。

〔二〕此序《詩選》各本均未見。

雨止望東南桃坪數十畝四山如城竟無雜樹亦釋氏之桃花源歟

山圍如甕甕如天，一圈巒光壁影圓。宜有文傳武陵記，恰無人間□□年。分屯賦米僧何富，種樹傳家佛有錢。我有山莊差似此，祇嫌窮少一成田。

永康岡嶺環互坡陀磬折積雨十日衆壑亂流觀水之奇平生未經

一雨不得住，空山萬馬奔。銀旗鏖水戰，銅鼓潰雷門。星宿觴流濫，魚龍戲衍渾。平生觀水術，於此亂神魂。

方巖雨大不得上

巖之奇，無可名狀。初望如圓甑就炊，氣烘兜率。及籃輿造麓，則壁立方城，層層甃砌，不可仰視。左右凡十四五峰，如鐘鼓圍列，青紅異色，奇詭競逐，似數大巫者，而纏綿拗折，終不如主峰之開顏展胸，特拓全勢也。峰頂各土坪數十百畝，長松林立，篁竹蝟列，上祀明胡武壯公香火。春月賽報，極八州士女之盛云。

一壁虛明裏，橫空鬼斧開。天疑兜率近，人訝赤城來。山鼓鐘鏞列，神壇檜柏栽。風雷迷我甚，儘喚雨師催。

明越國胡武壯公神弦曲

公字通甫，名大海，走元將石抹宜孫，據括蒼而盡有之。自誓三事曰：不殺人，不掠婦，不焚廬舍。所至訪求豪儁，如劉基、章溢、宋濂、葉琛，皆其所薦。即其受蔣英之降，授以弩兵，明推赤心，置諸人腹。余讀明功臣等傳，觀公行迹，居然劉季起事，落魄大度。明祖以纖事殺其大兒，亦英雄先見，夷其左肱。今方巖歲時之祭，香火盛於泰山，公之明德，他神不能饗也。或謂方巖之神爲名宦某公者，誤耳。

氊帽蒙頭不曾裹，八詠門樓到今鎖。將軍愛賊賊賊公，腦後金鎚熱如火。將軍不知書，公自謂。曉書莫如我。將軍不殺人，殺人無乃可。將軍太好士，好士焉知此兒叵。我登方巖山，跕跕飛鳶墮。我拜越公像，將軍面如垛。鐵面長身，余嘗於金陵瞻見尊像。大明天子難星來，中流有走舸。如何一鎚鐵，不中將軍車，而中將軍左？將軍有一失，殺敵不致果。功臣十廟葬昭陵，惟有將軍身坎軻。大兒孔文舉，小兒楊德祖。公長子以酒禁法爲明祖手刃，次子關住，與公同難。梅花門下戰孤兒，猶有將軍賢蜾蠃。我遊括蒼山，民感公恩頗。我遊永康山，我感公靈妥。八州士女春婀娜，毛血牲腥四時剽，我采尚值鄉人儺。熱饅頭，千牛剁；饑人頭，一顆顆。三百年暗噁叱咤，項王神猶在，湖州府堂坐。重爲亂曰：朱亥鎚殺晉鄙，劉蕡鎚殺食其。去聲讀。張良鎚殺秦帝。金華空薦四先生，絕不聞報仇尺鐵書生義，爲我提刀殺此輩。

縉雲道中有懷李陽冰杜光庭段成式三君子以詩遙贈

吏隱山前玉箸垂，青蓮叔父我心追。能傳賢阮詩文集，勝寫延陵十字碑。

一入青城隱姓名，萬言不中杜光庭。平生不得文章力，何必關門著道經。

說鬼搜神事可疑，惡江溪水尚委蛇。酉陽小說無憑據，未免文章太好奇。

曉晴望連雲山色平洋十里喜見城郭〔一〕

不是連雲竟連雨，半月山行不曾住。今朝雨歇雲要晴，纔見連雲山似絮。括州無地山欲譁，十里始踏平洋砂。一幁董源平遠景，括蒼城影似蓮花。

【校記】

〔一〕此詩又見《詩選》卷二。

方春之郡伯維祺守括州一年矣頽牆敗屋莎草盈庭晏如也相見敘窮狀道别情回憶吳門京洛舊遊升沉我兩人者猶得相遇於青鞵布韈間也奉詩三首以紀一時

臥守巖疆一郡纔，南明山色帶圍開。未酬靈運三生福，且領青山十縣來。地闢雄對留詔語，陛見時特蒙溫語。天將奇景老詩才。武陵舊是桃花主，先刺澧州。復又桃花遍嶺栽。

如此溪山竟若何，括蒼形勢太嵯峨。山名巾子衣冠少，地號銀場出鐵多。家有一城容負郭，郡有一城十屬，唯有半壁。路無十里是平坡。僅有巖泉門外平地十里耳。不如撤盡東平壁，樂得看山仿大羅。

七里山塘鬢未絲，兩年京洛故嫌遲。蘇臺楊柳金臺月，日下文章垓下詩。每見，必誦余都下棄去文字。猶愛余項王墓詩，尊集有和作。三拜敢嫌名士禮，一官誰受宰臣知。余數次下第，宰輔如朱、彭諸公皆爲悼惜，而蔣尚書霽園者，先生尊師也，惜余尤甚。寒山好在方干老，況有方干是我師。

題松陽葉法善所刻李北海追魂碑後〔一〕

力士之腕力可折，名士之筆力莫奪。死人之文人可求，生人之魂追豈得？我讀萬卷書，不受方士惑。始疑李少君，傳有反魂術〔二〕。忽而葉道士，亦弄此詭譎。人有魂則生，魂去必不活。如何生人魂，如探囊取物？葉父名有道，姓與郭泰別〔三〕。李邕與蔡邕，意欲相髣髴。唐人諛墓文，邕也姓名熟〔四〕。謂是北海書，可以榮貽厥。君不見索劍私摹鍾會書，大令偷題右軍筆；又不見佈鴿濃書碧落碑，千年奇字費氈椎。天下愛求邕筆蹟，將軍遂有兩雲麾。不如身到天衣寺，親見邕書不必追。今會稽天衣寺有李邕所書二千字碑板，字畫完好。重兩雲麾者，不知此碑之留傳空山也。

【校記】

〔一〕此詩又見《詩選》卷二。

〔二〕『反』，《詩選》各本作『返』。

〔三〕『姓』，葉本作『性』，誤。

〔四〕『姓名』，《詩選》各本作『名姓』。

微雨懸帆薄暮於釘頭灘宿

山外天晴山裏雨，黑雲拖帆出山去。一星兩星山頭明，似有雲穿見天處。灘師下灘灘似箭，井底看天天一綫。一帆下灘灘如釘，船頭未矴舟已停。七十二灘一篙住，舟人齁齁聲似鋸。翻聲怨天天不明，船底水聲作鬼語，雄猨一鳴天欲曙。

入青田郭

驛樹霧霚路不明，下灘船子貼波平。千家戧屋粗成市，一郭橫欄不當城。伺虎山民耽月黑，賣魚溪女怕天晴。如何一地青田石，盡刻人間惡姓名。

登大鶴山道書玄鶴第三十洞天也〔一〕

不學仙人怕騎鶴，騎牛怕墮馬怕惡。乘雲不如乘舟穩，失勢一飛身必落。仙亦不如人，飛亦不如步，我鶴未騎心已怖。匪牀不得臥，匪席不得坐，鶴到天中坐臥無。焉知不久久，迎風翅掙破，獼猴落井虚空墮。不但鶴不騎，爲仙亦大苦。東王我家太公，西王我家祖姥。子晉方平王大父，渺渺如予一晚生，焉能日跨胎禽階下舞。琴高騎龍來，麻姑跨虎走。鳳皇是老仙家雞，獅子是老仙家狗〔二〕。二語本古樂府。鶴不能擊過鵬南九萬程，畢竟能飛落人後。林屋洞，深如衖；華陽洞，黑如甕。洞天兩所我遊來，獄地泥犁腳皮痛〔三〕。余遊華陽、林屋諸洞，皆深黑如漆。古之所謂阿鼻、泥犁、無間地獄也。三十天神宫兜率盡茫茫，任千年玄鶴飛來不須控。

【校記】

〔一〕此詩又見《詩選》卷二。

〔二〕『獅子』，《詩選》各本作『麒麟』。

〔三〕『獄地』，葉本作『地獄』。

大觀亭望海先是海警有沉舟塞鹿耳海門之報是日德大將軍帥禁旅觀兵雙崑樓船蓋海軍容稱甚盛焉

鹿港沉舟入，澎湖礮火轟。樓船下楊僕，賓客走田橫。天綱嚴三面，軍威震八紘。古來防禦事，招討兩經營。

外海虬髯客，中軍馬伏波。餘皇雁字列，荼火羽林多。蜃市偶如此，艚船廢若何。前兩江總督孫文靖奏廢艚船，近日水軍以艍船出哨。鼉梁纔駕處，一夜撤潮過。

東甌王廟〔一〕

衣帶東甌國，山河異姓王。功居騶布上〔二〕，跡異尉佗狂。圍項遵劉約，鋤秦救越亡。九江先帶礪，百濮後冠裳。血祭無諸祀，牲毛句踐嘗。廟猶留赤火，宮可接梅梁。魂氣南山固，王葬甌浦山。威聲洄浦長。微臣感山鬼，疏鑿尚茫茫。

【校記】

〔一〕此詩又見《詩選》卷二。

〔二〕『黥』，原作『黔』，據葉本改。

橫山周公廟〔一〕

神諱凱，字公武，生臨海郡之橫陽。身八尺，擊劍能左右射。司馬平吳，隨陸機兄弟入雒，知晉室將亂，辭不就。時臨海水沸，龍蛇陸居。神隨地形疏塞之，水不徙。神奮然將以身平之，援弓發矢，大呼突潮入，水四潰開裂，見神乘大白龍東去〔二〕，海門外聲如震霆者，水遂平。唐宋以王爵祀，元昇廟爲宮。神之靈見宋濂《橫山廟碑》。

功名不欲同周處，陸機葫蘆不足語。以胡亂華公可來，以牛亂馬公不住。橫陽山中龍來居，左右射龍龍掉雨。公身入潮潮不降，潮身直壁橫陽江。公騎白龍大如許，擒龍之孫殺龍女，族龍之血濺天柱。從公入潮潮千年，不濕橫陽一尺土。禹疏不到甌江來，公之功乎高大禹。第六句雨字與下叶。

【校記】

〔一〕此詩又見《詩選》卷二。

〔二〕『大白』原作『白大』，據《詩選》各本改。

奉呈陳觀樓觀察二首

八斗才華九斗山，東南一柱惠文冠。防兵海賦三千字，下水詩名七十灘。白簡霜嚴騶路肅，紅梨燈影校書寒。天留大海鯨鯢命，一座横安借史官。

魚龍風定一江雲，時方解嚴。夢草堂深柝不聞。制置自歸防禦使，樓船不仗漢將軍。德大將軍於是月撤兵北上。伏波詩幟歸才子，横海詞壇付使君。自愧史公牛馬走，紅蘭香署敢論文。

春草池聞四弦聲〔一〕

中年哀樂一琵琶，春草池邊好部鼃。彈到蒼茫人不見，晚風吹冷白荷花。

【校記】

〔一〕此詩又見《詩選》卷二。

留別觀樓兵備并奉謇齋郡伯〔一〕

江城風雅一條冰，西射堂西得未曾。康樂東山雙蠟屐〔二〕，老坡南海一然燈。公家嶺南而才在三大家上。

八州團練如公在〔三〕，十道營田此郡能。海氣未消兵氣息，雁山回首路崚嶒。

急裝三日侍桓公，依舊輕裘拜下風。射虎短衣隨李廣，先日以短衣佩刀見大將軍侯。壯夫雕刻笑揚雄。

遊山鞚馬三秋好，乞郡呼盧一擲同。時欲移病。昏夜黃金楊伯起，贈言無奈又匆匆。

【校記】

〔一〕此詩又見《詩選》卷二。

〔二〕「屐」，葉本作「屧」。

〔三〕「如」，伍本作「知」，誤。

丹芳半嶺之上觀衆瀑懸流〔一〕

五百諸天盡冕旒〔二〕，上方風雨下方流。內中多少珠簾在，掛滿層城十二樓。

【校記】

〔一〕此詩又見《詩選》卷二。

〔二〕「盡」，《詩選》各本作「拜」。

觀音髻爲雲霧所掩下輿再拜雲遂如衆馬狂奔須臾禮畢其所倚之障虚空中爲大屏巖也

雲海盤陀石，搴闈見善財。潮音落伽國，花雨拜經臺。玉女洗頭出，燈王借座來。慈悲三十二，消我舊三災。

淨名寺贈融道師時將開止觀法堂問予以威儀條例〔一〕

煙水茫茫百二城，雲關未叩老然燈〔二〕。諸那門戶能無恙，止觀家風得未曾。三絶煙霞千尺水，六時連漏一枝藤。淨名香積維摩飯，重仗天宮接引昇。

【校記】

〔一〕此詩又見《詩選》卷二。又題中「將」字《詩選》各本無。

〔二〕「未」，《詩選》各本作「來」。

龍湫觀瀑〔一〕

天上黄河落如雹，天塹長江急於箭。二水皆從天上來，直挂中原君不見。無地與之流，無山與之限。一任憑空直下來，中國條條兩流練。龍湫四十里，水性居然變。自認天河一派流，不走沙泥地皮面。初落一千丈，水作修羅戰。再下兩千尋，微風與之扇。落至中間未到潭，大雪噴噴化爲霰。自上望龍湫，龍湫水成片；自下望龍湫，龍湫白於絹。直從上下望龍湫，龍湫不是水，盡被雷聲磨爲麪。玉女倒頭盆，紅日空中眩。轉緑迴黄無定時，五色青紅一時現〔二〕。或隨紅雲飛，或化青煙冒，或如鳥毛墮，或如猛火熇，或飄飖而不下，或徘徊而中旋。吹如塵來，落如珠濺，失勢一落注爲澱。天穿地破，心驚肉顫，耳聾三日，予不能戀。大沉久湫〔三〕，以水注硯。大地爲墨〔四〕，青天爲卷。盡須彌之筆，狀龍湫之奇〔五〕，而不能徧。上至常雲峰，下至斤竹澗。吾欲圖龍湫之水源，而有待明年之來雁。

【校記】

〔一〕此詩又見《詩選》卷二，排序在《離別巖訪雙女峰作》、《望天姥不至》之間。

〔二〕『紅』，伍本作『黄』。

〔三〕『大』，《詩選》各本作『犬』，誤。

〔四〕『爲』，葉本同，徐本、伍本缺。

〔五〕『狀龍湫之奇』，葉本同；又徐本、伍本作『狀爲龍湫之奇』。

聽詩叟

一石老扶筇作側耳沉吟擊賞之狀，鬚眉如畫。

惡詩不必唫，好詩必得作。平平側側平，要在聽者樂。妙句天風來，好句金絡索。險句石墮厓，麗句珠釧落。短句驟雨聲，長句波盪壑。絕句鏗爾希，聯句轆轤若。古句一絲鳴，律句八音錯。和如頻迦鳴，清如一聲鶴。婉如靜女歌，厲如雷霞幕。擲地金石聲，是曰詩木鐸。不然杜工部，徒以詩已瘧。吾言告詩人，詩人皆噩噩。唫聲未及終，聽詩叟曰諾。

入靈峰洞

一峰如橐，橐之中爲洞，洞下作合掌勢，左右各千餘丈，圓空如渾天穹廬之狀。內周里許，面南一壘，天光大來，登約四百級。洞中三層，爲兩臺，各容千人，坐下層山門中。臺爲寮房，庖湢有虛空，小瀑縷縷自洞頂而墜入。高一臺爲大殿，觀音丈六，傍列十六應真。兩崖左右各有飛來羅漢，今墮落矣。初入洞，輿夫袖大爆，當殿心一震，從者驚仆。雷冉冉至，食頃而散。視四壁無恙，神魂已飛。此洞與龍鼻、石梁相似，而靈峰虛如卵殼，又奇中奇也。

一橐盤陀石，中藏大渾天。高坪千佛坐，小瀑一流懸。幻迹神人去，潮音洞體圓。葫蘆鬨一爆，驚動地居仙。

朝天龜

跛鼈行千里，神龜壽萬年。黄銀身鑄印，金紫夜朝天。骨貴相君背，息深恣爾眠。居然登玉闕，不死是神仙。

背面觀音

五濁可憐愍，慈悲不忍看。七衣千佛繡，一髻九龍盤。身是大家相，人將童女觀。天花圍一笑，十面盡團團。

遊畢自白箬嶺度溪至大荊村作

箬嶺路縈紆，荊村趁曉墟。沿流呼竹筏，攔水度筠輿。小睡宜除病，尋山當讀書。山樓好村店，蝴蝶一蘧蘧。

松門望海觀都督李長庚將軍水師大戰〔一〕

鼉梁不架風不驕，紅雲浴日頹雲消。海船入口海魚賤，沙頭一市人如潮。忽傳黃牛白鴨七十二礁煙焰起，火星飛入鞋山坳。不知是人是馬是海市，知是岳家將軍大舉追楊么。艙艍舶艄看不出，但見烏鴉一陣急繕而招搖。復有長蛇一字島底出，三周華不注，兩道來相鏖。蟻旋鸛舞一天熱，不知何船用火何船燒，驟然青天化赤壁，漸見兩軍四散獵獵飄長旓。南風漸緊舟漸大，頓然松門以內疊疊堆銀濤。將軍樓船高於屋，叭喇八槳如飛刀。同時官船島船一百一十有二隻，一一如旋條。中有一船大如海外七奇圖所記〔二〕，高帆六七道，快馬騰風跑。哼囉聲近潮聲遙，胡牀一手紅旗招，各以鉤車聲互撐挽牢。舟中之指血可熬，舟中之血櫓可漂，流星火矢鴉焚巢。長兵躍百高者超，短兵裸鬭刀者跳。瓜稜小礮雲中驍，旋風高懸當者號。郎機一震兜底拋，環槍一千煙火高。小船齏碎飄如瓢，大船肉糜撞其腰。桅高斗大摧折標，連環舴艋留其艄。惟有中軍一船尾如燧象燒不熱〔三〕，虎彌大櫓犀皮包。虬髯大杖三鼓鼛，高樓獨纛紅帕綃。銀刀粉面靴者嬌，三百黑雲飛鳴髇。將軍大怒呼叱譙，不衫不甲聲虎虓。蛇矛丈八親手挑，稷門投蓋身蹴飄。蝥弧不拔飛過艘，搏人一個投雲霄。老拳毒手親打交，張侯貫肘膚不撓。林雍躄足走且趫，中眉中頰惟所遭。忽然由於肩中稍，束胸一傷呼乃謈。是日將軍徒手親搏，凡中肘足眉頰肩乳六傷，而肩乳兩傷猶重。俎壺一擲三不饒。將軍負傷過舟，忽艙中出杯盤壺椀，於是面受磁傷。俎壺一擲，亦見《左傳》慶舍事。迴舟據轉琴聲調〔四〕，鼓音不絕公伏弢。餘皇三呼鬣者逃，將軍乃命柁樓戰士鳴鉦鐃。是日將軍猶整軍而退。將軍大旗風蕭蕭，瘡兵六十宵嗷嗷。移舟寄泊蛟門蛟，寄泊蛟門不通軍問者數日，瘡兵六十盡死。將軍之船朽且膠。幕府不聞公斗刁，一書參斬高敖曹。同時大府親犒郊，呼醫血脫將軍袍，捷書夜上將軍勞。明日將軍重出哨，力追三日得一舠。十門大礮千金硝，島船一散無鳥毛。將軍之詩我所鈔，將軍之書我所豪。將軍題楊警齋太守《種竹圖》詩，措意精深，清新駿拔，書如米南宮而姿媚過之。將軍之身十年一百戰，將軍之勇軍中鶻，將軍之忠食先茅。

【校記】

〔一〕此詩又見《詩選》卷二。

〔二〕『海』，《詩選》各本作『域』。

〔三〕『尾』，《詩選》各本作『麾』。

〔四〕『舟』，《詩選》各本作『身』。

題黃巖驛壁〔一〕

壁上緣何事，參軍屋漏來。鄱陽非小戲，亞夫是奇才。李廣封侯不？陳湯吏議該。曾將翠翹傳，一讀一徘徊。

【校記】

〔一〕此詩又見《詩選》卷二。

晚渡臨海浮橋〔一〕

横水萬人家，城臨雁字斜。山容瞰埤堄，塔影刺雲霞。鐵鎖浮梁固，螺舟米市譁。時有海米出洋者，縣官沉舟於此。筠輿趁燈火，好女半如花。

【校記】

〔一〕此詩又見《詩選》卷二。

自太平嶺經松山留賢百疊中度至百步溪許邁與逸少書所謂臨海至於天台在在皆金堂玉室瑶草紫芝也口占一詩無以盡其勝槩身其境者知之

西湖爲人境，括蒼入鬼寨。雁山爲神宫，天台乃仙界。以觀許邁言，謂在台山外。我亦良謂然，金堂玉室在。山光明日春，溪聲奏水碓。平厓五馬行，高下一腰帶。長松百里中，沿堤作羽蓋。入夏暑不知，冬氣更和靄。紫芝與琪花，一路雲囊袋。向背數百褶，登降無一隘。鄰侯屏風行，幅幅皆爽塏。以我寫其中，尺尺作畫賣。付彼買畫人，必當山神拜。

崇道觀謁紫陽真人張平叔像真人發達摩向上之旨

一卷《參同契》，中年春夢婆。金丹四百字，玉洞五更歌。有意人間久，無緣火候多。黄粱遊戲處，綺業一重魔。

踏破西來意，經今二十年。掃空中印度，守滿下丹田。龍女當成佛，天花覓散仙。玄霜思搗盡，還在四禪天。

自百步溪至灘嶺道中

籃輿繞遍萬山腰，瓊草瑤花滿路招。歸鴎留雲明似絮，過灘流水健於潮。黄粱换夢香初熟，紅桕開花葉未凋。如此一程經一宿，還家甯願路途遥。

曉日中望天台城郭

滿灘紅旭半灘煙，胸有興公賦不全。千里胡麻來福地，一城雞犬見神仙。銅壺漏盡峰峰月，石版鋪平萬萬田。曰石版路者，驛道名也。一望未知何處是，放光華頂石梁邊。

國清寺感二千年佛法陵遲而作

寒山不住豐干死，拾得甯馨老無子。不見青山見智師，陳朝檜樹猶如此。山中銅壺聲泠泠，一部尊師止觀經。禪僧不識經函字，留有蓮花漏一瓶。南朝聖火何年斷，龍樹山門一層換。九領袈裟一領無，北宗鉢子南宗亂。千言萬語妙蓮華，明珠龍女慟三車。掀翻八部天龍席，改作狐涎啞子家。清談一麈當年妙，一會靈山被人埽。五時生酪當醍醐，顯密偏圓頓漸教。國清一錄變爲灰，一去重瞳一柱頹。智師重瞳。拜經臺上無功德，拜得真經十卷回。如來原有千年法，一所祇園象來踏。一誤尼姨五百年，中間馬祖遭人殺。達摩文字一掀空，大梁國裏逞英雄。花傳六祖金輪帝，直到天童十二宗。密老東瓜一肚子，金襴滿繡人人紫。黄楊禪印印西來，大意西來不如此。髫年九歲向師參，一句機鋒一句禪。三玄三墮言言要，三墮三玄字字禪。行年十五精神旺，讀遍儒書讀龍藏。讀盡天台幾十函，神魂已被台山蕩。中年一輛半天涯，時想天台似到家。楞嚴入後圓通法，更把天台當落伽。而今十載耳門根，只算聞思是至親。每談空假中三字，便想麻鞋踏到門。萬年藤杖時師供，雲霧山茶遍山送。儘把黄精家裹餐，不曾天姥峰頭夢。拖泥帶水問瓊臺，喏大山門依舊開。從頭提起摩訶法，七佛當初未講來。天女曼陀莫散花，漆燈一盞恒河沙。娑羅花上頻伽鳥，來向龕前說法華。

卷五

石梁觀瀑〔一〕

石門之瀑奇在長〔二〕，龍湫之瀑奇在狂，廬山之瀑我不見〔三〕，惟有天台之瀑不奇其水奇石梁。橫如一人脊，曲若一肱張。魯班手度之，不過十尺強。力能撐開萬八千丈之石壁，放出千星萬宿火敦之腦兒滾滾歸扶桑〔四〕。上不見巨靈大掌劈開兩華勢〔五〕，下不見五丁脚迹鑿開地道流銀漿〔六〕。不過吾輩未生一斧一鑿之手筆，乃能千氣萬力相支撐。天孫欲奪此橋去，私喚羯磨天匠七月七夜來偷量。左量右丈不滿幾百寸，謂此石梁材小無用隨棄將。我來看瀑布，勇若赴敵場。以爲幕庭一躍可過稷曲水，不須三刻三陌相細商。豈知口闊一尺脚三寸〔七〕，孫臏兩股一戰而蠶僵。江南軟脚病〔八〕，笑倒十二郎。萬年藤杖拄不起，惟有芒鞵一⿰革兩燒獻還大王〔九〕。張飛據霸橋，孔子畏呂梁。彭祖觀井尚須繩捆索，猴愁摟搜頭，到此愁肚腸。既不如王莽飛將著翅飛過去，又不遇鞭山走石立馬造橋之始皇〔一〇〕。君不見石頭城南朱雀桁，紅橋板下呼禹航。佛貍面揚子，泥馬泣錢唐。且向趙州橋頭喫茶去，曇花亭子乘風涼。瀑流一道熱如湯，我不敢江東橋下呼老康。

【校記】

〔一〕此詩又見《詩選》卷二。

〔二〕「門」，《詩選》各本作「梁」。

〔三〕「山」，葉本同，徐本、伍本作「水」。

〔四〕「火敦之腦兒」，《詩選》各本無「之」。

〔五〕「劈」，葉本作「擘」。

〔六〕「鑿開地道」，《詩選》各本無「開」。

〔七〕「寸」，伍本作「尺」，誤。

〔八〕「軟腳病」，《詩選》各本無「腳」，誤。

〔九〕「輛」，葉本作「兩」，徐本、伍本作「輛」。

〔一〇〕「之」，《詩選》各本作「秦」。

自察嶺至淨土峰中經石峽側磴盤迴歷十數茅篷逢菴憩息〔一〕

一茅篷蓋一層房，察嶺東西淨土傍。瀑水簾搖丁字影，池花蓮散午時香。午時蓮以午時開，餘時合。松蟠羅漢蒲團冷，鳥戀觀音念佛長。一路經聲人入定，木魚銅磬又斜陽。雲霧春芽竹箬收，中有雲霧茶，以此名。七星爐火定瓷甌。留人紙帳三層繭，敬客山菌一杓油。伴夜銀猧馴似虎，放生紅鯉大於牛。青精飯糝黃精裹，不識臨安況九州。

【校記】

〔一〕此詩又見《詩選》卷二。又《詩選》各本題末有『記事』二字。

宿華頂禪林〔一〕

一枕廣寒月，溟濛下界煙。人從離垢地，身臥蔚藍天〔二〕。佛火冷於水，天星大若拳。剛風搖海嶽，驚夢不成眠。

【校記】

〔一〕此詩又見《詩選》卷二。

〔二〕『蔚』，《詩選》各本作『鬱』。

桃源會仙引〔一〕

自清溪而度爲桃源，劉阮會仙之地〔二〕。繡壁雙門，巉巖夾峙，淙淙澗響，如鳴佩環者十里，幽深奧窱，詰屈迷人。行屏風間，不見來去，則當時之會仙石在焉。予時也胡麻玉飯，感天上之茫茫；藥店飛龍，知人間之易散。彩雲未定，勝地不常。依古準今，預愁明日。使此中人先覩此詩，或大藥有靈，庶幾和我以文簫之古韻也。

夭桃不死紅雨積，埋淚千年化成碧。仙家桃花三千年，人家桃花風雨天。如此桃花在何許，曾向桃源會仙去。一飯因緣真不真，千古傷心別離處。雲中雞犬風逐颷，月老紅繩簫史簫。人間兒女情濃處，天上神仙易寂寥。當年當日來時路，環珮聲聲不曾誤。前度因緣前度人〔三〕，而今風雨而今妬。餐霞服石幾多年，人見桃花不見仙。桃花未必千年笑，火棗交梨亦可憐。風風雨雨入山中，六甲靈飛初意通。段安香臉陵華面，未見桃花面已紅。蜜香雅道靈香好〔四〕，阿姊飛瓊趁年少。青鳥傳將阿母言，玉女投壺一聲笑。鹿皮翁子笑蚩蚩，還記阿環再拜時。董雙成製仙音曲，安法嬰唫卻扇詩。跳脱粧嚴萼綠華，黄庭一卷滕如花〔五〕。那時即降羊權去，可惜羊權未有家。清娥中女林雲妹〔六〕，誤解江皋交甫佩。紫姑一夜上青天，翠被空留鄂君袂。桃花隖裏桃花仙，計別桃花四五年。一離一會傷心處，曾罷重離怕不然。一江來往桃花渡，桃葉桃根舊情誤。劉綱有意伴樊英，多把桃花種無數〔七〕。種得桃花一兩年，滄田桑變玉田煙。千年一果千年實，便不成仙也是仙。君不見玉姜毛女瑤姬子，地久天長武陵裏。但願千年武陵源裏飯桃花，不願一夜桃花逐流水。此詩紀定婚時事，蓋囑予禱福伽藍也。

【校記】

〔一〕此詩又見《詩選》卷二。又題中『桃源』葉本作『桃花』。

〔二〕『會』，《詩選》各本作『遇』。

〔三〕『因』，葉本同，徐本、伍本作『姻』。

〔四〕『蜜』，《詩選》各本作『密』。

〔五〕『花』，《詩選》各本作『華』。

〔六〕『林雲』，《詩選》各本作『雲林』。

〔七〕『多』，《詩選》各本作『且』。

離別巖訪雙女峰作〔一〕

一鬟遊戲一鬟靈，踏過金橋一片平。惆悵谿邊卿好在，別離巖下我關情。凡間會合雙星是，天上團欒一月明。何處桃花差似此，種桃人亦可憐生。

【校記】

〔一〕此詩又見《詩選》卷二。

銅壺滴漏

懸厓一壁置金徒，瀑布千尋當渴烏。古佛有燈照沙劫，諸天無漏笑銅壺。人間日月更籌短，上界神仙歷法贏。玉女投來休錯誤，箭痕時認七浮圖。

望天姥峰不至〔一〕

十八精藍萬杵鐘，三千沙界一扶筇。分明未了雲英事，到此重尋天姥峰。鄂渚有船塵路絕，藍橋無夢舊情濃。昨來苦問羲皇去，椀大明珠殺毒龍。

【校記】

〔一〕此詩又見《詩選》卷二。又《詩選》各本題中無『峰』字。

曹娥詩

傳名人與不傳同，黄絹碑題賴蔡邕。一樣沉屍抱死父，更無人說叔先雄。《後漢書》載叔先雄投死，沉屍抱父而出，事與娥同，而人不膾炙。

經東關皋埠〔一〕

行盡甌東十五城，歸來還愛越山青。縱無奇氣開生面，實有溪光悦性靈。往事已成前夜夢，故交惟剩舊圖經。蘭亭弦管柯亭竹，搖過西州不忍聽。

【校記】

〔一〕此詩又見《詩選》卷二。

歸山莊聞鵝鴨亂鳴山妻臥病

還山篙水趁潮生，一墅秋花匝屋明。報道山妻纔臥病，滿田鵝鴨做烏聲。

侍女墨鬟爲內子耘花而病病而死葬之山莊之西碑曰侍女墨鬟之墓先一年大婢死西橋爲內子掌書記工楷年二十字曰五內子慟兩婢之殤爲詩以慰且示其侍女如意云

且畚鵶鋤酹此坯，和煙和雨葦成堆。死生會上屠蘇酒，先乞鬟兒喫一杯。

柳條小病入秋纔，一粒金丹竟與埋。安得再求如願婢，青洪君處賣身來。

從此吹箎付老嫗，舊年吳下葬流珠。主人愧有劉元溥，不把私錢嫁女嬃。鬟以姊呼五，暨死，呼姊不絕。

春紅顏色怕騶人，五擇婿凡數年，不遂志。空有鸚哥喚紫雲。藏得蘭亭八千匣，不曾和土做成墳。

不嫁朝華斷世緣，紅綃買在紫綃前。而今剩有樵青在，玉女東華半姓煙。

查橋寓館與姨母女牀山人話舊時鐵雲先生松郡未歸書來猶先生題封也〔一〕

秋水人何遠，梅花太愛孤。手銘上皇鶴，郡齋鶴死，先生瘞之。心饜季鷹鱸。別意三秋葛，詩情九月租。登堂人不見，膜拜有倪迂。庭懸倪雲林小影。

綈几高堂上，紅顏一笑迎。南樓花富貴，禾中錢太夫人字南樓。西姥月聰明。仉母賢人出，觀音佛日生。太夫人以明年二月十九日八十大誕。挑燈看細字，針孔自穿成。

同賃皋橋住，艱難各一家。姨來鶴市月，甥老馬塍花。曇山莊在杭之西馬塍〔二〕。骨肉摶沙聚，功名究竟茶。牽船門外住，一夜一天涯。

慷慨悲歌士，風流儒雅師。每承三體字，惠書多作數體字〔三〕。必寄五言詩。是日得書一紙三體〔四〕。青鳥雲間遠，洪喬水上遲。舊冬承附書於鄭八員外節亭，至杭見訪，不值而去〔五〕。一書重領取，心與歲寒期〔六〕。

琴尾先生詞名千金帚，時朋好有歛錢爲刻詩詞者。雞林價莫如。兩家長慶集，曩者宋汝和觀察嘗取先生及曇詩合刻爲《皋橋今雨集》。四海故人書。壁間多黏親朋筆札。繭紙三君老，法梧門學士嘗作《三君詠》，謂先生與孫子瀟及曇也。紅鸚一嶝虛。謂所撰《海紅》、《瀟碧》之圖。宛丘頭打屋，喜近聖人居。查橋在蘇府學宮西北。

臼季憐枚叔，姨弟枚從季舅小峰先生讀書。姨兄愛孔融。次弟樓年十三，讀書等身。曇每與談，輒多駁難。月猶繈褓出，女弟圓華以八月十五夜月華生。鶴已鳳皇同。幼弟長松生時感松郡鶴化，後先一時，先生紀之。宅相郄公在，家風渭水窮。羊曇有餘淚，淒惻舊黌宮。曇讀書外祖夏峰先生紹郡學舍，時姨母年才十二，今忽忽已三十年矣。

【校記】

〔一〕此詩其一、二、三又見《詩選》卷二；其四、五、六則見《仲瞿詩錄》，詩題作『查橋寓館值鐵雲姨丈松郡未歸作詩見意是日得奉先生二書猶先生題封也』。其中其五、其六《詩錄》無，據《仲瞿詩錄》補入。又《詩錄》其四天頭處有朱筆批註云：『徐輯本尚有二首，第六句下自注云：舊冬承附書於鄭八員外節亭，至杭見訪，不值而去。』

〔二〕『西馬塍』，《詩選》各本作『西馬塍云』。

〔三〕『惠書多作數體字』，此句《仲瞿詩錄》無。

〔四〕『是日得書一紙三體』此句無，據《仲瞿詩錄》補。

〔五〕『舊冬承附書於鄭八員外節亭至杭見訪不值而去』，此句無，據《仲瞿詩錄》補。

〔六〕『歲寒』，《仲瞿詩錄》作『夜航』。

與單竹軒治中渠吳中敘舊

一覺揚州夢，三年杜牧之。判淮南鹽榷三載。人傳《鹽鐵論》，我愛劍南詩。時纂修《鹽法志》成，有《蜀中詩》一卷。夜雨牀獨對，諸昆同舍，三運判同官於淮上。春風鬢未絲。重來同戴笠，依舊對門時。

不上《陳情表》，飄然賦《遂初》。昇堂八州督，介酒六尚書。太夫人以七十生辰，外自督撫、視河監司，内至六官一品，皆來起居。名譽五常得，昆季五，君綰組，四令弟備兵。甘旨萬石餘。歸來問色養，祗有一鱸魚。

有意求京兆，多情欲畫眉。官清鹽亦淡，齒痛醋能醫。時病齒。覓句青鞵好，尋山紅袖宜。鏡臺山近在，相與種花期。

自吳門返山莊舟次讀鐵雲先生諸刻

萬卷之書一句讀，一冊之詩唫不足。我讀十三經，不過數遍熟。即讀十七史，不過幾摘録。其餘釋道三藏部、虞初九百家，無非横過目。如何先生詩，少則三百六，讀之一二年，新若手未觸。少則四百字，金丹字字粟。多則五千言，墨汁金壺緑。南容手白圭，一日三反覆。猪肉生喫了，熊掌我所欲。如讀《神農經》，日遇七十毒。如讀《金剛經》，色聲香味觸。問之何能爾？中有書一屋。君恩天外來，我從天外逐。君恩神鬼來，我向神鬼告。今而知君苗之硯焚不速，畢宏之筆擱不禿。疊在巾箱再幾年，我必作脉望蟫魚食在腹。

歸山莊内子於奩間出示雁山十八刹圖龍湫雁湖幅幅若親到者曰君吳門十八日我神遊亦十八日也末附一詩有猶恐刹那之句爲之神傷詩以慰之〔一〕

尋山情興似登樓〔二〕，覺得甌東勝九州〔三〕。霞客好遊原是癖，維摩久病不須愁。聰明技小天何忌，閨閣才多鬼不讎。九十蘭英頭髮白，著書容有後千秋。時注《女文選》未竟。

【校記】

〔一〕此詩又見《詩選》卷二。

〔二〕『情』，《詩選》各本作『清』。

〔三〕『甌東』，《詩選》各本作『東甌』。

聘梅除夕示内子〔一〕

湖墅梅花以皋亭爲最盛。先一年，余種稚桃三千本。忽鄉老人年八十者以小除至，叩門大言曰：『君種桃耶？桃十八年爾。盍種梅？小壽亦五百歲。』以問雲門，曰：『我意也，盍種之。』欣然往，於皋亭間得百本。皋亭之人云：『將爲君致千本。』作聘梅詩云。

花韝一扇花氣暢，皋亭十里梅花瘴。吴鹽聘虎金一蹄，十里美人笑相向。明珠一斛一綠珠，秋胡見金花躊躇。黄金好買花無價，説起林逋不曾嫁。冰下人傳冰上言，嫣然一笑搴帷下。月老紅絲一百株，一姝一錦一袾襦〔二〕。一聘九華帳，梅花意惆悵。再聘金錯刀，梅花珠步搖。三聘清泠泉，梅花小壽一千年。四聘金玉缸，梅花淡淡月雙雙。五聘雕文臺，梅花沐浴來。六聘花千絡，梅花晝手楊無咎。七聘一笛曲，暗香疏影雲中宿。八聘醇漿九聘詩，梅花綃帳月遲遲。聘罷梅花花黯黯，香魂自上移春艦。一艦移春直到門，金燈華燭滿門春。居然不是梅花夢，盡是濃粧點額人〔三〕。紅羅亭子障銀紗，錦洞天中夜欲譁。占得馬塍西畔月，明朝妬殺萬桃花。九聘各句，用羅虬《花九錫》語。

【校記】

〔一〕此詩又見《詩選》卷二。

〔二〕『一姝一錦一袾襦』，《詩選》各本作『一株一錦一珠襦』。

〔三〕『濃妝』，伍本作『梅粧』。

媵桃上元日示內子〔一〕

正月十日，內子命十橐駝種梅，誌生日也。予復遣橐駝輩以夭桃千本補未種地，作媵桃詩以媵之。

梅花帳外花初孕，九錫瑤姬一茶定。聘得江妃盡姓梅，更教南內紅桃媵。桃花紅作三歸臺，梅妃侍女來天台。自說桃花身命薄，年輕最怕風姨惡。丐得金鈴護不飛〔二〕，花開又恐東方朔。崔娘靧面作華容，十萬珠幡不怕風。一媵花一命，花醫會治桃花病。再媵八品纔，門中人面劉郎來。三媵花三命，承華顏色容華靚。四媵六品官，瑤池宮殿廣寒寒。五媵五命嬌，花名一客妖。六媵媵花神，夭桃四品婕妤身。七八雙雙媵，紅顏封得婭侯命。九媵入瑤臺，一品夫人婢作來。媵罷桃花向花叫，武助嬌妃子簪花笑。雙女峰頭感夙因，會仙石上可憐春。從今一子千年熟，長與胡麻作主人。武陵源裏不須諱，好避人時且做家。分得散花灘上月，年年紅雨護梅花。九媵諸句用張翊《花經》『九品九命』語〔三〕。

【校記】

〔一〕此詩又見《詩選》卷二。

〔二〕『丐』，《詩選》各本作『乞』。

〔三〕『諸』，《詩選》各本作『詩』。

孫古雲襲伯辭爵南歸相見於西湖文靖祠堂〔一〕

正好明光執戟時，鍾繇膝疾易調治。玄成讓爵何其早，孫綽還山不覺遲。處士梅花半湖水，相公香火一樓詩。歸來不踐明湖約，焉得騎驢載酒期。

【校記】

〔一〕此詩又見《詩選》卷二。

清江紀水

自下相渡河，至於清口。時湖決堰工二十餘處，黄流南下，淮水狂澌。慨昏墊之頻仍，傷河清之莫俟。包公不笑，人壽幾何。率書八首，爲杞國之愚人，且待千年間葵園之魯女。戊辰六月廿有七日。

攔黃三壩東流澌，入口輕舟似馬馳。淮水全經仙女廟，廟在芒稻湖江口，淮水由荷花塘決隄南下。河聲已過佛貍祠。清、黃俱出瓜步。功勞禹力巫虒笑，事誤蒼生豹子知。張豹子敗壞淮堰，致有魚龍之變。《南史》炯戒。賴是蛟龍還避舍，不然七十二沉碑。余經龍門下，見蛟龍七十二碑有楊大眼題名，是堰在梁曾爲大眼所決。

金隄百丈向來寬，天監十五年，初成淮堰，上廣四十五丈，下濶百四十丈，堰高二十丈。淮水深十九丈五尺。今堰高不及故梁十倍之一，水深不及故梁十九倍之二。僕嘗十四年前見書制府於金陵，有增高十丈、加濶百丈之議，照當時康絢工程以保全淮出口，三百年太平無事，而制府囅然一笑。滄海桑生聽水乾。但有楊焉鐫砥柱，先年五壩全開，而荷花塘之工遂壞。絕無康絢治淮安。王尊一塞身何惜，賈讓三疏平讀不忍看。時三上書於河帥幕府。誰是功臣誰是罪？河督靳公開峰山、毛城等，各減壩，乃一時權變，遂成今日膏肓。老人絳縣數年千。時有彭城老兵，年百三十餘歲，及見靳公治運者。

延年讕語破天驚，要導黃河塞外行。漢武時有齊人延年者，詣闕上書，欲塞絕龍門、孟津之口，使黃河繞長城徼外逶左朝鮮入海。帝壯其議，書下公卿大夫。見《漢書·溝洫志》。中國豈無容水處，長江已受濁流名。崇鯀羽化工難幹，精鳥沙填海已平。時黃流已與揚子奪路，而雲梯關海路已平。安得閻羅包老子，倩渠一笑使河清。

莫把天心看渺茫，臺城有意餓蕭皇。淮堰之築，梁武帝誤聽降人王足之謀，灌魏軍壽陽三百餘里，後又不修，以致三百里魚龍萬怪，毒害生靈，何啻萬萬。既憑一夢收侯景，何忍三軍灌壽陽。是堰安危梁武帝，此湖功罪靳文襄。分明要借清黃會，豈有清河長借黃。

以後宣房更奈何，金錢能比漢朝多。尚然汲黯抽身去，汲黯以治河無成，謝病而去。今歲河帥戴師亦踵故事。難怪田蚡不治河。力士有心挽天漢，美人無由唱迴波。昨來小小驚惶事，百子堂邊一刹那。開百子堂宣洩，不然則淮城危而清江漫矣。

我今百尺語元龍，陳曼生大令時在三節府幕下。事在元明正史同。若許伯顔談海運，再教賈魯治河工。全淮故事陳承伯，梁初命水工陳承伯畫淮堰地形，故曼生當有一策。分水今無宋相公。宋相公，獻《分水龍王廟策》者。二十丈高三倍濶，及時宜照大同中。

只有紅崖置十爐，銅山推到鑄青蚨。時予獻議於南河，鼓鑄大錢爲籌河良算。當時聚鐵成斯堰，梁天監中，移東西二冶鋙鉏釜鬲數千萬斤，以成斯堰。今日銷金是此湖。及此不將泉譜變，將來能注水經無？淮南七監今何在，暫請官停漢五銖。

廿載青衫涕淚零，天江每夜看填星。李延壽《康絢傳贊》謂當日鎮星守天江而淮堰實興，及鎮星退舍，而淮堰遂壞。今歲六月二日，係日月金水木五曜聚於東井二十二三四五度，而忽有初四日清江之水、甘肅之水，豈土星順行之咎，古今同驗歟？讀通班固《河渠志》，注錯平當《禹貢經》。回洛輸漕空有法，黎陽遮害竟無亭。可憐一紙監門畫，不寫流民炊火青。

奉呈康茂園中丞時以視河左遷太僕〔一〕

禹王臺下拜春風，經國精神望潞公。康海才名三葉出，令孫時舉京兆。熙朝文字一鐙紅。家承南史身難退，《南史》：康絢堰淮。爲公家得姓之始。太僕初以河帥中丞視河數載，歲歲安瀾。今淮河潰壞，讀史者以爲非公不能底定。手障黄河筆有功。著治河書累數百萬言。岳瀆經成鬚未白，時公八十歲，鬚髯猶黑〔二〕。著書還在講堂東。

【校記】

〔一〕此詩又見《詩選》卷二。

〔二〕『歲』，《詩選》各本無。又全句葉本無。

下邳〔一〕

名在英雄記，身從婦女謀。可憐赤兔馬，猶有白門樓。漢火三分歇，將軍一縛休。元龍湖海在，泗水尚西流。

【校記】

〔一〕此詩又見《詩選》卷二。

下相〔一〕

七十戰而霸〔二〕，八千人死之。不聞亞父塚，猶有憤王祠。婁敬關中日，新豐涕下時。一般兒女意，空與故鄉期。

【校記】

〔一〕此詩又見《詩選》卷二。

〔二〕『十』，葉本同，徐本、伍本作『子』，誤。

別法梧門庶子詩龕〔一〕

一龕生意冷於僧，海子橋頭六月冰。南國詩人薩都剌，音辣。中原儒雅斛斯徵。金牌石鼓成均舊，黄甒東宫庶子能。由祭酒左遷。從自西涯提唱後，衹將公當古然鐙。

【校記】

〔一〕此詩又見《詩選》卷二。

與閔春樊孝廉連車南下

來已蕭條去不聊，單車同下路迢迢。好詩不中昭容選，自戊申歷今，十下第。貞女羞經子貢挑。三赴吏部，挑選不用。歸去但宜居士巷，移家莫近狀元橋。洪鈴庵中狀元。可憐仲叔居貧慣，一片猪肝又寂寥。

兖州城下是日爲竦雨叔父週忌〔一〕

而今隨處是西州，經得羊曇一哭休。從此無人問東海，自登州移守備兵於此。者來依舊有南樓。三山海市居然散，一柱靈光又不留。此是兖州刺史座，僧珍牀在與誰遊？

【校記】

〔一〕此詩又見《詩選》卷二。

淮浦防秋險工再決時屋居有水以詩別茂園中丞并呈心如宮保〔一〕

舟中陶峴不須猜，屋裹張融岸怕開。義士私心抱橋柱，貞姜流水上漸臺。盤庚戀土難遷去，汲黯求歸未召來。幸有水工徐伯在，狂瀾得仗著書回。（宮保時著有《回瀾紀要書》，爲治河心法〔二〕。）

【校記】

〔一〕此詩又見《詩選》卷二。

〔二〕『河』，《詩選》各本作『法』，誤。

見吳穀人先生於揚州講院

六十年來鬢更蒼，平山明月對山堂。終身祭酒邱靈鞠，（終身爲祭酒，事見南、北《史》《邱靈鞠傳》。）前輩然燈佛定光。庾信近傳新注集，（近刻四六文集。）虞翻老戀舊時牀。揚州燈火杭州酒，荒盡當年陸氏莊。（歷科不與試差。）

竟脫朝衣十五升，達徒雖少養徒增。門容食客三千有，（榷使阿公養才好士，講院增膏火員額。孝廉、進士無能家食，從浙省來者，亦從先生遊，膏火驟增。才勝溫公四六能。溫公以不能四六辭制誥。先後兩朝吳祭酒，梅村亦終祭酒。文章一代宋廬陵。相傳提唱宗風在，廣廈千間得未曾。

姚秋農殿撰寓居休園修揚州郡志一手撰成良史也〔一〕

小宋新書爉燭紅，琵琶康海又匆匆。百家事類《淮南子》，一手文成太史公。閣部梅花新閏史，平山鐙火舊春風。當陽官紙尚書筆，留在揚州十日中。時已服闋，爲十日留也。

【校記】

〔一〕此詩又見《詩選》卷二。

鶴市詩四十二首於虎丘之盈盈一水樓作〔一〕

鶴市諸詩，爲已過繼妻會稽金氏秋紅作也。是樓也，一簾紅雨，當年觀競渡之人；四兩胡香，今日哭西施之地。龍船燈火，蕭觀音五日而生；前內子穉香亦觀競渡於此。閨閣文章，吳赤烏六年而盡。嗟乎！伯鸞避地，內外何來；老萊逃名，婦夫何去？初吹吳市，誤攜嬴女之簫；今日高柔，空築畎川之室。過姜白石垂虹亭畔，啼殺小紅〔二〕；登張伯雨散花樓頭，傷哉老子。嗚呼！孫子荊今朝釋服，伉儷凄然；王摩詰從此寡居，頭顱如許。有天首過，王獻之之罪綠章；

無地營齋，元微之之錢百萬。誰揮急淚，和我以梁王懺罪之經；疇助緩聲，哭汝以賈誼招魂之體。辭無條序，但抒感傷；言不一倫，略臚今昔。

東馬塍東又虎丘，招魂尋到舊時樓。青山巧巧還當面，白髮偏偏未上頭。胥相何心老吳市，西施原不葬蘇州。皋橋無恙梁鴻在，腸斷要離墓草秋。

新婚别後便無家，嘗作《新婚别》圖，後又作《無家别》卷，則予遊東海、蓬萊時也。從勿傷心戀若耶〔三〕。豈必死爲金鎖佛，不該生葬玉鉤斜。山莊左右，南宋之宫人斜也。予初卜築，愛我者咸勸無住。身爲好女才名誤，骨化飛龍藥力差。幸是小紅先死了，先是婢通筆墨者死，至湖墅又葬一鬟。弗然啼盡馬塍花。

吹斷松陵一夜簫，垂虹亭畔誤停橈。至杭道中作《垂虹小景》、《德勝壩圖》。好名要造梅花墓，扶病求看浙水潮。豔我秋花吟小字，自字秋紅，余遂以種秋名堂。泥人紅葉造長橋。遶宅皆大章紅葉。初至，造紅橋以通往來。從君地老天荒去，月窟歸魂何處招。

歸錦橋邊不自由，『歸錦橋邊停舫子，敲花灘上結樓居。』張伯雨詩。予初卜築，感此二語。散花灘被佛勾留。梁蕭統觀音尊像隨予家四渡錢江，故所居之地，每顔爲昭明閣。亡人以古佛不可無家，而山莊内有臨池後閣，舊有昭明二字，以爲前數。爲求蕭統南朝寺，尋遍昭明文選樓。龍女因緣逢福地，觀音心性喜杭州。可憐擔版無家漢，帶著凡身何處遊。

七卷蓮經慧焰忙，明珠拈破白毫光。亡人從祖母受經，每不服佛姨母事。歸我後，讀蓮經至龍女獻珠，便私心狂喜，以爲一會中皆無明珠，獨在女子，欲翻東土以來數十家公案。佛姨公案翻來怪，天女神通悟得狂。先數年讀《大維摩經》至天女化舍利，佛又自高慢，謂十二部大經，僅有觀音三十二相，東來者皆非佛法，遂詆駁《參同》、《悟真》等書，謂『月有下弦，理無圓相，領下明珠，當歸女子，我當不轉男身』等語。不轉男身能解脫，未離癡相我荒唐。平生讀遍龍王藏，倒喫迷魂般若湯。

四條弦索化爲灰，一隻琵琶尚自隨。絕命有詩誰結集，招魂無字自書碑。予至蘇州而黄朗峰同學已將墓誌入石。身能入月何無忌，夢竟生天直不疑。果否姓名長在世，觀音也是一堆涅。

似此聰明水月身，怎教博士好傳神。遺語作衣冠像，屢不成。吳郡張鶴莊博士於裝肆中得某氏孺人三十五歲生像，酷似亡人，臨歸吳墅。此《鶴市招魂詩》之所由作也。不求宋玉招魂法，只索唐寅畫美人。方士飛行尋處苦，田妃遺像借來新。金錢寫盡維摩面，弗替楊娃自寫真。

十年前未賦《招魂》，誰信昇僊白日真。前內子穉香以淨土期滿，先日沐浴，立化於禾郡之烏橋尼寺，香留數日，屍舉不動，遷地藏王座爲殯所。一輩共爲過去佛，兩番今作未亡人。六州舊鐵難書錯，百萬新錢又捨身。同別同離同死所，兩亡人同三十六歲，同死佛道場，同夫婦十二年，同六年聚合六年離別也。觀音五日是生辰。前朱氏以端日生端月死，名端，其讖也。《遼史》蕭觀音以五日生爲忌。

月老氤氳一夢咍，朱氏穉香未化之日，謂予後妻當金氏，時意在當湖同姓者。及化去，屢夢攜予渡橫流，山後有大樓，見一女、六姨及房室。以予見太婆，則六姨皆在。婆帳後，畹娘在焉。後婚於越，錢氏渡江，六姨行伴姑禮，見太婆在，如夢。惟一姨有異，則第五姨發丘之應也。星宫姊妹兩人猜。明留后土幽婚事，私替神君續命來。天女固然能孕育，金丹偏不度凡胎。如今十二層樓裏，海果開花開未開。兩亡人皆無所育。

留下繙經繡佛圖，亡人嘗追寫穉香《繙經小影》，復又寫一圖，題曰《繡佛》，忽瞿然曰：似予矣，奈何！乃署前圖作穉香年歲，而以繼室金氏款於後幅。今兩圖合併，大興舒鐵雲先生作一傳一誌，書於後，蓋識數也。畫師和淚替臨摹。追魂戲寫春風面，落筆知成讖語無。仲子手文留授記，史遷合傳費工夫。可憐三喚三呼在，字字絲絲欲曩謨。

巫山滄海哭前非〔四〕，一夢瞢騰入會稽。婚越時穉香靈牀未撤。蠶簿絲機王肅婦，人新衣故竇玄妻。滿樓經咒三年跪，予遊學京師，穉香祈祐於大士之神，長齋經咒，思感成疾。予歸數日，復勸予竟學。又三年膜拜，當膝皆穿。六尺棺和一地泥。記得斷杼遊學日，倩娘魂重夜長迷。嘗語人曰：『渠每一出，予魂行千里，見黃河大江。』及將化之日，奴感異夢，予乃自秣陵遄歸。

桐棺咫尺寓滄浪，滄浪亭爲錢氏畹娘厝處。先一年，沒於吳市西橋。慟殺嬌兒哭佛堂。一夢桃花深巷口，桃花巷在湧金門內。錢以故家族譜來歸，予時年十九，讀書會稽黌宮以外。大父命納爲貳室。兩朝紅豆舊山莊。錢氏爲虞山總憲曾孫女也。銀濤白馬春三月，嘗先後隨予内外六渡錢江，皆桃花時候。鬼火青燐第二房。便是翾風三十後，也應魂魄戀錢塘。

若蘭性急女君賢，調馬黌宮夜不眠。爲外大父所姑息。七法亦攻王獻體，五經最熟鄭玄箋。家授五經，歸我後成恚疾心氣。今善財《孝經》、《爾雅》，錢所授也。捧心西子長年病，失寵陽臺大婦憐。一卷歸圓千偈水，手《歸圓鏡》一編，長齋數年而沒。願他隨孽去生天。

從自康成一婢先，空房小膽夜驚眠。婢死而亡人病矣。靈光讀賦悲元溥，婢字五，讀唐詩、《列女傳》、《毛詩》，工書算，擇配無人，予故有劉元溥私錢嫁婢之憾。通德知書慕馬遷。大士春趺三匝好，女君詩畫一匙便。法虔纔死支公病，怪道傷心不兩年。

玉樓人死畫堂西，花落幡飛十八姨。第五姨有金椀人間之慟。鍾母帷中初簡婿，汝南井上誤窺妻。冬郎繡冷香留被，姑惡魂歸血化泥。但遇蓬山須寄語，馬嵬錦韈未曾題。擬製貞碑未就。

江東神女鎬池君，池國邑工詩，倉山寄女。爲重卿卿負此因。大捨聰明先作合，謂藍胡公子夫人，隨、寓兩園女公子也。小憐粧粉已隨身。文君忽怨相如渴，袁盎猶留侍史春。孤負有人繩息嬀，三年空做不言人。

重負芳姿第五航，阿鸞小謝字秋娘。淒涼道蘊還家住，懊悔凝之到老狂。烏巷三年留月鏡，秋風一扇誤王郎。至今李白題詩處，時郡伯中允李公贈予律句，有『鴻文無範，龍性難馴』之句。難上東山太傅堂。

更悔揚州月二分，弄珠樓下住歸雲。金自邗上歸當湖，寄予詩有『十年舊事揚州夢，百計相思蜀道難。拋我明珠雙淚冷，贈君金枕兩頭寒』之句。十年舊雨隨房老，三月成風攝女君。穉香化後，金與畹娘同居，有隗讓之約，而予婚於越。碧玉何曾攀貴德，非煙儘自戀參軍。如何忽起從戎念：一扇坤靈竟不開。

朝雲繚亂化朝霞，自此江東月不華。娘子軍中分半壁，丈人峰下寄全家。時錢與亡人隔一壁而居。飛書星火從戎路，走馬燕雲狹巷斜。剛與木蘭同伙伴，風波無數起天涯。

纔買長鞭騴馬行，太陰忽犯謝敷星。時亡人刲臂，梅園訃至。可憐杜甫鄜州月，忍讀哪吒析肉經。玉臂雲鬟書半紙，金刀明水夜中庭。傷心多少刲羊血，八萬母陀割得[illegible]。

從此藍關戍雪平，叔備兵黔楚，予不從行。五溪風雨送南征。明知馬援功名路，肯負梁鴻春杵行。一騎兜鍪留斗印，時大中丞吉公欲招予軍門，改從武職。三年環釧誤平生。棘門霸上緣何事，不拜將軍細柳營。時范叔度先生以學政參謀，薦予於福郡王幕下，不一月而郡王薨。

杜默文章爲爾歸，憒王墳上紙錢灰。身從一渡烏江後，人是三年泣血回。亡人終父服三年。浙水波濤迎白馬，虎山環佩送紅梅。至蘇第一日，於虎丘送梅，各有絕句。至今回想新婚淚，多似吳門蠟燭堆。

他生未卜此生休，遺下胥門月一樓。細女尚傳新髻樣，名姬還插舊搔頭。鐙船妓館來時路，酒市花城昨日舟。惟有唐寅祠墓在，亡人嘗手抄唐寅全稿，囑予浼明府唐公補刻，今祠墓遂新。桃花橋水不西流。

香魂何處自安排，買得蘇臺不與埋。初買蘇臺山爲全家葬地，後歸友人爲殯。時嘉慶三年也。曾有響廊遺步屧，可能留影葬弓鞋。詩情似海名何在，筆塚如山夢已乖。惟有橫塘雙燕子，飛來還認舊金釵。

曾在冰天雪窖中，梅花玄墓與君同。今生已付三更夢，故紙徒留一海風〔五〕。有《香雪海圖》。別後歸雲千尺雪，來時香月半山紅。曾泊舟皋亭之半山，看梅數日，十倍香海。匆匆五六年間事，簫鼓樓船色色空。

迴想名園一券纔，予以半價買蔣氏山園，後承乃伯郡尊之意，祀白公香火，歸官。仰蘇樓外造池臺。舟從七里山塘入，路是三年五月開。賓客散時千指食，香車擡處萬人來。桂花未冷梅花煖，幾隻燈船每不回。

洞庭絲管石湖風，一索銀燈一舶紅。重午龍船山影裏，中秋串月火當中。身來縹緲歸雲外，家在滄浪流水東。纔得金釵時載酒，衣香人影又成空。

《鬱輪袍》散四弦訇，《薦福碑》頭一夕轟。忽有柏牀碎王導，幾無土窖住袁宏。常時布鼓聲來響，以後蒼蠅夢裏薨。意外流言天上事，怎教人淚不縱橫。

從此先君有敝廬，闔門填土可憐渠。身爲東國《齊諧》志，時遊登萊。人隔南天《越絕書》。渡海波濤詩信息，還山鐙火婢抄胥。至今兩處蓬萊閣，尚有丹青同寄予。《越中蓬萊閣圖》尚存，《登州圖》今在常州趙味辛太守處。

姓名牀下忽通天，殊似王維誤浩然。元祐碑邊經一厄，開成榜外又三年。書留羅隱江東住，人戀皋橋地主賢。癸亥八年春上巳，全家明月又團圓。

紅欄七十二公堂，閣有白松四，顏曰『七十二公之堂』。一閣秋花六月黃。細寫建安談出處，畫《建安七子圖》，凡四十五日而成。閒評女史論文章。時集《昭明閨女文選》十卷，將仿五臣注釋。琵琶國手佳人面，華亭俞秋圃等凡十一人工琵琶者〔六〕，擬以東偏院爲琵琶館。鐵雲先生有『國手琵琶國色聽』之句。鸚鵡家禽侍史牀。得紅鸚鵡於石狀元家。十六院姬園滿座，清河舫子自風涼。

毫金髮翠寫娙娥，不寫雲臺馬伏波。每愛倭夷東紙好，東國以柳絮箋易畫。最嫌蕭賁扇頭多。亡人有『山人不是齊蕭賁，日與閒人畫扇頭』之句，蓋本《南史》故事也。思傳妹子楊娃筆，留中宣和進士科。不道瓦棺三日裏，金錢無福畫維摩。

誰把金經小字臨，經壇膜拜最傷心。扶笻尚愛花能好，強笑明知病已深。賺我忘情遊雁宕，爲人力疾畫觀音。山莊僅一畫觀音，筆墨遂撤。平生最喜探奇僻，不爲山妻早一尋。

飄然一去不嫌渠，奈此蕭綗萬卷書。班史無心誡子婦，擬爲媳華作遺稿注，著不果成而沒。西施有女嫁專諸。寄女韓年自越中來，嫁於吳門專諸巷，距沒日半月耳。羹留邱嫂情難報，死負中郎命不如。記得蔡邕憐愛日，不堪回首代嚱噓。予與梅園舅忘年舊友〔七〕，死以女託。

陌路人看淚不禁，視病者親疏皆泣。愛他氣息自深深。髫齡便弄甄兄筆，鬌髮無傷祖母心。幼受經於祖母，祖母年八十二，玄門功滿，頗有授記。一世手渠劉向傳，搜集古女史文章言行，欲予著《鴻樓壼範書》。十年窮我管甯金。人有餽予財者，稍有餘，概卻之。可憐一夜音塵絕，留得蕭蕭紫竹林。

畎川此築事何癡，天路茫茫不可思。既死已同花落去，再來除遇佛生時〔八〕。家如一會靈山散，身似諸天劫滿宜。只恨平生潦倒事，連他亡魄未全知。

題作銷魂萬淚垂，十年前後我心悲。陽冰不作三墳記，兒子難書碧落碑。鄂渚再逢人已老，魚山重訪路無期。平生哀樂何嘗少，活到中年只有伊。

一廚好畫付桓玄，未必人天許與傳。邢尹定無須老壽，文唐畢竟是長年。神歸外海何憑據，月墜中流太可憐。留下招魂四十二，來生或當定情篇。

【校記】

〔一〕此組詩作凡四十二首，因有缺葉，失第三一至第三七首。所缺七首中，有三首見於《詩選》卷二，予以補出。此外，其二、三、十一、十二、二二、二三、二四、二五、二九、三八、四一、四二凡十二首亦見於《詩選》卷二，可供校勘。其餘各首，則據《詩錄》盡數錄出。又《詩選》題作『鶴市詩於虎丘之盈盈一水樓』。

〔二〕『啼』，葉本作『唬』。

〔三〕『勿』，《詩選》各本作『不』。

〔四〕『哭』，伍本作『笑』。

〔五〕『留』，伍本作『流』，誤。

〔六〕『十一』，葉本作『十二』。

〔七〕『園』，葉本作『國』，誤。

〔八〕『遇』，葉本作『是』。

讀錢蓺庵庶常自書華陔吟館詩集時散館改職蓺庵不赴選部〔一〕

不見斜川集，居然敬業堂。司空廿四品，大令十三行。紅豆懷蒙叟，梅花夢魏塘。一編珍重讀，語語是初唐。

【校記】

〔一〕此詩又見《詩選》卷二。

歸山莊檢内子奩笥遺物得先後所藏家書一百餘件皆十二三年間别離會合者〔一〕

歸來重感舊經奩，淚捧經奩出一函。婢問久無樊再拜，家書猶剩衛和南。遺牋棄紙人爭取，剩粉殘丹我不堪。幸是梵天容葬處，幾梳螺髮尚鬖鬖。遺語平日墮髮與侍女後朱爲髢，今猶膏澤云。

【校記】

〔一〕此詩又見《詩選》卷二。又題中『檢』字，葉本同，徐本、伍本作『撿』。

寓居東美巷哭宋汝和兵備於金獅舊第〔一〕

兩街花柳在花街巷、柳巷之間冷餳簫，如此歸來太寂寥。華表人民今鶴市，要離墳草舊臯橋。身經腹痛纔三步，巷隔牛鳴只一條。不信此生成底夢，人間天上有今朝。

【校記】

〔一〕此詩又見《詩選》卷二。

鐵雲先生自金壇歸吴查橋相見喜紀一詩〔一〕

歸舟只載國山碑，七里山塘獨自迴。下相城中人似雁，禹王宫外水如雷。承遍訪兩淮間。三遷孟母精神健，十上蘇秦意氣灰。多少長安新貴客，緑袍穿上不能來。

【校記】

〔一〕此詩又見《詩選》卷二。

喜子瀟庶常自虞山來訪

忽傳南海坡公死，如見西天一佛迴。惡咒何傷悦之病，良金難鑄更生才。三年詞館空留得，一會靈山未散來。以乙丑館選，病不散館。記否虞翻舊牀在，白松樓上有詩催。

臣朔長安米不支，女兒官小好遲遲。未脩前輩光齋禮，且補先年下第詩。竟脱朝衣真學術，不求資格薦宏詞。國朝宏詞例不薦已官翰林者。金蓮燭短宫袍暖，想是臣家自有之。

閲京報知海氛肅清林逆沉舟死感懷總統李大將軍〔一〕

魚龍風定是耶非，横海傷心大將旂。河上孫恩傳水化，軍中張燕可冲飛。林卿有首仇難報，林卿取首，事見《漢書·何并傳》。李廣無兒命已微。彼是沙蟲我猿鶴，國殤誰祭鬼誰歸。

【校記】

〔一〕此詩又見《詩選》卷二。又題中『林逆』《詩選》各本作『蔡逆』，當以《詩選》爲是。

書陳雲伯大令碧城仙館未刻詩後〔一〕

不許徐陵續玉臺，春坊宫體出心裁。孽闐愛海三生願，筆補情天五色才。樂府舊聞風散失〔二〕，女皇國史手修來。名姬列傳英雄記〔三〕，自有先生死不灰。

《本事詩》成字字新〔四〕，强從劉向作功臣。小戎女子多名將，作史班姬是婦人。萬卷書通名媛傳，一毫端現宰官身。《國風》好色《離騷》怨，不及《春秋》記事真〔五〕。

記滿粧臺一刹那，當今才子古姮娥。大唐法曲霓裳好，小宋新書蠟淚多。名士心肝輕嘔盡〔六〕，英雄歲月易消磨。可憐一管伶玄筆，不擲都梁事女媧。

【校記】

〔一〕此詩又見《詩選》卷二。又題中『大』，伍本同，《詩選》各本作『太』，誤。

〔二〕『失』，葉本作『盡』。

〔三〕『列』，伍本作『別』。

〔四〕『成』，葉本作『传』。

〔五〕『秋』，伍本作『風』，誤。

〔六〕『輕』，葉本作『經』，誤。

奉謝李繡子明府昭文

繡子寓東海蓬萊，與予晨夕觀東溟海市，嘗戲作《月華經》一卷。及辛酉館選，予迍邅淮海間，而繡子改官昭文令。詞林清品，索米爲難；縣官親民，不愁五斗。喜其文章之一新而爲經濟也，以詩索金，繡子典衣爲贈云。

同在龍樓海市中，升沉一別太匆匆。神仙山水蓬萊縣，牛馬功名太史公。小謫且爲勾漏令，大羅休憶蕊珠宮。柴桑路遠條冰冷，五斗先生還是窮。

臨邛有計富相如，焉得王孫婿子虛。大令授衣君有帖，魯公乞米我無書。借風事類周公瑾，求雨人非董仲舒。不信魯門三日住，誰將鐘鼓送鶢居。時同人索米者皆泊舟小東門下。

山景園者戴氏之盈盈一水樓也亭臺清閟翰墨英光歲暮訪程音田吏部於此方歸宣歙元日舟過山塘忽成五首爲題門之贈云（錄一首）

吏部文章水部才，黄山白嶽兩青鞵。倪迂清閟雲林閣，米老英光寶晉齋。溫室十年辭豹直，（初爲樞垣侍直。）河陽一墅豔金釵。湖山畢竟須賓主，五百年來楊鐵厓。

讀鐵雲先生所作讀論語詩刻以詩讚之

讀而不用張特進，用而不讀趙中令。普之《論語》篡，禹之《論語》佞。哀公十有六年四月仲尼死，四十二碑打碎剩殘紙。從此《論語》八十宗，曾鞏《大學》，蕭衍《中庸》。前有《法言》學作《論語》之揚雄，後有《文中》學作《論語》之王通。彘圈狗曲，張騫鑿空。爲天子師，爲開國公。曹操讀之，不愈頭風。忽然恒山老人授我開心符，三十餘篇如《潛夫》。不見異人，當見異書。闕里荆棘，無故自除。黄祖心中有，蔡邕枕中無。遷《史》不闕太初，《漢書》不裝葫蘆。《春秋》決獄二百三十有二事，國史野史，雌圖雄圖，一一《論語》之注脚，陸公之書廚。匡老子，反韓非，復孟軻。舌如蓮花，口如黄河。鍼膏肓，起廢疾，發墨守。大儒贓吏，小儒賊徒。讀醜趙普心，十瓶瓜子金。讀破張禹面，上方斬馬劍。初不知先生所讀齊《論語》、魯《論語》，宣文《論語》男與女。白虎觀中求直言，華光殿上天花雨。讚曰：

郭玉鍼經不治病，華佗罵書救人命，陳奇《論語》當柴燒。何況春卿《論語》讖，兩句讀通李文靖。宋李沆爲宰相，曰吾以兩句《論語》治天下。即「節用」、「愛人」兩語也。見《名臣言行錄》。

卷六

晉乘篇

茂園中丞著《晉乘》書成，又根柢諸家經義，爲《治河書》，而斷以姒王治水之一字曰：『平。』此公孫弘相國以經學爲吏治，讀者繹其書而得之。至《晉乘》一編，非熟諳古今史書形勝，不知此書之有功於後世也。作《晉乘詩》。

姒王平水土，開章曰冀州。如北辰居所，左并而右幽。華岱盤古臂，恒嶽盤古頭。中嵩憑玉几，南衡拜前旒。放勛與重華，兩代褒殷憂。始從壺口治，既則太原修。盡放北條水，晉國成神洲。於時乏運道，難挽天下舟。決計鑿龍門，引入黃河流。當初黃河水，原在塞外遊。引之中國來，萬世爲冀謀。以河作輸輓，譬諸桔槔抽。以河作形勢，爲晉之鴻溝。禹書名曰貢，所以通貢艘。言言達於河，州州皆曰浮。并不曰水經，讀者須細紬。禹定萬世都，以河爲襟喉。若不都平陽，此河爲贅瘤。伯益必唾之，謂非禍水不？章亥必笑之，此水休且囚。鑿河非小事，豈有不講求。何以十二牧，一人不啁啾。毅然鑄九鼎，定此大九疇。似乎不都此，後世有怨尤。成湯不都此，貽爲口實羞。三遷復五遷，置國如置郵。周公不都此，一周分二周。若不作《洛誥》，東周那得休。後都東都者，各懷赧獻愁。婁敬大不然，所以賜姓劉。不見曲沃晉，一軍小諸侯。忽然一再霸，如虎如貔貅。分之作三國，尚與秦爲仇。河山晉表裏，藐視魯與鄒。拓拔廿八帝，王氣蓋有由。統國三十六，人煙雲代稠。鐵關遶朔郡，五城十二樓。使其不遷徙，焉有獺與猴。乃知帝王都，惟晉爲最優。戎狄在腋下，敢不懷且柔？長城何必築，塞馬誰敢偷？舍此萬年都，河水空悠悠。都秦多戎患，都汴多盜酋。其諸偏安者，竊僭天子斿。志在一方霸，心不在共球。不如堯舜都，千古之上游。而無良史官，論此古菟裘。中丞治河來，萬卷手自讎。胸中四千年，《八索》而《九丘》。乃仿楚《檮杌》，題作《晉乘》蒐。登天而視地，十道如浮漚。周官霍太山，輕視此一陬。公居唐虞鄉，心與皋夔儔。書成百十卷，皇華備諮諏。公視河不溢，清水河不漱。公退河不平，河水海不收。賈讓獻三策，麻姑添一籌。河則田蚡治，公則汲黯留。或議海口改，或議故道搜。否者口戕口，然者矛譽矛。或議竟海運，牽船上之罘。是者子路勇，非者孔乘桴。細生不考古，其學牛馬溲。嘗讀《盤庚篇》，一語難獻酬。勸舜都平陽，蒲坂今金甌。二京不足諷，三都可以謳。所煩將作匠，一費共工鳩。五百里甸服，粟米千萬艒。以漕挽盟津，直送河橋投。以漕挽龍門，一水無逗留。一勞而永逸，中國萬萬秋。身非奉春君，敢學輓輂婁。作此遮道說，憂國心愀愀。讀公《晉乘》略，目送西河牛。黄河米船名。

莫韻亭少空淮浦見訪惠和昔年清江紀水八詩匆匆呈别

一卷《中州集》，矜嚴水部才。居喪小祥盡，時居祥服。憂國老臣來。前年疏奏河工疏濬事宜，深憂糜費。愛馬思燕市，依人訪釣臺。一舟橫泊處，淮水尚如雷。

往事崔行省，爭彈靳總河。靳督初開減水十三壩，布政崔維雅力爭，以爲不可。及續開茅城峰山十八里屯等壩減泄上流黃水，至今五湖盡爲平陸。蓋一時權宜，爲及時善復之計，非爲國家百年後策也。分流初計誤，減水舊時多。故老談王景，名言憶孟軻。一篇《秋水》在，來往聽風波。襖靄山塘月，荷花消夏灣。人隨一舟遠，天與暫時閒。屬吏談封事，謂苕琴、見浦兩主事。蒼生望出山。鋒車應不日，咫尺舊朝班。

再題李墨莊駕部冊使琉球南臺祖帳圖〔一〕

三百銀刀水陣開，先生海外載詩來。中年楊僕樓船在，圖中畫樓船甚大。出使張騫牛斗迴。圓嶠一遊臣朔老，《方言》兩卷子雲才。作《琉球方言》兩卷。披圖不信風濤險〔二〕，橫海功名志莫灰。

將軍旗鼓有偏裨，末將王得祿昔隨先生渡海，今統閩越水師也，封子爵矣。渡海神僧錫已飛。詩僧寄塵亦隨先生渡海，歸閩後圓寂矣。下瀨戈船新詔令，前三年琉球新王又薨，朝廷復以璽綬冊立世孫。伏波鬚鬢舊朝衣。雞林易購中書句，鳳閣空遷武部威。廣不封侯泌不相，謫仙風度此腰圍。

【校記】

〔一〕此詩其一又見《詩選》卷二。

〔二〕『濤』，《詩選》各本作『波』。

鐵雲先生於宣武坊南燈火之暇作相如文君伶玄通德諸齣商聲楚調樂府中之肴蒸俎豆匪元明科諢家所可跂及也太倉畢子筠孝廉華珍按南北宮而譜之梁園衆子弟粉墨而搬演之亦一時佳話也紀以詩〔一〕

政和之年詩系絕，以詩目爲元祐術。伯通丞相作律書，士習詩者杖一百。宋政和之末，士大夫皆不許爲詩。於時，何丞相伯通修律令，因爲科云：士庶等有習詩者，杖一百。見《避暑錄話》。妙哉元人變詞曲，四十萬人執絲竹。吳競纔悲樂府亡，高明又抱琵琶哭。而今詩人無有詩，先生詩好人人知。忽然一部中州譜，譜出宣孃一笛奇。彈曲人多造曲難，《隋書·音樂志》：讀書多則能譔書，彈曲多則能造曲。嫦娥宮裏少人彈。借君一柄吳剛斧，妝點參軍入廣寒。先有《吳剛修月》一齣。文園綠綺文君抱，通德知書馬遷好。元帝吹簫度曲時，相如渴死伶玄老。王孫畢竟愛才名，博士披香太薄情。但得薦才楊得意，不愁唾面淖方成。豪竹哀絲一鐙醉，三條花燭闌干淚。彈到楊花枕上來，荒雞容得劉琨睡。又有《聞雞起舞》劇。七調宮商子細看，皮弦搊得段師歡。蘭亭摹出金奴本，傳與聰明畢士安。逍遥樓上霓裳字，流落龜年賀裒智。唐朝天子愛新聲，未必相公知曲子。董解元，湯若士，潦倒旗亭乃如是。

【校記】

〔一〕此詩又見《詩選》卷二。又題中「一時佳話也」，葉本同，徐本、伍本無「也」字。

改名

青樓一覺夢遲遲，記得原名杜牧之。未必豆盧成進士，見鍾輅《前定錄》。改名空被夢神嗤。

懷來一刺久無情，潦倒中年蟋蟀聲。猶恐人呼劉備字，苦無人贈蔡邕名。

從此當時舊孔嵩，姓名傳得酒家傭。朝廷會記嘉貞姓，憑遣中書誤報儂。

改名於禮部曰良士系之以詩

不撰《封禪書》，何以忽慕藺相如？不作富家翁，何以又似陶朱公？且非河間北海趙邠卿，又非天祿石渠劉更生。張祿稱孺子，梅福非老兵。當時但識宋郊榜，若輩烏知羅隱名。名如畫餅不可食，枵腹者誰噉名客。糊名已燼燭三條，題名不拜經千佛。既不能畫淩煙藏太室，復不得出三江入五湖。掃地打鐘者，識字耕田夫。呼牛爲牛馬爲馬，謂烏非烏狐非狐。補題《前定》科名錄，添註《真靈位業圖》。金甌之下覆宰相，曹蜍李志身無恙。銅柱之上鑄將軍，蕭娘呂姥手有文。君何不作杜鵑舉，烏旁曳腳讀碑取。又何不作庫狄千，署名逆上如錐穿。而獨入太學譽孝廉，鴨言自呼，駒夢不占。忽聞蟋蟀聲開出，麒麟函叱醉北平。今李廣避賢南史，舊王曇乃知名字同形影。不必山水風月景，移名就字以字行，譬如改邑不改井。況不禁重名李榮連作譜，亦不避嫌名韓愈辨最古。惟姓有萬名有五，即不敢若仲尼曹、顏回許，《北魏書》有都督曹仲尼，漢有許暹字顏回，見《顏氏家訓》。方丘夫子齊丘超，曾參士人孔子武。漢有薛方丘字夫子，見《唐書·宰相系表》。宋齊丘字超回，見《南唐書·論和士開》。士人曾參見《北齊書·乞伏熾盤》。時有征西將軍孔子，見《西秦錄》。慈母亦見疑，羌帥羞與伍。以及鎮東將軍劉同州、拾遺魯，魏鎮東將軍劉乾字天方，見《金石錄》。同州魯孔丘爲拾遺，見《朝野僉載》。安得數典忘其祖。董鑾、魯漫、張蟦之，《虱錄》錄，不足數，何況蕭鸇巴、曾鶉脯。本是諸孫王慧龍，不諱大將韓擒虎。或曰已孤不更名，乃是父所定。又如復所改曰生，則知名爲君所命。舍此二者例可通，顧名思義將毋同。東方虬對西門豹，荀鳴鶴見陸士龍。丁度以姓別盛度，蔡雍以名付顧雍。程立加日上，闞澤在月中。前爲孤鳥，後爲馬忠，誰歟驚坐陳孟公。願如王鎮惡，小兒聞之皆膽落。莫若王安石，與人爭墩不終日。君不見斛律敦，以金作屋封侯門。何爲春城寒食東風峭，別有韓翃知制誥。

俞方河太史守楗爲三年還歸京邸紀奉

從自《長楊》賦《子虛》，印郲九坂有懸魚。三年諭蜀纔留檄，十輛朝京祇載書。史館多年留後輩，茂陵有女嫁相如。凡置三星云。歸來畢竟東方朔，仍向公孫弘借車。老驟易主，故云。

三月三十日同茗琴工部方河太守遊崇效寺觀牡丹盛開其首座出示漁洋竹垞初白暨雍乾間詩人所題盤山拙上人紅杏青松卷歸途於車中聯句

錯過三月三，茗琴不作修禊事。遊徧南城南，方河不知棗花寺。忽駕楚廣車，是日三人同車。仲瞿。遂策鄭小駟。門則南西道，茗琴時則夏春季。遮天萬水稠，方河洗地一雨霽。遶過天市垣，仲瞿轉出人間世。旁門雨扇開，茗琴外道一逕駛。未參師利佛，方河先見大勢至。宮殿焰摩天，仲瞿樓閣光發地。鴻都四十碑，茗琴籀書九千字。其寺貞觀造，方河其文司禮製。《南方草木狀》，仲瞿《洛陽伽藍記》。初入阿房宮，茗琴門戶層層閉。再入衆香國，方河花木種種異。老樹盤古年，仲瞿小樹彭祖歲。松黏或唐虞，茗琴梨棠亦漢魏。前庭紅牡丹，方河天香百十輩。後庭白牡丹，仲瞿國色兩三對。紅如火齊珠，茗琴白如天劫貝。如《秋水》一篇，方河如春風及第。如出水洛神，仲瞿如手帕姊妹。如虢國朝天，茗琴如馬嵬墮淚。如水月觀音，方河如莊嚴天帝。白比仙女仙，仲瞿紅比麗人麗。坐我楞嚴堂，茗琴證我華嚴位。登我獅子牀，方河飲我醍醐味。逢茶喫趙州，仲瞿見棒打臨濟。以彼大休歇，茗琴得此小遊戲。紅杏閣尚書，方河師圖何取義。青松封大夫，仲瞿師意何取譬。前有新城題，茗琴其詩絕句體。後有竹垞筆，方河其書八分隸。中有查敬業，仲瞿七律一首易。末有法祭酒，茗琴字小紙不費。時帆祭酒楷書二行已書卷尾。東土有祖師，方河西來有大意。南宗久強盛，仲瞿北宗大衰替。念茲招提門，茗琴感此曹溪系。雖乏明眼人，方河豈無神足弟。天龍一指禪，仲瞿金剛四句偈。奈何錐槌鈍，茗琴反怪機鋒利。陶然有古亭，方河瑤臺有爽氣。看花掠去

來，仲瞿春風二十四。苕琴

貽禮堂提督南苑代呈煦齋尚書

依然風度玉堂仙，紅藥當階四月天。宰相文章燕國手，尚書聲望潞公年。兩朝恩重天能格，一品詩成集未鐫。莫道翰林官職小，公家衣鉢已三傳。

韋母傳經似馬融，宣文家法絳帷紅。一雙玉璧奎垣貴，兩郎君以奎字行。十萬蒲葵太傅風。當代絲綸蘇許國，滿門桃李狄梁公。自慚未竊趨亭禮，不在班超筆硯中。

所感羸才最棗昏，髫年靈寶閏孤孫。禮堂大父爲淮南榷政，尊甫未成進士而卒。肯將提萬攀安意，成就推袁說項恩。得路馮唐留馬齒，內府以郎實爲貴。愛才羊祜是龍門。不知優孟衣冠後，可信中郎似虎賁。

晾鷹臺下試盤桓，尺五天南夜雨寒。細馬敢矜南苑月，嗇夫真做上林官。司農事大經營易，少府錢荒節省難。時總理南苑工程。正是蒼生霖雨日，早開黃閣與人看。

趙蘆洲太守遵律以播州乞假再赴選部壬申五月以今太僕莫青友工侍介交讀其所撰播州志及忠州國殤弔卹諸詩因紀其會合云〔一〕

一卷蠻書老夜郎，桃花紅得播州忙。要知舊日玄都觀，選例當仍補播州原缺，故舉夢得兩詠桃花故事〔二〕。還似當年陸氏莊。先刺忠州。《九辯》辭華沅水在，《八哀》人事杜陵狂。巴西烽火黔西月，踏破麻鞵又虎坊。時居虎坊橋。

頭白梅花水部交，騎驢京兆與推敲。集中多與工侍唱和之作。工侍曾官京兆。八州有節留高適，工侍五十爲詩，時星命家謂今歲當受使節，故用達夫節度西川事。五十無官老孟郊。銅柱驕鑾望新息，烏蒙羸馬羨蒲捎。貞元朝士無多輩，一洞飛雲信手抄〔三〕。舊年得見王永州太守所作《飛雲洞圖》於宋于庭孝廉寓齋。于庭集飛雲洞名人題詠數十。

【校記】

〔一〕此詩又見《詩選》卷二。又題中『諸詩』，《詩選》各本無『諸』字。

〔二〕『夢得』，《詩選》各本作『禹錫』。

〔三〕『手』，葉本作『女』，誤。

聽秋館在發祥坊賜第東偏紀事

香谷季叔由鹽山大使旋歸京邑，灑掃舊廬，顏其楣曰『聽秋』。蔥籠百翠，種竹蒔花，將欲繼光禄之先聲，新文莊之世澤。昔宋明帝三百年借宅，奕世貽麻，方興未艾。良士以子孫之禮，自弱冠以至公車，風雨讀書於是宅者將三十年。今秋擬與叔一櫂南歸，省東□墳塋，觀西溪桃李，亦我竹林中可悲可喜之事。假秋雨之因緣，憑明牕而感舊，爰紀三章。

蝦菜亭西結宅幽，槐花如雪最宜秋。宅有七槐，東第有其一。三年苦海鹽山縣，叔官鹽山大使，地居北海，山水放曠，而海風甚虐。一櫂歸雲萬古樓。良士隱居在武林湖墅曰『煙霞萬古樓』者，文待詔所書，而疏雨叔所記也。老去煙霞湖墅在，髫年燈火竹林遊。良士讀書西第，叔年六歲纔就外傅，今海棠院鞠爲菜圃。天涯諸叔當年事，或在袁州或播州。右長叔守袁州六年；疏雨叔貴西用兵，平定韋逆，尋又降守登州，觀察兗沂。先後繼卒。

日向公孫弘借車，晉公堂下舊居諸。事仍開寶三朝記，發祥坊邸第先爲張文和賜宅，尋復賜溧陽史文靖。至我文莊賜居，承溫旨爲子孫世宅，不准奏繳。家有元徽四部書。《南史》：元徽中，王儉撰定元徽四部書，元嘉中以總明四部存王儉宅中。御筆題楣今宛在，二十四福堂供奉裕陵御筆。官錢贖宅後奚如。宋真宗以金錢五百萬贖呂正惠故第。一門桃李平章事，猶有當朝老仲舒。舊年芸浦相公薨，文莊門下僅存蔗林相國一人。

如此新涼微雨天，聽秋小院屋東偏。三間紙白留虛室，一幢霜紅誤少年。有五雲舊畫秋紅一幢。祖廟祧祠新黝堊，佛堂燈火舊香煙。千枝擬鋪篔簹竹，重畫儂家晉七賢。

閒居即事奉香谷叔

種得合昏還未開，孫蕉祖竹繞庭栽。推牕出暑覺風起，隔院作聲知雨來。愛月不眠秋趁趣，惜花無睡鳥疑猜。藤陰太好刪除半，露坐通宵酌一杯。

七孔玲瓏一笛聰，端門鼓漏景陽鐘。燈光五夜月忽出，花影一牆如畫濃。疏竹擁牕涼似水，高槐壓屋老於龍。碧紗幮小筠帘薄，猶訝玻瓈隔一重。

過月玲瓏館題佛雲女弟所書楞嚴小品〔一〕

飄若浮雲矯若龍，度江筆法與君同。大家文字留兄史，小妹琴書當女工。一屋春光花芍藥，齋中芍藥瓶花圍繞佛座。半簾人影月玲瓏。分明一所栴檀閣，難得慈悲共此中。館中奉大士凡金銅瓷像十餘軀。

【校記】

〔一〕此詩又見《詩選》卷二。

題華吉厓司馬所圖佛雲小影時吉厓年七十有四矣〔一〕

鬢髮貂蟬女侍中，丹青無計狀驚鴻。能傳南海觀音面，齋中畫南海觀音〔二〕，其近日所作。毫金絲髮，尚能工細。難寫張玄阿妹風。索想殊非《神女賦》，圖形誰到廣寒宮。裝成一紙依稀似，行過空庭絕不同。

【校記】

〔一〕此詩又見《詩選》卷二。

〔二〕『南海』，《詩選》各本無。

答佛雲妹所和開字韻詩帖〔一〕

不避秋風儘自開，亂紅吟遍一庭槐。簪花古弼尚書筆，傅粉闟圖進士才。元白春風詩弟子，丹青人面女輿臺。承君一首清新體，撒手天花滿紙來。

【校記】

〔一〕此詩又見《詩選》卷二。

澄海樓登長城盡處俗曰老龍頭懷熊經略吳平西作也

一關攔住海流東，萬里長城到此窮。往事傷心檀道濟，壞汝萬里長城，見《南史》。謂熊經略。後來誰是李英公？李勣在并州，朕萬里長城也，見《唐書》。謂三桂。三桂爲本朝國賊，明之僨將。泥丸函谷三邊在，印鑄平西一擲空。唱到圓圓成底事，十三陵上有悲風。

三月三日種花果一百六十八樹於發祥坊賜第之東園索趙孝廉兩公子長君榮少君林同作〔一〕

君不聞十年樹木百年樹人，亦不聞百萬買宅千萬買鄰。我家尚書借宅三百年，借宅三百年事見《南史》。平泉花木今依然。當時王儉藏書處，一部元徽四庫全。五百萬緡賜時屋，御府金錢未曾贖。御府金錢五百萬贖宅事見《宋史》。王氏《青箱雜記》書，趙氏明誠《金石錄》。西宅爲趙謙士侍郎典居。南北院一宅〔二〕，東西李兩門。瑯琊幾公子〔三〕，天水兩王孫。好德若好色，愛花若愛命〔四〕。或翻瓶史插瓶花，或抱花經治花病。季叔愛插瓶花，而每歲多買秋花。余每嫌其勞不耐久，不若春樹之開花弄果也。春花不紅不如草，秋花不香紅耐老。春花年少笑秋花，還是春花比秋好。不耐秋花死風雨，畢竟春花百年樹。秋花如婢侍夫人，到底春爲百花主。門外長街是花市，買到春殘花怕死。盡把花街挑過來，笑殺西鄰趙公子。呼我郭橐駝，典我春衣裳。氣穿桑肚子，京師諺云：『臭椿樹封王，氣穿桑肚皮，笑殺傻青楊〔五〕。』殺去臭椿王〔六〕。以花作屋花繞垣，以花守關花當門。以花匝宅花爲城，以花待月花作亭。大花十人駝，小花四人抱。一家奴子種花忙，一屋鴉鬟抱花笑。看花花何如，花來撐屋花當書。平生讀破千千卷，不是花神不與居。獻花西方佛，散花九天女。濃笑問花神，頃刻花如許。種樹如種人，種花花有鄰。今朝天水冰山錄，來日烏衣巷裏春。子昂子固爲爾談，我家花北君花南。煩君兩管《春秋》筆，記我今年三月三。

【校記】

〔一〕此詩又見《詩選》卷二。

〔二〕『院』，《詩選》各本作『阮』。

〔三〕『琊』，《詩選》各本作『邪』。

〔四〕『若』，《詩選》各本作『如』。

〔五〕『氣穿桑肚皮，笑殺傻青楊』，《詩選》各本作『氣穿桑肚子，笑殺傻青陽』。

〔六〕『去』，伍本作『我』。

二十四風堂〔一〕

余所居爲聽秋館，以秋花名也。春花種畢，顏曰『二十四風』者，以在二十四福堂後也。

二十四福福如許，二十四福字爲裕陵御筆。是堂之後，凡隙地爲種花所。二十四風春作主。花神敕語語風神，此是花神散花處。《南方草木狀》，北地胭脂部。北方花多花怕風，南方花多花怕雨。示我紅旗竿，看我日月旛。封家阿姨爾莫干，花神膽小花怕寒。敕姨姨聽取，阿姨低頭不得語。梅花風打楝花風，不是靈風不須與。雄風雌風一齊去，三十六宮春萬樹，王母宮中第四女。

【校記】

〔一〕此詩又見《詩選》卷二。

月玲瓏館白桃重發佛雲女弟禱於大士也

月窟仙人宅，神通大士家。楊枝半瓶水，海果兩時霞。功德曼陀雨，慈悲妙法花。一經天女手，十萬玉麈沙。

罷官四首爲查梅舫廷尉八十一歲壽

畢竟遭彈皆好官，罷官時候替心寬。神仙欲想登天易，菩薩凡心退位難。竟脫朝衣兒女福，不談公事夢魂安。祇因多讀三千卷，撐滿胸堂未得歡。

左望龍江右玉門，失官人不要銷魂。八千里少潮陽罪，十九年孤蘇武恩。時梅庵、曉園兩開府東西分戍，而李開府一戍再戍，赦歸未幾。晴雨何關天喜怒，衾裘誰保夜寒溫。但無半畝田園累，淡飯粗茶訓子孫。

此曲清商少拍彈，辭官窮比做官安。上臺新戲登場好，著壞殘棋歇局難。勒馬臨崖原要早，平波縱棹不知寬。郗公倘有錢千萬，傳與嘉賓也要完。

樂得關門作睡王，車聲輪亂馬蹄狂。往來帆影東西疾，消長潮頭上下忙。休我無過長樂老，住家還有半閑堂。知君八十年來事，如在橋亭古硯旁。公家有謝文節橋亭卜卦硯。

七月一日海淀留別周石芳先生姚秋農閣學兩侍郎於翰林花園并謝英煦齋尚書〔一〕

絲竹春風兩侍郎，南書房接尚書房。春坊玉漏寅階靜，學士金蓮乙夜忙。文字纔傳漁隱話，江湖重上野人航。瀛洲路遠揚州近，介交於揚州鹽使阿公〔二〕。迴想三公政事堂。

【校記】

〔一〕此詩又見《詩選》卷二。又《詩選》各本題無『先生』、『閣學』。

〔二〕『介交於揚州鹽使阿公』，此句《詩選》各本無。

萬花叢裏一身圍留別佛雲女弟

萬花叢裏一身圍，脱手天花滿紙飛。十笏齋閑宜小步，五銖寒重要添衣。禪心焰焰春如海，詩骨稜稜字不肥。幾樹櫻桃全落盡，露涼時候月來歸。

擁書帷幔讀書油，生怕遲眠阿母憂。放下簾光早催睡，隔層花影宴梳頭。牕留好樹風須護，藥有靈方體不愁。饒得更深談費力，香車隨伴散心遊。

藁城縣齋留別包果峰大尹

定州南去惡池渾，隨著狂流進北門。天下田荒湖廣熟，諺云：湖廣熟，天下足。時直隸以西望都中山所收，不轂分數，而藁城大熟也。中山國小縣官尊。時兵防之後聲砲開城。宜禾地大難爲水，種果沙深儘有村。縣有免糧地一千四百餘頃。果性宜沙，予勸以種棗、柿以佐民食，遲與叔科良法也。尹字果峰，且以爲戲。讀遍《漢書》《循吏傳》，令民種樹事見《漢書》。銜杯談到夜黄昏。

古鄚道中留別杉泉同年

東束生涯鹿鹿過，同年鬢髮半成皤。樓容王粲登臨到，縣衙大樓遠望百里。詩感徐陵意思多。忙我廿年狂井水，見君三渡惡池波。出山要備還山計，紅日西湖背上馱。背馱紅日進錢唐，此西湖鄉景也。

滑縣時勦絶亂民之後

人已匆匆一洗空，女牆猶在半邊紅。梟除大惡迴王化，灑埽新城與縣公。強公死而孟君之任。兒女衣糧兵食外，吉林兵以男女出關，奉旨發歸原管，地方官給衣糧護送。將軍鼓角地窨中。可憐滿地腥紅血，一路飄飄孔雀風。

睢水河營奉熊介祉唐柘田兩觀察〔一〕

樞庭詞客老蓬萊，手障狂瀾此地來。文字傳於魯王殿，詩情豪過少陵臺。駐兗州城〔二〕。黄河積石全牛力，睢水囊沙繫馬才。公是龍門我魚鯉，寸膠一塊未心灰。

十三樓上酒花乾，癸丑同遊金陵，寓李松雲太守郡齋。廿四橋頭月滿船。後兩訪邗江不值。才子文章前輩在，詩人功德部民傳。曾宰我杭〔三〕。懸河注水逢今日，説項推袁憶往年〔四〕。二十五年前導我見袁簡齋先生。仿佛鳳皇山下路，鴛央碑小未曾鐫〔五〕。時簡齋先生命作鴛央冢碑，初謂弗佳，後三年改正，曰此作佳也〔六〕。

年華一別遂蹉跎，一領青衫太折磨。李膺文名空白戰，崔光才氣慕黄河。初年未中賢良策，以後誰開伊呂科。懊悔水工徐伯在，徐心如宫保帥南河，日促余投效不果。那回惆悵喚如何。

【校記】

〔一〕此詩其一、其二又見《詩選》卷二。

〔二〕『駐兗州城』，《詩選》各本作『兗沂兵備駐劄兗州』。

〔三〕『曾宰我杭』，《詩選》各本無。

〔四〕『憶往年』，《詩選》各本作『意昔年』。

〔五〕『央』，《詩選》各本作『鴦』。

〔六〕『時簡齋先生命作鴛央冢碑，初謂弗佳，後三年改正，曰此作佳也』，此句《詩選》各本無。

汴梁城〔一〕

砌成可是靖康磚，李忠定《傳信錄》云：靖康之初，忠定守京城，運蔡京家假山石疊門後。金人修汴城，募人能致甓五十萬者，遷一官。亦發蔡京宅，得二百萬甓。見《續通鑑綱目》。想見熙寧紹聖年。行處似逢艮嶽石，拾來還有御書錢。留人泥馬康王廟，匝地青苗宋殿煙。風雨七陵何處是？九朝曾讀舊長編。

【校記】

〔一〕此詩又見《詩選》卷二。

相國寺

若爲波若若頭陀，薦福碑留字不磨。百劫僧衣唐大達，一爐香火宋宣和。翻來舊案黄梅老，寫剩殘經白馬馱。尋遍真參無一個，嵩山拳棒少林多。

花綱殘石〔一〕

趙家天下朱家壞，奴馬金銀兩條帶。朱勔以花綱擅寵，謠曰：『金腰帶，銀腰帶，趙家天下朱家壞。』鞭山走石石不存，愚公擔山山乃在。我亦云然石可愛，無奈金軍礮車大。花綱石打汴梁城，三樹桃花太師蔡。童貫書船載畫來，米芾紅袍不曾拜。我不得見牛奇章，到公好石華林殭〔二〕。亦不見一花一石李贊皇，何況子孫平泉莊。但覺方平叱石石在地〔三〕，忽然一起皆成羊。曾踏蘇州仔細尋〔四〕，朱家園裏水池深。并無一塊花綱石，說是宣和留到今。花綱奇雅事，敗國宋徽、欽。靴尖踢倒東京看，不及蘇州獅子林。

【校記】

〔一〕此詩又見《詩選》卷二。

〔二〕『殭』，《詩選》各本作『礓』。

〔三〕『方』，《詩選》各本作『初』。

〔四〕『仔』，葉本作『子』。

吳兼山通守以難廕從軍爲河隄水官讀所刻紅雪山房詩冊題詩卷後

萬金纔得灌夫身，將毋西來望白雲。豪我一編先入蜀，輸君百戰未從軍。交情大槩吳公子，家世能兵馬服君。從此循良二千石，不須重作戰場文。

霸才奇氣兩如何，十卷功名盾上磨。小范胸中有兵甲，延年奇計導黃河。見《漢書·溝洫志》。詩從馬上鏖聲出，才比江源水様多。身到少陵遊歷處，故教親眼洗干戈。

宋錢

昔覓魯宗道於元和酒店，店始以名著。予遊大梁，始寓仁和店，錢肆也，繞床阿堵，頗厭之。忽姹女縫紉者工數錢，以御書大觀錢示我。觀其貫串，皆漢五銖、唐開元也。河陽主簿汪金門散負薪土錢，日得漢唐古錢千。予見其肉好而字畫變也，亦興發，悉擇故宋九朝錢以備一代文字。或篆，或楷，或行，或草，知每錢一範一體，每體一筆，勢如淳化。得三文，具三勢，皆二王草法，知其爲王著書也。治平、元豐、政和，各二十許文，文各三體，體各八九家筆勢，惟篆則李當塗一家。皇宋聖宋，篆與行不甚變，至景德、相符以迄□□□□□。列之几席，如古類帖。方知宋人工書，不獨蘇、黃雄傑也。其餘若五銖、開元，市肆猶通用，千百中尚有什一，而元明及僞僭倭夷外國盜賊之錢，皆劣不成書。貫串而別貯之，方知有宋一代之錢，有宋一代之文字存焉也。

髫年好漢印，纍纍或數冊。中年好唐碑，積積七八尺。今復好宋錢，拾拾一二百。始皇宋聖宋，起太平興國。爲嘉祐景祐，爲祥符慶曆。爲熙寧新法，爲元祐黨籍。臚之一几間，各各有書格。楷如中興頌，草如十七帖。行如雲麾碑，籀如琱戈刻。如斯相權銘，如陽冰碑額。顔筋柳骨中，絲髮亦筆力。飄若孫過庭，艸法亦嘖嘖。一字出一範，範範有變革。一範變一體，體體有肥瘠。字則金錯刀，銅則漢赤仄。於彼一孔中，作此大奇特。當日揚子雲，以書爲心畫。爲君子小人，至宋猶膾炙。宜乎九朝士，人人工波磔。一字三十縑，一字亦師德。而何好字回，則止一文值。輕則浪中灘，重則骰子擲。使我萬選中，風飄水浮剔。文官不愛錢，其言岳飛說。好官多得錢，其錢曹彬識。措大眼孔小，使我一屋塞。以作青苗錢，大誤王安石。可惜靖康錢，一個不可得。調笑王濬沖，我今有錢癖。

趙韓王祠

論定千秋第一功，兩朝疑事太匆匆。黃袍已試陳橋驛，玉斧重搖燭影紅。紙尾易書金匱字，香煙難對上清宮。分明別有春秋筆，不在先生《論語》中。

子房山題留侯祠壁

一椎不中已英雄，何事人功與狗功。五世報韓空爾爾，一書佐漢太匆匆。赤松有計欺淫后，黃綺無端累老公。封得留侯留得不？先生辟穀暮途窮。

重至揚州同人邀觀紅橋芍藥是夜鐙火甚盛〔一〕

夕陽西下水東流，紅藥開時我泊舟。星海亭臺今乞院，時京師臺官郎署皆食脯於唐文館助□刻云〔二〕。月宮弦管舊迷樓。初來故老皆黃土，二十年前，與金棕亭、羅兩峰諸老蒼同客平山〔三〕。纔見新人又白頭。可有那時商婦在，不堪重問杜娘秋。諸開娘死康山也〔四〕。

【校記】

〔一〕此詩又見《詩選》卷二。又題中「至」，葉本作「遊」；「夜」，《詩選》各本作「夕」。

〔二〕「時京師臺官郎署皆食脯於唐文館助□刻云」，《詩選》各本作「臺憲以下來就館食」。

〔三〕「二十年前，與金棕亭、羅兩峰諸老蒼同客平山」，《詩選》各本作「予年弱冠，與金棕亭、羅兩峰諸老蒼交」。

〔四〕「諸開娘死康山也」，《詩選》各本作「諸開娘初嫁康山」，且置于「可有那時商婦」在句下。

真州雨後題屠孟昭大令是程堂集刻〔一〕

拏舟小住古城闉，紗帽洲邊雨墊巾。花縣幾年新令尹，玉堂前度舊仙人。掃空名下胡僧佑，近人集刻最多，佳者無一二〔二〕，故云。讀盡書來第五倫〔三〕。十四卷中經濟在〔四〕，詩才真與吏才真？

民情吏弊兩難治，不是詩人不得知。作吏一番才學識，此官三絕画書詩。中年懊悔羅昭諫，絕世聰明杜牧之。謂錤雲丈。欲與琴堂分一斛，先生八斗故無疑。

【校記】

〔一〕二詩又見葉本，惟次序互換。其餘各本《詩選》卷二僅收其一。

〔二〕「佳者無一二」，《詩選》各本作「無一二佳者」。

〔三〕「盡書」，葉本缺。

〔四〕『四』，伍本作『五』。

積雨兼旬讀陶山太守陶山詩刻

不見日腳見雨腳，歷盡雌雄周二甲。我讀陶山十卷詩，方知不尚奇而法。先生昔宰平江縣，吟嘯松陵狎花鴨。當初皮陸建詩壇，斜風細雨傳苕霅。次年先生轉軍餉，十萬花銀一官押。賊營連連七百里，雪白旌旗遍山插。以銀直送將軍營，劇賊如麻不敢劫。潼關女隊八百騎，馬上長槍往來夾。守取軍書賊裏來，索得將軍一紙劄。無天於上無地下，獨往獨來心不怯。當時示我西行詩，華山驪山一囊拾。一路甜吟蜜詠來，覆被方知勇可習。以後多年宰吳縣，懷想桃庵訪僧衲。桃花仙人不得見，重種桃花繞三匝。君身本是桃花仙，乃爲桃仙再刻集。一坯黄土解元墳，波及秋娘一碑立。元和舒大尹亦樹碑於西跨之九娘墳云。文王之澤枯骨知，香山之詩老嫗泣。忽聞走馬上開山，刺海州。一座雲臺不可接。鹹泉苦海非所宜，肺疾膨脝子由急。又聞司馬改通州，一道狼山海流立。相傳兩處產胎禽，我欲從之羽毛颯。十年三度燕山遊，吳下交遊少車笠。相知惟有一先生，來守吳淞笑相揖。牛腰詩卷未雕鐫，公子南宮翰林捷。量移白傅在蘇州，一似莼鱸暫承乏。舊年今日見天子，云感溫綸問官級。蹉跎惡浪上閩灘，留戀揚州舊舟檝。平生不愛熱官忙，戶限功名好出入。君不見唐朝韋白在當時，傳遍蘇州只有詩。而今十卷《樊川集》，且作揚州杜牧之。

穀人先生七十壽〔一〕

不須提舉洞霄宫，笑傲平山六一翁〔二〕。石鼓金牌今祭酒，明堂璧水舊春風〔三〕。蹉跎門下同三品，瀟洒淮南老八公。一座皋比千秋米，拍浮都滿此船中。

藏山事業九千篇，放翁詩八十五卷，凡九千二百首。住世神明五百年。兩宋詞人放翁壽，六朝才語子山傳〔四〕。西湖文佛詩功德，南嶽先生酒聖賢。愛是謝安絲竹地，新城壇占舊城偏〔五〕。

天下蕭閑都散漢，長安風雨老門生。九蓮位上無名字，十種仙中有性情。往事真靈徵慧業，至今洛社待耆英。分明柱史籛聃後，又有先生齊老彭。

【校記】

〔一〕此詩又見《詩選》卷二。

〔二〕「山」，伍本作「生」。

〔三〕「明」，葉本作「仙」；「璧」，原作「壁」，據《詩選》改。

〔四〕「子」，《詩選》各本作「此」。

〔五〕「占」，《詩選》各本作「坫」。

碁盤山爲大風所倒〔一〕

春衫砉砉風礪刀，東塍西塍看紅桃。燒香女兒顔色嬌，招我來看碁石高。仰而望之山如尻，笏立兩石中火窯。窯間之僧老且妖，啁嚨閣閣聲如潮。似云正月初四朝，神風刮我庵頭茅。又云天公大怪南斗北斗不管事，日來手譚坐隱山之椒。金星招之不肯罷，下遣雷公撤取棋盤燒。燒之不肯熱，磯斧不敢敲。雷公奏帝：此石乃是混屯未闢一大局，下管十二萬陽九百六一隻無可饒。一局復一局，雖有五星日月氣孛羅計難逋逃。南斗輸一隻，五湖如旋飈；北斗輸一隻，三王四帝爭滁濠。秦王漢武局中一隻劫，昆明赤土三層焦。一隻不到處，魚頭赤子湯火澆。當今閻浮天子彌勒下世萬萬歲，日兄月姊親同胞。老天不變道不變，此局破碎當掣銷。天公聞言大歡喜，傍邊玉女投兩梟。華山巨靈，蜀山五丁，渠是地大力小舁不動〔二〕，道是六州之鐵生鑄牢。風姨娘子貌如春花一十八，手弄風輪繅，口宣玉皇旨，腳踏南山腰。三呼復三吸，百人輿一瓢。三百六十子，連瓜帶蒂抹入南塘坳。南斗罷去北斗走，有如鴉翻雀亂歸雲霄。唯有煌煌北極寔是定盤心中第一子，口傳二十八宿司宮司度守定唐堯朝。吾是爛柯山樵老士，骨難換，人未死，胸中一盤十七史。粒粒覆棋手可指，上山下山拾死子。

【校記】

〔一〕此詩未見《詩錄》，今據《仲瞿詩錄》補。原詩出自舒位《瓶水齋詩話》。按：舒位卒於嘉慶二十年除夕，此詩既見錄於《瓶水齋詩話》，則必撰於舒位生前。今集中有《穀人先生七十壽》一詩，正撰於舒位卒年（吳錫麒生於乾隆十一年），今姑繫此詩於其後。

〔二〕『大』字原缺，據舒位《瓶水齋詩話》補。

小除日自揚州冒雨至於真州時將與裘守齋觀察同遊廬嶽訪友南昌藉覽江行之勝既而不果〔一〕

爆竹聲中雨似油，揚州西去又真州。歸雲已斷鑾王皁，今歲兩至瓜步不渡。流水重經太子溝。記里夜迷仙掌路，渡江船繫石人頭。不堪往事新城壘，二十年前紗帽洲。

滕王亭子石頭風，許我江神一滿篷。少日才華今老大，中年詞賦舊名公。鄉舉之日締交杭州。身猶不仕爲羅隱，交盡忘年笑孔融。北極榆關西劍閣，不曾遊盡大江東。

【校記】

〔一〕此詩又見《詩選》卷二。

東磊〔一〕

僕泛海自碣石、登、萊窮沙門數十島，登成山、之罘，憩息琅邪，遵海而南，求所謂嵎夷、暘谷者不可得。還《史》《始皇紀》謂立石朐界爲秦東門云。朐界者，今海州鎮山古朐縣也。秦統天下，以朐山爲東門，則有虞氏幅員最廣，亦宜以此山爲有虞東界。而雲臺在海中，周二百里，爲嵎夷無疑。東磊面東爲谷，四時旭日所照，奇峰怪壑，異草仙花，必羲和氏之所居古暘谷也。作《東磊》詩以紀之。

不知何處是嵎夷，暘谷賓寅此處宜。四壁風濤龍出入，一房山石鬼權奇。春殘玉洞花開落，門瞰扶桑路險巇。人隔仙凡事今古，彈琴中有古鍾期。

【校記】

〔一〕此詩又見《詩選》卷二。

送金陵隱仙菴琴師張雪堂道士入東磊〔一〕

四十名山老隱仙，忽傳東海聘成連。風飄露笠琴三疊，月窟花房水一天。虛壑夜吟青犬吠，小樓人定白龍眠。遲君蜃市樓臺裏，牢坐天宮五百年。

【校記】

〔一〕此詩又見《詩選》卷二。

五羊湖在大海中兩山橫亙湖居其間渡湖逾嶺爲宿城山法起寺在焉枝峰蔓壑異草奇花〔一〕

既不是日之子、河伯之外甥，何以黿鼉魚鼈擁我波中行？亦不是阿羅漢、神通僧，騰雲駕霧空中能，何以朝蒼梧、暮宿城，飛行渡海來見竺法深、佛圖澄？其山多名，不可以盡登。海有五羊湖，山有法起寺。山不知何年飛，寺不知何代始。十萬奇松山面四，盤盤盤入招提寺。寺如下天竺，水如武夷曲。八十一間布金屋，絶似如來古雞足，中條山裏王官谷。忽入懸霤山，忽見流觴曲。所在皆金堂玉室、瑤草琪花，是日，與許石華孝廉同宿，故用許邁語。此地有崇山峻嶺、茂林修竹。君不見楞伽山、鸕鷀國，煙水華嚴百二城。翻身直上磐陀石，不脱凡身也成佛。

【校記】

〔一〕此詩又見《詩選》卷二。

渡揚子江病甚

燕子磯仍在，今春將由真州渡江，再四不果。烏衣巷乃空。諸弟寄家建康者，皆流離不通書問。如何小海唱，忽又大江東。病久惟除死，秋深不可風。怪他波浪惡，掀我夢魂中。

送錢梅谿居士兄泳歸翁莊新築并紀雲臺刻石泛海尋碑同歸虎阜時八月望夜舟泊山塘作也

嬾則若林君復梅花三百六，初卜翁莊，種梅百本。老則若司空圖鸞臺鳩杖王官谷。華陽真隱上皇樵，瘥鶴歸來山句曲。今春刻碣石銘於焦山。君書入石李相斯，君書八分韓擇木。何年掘破韋誕墓，太傅鍾繇山抱犢。此君臥龍不可動，集古歐陽千卷目。篔簹數十頃，中有張廌屋。何蕭兩雋巷，張陸交讓瀆，傳是吳人戴公築。仲將之墨一點漆，魚卵當陽三萬幅。兒歲費紙墨無算。結廬不養鹿，借宅必種竹，山中有錢數百斛。逍遙公，天隨陸，筆牀茶竈兒孫讀。十詔三徵君不知，婚嫁中年尚平足。會稽亡石賴君存，會稽刻石已失，兒得古本以補。碣石殘碑賴君續。碣石刻《史記》亡失四行十字，兒得端拱南唐徐鉉本補之。忽記秦碑朐界中，黿鼉突上秦山麓。余亦矜奇喜見之，皮囊畏與蛟龍觸。君不見虞山南、虎山北，今夜三高一舟宿。身將隱矣焉用文，此間樂也不思蜀。

讀雲伯大令新寫頤道堂集將毁其碧城仙館舊刻而重鐫者翻虛入渾三舍避之蓋真州遇舒鐵雲丈時已知此集之光也〔一〕

必傳兩字又何疑？不遇桓譚不道奇。五本自書長慶在，一編傳到谷渾宜。前在京師遇廣公子，云在丹府邸第得《碧城館詩》，寶之。詩從而後人難做，紙向將來貴不支。五百注韓千注杜，大家燒卻別填詞。予與舒丈皆擬以詞曲度老，今舒沒而予也僅存。

崇甯刻到政和年，直與昭明宋版鐫。孔子舊經三百首，謂碧城舊刻斷不可廢。放翁新樣九千篇。翻空齊魯韓毛說，不許蘇黃李杜傳。從此陳陳詩世界，安排椎鑿另開天。

如來結集待阿難，劉向傳經憑道刊〔二〕。半世功名甘刻楮，百年心血苦雕肝。文能壽世須三寫，身是傳人只一官。多少古人皆不死，一編原是古金丹。

【校記】

〔一〕此詩又見《詩選》卷二。又題中「翻虛入渾」，葉本作「返虛入渾」。

〔二〕「刊」，葉本、伍本同，徐本作「刋」，誤。

項王廟〔一〕

立馬一呼千人號，咸陽大火不足燒。十八諸侯作臣子，如何不舞鴻門刀？陳平美奴張良女，淮陰之少小兒乳。功臣反面見君王，吾亦傷心老亞父。君王如玉妾如花，君馬一走天下瓜。赤蛇不死白蛇死，妾骨空圍垓下沙。兒女英雄兩不足，水廟山煙吾來宿。八千子弟大風來，父老江東到今哭。

【校記】

〔一〕此詩未見《詩錄》，今據《仲瞿詩錄》補入。因編年不可考，姑繫於集末。

登翠微亭〔一〕

江中日落衣帶圍，西風吹人人不歸。水禽膊膊水中落，有翅不得空中飛。拍手呼山山欲笑，老馬銜枯向空叫。君不見晨風兒，布穀飛來化爲鷂。朝遊武昌雲，暮踏海西石。滿山紅樹一江風，萬里長空遮不得。

【校記】

〔一〕此詩未見《詩録》，今據《仲瞿詩録》補入。因編年不可考，姑繫於集末。

獨秀峰歌〔一〕

須彌之尻崑崙骨，面目鬇鬡性情倔。穿山伏地四千年，偶向南屏露髡髗。盤王運斧君向逋，女媧大索天下無。君藏君顯世不測，神物肯與凡人奴。天公命汝龍蛇蟄，太白昏荒夜星落。鵂鶹惡鳥避空山，風雨一聲鬼神作。願君勿化雲，化雲雲笑君。洞庭小龍女兒子，赤腳咤嚓如有神。君勿化爲雨，化雨須隨雨師舞。不如兀兀坐巖阿，月帽風裙好千古。君不見秦王鑱石天下桀，一朝斷化黃金佛。百年香火何有無，至今頭帶共工血。

【校記】

〔一〕此詩未見《詩録》，今據《仲瞿詩録》補入。因編年不可考，姑繫於集末。

大雨搨禹廟窆石題名紙濕不得上石〔一〕

空山一聲泥滑滑，兩腳渾泥雨中没。鬼神不許瞰山文，大隊雲師怒唐突。女媧昇車補天漏，禹廟中心天有竇。虛空水孔大於盂，雷公一鳴小龍吼。娰王好治地上河，功成不剗天河波。秤槌石上人名姓，洪水年間担水婆。

【校記】

〔一〕此詩未見《詩錄》，今據《仲瞿詩錄》補入。因編年不可考，姑繫於集末。

徐渭仁跋〔一〕

往歲梅叟刻《煙霞萬古樓駢體文》於杭州，頤道居士選刻其詩於繁昌，聞詩版已散佚，因重寫刻之。又從《缾水齋集》及居士集中所附刻者，鐵雲《鴉藤山館詩話》中采入者，都爲一卷。仲瞿出處詳於自製《虎丘山穸室志》，亦錄出附之。

咸豐元年二月上海徐渭仁記。

【校記】

〔一〕此跋原見《仲瞿詩錄》卷末。

徐鑾跋〔一〕

此仲瞿先生未刻藁。余得之張君蘋衫，蘋衫得之北門嚴氏。嚴故仲瞿戚也。詩才氣浩瀚，洵足壓倒一世豪傑。余嘗論仲瞿詩如黃河之水，一瀉千里，然泥沙俱下。讀集中《定光佛歌》等作，當不誣也。

同治三年甲子春正王月嘉興徐鑾讀畢識。

【校記】

〔一〕此跋原見《佚稿》卷末。

陸祖穀跋〔一〕

煙霞萬古樓詩，舊有碧城仙館刻本。其佚者，張公束先生又嘗蒐刻一卷，題曰《煙霞萬古樓詩殘藁》。今碧城本已不多見，張刻之板片亦不知流轉何所。今年夏，吾友余楫江孝廉貽書來，言煙霞萬古樓未刻詩尚有一卷在東栅徐氏，亟以一金購來。藁才十紙，而楷字精好。卷末有徐金坡先生手識語，知爲北門嚴氏原鈔本。嚴本故家，瞿老之戚，其子弟猶能道瞿老軼事甚詳。吾友孟君紫昉藏有瞿老《黼黻圖迴文詩》一巨冊，云亦出自嚴氏。圖字精密，未能校錄，以來心常憶之。今得是本，先命工裱裝，題曰《煙霞萬古樓詩佚稿》，庋諸舘中。予更錄副本私藏之。瞿老佚著未出世者甚多，彙集刻之，姑俟他日。

己未夏五月嘉興陸祖穀識於圖書館齋。

【校記】

〔一〕此跋原見《佚稿》卷末。

煙霞萬古樓文集

錢泳序

故孝廉王君仲瞿，奇才也。嘉慶二十一年七月，嘗偕余遊雲臺山，同客海州刺史師禹門幕中者三閱月。仲瞿之學無所不窺，而尤工於駢體，直可壓倒齊梁。余戲題其詩文藁後云：『斗牛之光，芒角四起。河海之水，縱横萬里。似《戰國策》，亦《韓非子》。二千年來，無此才矣。』或又謂仲瞿之作，真如決汝漢淮泗而注之江，合金銀銅鐵爲一鑪者也。仲瞿好遊俠，兼通兵家言。善弓矢，上馬如飛。慷慨悲歌，不可一世。嘗謂余曰：『吾死後，必葬我於虎丘短簿祠側。乞題一碣曰：晉散騎常侍東亭侯五十三世孫王曇之墓。』其好奇如此。嗚呼惜哉！平生著述甚多，有《經解》三卷，《史論》三卷，《西夏書》四冊，《洪範五事官人書》五類未分卷，《歷代神史》一百卷，仿班固《漢書》例。《居今稽古錄》二十卷，《讀竺貫華》三十卷，《繙帑集》一百卷，《傳家六法》一卷，《隨園金石考》四冊，《煙霞萬古樓文集》四十四卷，計散體六卷、四六文六卷、本集十六卷、外集十六卷。又《歸農樂傳奇》九齣、《玉鉤洞天傳奇》四十八齣、《萬花緣傳奇》四十八齣、《遼蕭皇后十香傳奇》十二齣、《魚龍讔傳奇》四十八齣，俱未刻，僅刻駢體文六卷，亦殘闕矣。俟見原藁再當補全。仲瞿既歿之二十載，余始集其文而傳之，爲述大略如此。

道光十有八年孟夏句吳錢泳書，時年政八十。

陳文述序〔一〕

先友王君仲瞿生前嘗刻其駢體文數十篇於禾中，既而置之，散佚過半。君既殁垂二十年，友人錢君梅溪求得，補之，作序以行於世。因將歸虞山，以刊本附余吳門書局，余因更補其缺佚者數篇。今年又爲刻其遺詩於繁昌，付刻工湯生晉苑攜歸吳門併存之。王君邃於史及諸子百家之集，又精通乾竺之學，故其爲文奇古奥博，俾讀者如讀《淮南》、《吕覽》，又如入琅嬛、委宛，所見皆上古之書。故其文非近世駢儷家所及，求之古人，亦罕其匹。抱奇才而抑鬱以終，是可惜也。君嘗欲爲余注《碧城仙館詩》，又嘗以祕笈數百卷，效蔡邕、王粲故事，貽余子裴之。裴之繼君逝亦十五六年矣，而君之文，錢君與余裒輯而梓行之。錢君於君，不愧范、張、嵇、阮。而桓譚著論，敬禮定文。余得幸從錢君後，以盡朋友後死之責，以畢生平未竟之志，亦足以告君於九京矣。既以自慰，并以告後之讀君文者。書付湯生，即以爲序。

道光二十年庚子九月錢唐陳文述書於春穀官舍。

【校記】

〔一〕此序錢本無。

卷一

穀城西楚霸王墓碑

乾隆五十九年，觀察泰武臨兵備、督山東全省糧運、前守濟南泰安府知府長洲宋思仁，繕畢泰山馳道，種補天門上下長松，溝泄穀城水利，遂封樹於西楚霸王之墓，周方一畝，土階三等。屬其友人王曇爲文。

惟王廞馬祥車，月矢日弓。臨汝江陽之戰，吳興廳事之中。一牛釃血，百騎騰風。王何神於蘇侯蔣帝，而不神於蕭琛孔恭。臣知王魂安卞山，死羞魯公也。王以漢五年葬穀城。魯生制服，漢王臨哭。嶽抱峰藏，汶回隧曲。談書遷筆〔一〕，魯經史例；三皇五帝，楚書本紀。作者謂有大王之江東八千子弟，有孔子之廟堂車服禮器。佞臣班固，竇憲筆奴。爲葉公龍，爲史公豬。沉魂狴犴，置書葫蘆。臣知大王不愛平分之天下，而忍殺手版之腐儒哉，而竊爲大王幸。幸王不葬橐泉雍宮祈年冢，驪麓陰，盤藍田。魚膏照尸，亡羊燒山。臣竊笑漢皇帝長陵坯土，高廟玉環；呂后淫屍，赤眉入關。而王陶人茅馬，紙衣瓦棺。斥上無將軍之金〔二〕，復土無校尉之官。南山鐵固，石槨泥丸。臣竊笑漢子孫茂陵原陵，闕地及泉；園郎寢郎，邑瓦無煙；玉衣出柙，文園盜錢。作昌陵便房方中，斮紵絮陳漆其間。校尉摸金而入鑿，郎將發丘而破穿。而大王佳城鬱鬱，萬燕銜泥，群鳥耘田，壽於櫟陽萬年也。嬴趙毒螫，陳田淫虐。王燒秦宮室、夷齊城郭，復春秋九世之讎，報戰國六王之惡。食敖倉，戰京索，方將斬糾而自王，何云入關而背約。宋義走卒，項氏逋將。背武信而沮援，誑高陵而賺賞。陽將楚軍，陰爲齊相。幸君之敗不忠，居軍之右不讓。搏牛破虱之談，驕一軍而跋扈；猛虎貪狼之令，殺諸將如反掌。王不斬莊賈，難爲穰苴；不戮揚干，誰爲魏絳。牧奴孫心，芻狗兒戲。義非孤注，名類弈棋。如陳涉之號扶蘇，原非太子；或陽虎之竊狀貌，聊借蒙魌。楚方借面而弔喪，心乃尸居而餘氣。飾箏琶之爪者義甲，髢禿婦之髮者義髻。擁之則爲懷王，去之則爲義帝。曰取則取，曰廢則廢。大王方端冕以禮犧雞，祝宗以拜牢彘，而敢肩尻乎雕俎之上，縞素乎三軍之士者，漢王之詐也。榮仇不封，餘去無功。王諸將善地則忠，王故王醜地則公。漢方佩我關中之印，而姦我三秦之盟。樓煩則嗔，楊喜則驚。質淫雉於軍中不御，置太公於高俎不烹〔三〕。鴻門不殺，鴻溝不爭，而漢敢劫兵以犯我彭城？漢爲魚肉，楚爲刀俎。智不鬬睢水流，力不伏廣武弩。虜魏王不仁，梟塞王不武。滎陽西拔，靈壁東破。怯則銷六國印，懼則說九江布。張良如厠，始爲逃人；紀信乘車，終爲降虜。漢之十罪，臣不屑數也。爲天子不忠，報漢以栖羹分之太公；爲天子不仁，報漢以嘔骨醉之戚夫人；爲天子無禮，報漢以不類如意之惠帝；爲天子無義，報漢以慙不可言之審食。其擁帚不孝，頡羹不弟，墮二子車不慈，死一婦手不智。而大王七十戰之功，十七王之封，亘六帝四王而無窮也。宛丘太皞，濮陽高辛。黃帝橋山，唐帝穀林。九疑舜冢，苗山禹墳。湯無葬處，或曰汾陰。衡山二妃，鮒魚九嬪。虞則烏江，王則穀城。臣謹案：殷人以柏，夏氏以松。將軍之樹，大王之風。銘曰：

盤古葬魂，大王葬身。魂爲雷霆，身爲風雲。皮毛爲草木，髮髭爲星辰。頭爲東嶽，左臂爲衡；足爲西嶽，右臂爲恆。喜爲晴，怒爲陰。精髓爲玉，齒骨爲金。江河其血，地里其筋。眼爲日月，蛆蟲爲黎民。三百里海南之墓，周一畝大王之墳。

班固父子之廢《項王本紀》，微特王之罪人，亦孔子之罪人也。滅六國，燔六經。項不滅秦，而魯之廟堂、車服、禮器有存焉者乎？魯諸生爲王三年服，城守不下，尊孔子也，非私項王也。司馬遷以項王功高，故加於《孔子世家》之上，而進之三皇五帝殷周之後。固何人斯，而黜王本紀？宜其狴犴瘐死〔四〕，而王之神靈，亦於是乎喑啞咤叱三百年於吳興之堂矣。漢章帝以班固爲葉公龍，鄭漁仲以固之比遷如龍之與猪，其信然歟。是碑作於二千餘年之後，蓋斷自二千餘年以來，無此手筆。東皋竇光鼐。

【校記】

〔一〕『書』，鈔本作『史』。
〔二〕『上』，張本、鈔本作『土』。
〔三〕『高俎』，鈔本作『俎上』。
〔四〕『瘐』，原作『瘦』，據張本、鈔本、伍本改。

蟂磯孫夫人廟碑

蟂磯有廟，俗相傳爲吳大帝妹孫夫人殉蜀主，白帝崩聞〔一〕，以黃武三年薨於此〔二〕。《吳書》簡略，夫人與全公主、大小虎無傳，失《春秋》内女致聘、歸寧卒媵之例。案《蜀志》『進妹固好』，不紀年月。大致在建安十三年十二月赤壁破魏、蜀主牧荆州之十四年春，婚於京也。《吴后傳》：先主既得益州，而孫夫人還吴，亦不明敘所以還吴之故，則法正已進瑁妻吴氏於宫，舟船之迎，夫人見幾作也。是歲爲二十年權襲取長沙三郡，分界連和之日，可想見蜀主與夫人，籩豆同牢，七年主祭矣。陳壽所以有綢繆恩紀之筆也。廟無石，吴不知夫人之德；史無文，蜀不知夫人之仁。於是懲裴松之失，以補史官。曰：

某聞殺龍蛇以祀川嶽者，勾踐之獻美人也；遇嫦娥以筮有黄者，成湯之嫁帝妹也。權之婿備，讎非塞庫，必無瞖目嗾宜生之謀；事類師昏，亦斷不作反斗擊代王之計。大意謂：吴蜀不爲一家，則一鼎三足不立；東西不主二帝，則一槽三馬難平。周郎之意，以爲婚姻者，春秋之王道也；縱横者，戰國之長城也。橋公二女〔三〕，皆嫁英雄；破虜四男，尚無佳婿。孫夫人之侍婢弓刀，亦猶甄夫人之借兄筆硯也。何也？破虜，天下豪也；夫人，將門子也。親見皇甫夫人以文武忠臣之妻，死刀圜而駡董卓；蔡文姬以徒行乞命之身，跣蓬首而拜曹公。生女如鼠，強臣若虎。峴山之父仇未報，小女不敢反龐娥之兵；許貢之兄讎未洩，女弟不能釋姊婺之仗。此所以逐馬褰裙，翔鴟鳴鏑，大眼戎粧，小妹雍容，追隨於獮虎家兄之馬後。而史以爲驕豪多將吴吏兵者，過也。女子，母教也。吴夫人助桓王軍國，疇不知訓井家風；大皇帝愛趙母文才，況又有宫中師傅。是蜀中三尺童子，皆知夫人文武兼資、禮義足智矣。

而法正佞人也，賊舊君以賣國，謟新主以瀆倫。瑁妻，吴漢中王之宗婦人也。時也闕嚴道銅梁，祭武擔石鏡。夫人方將媧補漢天，夔鳴炎鼓，張錦繖以定羌涼，持赤節以平懿丕，而王已隗囂天水，子陽白帝。坐大之勢未安，樠木之心遂蕩。伯明就后羿之室，闔廬居子建之宫。謂鄭多父貪鄶國夫人，利其土地，則吳非小君；謂晉文公匿子圉懷嬴，感其沃盥，則吳豈秦援。妲己以賜周公，曹操之所不收；寡婦何知社稷，孫后以爲可笑。此習鑿齒所謂『匹夫猶惡無禮，惡法正，惡漢王』也。夫人剛猛人也。無鹽薦枕，不取娱於好色之齊王；嫫母清宫，徒見忌於無情之黄帝。勢將醉飾唐姬，則烈女不能事亡國婦人；將麋爛望卿，則高明又必失中宫大度。與其椒房散號，口戰銀刀，左右英娥，心寒粉陣，使漢中王束帶自稱下官，耳順强呼娘子。芒刺在背，交戟入頸。以魚水夫妻爲戎狄，以酣睡臥榻爲他人。外揚高帝幃簿不修之名，内彰孝文衽席無辨之醜。穆姜且豫卜東宫，雲臺亦自疑霧露。戚貓吕鼠，勝負未可知也。呼阿斗而告曰：深山大澤，余恐生龍蛇以禍汝也。善事漢王，不暇刺促顧婢子語矣。

於斯時也，腸繞吳門，魂啼蜀鳥，夫人行矣。某獨笑趙子龍宫官也，左轂鳴則雍門狄爲之請死矣，樓船御則薛廣德爲之頸血矣。雲無張良能羽翼太子之功，而有蘧越實亡君夫人之罪。牽孺子爲牛之小恩，而率輿愛子投車之大衆；扈當陽坂一抱零丁之弱子，而淩犯長秋宫七年大歸之小君。且以此舉截江留斗，爲大有名之師，足攄發吳人一笑也〔四〕。雲試思慎夫人走邯鄲之道，袁盎如何卻退；晉穆嬴抱太子而啼，趙盾可曾豪奪。借使夫人綉旗一怒，武帳珠襦，鼉鼓三中〔五〕，水軍將令。呼孟勞而侍女刀光，叫餘皇而長裙濯棹。則其時𦪇䑵藏兵，白衣而呼警者，吕蒙也；艨衝脱紲，暴風而一拒者，董襲也。招以北風，丁奉之帆，登岸皆升城之督；麾以舵樓，谷利之令，上山皆白棒之兵。而夫人敬以鼓角勞軍，旍門受詔。蹕前周泰，緋蓋先鋒；馬後虞翻，持矛步從。雲能以一身之膽，納百婢之刀乎？吾恐張飛僅能瞋目橫矛，以決死據長坂橋，不能牽人斫頭，以沙囊斷長江流也。蓋其時權且大遣舟船迎妹，而夫人慟哭也。

知夫人必以太子歸吳。何也？《魏略》：禪以建安十六年身賣漢中，父事劉括。禪年數歲，竄匿，隨人西入漢中，爲人所賣。及建安十六年關中破亂，扶風人劉括避亂入漢中，買得禪。問知其良家子，遂養爲子，與娶婦，生一子。初，禪與父相失時，識其父字玄德，比舍人有姓簡者。及備得益州，而簡爲將軍。備遣簡到漢中舍都邸〔六〕，禪乃詣簡。簡相檢訊，事皆符驗。簡喜以語張魯，魯乃洗浴，送詣益州，備乃立爲太子。據《魏略》以爲建安十六年事，則在十三年趙雲抱太子之後。使其時杵嬰不識趙孤，書退勿呼父字，則十三年趙雲長坂之功，又委棄字於牛羊，乳鬬文於邳虎矣。幸而方望眞人，能留孺子；華陽奇貨，得歸異人。夫人念嫛婗於伊水，此兒久付空桑；失抱帝之滕公，諸將誰爲擁樹？寧使漢家有烹羹置俎之太公〔七〕，不可使劉氏有白板青衣之太子。與其吳鴻扈稽呼著父胸，孰若石紐塗山藏諸母腹。與其趙嬈胡組，誤二漢之保阿，孰若遜抗機雲，親三吳之師傅。在英雄不顧妻孥，龍種豈無媪母；況孔甲有此乳兒，阿蘇何非己子。其挾以歸也，留震宮長子東方，免秦宓天頭西顧。秦康公之爲晉甥，非長安君之爲趙質也。而況阿斗者，甘后之玉人，又二兄之鼻涕。聖公升殿，俯首羞慚；盆子探符，汗衣欲哭。夫人憫齊歸早死，雖然稠有童心；望周子迎京，或者悼能霸晉。且后縉自計歸仍，子疆不曾廢母。則安知不六后臨朝，身猶故劍，四帝外立，留此前星？已不沙溲豕牢，人免薰君丹穴，此夫人嗽乳捫天，推乾就濕也。

乃漢王始以孟子諱吳，終以向姜絕莒。不留堯母之門，忽絕鄧甥之好。謂娶妻必得陰麗華乎？

則惟斯人乃有斯婦；謂生子當如孫仲謀乎？則無此舅焉有此甥。而蜀之人乃以爲趙王歸漢，如意之酒必酖；燕丹機橋，太子之烏必白。則孫夫人非呂太后，吳大帝豈秦始皇耶？曰：使趙雲勒兵斷江，《魏晉春秋》之言，佞臣法正之謀也。曰：與張飛勒兵截江，趙雲別傳之言，非丞相葛亮之策也。時正爲軍謀主，亮所謂正能制主上。亮不能制法正，故曰非亮罪也。太公之法曰：一女子當百丈夫。又曰：理四海如妻子。故孟津用婦人興周，孫武戰宮人勝楚。由余未霸小戎，以女子談兵；蚩尤不禽玄女，以南車教戰。世能祖祖，鮮能將將也。而況吳多謀士，蜀無將才。使夫人以定姜卜戰之龜，灼銅雀金臺之兆；以馮嫽詔使之節，渚分香賣履之宮。將見西揖閼氏，魂褫冒頓，北呼公主，馬抱烏孫。割長江而讀甥舅聯盟之碑，開玉門以鑄外孫單于之印。許馬懿巾幗來朝，使甄后掖庭贊拜，而後東封呂範之妻，歸拜張昭之母，江東衣錦，炎漢重興也。而乃鼎未三分，商亡一物，夫人遜國，淫后如宮。使虎威南郡，忿興拜賜之師；伯言夷陵，怒報泛舟之役。而猶謂楚文荊尸，勿因息嬀；齊桓伐楚，不爲蔡姬。吾不信也。向使夫人身不歸吳，計能鎮蜀，則長沙零桂，焉知不三索來歸，雲長益陽，又何必單刀去會。罷巫峽七百里之屯，唾猇亭四十營之火。全琮陸遜，安敢輕佻；黃蓋韓當，豈能平視。筆使吳兵，鞭敲蜀將，又何必西增白帝之兵，東益巴丘之戍哉！亮書曰：主上之在公安也，外慮曹操、孫權之逼，內懼夫人肘腋之憂。曰在公安者，言初婚至京、一卮沓酒之夫人，非于飛入蜀、七年牀笫之夫人也。

某聞《春秋》之義，忿不廢親，怨不滅德。殽陵尚報秦施，城濮不忘楚惠。蜀主乃不念敗亡樊口〔八〕，棄其室家，奔問柴桑，未諧昏媾。吾江東先之魯肅，但有蒼梧遁跡之言；詢之孔明，惟有披髮山林之請。而其時甘皇后血飛小沛〔九〕，有狐誰綏？曹丞相筆落許都，荆州誰借？設孫將軍或有趙襄夏屋之忌，孫夫人不守季芊一負之仁，借弟姊以摩笄，中鑿壺於智伯，則吾江東帳構之銅，皆專諸之鈹也。夫英雄之見，助夫不非慶女，殺夫亦是雍妻。而卒使齊姜返國，無煩蠶妾之謀；媒妹于歸，不浴龍工之藥。則可知西施越絶，斷無種蠡陰謀；昭君和親，不是漢宮秘計矣。乃蜀主恩忘齊大，陰輕子忽之援；義蔑秦嬴，佯忍先軫之唾。此吴國君臣，寧以盤郢之劍送死女，不以女滕之口食殘魚也。夫人蓋以有生日爲未亡人矣。讀魯史，孔子以彭城予宋，非予宋也，通吴援也；虎牢予鄭，非予鄭也，修楚戰也。吴無荊州，而巫峽之援不通；吴無荊州，而濡須之隖難戰。是吴以一女初婚，失三江大局矣。吴爲索地，蜀實負人。魯橫江所謂凡夫不忍行，而况整領人物之主者，非怨語也。洎乎臨沮敗好，盪寇歸元。白帝修盟，張溫報聘。安知非哀姜哭市，内椎敫后之環；綠衣拜勤，外解宋王之閉。而能敦舊乎！夫自古處女爭桑，尚開邊釁；焉有吕姜斷髢，不啓鄰仇。在夫人埋璧情深，履薪怨小，謀桑不霸，就木徒甘。輟聲已帷堂不視之哭，應意其畫紙埋人之讖。漸臺水没，萬里江長；杞國城崩，千年蜀破。娥皇無子，堯母無夫，伊可慟也。嗚呼！白狐九尾，開山啓母之魂；暴雨飄風，杜宇鵑禽之血。讀華覈宫門發表，吴太情深；惡法正盜國奸宗，蜀無人理。某竊笑君王巾幗，女子英雄。手陳承祚殘書兩册，牝后有名；悲裴松之補注千條，夫人無傳。此天難補，斷女媧神化之腸；是文若傳，掛吴國東門之眼。銘曰：

雌鳳不隨，雌龍不飛。三分鼎足，一篋當歸。于歸不戀京，大歸不出惡聲。國君外淫，夫人不爭。公安無家，夫人則守；益州有家，夫人則走。爭國世子，劫君王后，子龍之膽敢如斗。樊口來婚，喪家之狗。三年不言，三年不笑。繞吴門者腸，倚大井者教。戴冠佩劍，夫人之孝。以智事備則隨，以禮事備則歸，以仁事備子其子，以義事備死則死。蟲入蜀腹，横目苟身，薰蕕不同器。以劉琩妻爲夫人，勇而禮不亂，仁而禮能斷。亡乎亡乎，有夫人之德，而不能興漢。婦人有集，英雄有記。《吴書》寥寥《蜀書》廢，桓桓夫人，弓刀侍婢。

【校記】

〔一〕「聞」，鈔本作「問」，誤。

〔二〕「武」，鈔本作「初」。

〔三〕「橋」，鈔本作「喬」。

〔四〕「攄」，鈔本作「攄」。

〔五〕「中」，鈔本作「申」，誤。

〔六〕「到」，鈔本作「至」。

〔七〕「烹羹置俎」，鈔本作「置俎烹羹」。

〔八〕「敗亡樊口」，鈔本作「樊口敗亡」。

〔九〕「皇后」原作「皇思」，據鈔本改。

鄰水縣先賢子路顯神碑

梓潼不神，夔子無靈。於是有蜀賊徐添德者，紅巾鼓亂，綠林弄兵，脅達州九姓之衆，攻鄰水斗大之城。田單守即墨而天神下降，法和軍江陵而群神隨行。長圍於丙辰，垂破於庚申。羌蠻三兔之窟合，秦楚一蛇之勢成。豈特人肝切膾，柳下跖之大盜；城頭子路，刁子都而同名哉。

守鄰水將，宰鄰水令。勇則樓煩入壁，怯則陳餘棄印。城上尸膊，地中角鳴。叢祠狐鳴而呼火，毛人泣城而見精〔二〕。於時讀《孝經》則漢朝皆笑，拜韓信則一軍皆驚。如我友甘補堂孝廉冕，以達徒七十，當瞎巴三千。旌旗之繽幡於地，鐘鼓之音震於天。宣父圍匡之日，仲由氏結纓之年也。時冕以鄉兵萬餘人糧絕，冕縊於荒谷，懸絕，得賊糧，鄉兵復振。冕以義從五萬人，保西鄉八九路。百戰艱危，五年暴露。人謂曲阜有曾參，則鴟梟不入城郭；宋君用墨子，則輪盤撤其攻具。冕勝則爲子思守，敗不爲武城去。使徐賊負偃王筋骨而來爭，聽興霸鈴聲而不懼，非勇也。不知鳥窮則啄，獸窮則攫，顏子仁人之言也；時有官逼民變之謡，見邸抄。白羽若月，赤羽若日，季路有勇之氣也。昔李靖告華山而呼僕射，蕭遘籲瞿唐而見白帝。心之感則思，禽之制在炁。四墉鄭祈，三塗晉祭。蓐收虎爪夢其威，刑天干戚誅其厲。我先賢示夢於鄰水校官也。命以黑旗書子路之神，白堊寫至聖先師之位。當四門插，當火器跪。如靈姑旌，如桑林旆。賊之炮侈聲笮，賊之圍魚鱗潰者，何也？冕抑知寶雞黃蛇之時，崇丕聆隧之神，天淵玉女，礲館神君，巫咸神大而詛楚，杜主鬼小而霸秦。而況石盤虎尾，由也雷精；雞冠猳佩，尼山素臣。乃狐黯畏子路之目，而堂衣犯孔子之門。城破則桓魋樹拔，賊入則金絲堂焚。使其開吾戶，據吾牀，飲吾酒，此城勿守；孰若料虎頭，編虎鬚，免虎口，此跖可走。先賢所爲，蒲弓木戟，子路遺孤仲子崔以蒲弓木戟，報狐黶殺父仇，見《孝子傳》。螽耀蛟奮，仇敵在前，乳虎在後也。

某聞天之所輔者德，神之所佑者國。狀成湯、伊尹之夢，則晏嬰不伐宋師；廢祝融、鬻熊之祀，則夔人終爲楚滅。祿山大盜，居軋犖而爲鬭神；周公神兵，助隋朝而戰李密〔二〕。霍神以白衣助唐，王晙以陰兵討賊。卞山救臨汝，項王之土偶如風；大眼寇鍾離，蔣帝之馬蹄盡濕。何必祭子胥以牛酒〔三〕，祀之推以寒食，玄謨救命，空誦觀音之咒，敬則還神，徒殺十牛之劫哉。案唐咸通五年，有黔軍校居宣父廟，每食則薦，每夢則教。見王者衣冠曰：吾孔仲尼也。汝當以更名顯，以殺賊効。以司農卿晉汝之官，以賽宗儒易汝之號。其後蠻寇滅，孔子笑。今冕之戰多甚於彼，而冕之署功辭其報者，又何也？冕之言曰：戰五年而滅賊，非勇；殺萬人而受賞，非仁。方冕受圍於鄰水也，守無韋叡，戰無張巡。婦人則琅邪呂姥，王囊仙，苗婦也。時起於南籠。女子則睦州碩眞。齊王氏，嫠女也，以白衣起於襄陽，欲與徐賊合。子不聞順者或亡，逆者或存。盧循禱戰，助水者南康之廟；爾朱入洛，縮波者灄津之神。降靈則有摩醯，出盪則有子文。倘鄴下神兵，不破朱榮之膽；城隍風浪，反助慕容之軍。則冕方且之反之策殿馬，焉能有若之保稷門？人見僕射陂邊，有無數小旗之李衛國；冕不望臨海廟裏，有一州相報之陰子春也。幸而鬼叫狼啼，乘茅將軍出獵之勢；嗚鼙響角，藉夏后子赤城之靈。使徐賊五斗道窮，債其鬼卒；八公山木，見此人形。不然則豕狗入曾參之室，河伯陷澹臺之城。冕亦將覆醢而待死，斷纓而無生。天不絕五殘、六賊、昭明、咸漢之妖，國不宜養黎軒、幻人、木熙、侲子之兵。墨吏撟虔而虎冠，兵官干掫而膽青。險不使俎豆黌宮之司寇，脫冕微行而出走；燔臺率爾之仲由，三都一怒而墮郕。我爲子說，子爲我銘。銘曰：

鄰水之圍，掘鼠煮弩。有睢陽危，無玉壁固。冕也斷顏回之劍，絕曾參之火。如子路氏拜拯溺牛，暴馮河虎。制虎者頭，扼虎者喉。戎山顯神，至於韞丘，時惟仲由。使有若三百人之中，樊遲踰溝，冉求用矛。勝兵八百，養徒三千。縞衣白冠，端木氏陳説其間。如甘興霸，如魯仲連。贈顔回少師，贈曾參少保。子路行行，司空一纛。何居乎宓子賤之一琹，冕抱之而終老。

【校記】

〔一〕『泣』，鈔本作『脱』。

〔二〕『隋』，鈔本作『隨』，誤。

〔三〕『以』，鈔本作『於』。

漢高安侯董賢廟碑

讀《漢書》至董偃令終、鄧通強死，未嘗不廢書歎也。齰癰小忌，乃積怒於青宫，含桃餘甘，不操刀於太子者，豈無術哉？予登華山，遍遊秦中，求唐陵碑板。至杜鄠，見有漢高安侯董賢廟焉，堧垣聿興，榱桷肸飾。曰：異哉，此道州有鼻之祠，常山董卓之廟乎？曹操廟於夷陵，而申屠撤之；王敦像於武昌，而溫嶠去之。此無怪秦檜之血食於溫，吴元濟之俎豆於蔡也。遂下馬，見堂廡樹碑，大書以辨哀帝臥起之妄，其文甚美，因揖神而告曰：

嗚乎！聖卿君侯，奚見辨之小也；君臣魚水，何鰓鰓於臥起不臥起哉？昔馬援與隗囂同臥，魯肅與孫權合榻。關、張，國士也，而先主同牀；衛、霍，大將也，而茂陵外嬖。爲大臣者，感幸臣一星之恩，割袖藉眠之愛，内平四母之爭，外攘五侯之横。撤簾而太后入於雲臺，徙薪而將軍止於畫室。一河帶礪，九廟磐桑。雖首枕帝膝，股加帝腹，良史美談也。而彪、固不爲君侯佳傳者，以侯有大司馬之權，不早除一王莽爾。莽不奪侯之印，則新都之功不侯；莽不斲侯之棺，則丁傅之屍不戮。是君侯假司馬，而新莽眞皇帝也。侯自謂居高位，蒙盛寵，不害一士大夫，誠盛德也。

然某竊爲侯罪也。侯不請斬馬尚方之劍殺張禹，乞養牛上尊之酒殺孔光，氂纓白冠，槃水而賜巨君，而侯公賓漸臺，漢不得厝太山之安矣。謂侯無罪，某請以有罪數侯，可乎？漢郎侍中官，皆傅粉貝帶冠鵕鸃，而侯傳漏黄門，不奢領修裙，衣小袖。不敬，其罪一。延年始幸僮，給事狗監，新聲協律。而聖卿初拜，即駙馬都尉侍中驂乘。不讓，其罪二。秺侯以弄兒壯大擁項而誅之，而董恭以男妾國奢尻帶而貴之。不孝，其罪三。淳于亂長定宮，不謹身與嫌外交；而昭儀入椒風舍，且旦夕與妻上下。不別，其罪四。鄧氏布天下錢，死不着身一簪；而縣官沒董氏財，賣且四十億萬。不忠，其罪五。韓嫣徒以先趨副車江都王驚爲天子，而高安乃以後穿登天麒麟殿傳爲堯舜。不道，其罪六。富平儀比將軍，不過走馬鬭雞，長楊五柞；而高安食邑千户，遂致五殿六門，連甍北闕。不制，其罪七。寵已在丁傅之右，而代明位爲大司馬；事已誤東平之獄，而借雲禍爲高安侯。不次，其罪八。識溫室省中之樹〔一〕，丞相拜於車前；欺匈奴孤憤之君，單于拜於殿上。不恥，其罪九。至於便房題湊，塋塚僭於義陵；玉柙珠襦，禁兵索於武庫。不反地上，反地下也，其罪十。如是諸罪，爲君侯口實也。

雖然，某數侯之善。昔衛青不舉士，而君侯實薦何武；石顯害名賢，而君侯不讎師丹。王嘉嘔血，侯無必殺望之之心；鄭崇上書，侯亦無沉廢更生之意。大行在殯，張放之淚不乾；山陵未成，向魋之目盡腫。王莽神姦，而僅責尚方醫藥之弗親，東廂喪事之不治。則可知藉閎婉媚，別無材能；安陵蓐身，但知螻蟻。侯之無罪，萬歲千秋也。夫鳳凰負義，則反符帝於阿房矣；艾猳忘恩，則逐靈公於死鳥矣。使侯當日者承執中受命之詔，不屑共鯀，居然羿奡。釋子貢婦人之衣，成妹喜丈夫之志。以雌風而竟薰重華之宮，以男子而竟作女媧之帝。借炎漢之金椎，碎亡新之威斗。銅山久已自鑄，黄袍早可加身。則斬蛇之天下，安知不爲擾龍氏之天下也。嗚乎！光武與嚴光共寢，誰見星文；鄧萬與桓帝同牀，何干天變。君臣之交，何鰓鰓於臥起不臥起哉？飛來大鳥，誰似埋屍朱詡之忠；死後前魚，宜必有驩兜崇州之廟。

【校記】

〔一〕『樹』，鈔本作『事』。

附錄：袁弓韜董賢廟碑原文 此碑已載畢弇山制府所修《西安府志》第七十九卷

錢唐袁弓韜以西安郡丞，奉檄禱雨於終南之太乙靈湫。經杜鄠，有神祠焉。神金貂華衮，如漢上公服。問土人，曰府君廟也。弓韜時修太白神祠，意欲移其垣棟。是夕宿侯館〔一〕，夢神召見，曰：余非唐崔府君，乃漢大司馬高安侯董聖卿也。哀帝末造，爲賊臣王莽所害。天帝謂予在朝，雖居高位，蒙盛寵，未嘗害一士大夫，不合贏尸埋獄，且遭發棺之慘。命予署西極郎位，專司此方雨暘。弓韜見神妍媚，因憶賢本傳有『美麗自喜』之語，諦視不止。神有赬色，旋轉怒曰：『汝毋爲班固所欺也。固作《哀帝紀》，謂帝雅不好聲色，時覽卞射武戲。即位痿痺，末年寖劇。賢本傳中亦有『主疾無嗣』之語。如此安能復幸我邪？當日君臣相得，與上同臥起，事實有之。此是漢家故事。孝武時，衛青、霍去病兩大將，亦蒙此寵，可以安陵龍陽例視邪？容貌華麗，天所賦也，非貌美者必僻行。且幸臣一星，上應天象。此我二千年難明之案，子爲我昭雪之。』言未畢，有鬼卒二牽一囚，聲嘶頭秃，捧一卷書，至墀下。神指曰：『此莽賊也。上帝以其罪惡滔天，監置寒門，爲毒蛇齧嚼。今始赦出，爲我司溷圊。犯小過，輒以毒草鞭鞭之。』弓韜因問囚手何書，神笑曰：『此賊酷好《周禮》，至今抱持。每受鞭，尚以護背。』弓韜就視，果《周禮》，猶有『臣劉歆恭校』字，不覺失笑而寤。次日禱畢，議新其廟。復夢神謝曰：『蒙君修廟，甚感，但思一人配食。吏朱詡者，曾爲我自劾去大司馬府，收葬我。我訴於帝，帝嘉詡義，命子浮爲光武大司馬云。』弓韜歸西安，捐俸爲倡。數月廟成，旁塐朱詡像，并塐一囚爲莽，持書跪階下，如夢見狀。署門爲『漢大司馬高安侯董府君之廟』而刊之石。

【校記】

〔一〕『侯』原作『候』，據鈔本改。

卷二

哀江南文

大盜移國，天子無愁。相公曲子，將軍斷頭。予昨者過眞州黄靖南之墓而慨然亡明也。長江天塹，投鞭斷流。遂乃溯金陵，泛桃舟，徘徊麾扇之渡，迯迡鳳皇之洲。有登高而咍者曰：此曹彬舊遊之長干，兀朮立馬之雨花臺也。賈誼過秦，干寶論晉。子爲我述弘光之所以亡，晉宋渡江之所以勝者。曰：鄙哉！子亦不聞於舊史氏矣？蕭督三世，不登梁史；班范二書，不尊更始。大業書十三年而不書十四年者，統絶也；大漢終孺子嬰而不終劉盆子者，國滅也。烏有所謂弘光者乎？

昔者鄭妃豔煽，福籓厚崩，狐祠驟火，鹿酒遂烹。王子由崧者，喪國之孤注，流寇之儆羹也。而乃君薰丹穴，聚遷陽人。彼留都諸君子者，非僨軍之驕帥，即誤國之書生。亦復遮車而迎子輿，設壇而禪郜亭。半壁江山，終無一戰；小朝氣象，不彀中興。而子乃比於瑯邪之五馬，康構之南奔乎？相州棄宗澤而中原不守，靈武得李勉而朝廷始尊。爲史督師者，固若桓桓尚父，皤皤老臣，則當踞彭城，臨中原，控宛洛，振襄樊。夷杜弢於湘州，則招陶侃；散伊盧之殘卒，則召劉琨。鏖西華，戰落門，擊彭脱，破隗純。燒黄巾之車重，蕩白波之遊魂。夫然後修下國之禮命，詣我師而犒軍。何爲乎鎖狗連雞，晝牢江戒，偃旗臥鼓，尸居廣陵？ 非王恭而督揚州，非謝公而壘新城。據一城所必困，占四鎮所必爭，而卒不移守於徐州也。兩不下之勢，外不調停於高傑、劉澤清；七不可之議，內則受制於大鋮、馬士英。而閣督之權不啻於景升之犉牛、子陽之俑人矣。晉之東也，天也；宋之南也，人也。佛貍窺江而不渡，敦、溫伺篡而不年。前有飲馬江淮、略地不有之石勒；後有投鞭建業、不涉淝水之苻堅。滕含抱天子，祖逖死中原。殷浩書空，豈能北伐；陶公經略，不過江邊。然而始不見併於劉曜，終不見篡於桓玄。王導因天而無功，謝安貪天而無權。至若浮圖撼鐵，拐馬破群。順昌忠義之旗，背嵬韓岳之軍。見張浚者從天而下，指郎君者鬍鬚而奔。和尚原疊陣之奇，涪王兄弟；黃天蕩金山之鼓，蘄國夫人。以是鐵象鳴來，曲端雖死，靴尖踢到，宗爺留京。或以爲兀朮帳前，甲燈環列；或以爲劉錡城裏，雞犬無聲。蓋不獨善戰者存中血漢，善守者河北義兵；且虞允文亦書生名將，洪尚書亦天下聞名。檜惡雖奸，氈廬伏哭；歐陽雖戇，口伐金軍。又不但張憲、施全，一時義士；胡銓、趙鼎，一輩忠臣。

而弘光，晉則無天，宋則無人，徒有初平西徙之名，而虛擁此永嘉南渡之兵也。可法之寓書我攝政睿親王也，上國聲援，孱王扶義。時既悖乎《春秋》討賊之經義，又乖乎新君即位之例。非奇貨而居爲異人，非孫心而立爲義帝。彼固知偏安者小國之綴旒，不知一統者興朝之大計。方是時也，我豫親王以曹彬命將，竟下清流，且楊素平陳，直窮南裔。了大亨於二月，四十縣之江東；止天正於一朝，二百年之漢地。子尚不知弘光之坐斃乎？ 彼夫《玉樹花》者，亡陳之歌舞也；《念家山》者，亡唐之樂府也。留都破國江山，敗家金粉。水纔隔乎迷樓[一]，門方臨乎辱井。爲弘光者，即能監戒荒亡，調停軍政。袖明帝之金鞭，蹴康王之馬糞。舟藏濡須之隖，水結金山之陣。防江而鐵鎖連山，航海而章安作鎮。我猶恐南人之船，使馬無風；　臥榻之傍，酣人難枕。而乃降表不書，黄門選女；　降帆不出，狎客遷延。獅子黄金之賺，《春燈》《燕子》之箋。瓜步黄旗，魏文皇之甲士〔二〕；　宫中粉墨，李天下之管弦。逸史謂其對月當頭，停杯在手，夫豈有人間萬歲之天子，而日勸長星之杯酒者？　觀其太子來歸，童妃被廢。微時故劍，尚然漢帝無情；　斗麫三郎，何至唐皇不記。良玉義激君儲，疏呈大義。謂即妖人陳勝，詐號扶蘇；　卜者王郎，假稱成帝。亦當厖衣金玦，察東宫之死生；　何得梃擊移宫，付共工而獄秘。豈必晉陽君側，皆是惡人；　焉知掖庭曾孫，獄無王氣。蓋其時江陵軍勢，盡在上流；　天寶伶人，多奔漢沔。三清客在左幕。　惡國寶則怒激王恭，護貞明則衅成僧辯。國末敉乎外寧，軍已撓乎内變。斯何時也，豈不笑王敦未下，六師麕奔，蘇峻初來，百寮狼散者乎？　洎乎憚狐遷鼎，嬴繆毁周。唐王潛逋於閩粵，聿鍵及弟聿鐭。　魯王延喘於杭州。以海入越。　一統山河，已無故漢；　三家村落，尚有諸劉。若永明王者，則又帝不庚申，六更莫續，門非甲子，一旅難留矣。式耜才如女艾，忠是臣靡。姜伯約之放甲投戈，降旗易竪；　公孫賀之悲哀涕泣，丞相難爲。我天兵鼓行緬邦也，平陵軍帥，擁方望以奉眞人；　天水驕兵，擁隗囂以成敵國。如李定國其人者，蓋又聚澆浞之黨以復少康，合秦楚之兵以納蟣虱。日月出矣，而爝火不滅，爲之哀也。夫金陵，明祖之錦鄉也。泗水雲龍，多由豐沛；　蕭王富貴，盡在南陽。然而定鼎不滎乎洪武，牽羊不怨乎弘光。永樂遷都，已亡建業；　建文遜國，早失長江。良由宰相黑衣，使參大事；　選名高僧全燕，而姚少師策定燕都矣。　何況書生白面，最誤戎行。當日之靖難兵來，時無闖獻；　他日之彰儀門破，罪在燕王。不然而六代江山，龍蟠虎踞；　何然而一皇陵寢，敗瓦頹牆。神烈山頭，保不賴王承恩之殉國；　石頭城下，亦不需秦良玉之勤王。蓋金陵爲帝王之都，焉有漁陽鼙鼓；

況長江自開闢以來，豈無可塞沙囊？國必由乎人滅，地不係乎天亡。彼晉宋之百餘年有其地利者，非如此長江乎？嗟乎！時無顧賀，當金陵三百年王氣之終；誰是張韓，讀中興十三處戰功之績。依然明月，可憐庾亮胡牀〔三〕；大好新亭，誰又周顗涕泣。彼登廣武場而聞阮籍唏噓者，亦曾眺平乘樓而聽桓溫太息耶？

金陵城外大碑無字，厚丈許，濶三丈，高亦六七八丈，明建文時將以樹之神烈山者。永樂破都，碑遂不刻。歲癸丑，予偕袁倉山先生過此，曰此石無文，必作《哀江南文》以補之。先生曰：子山文孱弱不足刻，足下爲之。及文成而先生死，當以質之地下。

【校記】

〔一〕『迷』，鈔本作『述』，誤。

〔二〕『皇』，鈔本作『王』。

〔三〕『牀』原作『林』，據張本、鈔本、伍本改。

隋蕭愍后哀文

暴君之國，不失於好色而失於窮兵；大業之亡，不亡於荒淫而亡於遊幸。繄古明婦人之遇其昏主，不貽徽音於後世，而最可哀者，如蕭愍后乎？嚮使苻堅納諫，則張夫人不殉身於五將之山矣；晉帝保家，則羊皇后不蒙塵於平陽之虜矣。秉起居之筆而帝德難書，奏上德之頌而軒轅不悟。此《述志》

一賦，所爲三致徘徊，憂思諷於江都之一幸也。祿盡則鄧曼先知，喪雄則定姜已卜。后何不幸，而卒與桀宮孌妾，浮海同舟，幽王鼓鐘，涉淮并載耶！ 仰飛行之殿，來裸遊之宮。花方作孽，樓已名迷。聞一往不返之音，揣大鼠阿麼之夢。 萬寶常所由早泣新聲，侯夫人所爲先死於棟下矣。

后弱似貞風，義能不裸，勇非馮后，勢不當熊。在佩玉晏鳴之中，寫《離騷》、《九辨》之憂。此康后雞鳴，悲題永巷；班姬辭輦，怨詠離宮。一篇之中，殆有甚焉。及乎變動虎賁，兵交黄屋，君薨組練，盜踞重門。迫伏后於壁中，急唐姬於抗袖。哀姜哭市，舉國無人；穆嬴啼朝，何能討賊？后於此日，縱幸不被錮金墉，懸頭小白；亦自當酒飛金屑，藥搗宮椒。特以賊在圍中，兵須奥助，遲十六院幸姬之死，俟六十路義師之旗。苟生呼吸，延喘須臾。捧君王鏡裏頭行，借魯國聊城矢至。而化及得斃於夏主降王之一戰也。孔子曰：女智莫如婦。后之謂歟！

既而東道清塵，賊臣授首，二京立辟，共主分周。后不得不乞虜馬以勤王，假明駝以靖難。始畢婚姻之親，建德君臣之禮。連衡老上，走馬陰山。藉曷娑主婿之援，馳頡利外孫之騎。碑盟甥舅，酒歃黄龍。后不踵向姜之無歸，而法紀姬之大去者，《春秋》之本義也。無何夏軍撓敗，黑闥求援。突厥以中宮播越，奔命窺邊；也思亦將置主中原，請君河洛。而兩王弒絶，一帝禪亡。僅受興唐和好之盟，卒成昭君歸漢之局。而后於是乎路絶蒼梧，湘君命盡；天傾杞國，哭斷長城矣。

稽自有唐迎歸故后，卒葬於煬帝雷塘也。《北史》未成，《隋書》未作。時無通德，誰修外傳之篇；婢少佩蘭，解説宮中之事。年堙代隔，事舛言訛。繼以《虞初》競作，稗官無稽，人惡驕君，罪歸孱后。遂謂驪姬禍晉，褒女覆周。不知宣華拜賜，一物早可亡商；寶兒憨生，再顧已傾人國。亡陳嬪御，豈少於孫皓之後宮；晉陽江都，不減於石虎之女部。后姪謝婧英，姤非昭佩，席多莫敝，房大難專。野雉興沛中之漢，焉用才人；苕華覆夏桀之宗，何關妹喜耶？

或謂后德性能詩，才華作賦，何以世基佞佞，竟無諫書，化及觥觥，不關諍草〔一〕？不知垂簾殺杜，非先后之聖明；冒絮誅嫣，豈中宮之盛事。而況后和熹紙墨，僅可書生；甄后筆硯，惟堪博士。倘急以未央縛信之謀，速來華歆搜壁之禍，后之驚怯，斷不爲也。

或謂化及毒既逞君，慘當及后，何以懷娠仍女，出竇無逃，嫘祖元妃，道路無死？則安知不少典龍迷，高辛狗嫁，在昭儀豹尾之中，有臥榻人酣之逼。保不伯明篡室，寒浞縫裳，文芊勞軍，息嬀從楚乎。不知化及者，隋宮劫賊，周室忠臣。黑獺殺蒺藜、明月，前事可懲；景陽收叔寶、麗華，後車可鑒。江都之弒，所謂齊襄復九世之仇，必不效伍胥蒸昭王之母也。亡人可蠱，豈令尹振萬之時；四國交爭，亦蕭同作質之日爾。裴寂主晉陽宮事，或有醜聲；呂后在項羽軍中，不聞失行。況后之詩明禮習者哉？

或又謂小君失位，尤物移人，延壽史書，何以建德妻忌，載諸后傳？不知建德以作賊之才，義能殺賊；以勤王之烈，忠與封王。聊城之遜，后迫於甘夫人小沛之窮，路隔乎愼夫人邯鄲之道。而建德稱臣拜舞，先馬殳驅，出霧露於雲臺，衛弓刀以侍婢。良以休屠尚有名汗，河朔幸存驕主。后縉藉有一成，臣靡力能復國。此遣使朝侗，移兵救洛，釋隋官文武萬員、宮人萬指者，堂堂乎王者師也〔二〕。《唐書》謂建德妻不衣紈，身惟脫粟，明建德婦夫，有英雄之用，無帷簿之嫌也。

或又謂突厥之俗，但知㖃牛；胡人之禮，不知敬母。后乃非細君而和戎，敦王嬙而出塞，何歟？

夫婦人越境，固經禮所不宜；女事遹戎，亦《春秋》所必戒。不知后與義成，僅此姻親，相爲休戚。身不能鳴弓射鳥，逐馬牽裙，且蒙荆棘以來歸，但頓王庭而告難，庶幾乎呼韓剺面、烏孫抱馬而啼也。聽戚夫人《出塞》、《觀歸》之典，所謂竇建德有回生起死之恩歟？若以雞泊一過，疑文姜之會禚；穹廬萬里，譬隗氏之居溫者。

嗚呼，冤矣！以今觀之，小憐下嫁者，宮妾之奇聞；玉兒配軍者，嬪嬙之恨事。后死法三妃，生歸一穴，縱復下齊辛癸〔三〕，猶能上軓英皇。使雞臺從死之魂，作萬古迷樓之案，猶其幸歟。嗚呼！周天子一月御八十一妻，闔國則三婦受其美名；宋寧宗一夕幸三十九人，有才則楊娃傳其姓氏。后何不幸，而生以才死，死以名傳也！

【校記】

〔一〕『關』，鈔本作『聞』。

〔二〕『堂堂』，鈔本作『蕩蕩』。

〔三〕『縱復下齊』，鈔本作『蹤復下儕』，誤。

遼懿德蕭后哀文

讀《遼史》至懿德后之讒死迴心，而慨然誓曰：願終汝世世生生，勿復爲有情之物矣！皇娥之聖而誣以爽德，少皞不免玷言；《關雎》之興而指爲淫詞，康王亦成詩案。書紀以來，房后憑於丹朱，流虹感於女節。龍迷少典，燕覆娀商。或以爲伊尹聖人，私通末喜；或以爲鄒屠佚行，潛期大人。凡諸盲史，盡是讒夫。稽懿德之始爲后也，冊耨幹爲孤穩壓帕，菩薩下生，命可敦領三十六宮，天書墮地。何其盛哉！如單登者，恭心獛婢，才豈念奴，孤僨閼氏，君如冒頓。雅是胡旋敕勒，何妨樹梨歌來；不知唐山夫人，何必房中樂作。后不學嫫母奏上德之頌，亦斷不爲白帝吟㛹娟之詩。沈觀音是中宮賢女，高菩薩非內侍私人。而乃齒牙唧骨，遺臭優施；羽林神仙，謂通射鳥。飾郎中錦被以誣望卿，借畫工傅粉以獄昭信。使修孃侍寢之奴，居然僕射；長樂更衣之婢，自稱大人。爭琵琶而彈四旦，發詩案以讞回心。淖方成非披香博士〔二〕，馮無方豈所愛侍郎。忍唾讒言，敢污貴德？匪所謂青蠅之矢積階，單極之絖斷幹乎？遼主不別房帷，無辨衽席。宣王好色，宜在無鹽；登徒多情，豈知巫洛。懿德以陰麗華之脂澤，孔貴嬪之神仙，紙墨供於和熹，竹帛慕乎明德。乃甘夫人若月下聚雪，而元順帝非瓊花洞主也。予想當時宮羊呧地，聞雷未來；指血染鞅，攀車不宿。后以飛燕禮義之人，婕妤修正之福，詩吟萇楚，酒酌金罍。即或有流音管弦，寫聲樂句者，亦不過帝妻憨生，君妃狂態。遂乃禍起烏臺，辭連魚貫。賊臣以宇文玉珽之殘、爾朱牛刀之橫，塞甄后以口糠，飛佛堂以血韈。指北宮尼男臊聲，告月將三思亂狀。而昏主榜大閣徐妃穢行，竟仿金樓；讒臣發淳于長定宮姦，居然王莽。豈不痛哉！

以予聞之，臨春結綺之中，豈無脫兒善度；羯鼓斜陽之笛，亦須懷智崑崙。爲明上者，但使妃后與伶官別傳，自然宮詞與樂府同調。必謂梓瑟桐峰，皆成私約；神童歌曲，畢竟桑中。則又后妃二南，宮商誰譜；周興三婦，豳籥誰吹也？懿德詩有仙心，人如玉德。高辛少女，或疑淫戀槃瓠；宓帝神妃，豈肯夢交窮羿？而況黃花不寵，赤鳳何來？郎出郎出，仙乎仙乎，有是理哉？遼主略識華音，未通穢史。目不見典籌握槊，鬥腕侍書。聞壁中嗽聲，啣楊花寘裏。詩題枕角，乳露雞頭。或小吏非常，衣服忽有；或少年寢處，罪過全無。使遼主遘此淫荒，亦不過絲絡横窗，烏銅對鏡，甘妝半面，同輦升輿而已矣。嗟乎！詰汾天女，死不利於母家；昭君才人，生不終於胡主。見南風以少年私侍，誰檢空箱；謂陰城與嬖人淫帷，誰伏牀下？而忍使唐姬起舞，抗袖悲歌；貴人壁中，不能相活。今而知昭儀妝好，何物人堪；五月生辰，古來所忌也乎！某賦是《長門》，歌如《長恨》。聽閣道淋鈴法曲，淚念肥環；慟瑤光西殿梅花，心傷小后。如懿德其人者，吾願此貴妃子受生善地，生生世世，勿降嫁帝王家也。

余寓居秦淮，作《懿德十香詩案》曰《迴心院傳奇》者四十二齣。乙卯公車，留之山陰，爲李氏勘案，入之縣庫。此文在殘稿中錄出，以配《隋愍后哀文》爲二篇，以附今稿。嗚呼，文書蕩盡矣！

【校記】

〔一〕『成』原作『城』，據鈔本改。

告妒婦津神文

驅車獲鹿，至於井陘，信宿龍窩之寺，走觀於妒婦神祠，而謾曰〔一〕：美哉，妬乎！自袁滔殺妬妻以後，虞通撰《妬記》以來，神其不靈矣乎。古史氏曰：莫跋扈付丁旿，勿反顧付奚度。其有倂張跋扈而反顧者，天以畀我妬婦。

是夜也，雲鬟儀衛，數女侍宮衣擁後，美婦人手大荆而訶曰：　子知予古帝之豔妻，侯門之貴主乎？　昔蘇季子才傾六國，辨不下於機妻；　桓征西雄蓋一時，權不行於内子。郗婿以棄妻而亡，馮衍以再妻而死。子讀史乎？　雌龍漦夏后之庭，牝虎充桀王之市，皆予神之所使也。高歡束帶，自稱下官；　劉備弓刀，見吾侍婢。專諸勇士也，可以刺王僚之君，而不能不屈予一人之下；　樊英名士也，可以怒萬乘之主，而不能不拜予下牀之地。非野雉妒而三趙誅，則功狗之冤不申；　非南風妒而八王死，則典午之惡不報。世有力擒項羽之劉邦，射父頭曼之冒頓，莫敢予神是傲。子奈何以一孔之書生，訕笑吾九天之尊媪乎？　妒之律曰：　偶語者棄市，腹誹者刖趾。上帝之命吾神司是妒也，毒溷世之桀夫，殺不仁之男子。有辭則行，無辭則止。

聞是語也，某怒如虓虎，袒裼辟戟，歷階而陞曰：　呼妒婦，我語子矣。男唯女俞，德也；　陰干陽位，刑也。女子行而丈夫心者，淫也；　七孺子而三夫人者，情也。聞牝雞鳴而索家者，必妲己也；　聽婦人言而戒酒者，非劉伶也。予頭能觸共工之山，而不戴女媧之天；　力能斷蚩尤之尾，而不畏旱魃之母。郗后爲蟒，呂后爲鼠。武后骨醉，化爲鸚鵡；　閩后摑人，死虀雷斧。美不過黑鳳皇，勇不過胭脂虎。面如藥酒，心如魔母。梁皇之經可懺乎〔二〕？　赤眉之屍肯裸乎？　子能禁其夫不愛桃花之樹，不讀《洛神》之賦乎？　錮汝以金墉之城，毒汝以房喬之酖，子能大聲霹靂，起於牀簀乎？　能白日現形，割勢操刃乎？　能獅子一吼，使予拄杖落地乎？　能騈妾五首，使予殭尸不殯乎？　我男子也，豐富偉岸誰似朕，下體洪壯創汝甚。子如不悛，將放汝於無男國東，刑汝以女子罪宮。不夫而有孕，衆雌而無雄。有辭則凶，無辭則從。

神以目視目，屏營唾地，半時而言曰：吁！吾語汝。子男也，一陰一陽之謂道；予女也，勿二勿三之謂德。御妻八十一，可乎？不可。面首三十人，得乎？不得。妻之謂齊，妾之謂接。彼功封者，哭其貴而棄妻；彼利算者，苦其富而買妾。愛其內則鑄錯，愛其外則諱醋。《九錫》不嘲，則王導不爲丞相；《關雎》不諷，則謝安不至太傅。是其情，裴談畏鬼母；非其情，沈括不受夏。楚子不謂情之所鍾在我，而謂人之冒嫉以惡。浴斛覆牀，散灰扃戶。君不如婦人之仁，我亦深惡夫男子之妬也。

某於是感情順氣，危言正諫而告神曰：子介推之妹，予恐其歌龍蛇以禍汝也〔三〕。某聞必衰者色也，不衰者情也。色惑乎男子，情迷乎婦人。是以掩鼻絶乳，雄風不聞；春鉗髡髮，制夫不仁。獨孤之母，不容阿雲；無鬚之人，不得入門。至於眞長佯愚，王敦懾魂，何瑀投軀於深井，子敬炙足而離婚。溝水東西，而夫人之情蕩然矣。女媧氏之補天而王也，金輪氏之禕狄而帝也。嫫母爲世繫，安樂爲繼體。神於此日，能卓一令於地曰：外淫者宮，野合者劓。如此而男子守貞節，丈夫受七出〔四〕。

傳曰：陰王陽微，金鐵爲飛。今女皇不立國〔五〕，彼妒之人亦何事乎懸旛到天，擊鼓動地爲哉。我願神放情於無何有之鄉，斷情於佛如來之場。陰敕天下之妒者，樂而不淫，蕩而不狂。以食鶬鶊爲美饌，以賣皂筴爲瓣香。馮敬通不操井臼，劉孝標家道遐昌。則神之福其妒人者溥矣。不然而雞皮。闕。俟見原稿再行補刻。

【校記】

〔一〕『祠』原作『詞』，據鈔本改。

〔二〕『皇』，鈔本作『王』。

〔三〕『歌』，鈔本作『生』。
〔四〕『出』，鈔本作『世』，誤。
〔五〕『立』，鈔本作『主』。

告巫虒祁神文

總督南河、太子太保、兵部侍郎徐端檄告巫虒祁之神曰：　某聞禮官之法以貍沈相近，明神之福以馨香佑國。是以王尊沈馬，黎陽不溢；　爾朱縮水，灄津不流。梁山壅則晉景公縞衣哭河，大江崩則始興王荆身請命。其有斫水罵胥而狂流獲安，濱河列陣而波神戰退者。某豈不能逞王闳之忿争，用索勱之故事，特以淮瀆神之明禋，四諸侯之順若也。今淮不匽河而效靈者又數年矣。河之神謂爾洪河之中有怪物焉：　雷抨風鳴，木號石驚；　青軀縮鼻，獮猴傖儜；　獖牙白額，金睛晶瑩。率其鴟脾桓胡，水魅山靈，與我洪湖從事。爾非刑天干戚，羽淵之黄熊，駘臺汾神，湇淵之鬬龍，亦以晉祭三塗，鄭祈四墉，故遣官致牲，以汝爲鎬池之君也。乃與之弁纓而勿聽，與之瓘斝而勿從。某月某日，壞我洪堰之隄三千四百餘丈，是爾神陸梁圮命奡兀滔天也。昔禹帝之錮汝淮神也，制之烏田，授之童律，頸汝大索，鼻汝金鈴。時則九河神女，雲華夫人，胥命元夷，誓爾黿鼉。圖汝於九鼎之上，記汝於岳瀆之經。爾蹣跚承命，乃梁武君世，忽壞我浮山九里之堰，大殺生靈萬萬。是以明祖龍興，敦命我徐武寧王，出爾智井，告爾狨毛。關盪寇威震華夏，徐中山功蓋九州。特以金簡玉書，遵塗山之三宥；　魚頭人身，赦淮堰之九死。今朝廷鞏固淮隄一百七十年矣。舜棄黃金，禹捐珠玉。巡山畫海神之形，入渭寫忖留之狀。聲靈所暨，海澨山陬。爾當奄奄屏氣，如泉宮之蛇，若鮫人之織；乃敢冰夷天吳，肆其驕心，魑魅罔兩，奮其憤焰。某考淮南之書，往古之日，火爁炎不滅，水灝洋不息。女媧氏乃斷巨鼇之足，殺黑龍之血，而淫水涸，冀州平，狡蟲死，顓民生，鳥獸魚鼈匿其爪牙，藏其螫毒。今淮民濱河而居，共工氏之陸處什三、水處什七也；堰水而隄，神農氏之石城十仞、湯池百步也。爾不聞蚩尤逆命，玄女下天，翟威壞陂，天帝震怒乎？今皇上四年以來，殺九嬰於凶水，斷修蛇於洞庭，繳大風於青澤，擒封豕於桑林。樠木青羌，調於玉燭；蜎飛蠕動，息於永風。而爾跳壕不順，跋扈爲姦。不見負貳之臣，桎其右足，防風之戮，骨已專車耶？今與爾神約：自今後銷聲潛形，伐毛洗髓。許汝以黃安之龜，萬年而伸頭；黑繩之罪，百劫而出獄。崇汝以李紳媼龍之祠，飫爾以韓愈鱷魚之祭。若損我塊土，騰彼一波，則某驅山之鐸、趕海之鞭具在也。彤弓素繳，銀戈雪鋋〔一〕，俾鑿齒戰汝疇華，窫窳口汝弱水。呼庚辰以咨禹，召河圖而告帝。檄如律令。

【校記】

〔一〕『鋋』，鈔本作『鋌』，誤。

卸花坡女賊齊王氏傳首露布

琅邪呂姥，寡婦也，而報仇海曲；交趾徵側，女子也，而稱兵朱鳶。其時也，以威斗爲君，新息爲將，然猶聚亡命者數千衆，破日南者六十城。今茲襄陽女賊齊王氏者，驟起黄龍，齊王氏以嘉慶元年三月，與其黨劉啓榮、樊人傑、姚之富、王廷詔、張漢潮、張添倫、高均德、王光祖同起襄陽，其地曰黄龍壋云。潛招白騎，鬻身緉女，賣緉女也，混名賽昭君，人呼爲賽昭。賣嫁孀妻。敢於緯恤齊嫠，紡懲莒婦，殺夫不忍其雍糾，助夫欲雄於詩索。始不過搴裙逐馬，如李波妹之追風；欻不料跨鞍彎弓，學毛夫人之敢戰。前者齊林授首，乾隆五十八年，安徽劉松、宋之清、劉之協與陝西韓龍、襄陽樊學明謀不軌，齊林以武舉與樊學明往來。劉松發配甘肅，敗露正法。齊林以交通亦誅。結十族未夷，一雌忽吼。齊林素富。正法後，齊王氏入青蓮菴帶髮修行。樊人傑等嗾其殺襄陽縣報仇，又勸其殺襄陽府云。娘子軍而屯司竹，築夫人城而守襄陽。陳碩眞是睦州女子，膽敢僞僭文佳；白頸鴉爲遼水婦人，乃號將軍懷化。陳持弓之走虎上，遲昭平之亂平原，殆有甚焉。既已朱龍千里，順風而騎；睢陵五縣，雞犬無餘矣。湖北初起五縣：宜都則聶人傑作亂於枝江，湖北巡撫惠、荆州將軍成剿之；荆門則有石留屯、石三寶、陳德本、熊道成破當陽，据其城，兩湖總督畢以火攻半年下之；來鳳則有楊子敖、譚貴起，四川總督孫剿之；鄖陽則有曾士興，破竹山、保康二縣，西安將軍恒剿之。此乾隆六十年至嘉慶元年也。續後三月，有孝感縣賊楚金貴、魯惟志，起胡家砦，侍御明剿之；宜昌則有林之華、譚加耀，起長陽縣之椰坪。七月，總督畢復當陽。來鳳之賊未殲，大學士孫薨，命兩江總督福統來鳳軍。是時，贈郡王大學士貝子福、四川總督和同進剿苗疆，先後薨。命領侍衛内大臣額、領侍衛内大臣德、廣州將軍明、雲南提督鄂接辦，均授湖南總統之任。敢又明瞰陳倉，潛軍盩厔，以女隊八百騎横攔潼關也。奪民人婦九千餘家，爲梨花槍二十年戰。蕭娘呂姥，布爲奇兵；陳珠章丹，結爲粉陣。將誑光顔以名姝，故豔女巫以國色。石虎以女騎一千人爲鹵簿，是可忍也；靈臺以女官十八等習步馬〔二〕，誰能禦之。

本帥尚書惠，渡渭以來，峙萬勝之旗，斷七盤之嶺。啣枚縛馬，間道燒營。不難井底行軍，地中鳴角。命鬮稜脫此兜鍪，使馬懿禽其巾幗。而蜀賊徐添德、王三槐、冷添祿等，又連破東鄉、鄰水、梁山、新寧。達州賊徐添德與弟添壽，初起亭子灣；一弟添富，起太平之城口。又巴州賊羅其清、弟羅其書、苟文明、鮮大川起方山坪，通江賊冉文儔、冉添元、冉添泗起王家砦，太平賊龍紹周、徐萬富起南津關，東鄉賊張子聰、虞向瑤起豐城〔二〕，大寧賊陳崇德起老木園。其時官兵大半赴楚，故徐賊連破渠縣、廣安州、鄰水、長壽、大竹、梁山、新寧、開縣，歷踞守金鵝寺、重石子，而諸賊響應也。楚賊姚之富、樊人傑、王光祖、高均德等又走楚入川，連爲聲勢。由豫、陝入川，之通江竹峪關至東鄉，與徐賊合。王氏爲黃號，餘賊定以青、藍、白爲號。雲陽、奉節二縣，有月藍線號云。媳婦八百，瞎巴三千。通江竹破，漢中齒寒。緣是臥虎饒風，守羆箭筈，歸師勿掩，大敵未除。當雲屯劍閣之時，有鐵鎖巫山之勢。盧爾漢南士女，拒戰無金龍之妻，登陴無任城之母。睢陽代父，木蘭尚未從軍；苟女潰圍，灌娥不來借救。是用偏檄鄉民，告爾村砦。孔司馬之眞烈母女，潘將軍之大眼夫妻。許汝雌風，張其牝陣。侯唐女氏，衛滑佳兵。沙里質之旗裳氈甲，亦用婦人；秦良玉之馬上桃花，豈無男妾。或能絜桃獻計，或能吹篪解圍。若譙國誠敬夫人，如孟嫗汾陽部將。繡旗正正，妙手空空。處女以猿公劍去，皮囊貯素娥頭來。然後置鼓懸樓，清屯堅壁，以殲餘寇，如掠秋枯。

前年十二月某日，齊王氏竄渡滾河，以田雌鳳之妖兵，無沈雲英之女將。致呼彭樂爲癡男，反笑張良如好女。夫非仁貴，敢衣白袍；婦豈馮嫽，亦張錦繖。入川之日，聚明珠翠羽爲營，包原隰山川而陣。明駝千足，侍婢百刀。加以雲來霧去，劉雄鳴之妖言；劉之協往來妖煽。懸鏡燃燈，天梯山之左道。雞泊之中，山棚之內，公嫗山娶，神巫祭牛。晉水部藏其畸人，陸法和麾之羽扇。遂令黃巾到處，傳張燕者沖飛；赤眉軍中，笑齊巫者輒病。此翠翹呻吟於歌樓，賽兒急裝於草澤。女賊王囊仙亦起南籠。殽函險澀，襄鄖蕭條。河西城門，幾於晝閉，陝賊馮得仕等〔三〕，起興安府安康縣之大小米溪，連安嶺汝洞賊王可秀、成自智、胡知和、廖明萬等，陝甘總督宜、陝西巡撫秦剿之。而張漢潮又攔入甘肅之徽縣、成縣等處。緊可恨也。今本月某日，檄奉伯大將軍明、大將軍德，圍剿黃號首賊齊王氏於鄖陽之卸花坡，投厓而死。高敖曹鼓蓋而來，周亞夫從天而降。輕呂劍好，小白頭高。始則鶴團鳳隊，部其女軍；忽則屏風臺盤，散其肉陣。是以馮緄之婢，未脫戎服；金溪之首，已傳洛陽。目覩弓韣小燭，燒作朝天；粉首油髏，聚爲京觀。楚幕無烏，漢幟皆赤矣。本帥才愧李陵，未能先誅女子；將非孫武，焉能驅戰婦人。用是變其徽章，乞此匱印。

昨到檄文，知貴州狆苗女賊黃囊仙，亦已就禽。奢香用命，龍場之九驛全平；時女土司官龍囊仙，爲貴西兵備，我叔朝梧所部。龍氏年一十八歲，勇冠一軍，拔栅登山，皆伊戰績。槃瓠歸來，赤髁之橫裙不反。而青號賊張漢潮，白號賊高均德，藍號、月藍線號賊冉添元，龔文玉、林亮功〔四〕，并別賊馮得仕、翁祿玉、李九萬等〔五〕，尚復竄沿四省，劉之協逋逃未獲。朝廷以經略大臣勒、經略大臣那，節制川、楚、甘、陝、豫五省軍事。獨川賊徐添德一逆，自踞守金鵝以來，破川陷縣，最爲狡毒，猶欲全窺楚境。本帥盪寇窮林，揚威鳥道，蜀丁通路，遁甲開山。空子午魏延之谷，部庚辰鵾鵯之兵。若不攀木緣厓，急趨綿竹；張燈夜宴，竟奪崑崙。猶恐雌龍已醢，牡馬重遊，牝虎方除，雄狐又跳。今剿洗通江冉文儔一路已畢，鳴鼙出沔，卷甲趨川。絕吳玠之名姝，烹張巡之愛妾。燒山索介，砍樹書龐。務使胡蘭獻首，散之蒼梧；張豐破囊，槌其肘璽。蜀山之鬼鳥無啼，雲夢之虎狼不補。山空谷靜，束馬懸車。今檄爾漢南川北官弁鄉兵，椹乾豋豆，飽檬巡城，火馬灰囊，奔車殺賊。天兵有九路之師，涼州有三明之將。凡爾韋彪杜虎之勇，竹園水滸之團，守如玉壁，戰若昆陽。或有檀鄉鐵脛大彤之賊，左髭雷公牛角之妖，歸誠闕下，用間賊中，亦復署之戰簿，書其級功。本帥置以赤心，誓如白日。漢三十六萬甲子，同此蒼天；隋六十四路煙塵，誰爲好賊。國家儒館獻歌，戎亭虛堠，萬萬年矣。今當本帥府拔柵遄行，爾等於齊王氏傳首騰黄到日，仰謝天恩，同呼萬歲。凡諸良善，各安太平。戴女媧補好之天，莫作愚人；履后土夫人之地，須感富媪。檄到如律令。

【校記】

〔一〕『步馬』，鈔本作『馬步』。

〔二〕『虞』，各本均缺，據伍本補。

〔三〕『仕』，鈔本作『士』。

〔四〕『藍號月藍線號賊』，各本均作『藍號線號月藍賊』，據鈔本改。

〔五〕『仕』，鈔本作『士』。

貴姬小傳

貴姬者，始遇藍橋，終歸鄂渚。以庚戌自鄂渚來天台，壬子自杉青歸鄂渚。五百年翾風之殉，十六院幸姬之首也。貴人以裴晉公之晚年，楊越公之威望，春風好去，韓滉還戎昱之姬〔一〕，蕭郎路人，于頔返崔郊之婢。其放一寵人也，掀謝太傅之幃，開王將軍之閣，如魚縱壑，似鳥歸林。雖刺史腸斷之事，在司空見慣之中，得其所矣，而惜非故事也。至若張説門生，誕敢獻夜明之簾；李靖布衣，放肆作虬髯之傳。

以押衙之拳恩，作沙吒之惡切。在李十郎葛溪之鐵，斷罪過人頭；賈平章妒夫之鋒，斬犯中門客。置爾朱馬肉盤中，死嚴武琵琶弦上。探皮囊之負心，飲帷簿之盜血，固其宜也。而猶念春鶯而空晉卿之房，望秋娘而造江南之曲。使朝姝四姬同入，出夜來一人獨居。謂絳仙尚可療饑，非小憐不能續命。琵琶已去，鸚鵡猶呼，吾不忍誤觸相公之響版也。目葛周愛妾，多多將才；私袁盎侍兒，休休相度。則以爲願嫁烏孫，愛通赤鳳。而不知非煙鞭婢，曾無女奴漏言；窈娘裙帶，絕乏郎中詩句。陰謀禹錫之姬，豪奪韋莊之妾。非貴姬罪也。

僕初到瓊臺，便逢玉女。仙客渭橋之下，内家車子之中。臨邛縣令，弩矢先驅；天台山神，吉祥敷座。似張建封燕子樓人，在蕭遙光八掆輿坐。夷光驚爲神人，博士唾爲禍水。寓居於豐干樓者二月，若華清端正樓中，糚梳妃子；如麗華臨春閣上，圍繞神仙。七佛誤造其迷樓，九蓮皆呼爲菩薩。度仙巖則二女來迎，下天宮則七妃同妒。布金錢於曇獻，散天花於龍華。而又以三千萬佛汗之錢，塑五百尊應眞之像。貴姬功德，留在名山也。綠珠擫笛，朝雲吹篪，念奴度曲，蹇姐彈絲。四婢皆吳中名産，於月夜度曲，山鳥驚噪。唱龜年大石，聽玉環彈詞。裂月而萬鳥齊鳴，凝雲而百花盡笑〔二〕。空山哀響，猿猱之所未聞已。

予已歸杉青，貴姬買一宅花於予居之樓東，牆東氏之舊廬也。靈夫人絺帷一拜，纔聞環聲；劉公幹磨石五年，豈惟平視。曰妾事司徒更衣，侍尚書執拂，臺盤借肉，雙陸行人，十二年矣。上華山則落雁驚人，賦朝天則建封還鎮。郎君之所聞也，石太尉之園若荒，孟才人之腸必斷。古人云：使百歲爲樂，猶不過十萬日夜；如白雲有期，亦豈能終老溫柔。是以避陽臺於關中，逃玉清於斗下。小玉知李郎名字，内家識宋京才人。無幾何時，而若有黄衫挾彈、豪士風神者來曰：『予孟嘗君之舍人也。彼薄其宰相不爲，我死以醜夫爲殉。』於時知馮無方非所愛侍郎，以袁大捨爲憐才學士。使方士遍訪仙山，命五嶽潛搜太白，留狂夫之身首，掩夫人之壺漿，勿令其露焉而已矣。初時也，玉簫諧笑，許與韋郎；青洪侍身，欲歸如願。予亦借侍女靈光之賦，索夫人大雅之吟也。一品怒而磨勒逃，無雙歸而塞鴻死矣。嗚呼！疇昔之日，吾恨不借荆娘俠女，刎此負人；使崑崙豪奴，獒茲惡犬也。節度使之門，亦庶幾有空空妙兒、精精紅綫。其人者，亦曷可少哉！

爲貴姬而開華山之道，費錢萬萬，予所得關中金石，亦蕩然無有存焉。今虎丘之香山尚存白祠小閣，而《韓熙載佼宴》一圖，所以報貴人姬者，僅存隨園集中一詩而已。吁！

【校記】

〔一〕『滉』，鈔本作『晃』，誤。

〔二〕『百』，鈔本脱。

卷三

與盧抱經先生論公穀書

讀屈原《離騷》以爲狂人，毁仲舒《公羊》而遭鬼殛。若賤子者，郭泰靴聲，不聞吉莫；陳奇《論語》，久付薪樵。荒經蔑古，非一日矣。昨承示《公羊辨說》，所謂得館陶服氏《春秋》，是晉世永嘉舊本也。先生以飲酒之謫仙，作講經之博士，賤子不枕孟喜之膝，亦豈食皇侃之唾哉。至後附穀氏數條，所謂『鐸椒之解不足許，瑕丘之説不足取』歟。元魏之末，儒者繼起。《北史》謂其於《公》、《穀》二傳，諸儒多不厝懷，先生何不食大官饌而賣餅耶？

此書前後一千餘字，篋中僅存此數語。

報工侍吳先生書

尼山門下，養徒三千；太史奏來，賢人五百。昨先生示書，謂手放八榜，獨心國士[一]。此孔融之妮禰衡，謝鯤之泣衛玠，非門生之福也。盧植學於馬融，而不得窺後列之女樂，彭宣學於張禹，而不得聞後堂之管弦。俱無師恩，皆登儒傳。先生獨不記迦葉升座，阿難夜悲，南能傳衣，秀師擲鉢乎。

前謁邸第，見閽者屏某門生於門外，而延曇於後堂。擲粥則感郭泰之仁，枕膝則彰孟喜之過。樊儵弟子，皆是公卿；鄭玄門人，誰非國器。而使見愛者爲處囊之錐，見不愛者出公超之市。曾子之門，豈無吳起；荀卿之徒，或有李斯。則他日拂衣之惡、割席之怨，非教曇兄事子產、弟畜灌夫之盛意也。登劉備於上牀，勢必揖張憑於下座。

六月河間奉書，謂丁寬何以東歸，楊時何以南去。曇之東歸，東中丞之招，南去，蘇方伯太守之聘也。今之幕僚，古之徵辟。無宣明之面，而居青油之安；有僧孺之賢，而容樊川之狂。十倍於長安索米、中書伴食矣。前歲同門王以鋙榜發，上皇帝命御前進卷，另選一榜，而先生呈勘落卷，曇在第一。非東皋師闔門待罪，伯相公伏蒲請恩，則當日張文、朱武、魏玉、孔金，一時黜落，科場異聞。曇爲詭遇，此力辭別榜之中書而不願也。羊長和不違被馬，帖騎潛逃；阮光祿已走方山，追之不及。古之畏影，今之救寒乎。曇聞羊綏佳士，不登謝公之門；楊濟駿人，畏入當陽之座。而今愛士者，纔一聞黃憲於人言，即力拔孟嘉於座次。十金之雉而以爲鳴凰也[一]，楚王賓之矣；蒙童之鶴而以爲能舞也，羊公譽之矣。究而言之，郭子玄懸河瀉水，語議無窮；衛洗馬噉杵搗虀，膏肓有病。曇之炫耀，自貽慼爾。西園之遊，見柱國止車門外，置狂生第四車中。此何平叔熱湯汗面之時[二]，王文度手版倒持之日，若非顏回一座，先聞仁祖其名，何致西堂百人，惟問伏滔何在耶？太史公曰：世言蘇秦異，異事多附蘇秦。班孟堅亦曰：世言方朔奇，奇事皆歸方朔。不知語許玄度於曲室之中，才情自別；進張孝廉於撫軍之座，名理全無。先生以殷浩手巾，拭謝郎面汗，丞相有帳中之客，參軍非入幕之賓也。庾征西料事方皇，豈暇消停盛暑；何驃騎文書不暇，焉能應對玄言。七月從東撫軍至歷下，魯婦人壓而哭者二千家。檀鄉青犢之賊，戰於鄗陽；氏根白雀之妖，鏖於來鳳。此范史氏所謂獷賊横行，正皇甫嵩、朱㑺投袂之時，陶謙、梁衍獻規之日。討匈奴以自贖，出都亭而待罪。毁鬭子文一令尹之家，立槐里侯蓋一世之業。散折像之財，空糜竺之富，揮黄金如佛汗以犒軍，出美人若宫衣以賞士，韋丹貨宅，魯肅賣田。破波才，禽彭脱。谷静山空，讓功驕將。冠鐵負鑕，歸命司敗。然後書牘背而乞恩，止畫室以竢命。使今日稱郭況家爲金穴，他日不作劉宏論爲錢愚，策之上也。郿塢不能藏畢世之金，鐵門不足守燕陲之穀。潰瘍雖痛，勝於内食；留香不踢，豈能愛臍。如此而竇憲之罪晚蓋於雞鹿，班史之功亦銘鼎於燕然。此董崇之策而寇恂可以自全，孫鑠之謀而石苞可以無禍。不然，鄧氏鑄山，豈無一簪；王衍留車，亦難三窟，策之下也。藥味嘗卑，藥言獻貴。塗麻油掌上，豫見吉凶；聽浮圖鈴聲，先知禍福。所以佛圖澄遊諸石之間，視同鷗鳥；竺法深入簡文之座，看若蓬門。先生愛一狂狷士，而欲成其未有之功名；豈不愛一大柱國，而保終其百年之富貴哉。

先生之言又曰：帝堯九十而倦勤，則大夫七十而致仕。此先生以經典析疑，弟子敢以史策問難。《宋史》司馬光、王陶皆以五十求散地，吕誨五十有八，范鎮六十有三，歐陽修六十有五，富弼六十有八，皆不至七十致仕。而時愛大臣者，《鷗鳥》之賦，陳振所獻，《赤松》之詩，魏仲所賡。圖五湖而恭公納節，詠生辰而持國歸休。雖少年之言莫聽，實退位之佛可做。蕭嵩從容之言，莊敏止足之謂。王晉平山資已足，羊叔子盛滿爲憂，良史嘉之。至若田豫七十，纔留賢路；崔咸門生，忽贊退休。比夜行於鐘漏，恐描畫於後生，又稍晚矣。褚淵中書而在期頤之後，周侯末歲而歎鳳德之衰，此《周易》甘臨之憂、係遯之疾也。先生倚馬萬言，全牛一目。召玄武司馬班固，敕南宮東觀曹褒。數十年矣，張載文章，遠鐫劍閣；劉寬侍講，久在華光。以今比古，李玄禮天下龍門；是非名教，庾子躬城西公府。名士門庭，大江以南一人而已。爲疎廣則祖道都門，爲賀監則鑑湖一曲，豈徒南山之蕨、淞水之鱸哉？

曇謇比方干〔三〕，狂非陳亮，有五千卷崔儦之書，無三十乘張華之博。上馬殺賊，下馬草露布，是所好也；左手操黿，右手執馬尾，非其時矣。是以匹練吳門，吹簫吳市。豈不欲抗禮將軍，長揖丞相？一筒餌拜都尉，五斗酒得涼州。所謂應龍以屈申爲神，鳳凰以嘉鳴爲瑞。虞翻不能避麇將軍之船，而能避麇將軍之門也。太山之霤穿石，積燬之火爍金。楊匡、郭亮，天下以爲美談；胡廣、趙戒，千古以爲口實。以是脫雞冠而辭仲尼，立虎靴以竢王儉，遲先生於機、雲二山之間，淞、泖兩湖之上。左太沖《招隱》之詩，孫興公《遂初》之賦，徘徊五夜，馳驅一書。

【校記】

〔一〕『凰』，鈔本作『鳳』。

〔二〕『汗』，鈔本作『沐』，誤。

〔三〕『謇』，鈔本作『譽』，誤。

工侍師二書〔一〕

伏讀侍宴詩，先生建燕國延年之杖，乘明堂步挽之車，魯恭待詔白虎觀中，劉寬侍講華光殿上，此三十年侍從之華，千萬祀文人之福。竊以楊彪八十而光祿，王祥九十而三公，竇熾拜太傅而榮，王琨加侍中而壽，丹青所記，史册所書，輒以爲不及山濤，未如龔勝。此前書惓惓爲無隱之獻也。山中亦有宰相，弘景何如；紫衣亦侍聖人，鄴侯可貴。與其相國而尊黄老，不若膠西而禮蓋公。語曰：藥味嘗卑，藥言獻貴，劉向之所忠也；鴻濤蕩嶽，餘波見漂，韋忠之所憂也。曇年弱冠，過中書門下，見看衛玠者如堵牆，覿狄青者擁馬足。當是時也，知王衍必誤天下，豈必山濤；識衛瓘不免其身，無須杜預。特以徙薪無徐福其人，損權無魏相能奏。我侍御曹先生以貴主之車，不避赤棒；霍家之奴，敢踏大夫。乃搏蚊而不及蝨，披枝而不傷心，猶以爲郅都鷹擊，皋陶鳶觸，京師所貴，先生所知也。嗣是而後，名藏太室，形圖淩煙。譬者謂林甫美相，見者謂處仲可人。積漸之勢而子魚大於宫中，黄柑美於供御，杉齋侔於延昌，花石侈於艮嶽。王涯井飲，寶玉眞珠；劉惔靈光，淫聲豔妾。請考功地以益田蚡，乞肥牛田以富張禹。方鎮必賂廷朗，貢獻先輸梁門。地衣媚侂胄，炬燭獻申王。練布千端，一時增價；蒲葵五萬，頃刻生風。尚無王導震主之威，故無石慶反室之詔。而俛眉承睫之士〔二〕，乞兒向火之輩，爲大參拂鬚，與太尉濯足。吮總管之馬膿，嗅相公之靴鼻。手捧溺器，口承唾壺。幾幾乎恩府恩父，搢笏開籠，願相公百二十歲矣。幸而班固、傅毅之流，未充幕府；禹錫、宗元之士，未立權門。屈己不過呂諲，傾身僅有徐紇。頌功尚無張竦，懷刺惟見崔暹。及王鉷兼二十餘使，國忠領四十餘職，於是范溫、蘇過，盡是通家，丁北、嚴南，無非孝子。或畫日獻箏，或賣鼎呈辭。或一斛而得涼州，或萬緡而改宣歙。或尚書由竇，或御史呈身。師旦獻妻，程松納妾。媚史王不殊鷹犬，諂安石無異家奴。至於今日，而祝欽明踞地搖頭，五經掃地；楊子雲周公以來，無若安漢之懿已。《北史》盧祖詢曰：我昨東方未明，過和士開門，已見二陸、兩潘，森然與槐柳並列。今者沈約之流，多於老鼠；元稹之類，不少蒼蠅。昏夜而參丙吉，臥内而見文場〔三〕。續命之物，黄龍之湯。見幾者以爲與受和凝之衣鉢，不若不識和安之北斗也。指楊右相爲冰山，識張昌宗如海市。桓公之裘，企生不感；孟德之財，良家豈污。而欲以屈氂奴婢之室，爲孫弘招賢之館；且欲以曹公自家之金，鑄吕布將軍之印乎？以匡衡入史高之幕，經生羞談；以崔駰爲竇憲之賓，白衣何補。曇擇澤求蹊，披榛覓路〔四〕。韓愈門生，寧爲馬勃；梁冀席上，不貨牛黄。日者吴會棲遲，長安西笑。所謂伯陽入秦，及關三歎；梁鴻適越，登嶽長謠也。夫位高者疾顛，嗜厚者腊毒。視遠知晉厲之亡，舉趾識莫敖之禍。豈有毚毛龍鮓，博過張華，牛鐸勞薪，識同荀勗，而不見虹霓之雨色也？毁家之説，既不信於鬭文；折翼之夢，恐終應於陶公。誰爲鮑生之言，徒負召平之弔，一亞夫不爲置箸，百張良不能爲益。世豈不知陶桓公珍奇寶貨，富於天家；金谷園玉色金聲，别於婦女。而猶愛香噬臍，惜指失掌，安知戴法興之鑰匙，不爲大盈庫之寶藏乎？

來書謂密康必禍，羊舌終危。謝晦將亡，門庭有籓籬之隔；延之不幸，平生見富貴之人。先生亦見其溺而不救也。危而持，顛而扶，孔子所以待季氏；食云食，坐云坐，平公所以事亥唐。今稔知其山非銅陵，家非金穴，埒無錢溝，地無黄鐵。徒有迴天獨坐之名，迄無四貴五侯之實。此梁商《薤露》之歌，酒闌上巳；孟嘗《雍門》之琴，遊童牧豎矣。吕种豫禍，纔知馬援神人；奴輩利我，始信石崇東市。竊聞胥靡之人，登高不懼；彭祖之慎，觀井爲憂。是以稱疾竇威，急歸田里；棄官褚叕，避地幽州。裴潛識者，去劉表而不依；許邵歸乎，見陶謙而早捨。前書未盡，望馬吴門，何日見歸雲之慶也。起居萬福。

【校記】

〔一〕張本標題作『上工侍師二書』。

〔二〕『俛』，鈔本作『挽』，誤。

〔三〕『埸』，鈔本作『瑒』，誤。

〔四〕『榛』，鈔本作『荊』。

工侍師三書〔一〕

示書謂：暨豔盛明臧否，陸子璋戒其必傾；張溫清濁太分，諸葛公知其有禍。此馬文淵之教子姪，惡國武子之招人過也。曇聞翟威壞陂，天帝亦怒；桓譚鼓琴，宋弘不樂。昔者周章以太守親賓憲爲憂，袁宏以伏滔在桓府爲辱。今高幹既無雄才，鄧隲豈能好士；此楊駿辟王彰而不就，張華聘韋忠而終逃也。陳咸受父命不從，駱統辭母面不顧，有自來乎。田竇居中，廉藺處外。而泄泄者以景升木偶，子陽俑人，當公鼎之重，居在人之右。蒺藜失據，鴆毒爲甘。遊其門者非溫太眞謬敬王敦、詐交錢鳳，即周尚書陽爲姦毀、陰取封侯，爲之危矣。楊炎爲元載復仇，盧杞與劉宴報怨，將無有賣丁大全之直聲，試陳宜中之反覆者。明日發竇參之贓，必有敬輿；他年斲林甫之棺，誰爲李泌耶。聽三言者成虎，指千夫者無病；而況爭棋已禍伏西鐘，穿埂已釁成東市。豈霍禹之關將斧斬，而王伾之門猶羹沸乎？聞之出處在於機先，去就決於事始。聽洛鐘而知銅山之將崩，聞馬嘶而識主將之必墮。是以羊欣自疎於桓玄，蒯欽自疎於楊駿。刁約用事而荀邃疎之，義康用事而江諶疎之。先生以晏嬰之望、阮籍之曠，陸機非好遊權門，杜預豈喜事朝貴。彼將師鄭玄以重諸侯，交張華以光董灼。班固《燕然》之銘，馬融《西第》之頌，務觀《南園》之記，潘勗《錫命》之辭，先生皆無有也。而猶恐盧仝終累於王涯，令狐或傷於元稹者，嵇叔夜之形交未絶，鄭當時之請謝難辭爾。中台圻而彼不知，第門壞而彼不悟。朝夕之間，一節入其北軍，飄風失其儀蓋。國家棄實憲不如孤豚，刺袁盎何須十客。即不然而長平故人，移於冠軍，魏其客士，歸於武安。欲回王雅之車，思散翟公之雀，呼吸變遷矣。先生知處仲非忠臣，識安石誤天下，惡絳灌無文，懲博望不學，亦嘗笑晏颸、管輅，與泉下人語也。今日之勢爲禽息則憂國而争，爲廣德則止車而血。列癡相之罪，褫獨坐之權。使范睢一言而穰侯兄弟皆廢，石顯一徙而充宗黨友皆安。則一簡之紙，百世之史也。然後借荆州之布帆，飲秋風之蒓菜。辭司馬光洛下耆英，爲白樂天香山九老。時蘇郡建白公祠，錢辛楣宫詹、家蘭泉司寇、趙雲菘觀察、陳東浦方伯、王夢樓侍講諸公皆遲先生歸，爲九老會。邴原曰：公臣不事家宰，君在不奉世子。況當此日月重輪之世，而不爲朝陽一鳳之鳴乎。趙昌譖佞，敢害鄭崇；張禹帝師，豈畏王鳳。必有助先生而攀朱雲之檻者。上聖主賢臣之頌，王褒释屩而來；讀忠臣義士之書，尹勛投編而歎〔二〕。一疏待漏，馳念寢興。

【校記】

〔一〕張本標題作『上工侍師三書』。

〔二〕『編』，鈔本作『鞭』。

上都憲師四書

先歲二書，兩蒙獎答。一書不報，寒暑憂思。昨閱邸寄，知先生晉升總憲，喜極無眠。以伯嚭爲耳目之官，以君牙爲股肱之寄。露章請劍，去佞拔山。踏嚴相之一樓，除秦門之十客，在此時矣。霍雲家倉卒之日，上客頭焦；郅君章奏書之時，狂人膽落。夫權傾天下不疑，功蓋天下不忌，侈窮人欲不貶，郭汾陽可以當之；儀禮比於蕭何，封邑比於鄧禹，賞賜比於霍光，梁伯卓非其人也。今者賜步挽以寵尉，借明光而避暑。珥貂插筆，決奏於休源之前；南面黄綸，晝敕於龍駒之手。侯安都供帳稱觴，韓侂胄假筆升黜，見一斑矣。驚先蹕則誤拜江都，着黄衣則醉呼萬歲。凡諸故事，略在今聞。而且林甫恐對策言姦，尚書覆試；元載禁百司奏事，先白長官。前者鮮于討南詔大敗，國忠署其戰功；劉法爲夏人窮追，童貫隐以捷報。今復使王衍營三窟之計，弟非敦戎；命謝玄督淮上之軍，人皆巷議。姻戚若樊靡卿之父子、竇廣國之弟兄，有幾人哉？褚裒國戚，猶讓大權於會稽；王蘊封侯，能避恩澤而不拜。今則受爵天朝，拜恩私第。雖無荆州十郡女婿，實用謝安一半門生。入捷徑者，指爲終南；至異門者，此中輻湊。蔡義可制，居然霍光；闒播不言，儼然盧杞。運掌而賤吏富於季孫，咳唾而爛羊貴爲郎將。服食次於尚方，園林侔於暑殿。膳夫庖人，繡衣錦綺，珠襦玉柙，秘器東園。總其款迹，具在前書。以今喻古，所謂毛髮灑於奉册，芒刺生於驂乘，在此時也。而又有猩猩死酒，蛩蛩負驉，寧烹五鼎，甘臭萬年者，爲之羽友哉。

都憲爲漢御史大夫。三公之貴，居丞相之次，在將軍之右，非梅福上書、申屠對策可以比儗也。先生乘徐樂瓦解土崩之勢，爲賈誼流涕痛哭之奏。捧日天門，徙薪曲突。或不至然臍漆首，殉以廚車；亦不致鵲喜蛇迎，罪干虎睡。兩宮有八議之恩，九卿有十宥之法。爲昭平豫贖死罪，使曹爽不失富翁。貸爾朱緩其牛刀，寬宇文遲其玉珽。則先生厝朝事於太山之安，存丞相於牘背之上矣。我國朝康熙二十七年，御史郭琇參奏大學士明珠七款，早申一疏，夕命三褫，載在典章，藏諸宬史。昔者漢宣帝知霍氏不善，早在民間；唐代宗收元載端目，盡出禁中。而況我今皇上日月離明，雷霆震出。及今不劾，而先生嘉謨嘉猷，曠官曠位，一朝蕩然矣。夫事之急者不能緩言，心之忠者不能諛聲。高彪覆刺而投書，迫也；劉陶驛馬而上便宜，激也。曇糟粕書生，都養弟子。以枕膝感孟喜之恩，故發被露楊軻之醜。亦知廉頗當失勢之時，故爲潘尼作安身之論。倘引嚴郢以發楊炎，假庾準以傾劉晏，則非先生仁者之用心，而事亦緩矣。劉向曰：執狐疑之心者，來讒賊之口；持不斷之意者，開群枉之門。若彼相居累卵之地，而尚圖太山之樂；爲朝露之行，而猶思傳世之功。則請先生以是書上之，彼相身當披鑕，甘服上刑。述王雅之生平，書生膽大；題曹公之活字，相國門寬。

與兵侍周石芳先生書

西園謁別，承以尚書尺牘，介交淮南鹽榷；又承以細生出處，譽薦河隄水工。良士陽鳥戀南，塗馬知水，緣是未稅邗江〔二〕，先遵睢上。八月二十五日，見松圃尚書於河滸行臺。時也田蚡視水，延年之策太多；汲黯治河，淮南之病不減。命寓河干，恭候章下。九月八日，伏聆諭旨，不準人員納草投効。相如慕黃霸，一郎之貲未籌；買臣學西施，半肩之薪莫負。餐珠析桂，遐想龍門；背坂面隍，積傷蟻慮。罄十九年袁宏土窖之情，敘五十歲孟郊無官之故〔二〕。

初，良士之待詔公車也，不欲碎胡琴於都市者，欲爲端人；不忍彈鬱輪於主家者，畏非佳士。是以麒麟寧糜身於魯經，渥洼不自媒於漢殿。語曰：相馬以輿，觀臣以主。此良士始入京師，逡巡趦趄於時相之門者。豈期埽門魏勃，未見曹參；懷刺禰衡，已逢黃祖。嘉慶四年，以師門芥蔕之嫌，車後塵囊之垢，錯書舉燭，誤點飛蠅。遂轟薦福之碑，忽破太初之柱。當時也，腐鼠飛鳶，欲亡虞氏；箜篌漆匣，幾殺王彪。都察院都憲吴師，晏嬰民望，荀爽人師。不先淞水之鱸，致拔仲尼之樹。良士梁鴻適越，早到蘇州；劉超閉門，絕無賓客。當日之畏影匿迹，救寒止謗，江南人士之所哀憐者已。辛酉、壬戌，復以静菴少詹之知，先生賞愛之酷，更生之傳，虞監手抄，會稽之碑，范雲背誦。幾使劉歆忌口，醬瓿莫覆；竇融飛書，洛陽傳寫矣。無如昭君面醜，不勝劉白之圖；墨翟書多，未免弦唐之怪。此東坡典貢舉而李廌無名，永叔修五書而韓通無傳者也。李白曰：千鈞之弩，每發不中，則當摧橦折牙。安能效碌碌者，蘇而復上哉？

冠一免而貢禹不彈，門一杜而汜騰不出。是以吹簫歸去，仍居胥相之城〔三〕；廡下春來，終守要離之墓。妾非彩鸞，寫唐韻而賣錢；婦是唐寅，貿丹青而換米。擬以爲荀曇禁錮，不過終身；王通著書，老於河汾可也。何圖李衡種橘，有賢妻竊笑之時；劉凝隱居，無夫婦遊山之福。一雌忽飛，五倫遂絕。於是逢萌迷路，不識東西，羊曇西州，無非痛哭。此戊辰、辛未以來，挈子拋家，重蹈燒龍舊路也。昔有勸李賀必舉進士者，而李賀不從； 亦有勸桑維翰無舉進士者，而維翰不聽。良士左思溷上，歲歲三篇； 袁虎馬前，年年七紙。蓋蘇季十上不行，實陽嶠八科皆中也。考漢郡國舉士，皆取少年能報恩者。良士四十五歲矣，尚能夢中咒柱乎？ 馮唐九十，忽舉賢良； 唐都百歲，居然待詔。未必然也。

舊年都下讀先生《山西程式》諸刻，人則郝隆滿奮，盡是高才，文則橘柚樝梨，無非美物。加以攀安提萬，説項推袁，幾幾乎曾凱下第，欲爲釘足稱冤，王褒愛才，竟與門生擔飯矣。良士胸中柴棘，大半是國家經濟之書； 夢裏江湖，小試亦治世農桑之具。無奈柏耆杖策，不曾遇裴度於淮西； 馬周年華，不忍謟常何於幕府。覩黄河積石之難，思睢水囊沙之計。乃復逍遥河上，徒賦《清人》； 黎陽亭邊，空歌《瓠子》。是又詭遇不得驂王良之轡，異途不能呈卜式之身，良有然也。凍蠅不翼，沖天之飛； 焦堯不救，夸父之蹶。仍歸舊隱，有地蒔花； 欲上揚州，無錢跨鶴。秖申忉怛，馳念安和。不宣。

【校記】

〔一〕『邗』，鈔本作『刊』，誤。

〔二〕『郊』，鈔本作『蛟』，誤。

〔三〕『胥相』，鈔本作『相府』。

卷四

總統閩浙水師浙江提督壯烈伯李忠毅公神道碑

當嘉慶十一年五月，公北汕失利之後，漁山受傷以前，某以雁蕩山遊，謁公於雙崑之泊。別公，公哭指酒尊而誓曰：『子知老夫之在水師乎？蓄憂者喪心，急死者喪勇。事成勿議，則劉向不必爭陳湯之功； 致死若寃，則李翰必爲我上張巡之狀。』逾月，某以遊輿道松門，路人藉藉謂公已入囟水，犯霧露，逼手搏，披六創，漂舟蛟門。吏民荒荒，不知公之存亡死活也。某笑曰：『將軍死矣。全名爲上，全軍次之，全身又次之。今而後，將軍之厲爲神，將軍之卒爲靈，將軍之寇殲，將軍之海平矣。』又逾月，渡浙，見邸報，知閩大吏誣公逃寇，陷公以必死。後先一日，浙中丞以公負重傷入告，二章交上，詔復公翎頂。於是浙百姓呼天而謝曰： 皇帝聖明！見萬里外將軍生矣。嗣後，剿東湧，擊粵洋，之大星，攻浮鷹，禽斬殺獲，又數十死戰，惟閩大吏之露布是聽。遂以戊辰十二月二十五日黑水洋之戰，日奉四檄，逆風攻牽，薨於炮。窆之日，常州洪亮吉爲公墓誌，叙公爵里、戰績、旌功、堂贈之典詳且悉。某讀而慟之，慟史官於公未知也。乃目實事，耳敗狀，心公死志，將爲官紳將吏擬文以表之阡曰：

朝廷以浙閩鎮協之不總率也，故授公爲統帥； 以州郡軍火之不急供也，故許公以專調。前制府郡王之檄，後巡撫阮公之奏，莫不聽公便宜，假公號令。後之節度我公者，亦第如謝安圍碁，助阿玄破勢，寇公飲博，慰眞宗怯心。搜南塘，察舫下逃人；登首級，受國淵實數。急則嚴助之救東甌，斬一司馬；緩則法雄之逭海賊〔一〕，降五梁冠。而且遲以孫武五間之謀，柔以臧宮緩賊之計。如是，而公以路博德之樓船，馬仙琕之生死，擒黿出水，誘虎登山，招鳥入懷，縱魚去壑。戈船下瀨畏其麾，橫海伏波受其令。如蛇首尾，若手左右，兵法所謂無地無天、獨來獨往者。

賊不活，公不死也。公之死，蔡牽以三舟檥島，距公洋半更耳。先日，寇蹙窮門，魂遊天竈，一山當背，四壁皆天。出下策不過生降，動長圍便成死地。公因山爲壘，以逸待勞，避不周一夜之風，了傳首藁街之事。姑爲張步開一面圍者，約楊么當八日擒耳。何圖事敗垂成，功隳熟計。閩督以龍駒畫敕之筆，飛金牌十道之書；以辛毘軍門之威，爲臺使封刀之嚇。日不三竿，檄凡四下。謂公今日不戰，則胡建先斬監軍；謂賊今日不禽，則莊賈必誅大將。夫伏波非西域賈胡，豈肯壺頭不進；況朱蒙非河伯外甥，焉能魚鱉成橋。勸公者謂詔書尚可封還，臺教豈容中制？扇非諸葛，何地祭風；術少欒巴，無人噀火。彼以大海爲澶淵，我以將軍爲孤注乎。公斫舷怒曰：『此爲生賈布，不如死走達矣。』於是溫序銜鬚，章邯畏口。夔牛三震，海水皆飛；螢弧一麾，天風盡黑。悉呂蒙艨艟精兵，斷黃祖栟櫚大紲。露橈冒突，盡去長絙。欑柱枋箪，力揮大斧。約以孫權箭滿船平之時，各爲留瓚披髮叫天之戰。環槍務蔡，蔡必速飛；郎機搏人，人皆著翅。公猶千牛備身，七賢扞刃。雖糜芳船上人多，有許褚馬鞍藏蓋。一鉤忽接，彼槳齊摧；兩艫方交，我兵皆上。當羊鯤抽稍出艙之時，正侯景透水無逃之際。蔡牽鬬樓而窺，踊棓以俟。望典韋五步之戟將到，持陸遜一茅之火而死矣。而牽之奴林小狗者，陣門鼓蓋，偷識高昂，軍中白衣，遙知仁貴。覘博浪狙中副車，留阿奴火攻下策。桅樓出藥，窗眼藏槍。公不知天狗墮地之一聲，有大火心星之一落也。誰實使之，誰實死之？非仲長統所謂叫呼蒼天，號咷泣血者乎？

初，閩督之官，公宴酒歡間，公後退，斬公而笑曰：『知古所謂兜鍪無勛，貂蟬足貴乎？母寡王之頭能假至，飛將軍之侯必眞得矣。名將躡敵，神巫追魂耳。君何不以露布書告黄巢授首，我能以崑崙舶助魏收奇貨也。』如是達旦。公大怒曰：『于清端之捉賊，姚靖海之用兵，長庚所知也。皇上所以稱鉅鹿李齊，每飯不忘者，天也。所以使買臣治軍東越，欲度尚掃平南海也。命以玄謨刺史軍事，則虛張戰簿，罪也；命以褚蘿都督水軍，則餓紋入口，命也。公阿利樓船，宜其畏水；我安成齋舫，不畏遭風。今日李廣生，劾以失道可也；他日李敢死，諱以鹿觸可也。長庚身出驍遊，止披衫甲；大府躬居常伯，已戴貂蟬。謂賀拔岳不讀兵書，即馬季長不闕《忠經》乎。公何其以鄧騭之肉，塞李充之口？』推几而出，密以語客。客諫曰：『將軍誤矣！華登不死而假裹華登之首，則揚徽之徒勝矣；林卿不斬而借懸林卿之頭，則建鼓之人無矣。朝廷六合爲家，九藪爲囿。燭龍緩照，誰非蒼水玄夷；岳瀆窮搜，盡是天吴水魅。將軍以旱魃應龍之師，收鵾脾桓胡之卒。能包化內，淮渦亦是水神；不察淵中，罔象亦爲寶藏。客以爲蚩尤有搖尾之樂，共工必無觸頭之怒。自見閩浙用師以來，馘高熊耳，兵白人鬚，牛羊亦大漢畜生，魚鼈亦上天赤子。將軍思劉安間忌，何以不降南海之王；高帝良平，何以不擊横來之島？非以楚購伍員而伍員讎深，漢求季布而季布名大乎！將軍知汪直、徐海之力剿，爲有明姦宄；抑知朱清、張瑄之不力剿，爲有元功臣。則奏而降之，可也。不然，如蔡牽者，禺魑海宅，淫梁舟居。季漢之張伯路，非殘晉之徐道覆也。軍中張燕，聽其冲飛；河上孫恩，憑其水化。若將軍必欲函盧循七首，焚大雷千舟，掃空鳥獸之門，涸出黿鼉之宅。海非蒲類，功不雲臺。備少千刀，沙長萬里。入居風無功之中，恃紙船稍工之險。一旦張伾風鳶，不通書紙，管寧神火，不照將軍，睢陽之力已盡，青蠅之矢積階。王濬爭風，石頭不利；匡衡內訌，司隸下章。客恐李息之畏張湯，今日始也。』公曰：『客亦云然乎！虎飛食肉，豹死留皮。長庚與蔡牽同日死，不與蔡牽同天生矣。』

鹿耳門之圍，遂有譖公爲北汕縱走蔡牽者。曰：賊之鹿耳沉舟，窮寇也；龍頭絕港，死地也。李某以江龍上流，全軍守濡，須藏舟小隝，障官軍耳目之明，活賊人肝臟之裏。在垓下已圍成十面，即落水亦不失三公。不以此時掃赤壁膏油薪火之兵，爲覆舟麾折幡沉之戰。升活人以示攻具，諜死間以誑降書〔二〕。而乃捧土塡津，丸泥塞谷。五條鐵索，空鎖巫山；七日牽牛，遙觀天漢。使蔡牽鑿破凶門，呼開蹕路，潛搖水底之鈴，響撤城門之網，鐵鹿無聲，油船竟渡。謂非縱歟？不知銀刀代將者客兵也，黃金行間者陰謀也。劉文叔之燒王郎私書者，安反側也；張世傑之瓣香籲天者，乘颶風也。蔡牽先以銀錢四百餘萬，遍豢臺灣。公圍中半是閩兵，部內無多浙將。從田橫海島者五百人，入廣州城門者三十萬。上有桓闃被賧之刺史，下即有天雄魏博之驕兵。雖不殺，蓋長史爲負天，已蔑視灞上軍如兒戲。而公猶老羆臥道，白棒無前，矢中酒尊，淮陵不動者。所恃一船尺籍，猶魏尚家人之子；兩廂孤兒，皆德威父子之軍也。又數十餘日，牽遣孌童，踏小舟，遞公一札。學日本致書，作匈奴謾罵。遺馬懿巾幗，內已藏許貢之刀；奉高乾布裙，外已結柏人之壁。公收粱罪狀，燒其獄辭；獲宋狂狡，殺之滅口。苻離卧而甚酣，子反飲而大醉。當其時，四面楚歌，不驚項羽，而一梧纘酒，氣死吴規矣。公乃撞破酒鍾，陣開旗鼓，率董襲五樓船，爲郭伋一士鬬。無如東北圍成，方擒朱泚；西南風起，忽助侯瑱。呼餘皇而長鬣無聲，叫倉兕而太公不應。東明之渡無橋，石頭之舟已遁。公以爲孫處番禺之海戰，坐守虚城，而不知田豫成山之水陣〔三〕，已陳兵空地矣。此趙充國之所謂兵事百聞不如一見者。乃楊僕之偶失眞眞，非高皇之不善將將也。

漁山之戰，公士燮祈死，賈復輕鬬。内懼杼投，外憂杯影。乃誓祭三王白虎之船，走丁旿抱河之陣。集垣護斷鐵長柯之斧，約韋叡焚橋灌草之兵。以是年某月，搏蔡牽於舟中。桅煙臥水，帆火烘雲。陸渾之燒海赤，睢水之血天腥。百舟鬼爛，萬刀魚呑。公投不礫石，登不懸布，横屍一艙，懸命四手。諸葛亮之七禽七縱，老生常談；韓昌黎之再接再厲，鬬雞聯句。吕布拳捷，石勒手毒。丑父傷肱，桓魋腫目。魏犨索胸〔四〕，林雍齧足。良夫披髪，華元皤腹。搏人未投，枕屍已哭。公以爲退原原降，圍鼓鼓服。遂乃辦葛藟之長繩，回頭縛虎；牽忽掣董公之手戟，反面當熊。衛侯手挍，子犯戈逐，中肩中背，志眉志目。及黄蓋之走舸方來，而慶舍之俎壺中面矣。於時友亮兵驕，難星空過，元規船小，風順隨漂。蛟門之泊，譖公者謂虬髯已入暹羅，陸賈竟降南越，不知浙撫方以萬金良藥，救活灌夫，而閩督急以一紙鐫章，乞收延壽。豈非彭汨陽之軍中，盤腸大戰；張宏淵之靈壁，搖扇清涼乎。當是時也，朝廷宵旰，早知周處無援；大海汪洋，畢竟張良大索。天子不懲李邑，知將軍何恤人言，更慰孟明，謂勝敗兵家常事。乃還公章服，勉公捷音。嗣是村留海醜，年年魯班圖形；禹將庚辰，日日巫虒大戰。轟一炮，戮蔡牽從子一人；剮幾刀，斷蔡牽大桅半段。使此後粤洋之戰，黄天蕩稍有濟師，鄱陽湖或逢後至，則蔡牽在南海擒矣。此聖上所以優敘公功，切責粤帥，馮將軍之垂翅回溪，方將奮翼澠池者也。

公段頎性剛，趙雲膽大。胸藏伐惡之城，頭直弼公之筆。寧持銅面，不踏金靴。自從事林爽文平定以後，犯石頭凶氣，指太歲逆行。戰則銚期攝幘，臥則什門衣虱。登門如投稷蓋，入水不著龍工。戈來肩受，劍至項承。以致周泰一身，皆如刀刻；孤延鬚鬢，盡被雷燒。嘗謂郡王福康安曰：『長庚破家爲國，惟火藥非私家自有。以故二十餘年，蒙山不問海師，鎮惡船皆自造。』素不標異。或商賈白衣，呂蒙之櫓自搖；或袒裸赤身，陳平之舟手刺。闘霹靂萬槍之中，戰魚龍一船之内。公意恬然，賊亦不知爲李將軍也。性樂士卒，泗水則崑奴投身，燒船則魯奇應募。公之功，平安南夷賊，擒僞官倫貴利爲最多。三盤嶴之戰，公樓船旗鼓甚盛。夷人見者，皆以爲河伯水神、敖曹地虎、黄龍高艦、楊素江神也。颶風助公，覆夷船數百殆盡，俘斬數千人，公舟無恙。夷患遂平。蓋自北汕以前，已計一百一十七戰。公所至，修學校，立義倉。讀史，慕曹褒葬射聲營棺百數。於是鹽倉山下，年年親祭亡魂；黄鶴樓邊，夜夜手埋戰骨。好讀書，樂静坐。喜爲詩，《贈友》有『諸老定誰先賈誼，有司偏不第劉蕡』，《題竹》有『偶然誤入篔簹谷，錯認軍中十萬夫』句，皆餘事也。夫以公之才，閩越和衷，文武秉志。如徐幹之助班超，杜預之代羊祜。早見木華《海賦》，灑乾烽火之樓；道濟長城，築出迎州之外。何至鑄伏波金印，犬字未成；製五百斬衰，海神先哭。豈非使楊大眼馬上行屍，斛律金往來如雁者，皆陰子春之洗腳、天雄軍之誦經敗之也。今雖户帖桓康，家畫成慶，撲公始志，實喪初心。此來歙之掇筆抽刀，周瑜之背創盡裂者歟。皇上慟公忠誠，哀公壯武。蜀中鼓吹，迎歸龐德之屍；詔告瑯琊，高作伏隆之墓。謚公忠毅，封公爲壯烈伯。養子二：長廷駒，舉武科，早卒；以次廷鈺承襲。

公諱長庚，號超人，同安人。曾祖思拔，祖宗德。父希岸，彰化縣生員，以公貴。公以乾隆辛卯進士，藍翎備宿衛，出爲浙江都司副將，擢海壇鎮總兵，其初閥也。嗚呼！盤龍血戰，生無父子之兵；徐福童男，死飼螟蛉之肉。聽滕修四丈蝦鬚之説，海上誰傳；讀梁竦封侯廟食之談，望洋長歎。昆邪莫泣，李廣是天下無雙；書生不文，王雅亦一身是膽〔五〕。銘曰：

張騫鑿空，博望則封。將軍而飛，死則無功。殺身也孝，喪師也忠。將軍之噫，於海爲風。經天一星，與公同名。退天三度，賢人下生。天狗墮地，譆譆火聲。將軍心赤，他人膽青。不生不人，不死不神。成我者君，殺我者身。子我者親，死我者臣。老子曰死，孔子曰仁。海之爲物，居地之外。名之一字，於天爲大。黿鼉蛟龍，中有萬怪。心星一火，公不務蔡。封侯廟食，朝廷之德。死則千年，活則六尺。龐德之屍，將軍之骨。哭公之淚，其名曰血。

【校記】

〔一〕「逭」，鈔本作「追」，誤。

〔二〕「誑」，張本同，錢本、鈔本作「誑」，伍本作「證」。據語意，當以「誑」爲是。

〔三〕「豫」，鈔本作「預」，誤。

〔四〕「索」，鈔本作「束」。

〔五〕「身」，鈔本作「生」。

繼室金氏五雲墓誌銘

夫以情愛爲稊稗瓦甓者，天神好女革囊之盛也；以生死爲尻輪蟲臂者，鏌邪夫婦不祥之金也。予自嫡室朱氏樨香亡後，浪跡金陵，流連吳會。覓劉延明爲婿者，一席常懸；與哀駘它爲妻者，數十未已。或厚貲以女陳餘〔一〕，或貴家以媒李益。或夫人半老，親書《大雅》之唫；或侍女憐才，偷讀《靈光》之賦。金陵大家青衣競誦予得解文字。謝道蘊雅人深致，卓文君放誕風流，六族訂婚，皆同時閨彦。予概允之而心有待也。

會稽金氏，系出炎漢。其宗祠在金坂者，奉光武以下諸帝神主，與劉氏不通婚媾。馬明德之但慕竹帛，鄧和熹之惟供紙墨，以故世世子孫，有女德焉。受經書於大家，從祖母受儒經、佛典。借筆硯爲博士。織錦寫太平五言之頌，迴文書天寶八百之詩。年十三，手書予所作織錦迴文，爲蹇修之始。則采三氏長女禮嬴字五雲者，爲高明最。嗚乎！伏勝之女，曾傳父書；班彪之愛，亦傳家史。采三氏以予托名場，自悲世外，遂乃索溫嶠之鏡臺，解馮京之金帶。郗鑒方求佳婿，范逵初舉孝廉。以乾隆五十九年十一月四日婚於山陰。諸葛擇婦，徐邈選婿，適相合也。

以有涯之生，賦無家之別。辛、壬、癸、甲，塗山娶女之期；子、午、卯、酉，舉子當梁之歲。三夜不曾息燭，四日而就公車。錢江遂爲天河，雲間隔於日下。予挾柏耆之策，寓常何之家。淮西未見裴度，京師識爲馬周。以秦、楚、蜀三隅林莽交錯，建清野之策。獷賊橫行，書生落第，無可歸也。而時諸老先生或以桓開幕府，嘉賓才可參軍；牧本知兵，僧孺索爲記室。相府薦伯督，而侍御范師亦薦予贈郡王幕下。伻來瀛鄚，馬走燕齊。木蘭許我從軍，齊河女子以走繲平原，將從戎幕。碩眞亂於睦歙。女賊齊王氏起襄鄖，方熾，而南壟女賊王囊仙擁衆黔貴。計欲手攜紅綫，殲彼空精，身入朱鳶，殪其徵側。結李陽之狹拳，乞鍾會之送馬。得四馬，皆走五百里。

行有日矣，而少微星隕，丈人山摧。烽火千里，家書萬金。驏馬而覘敦壁，至大梁而朱仙鎮燬於女賊。投鞭而渡長江。則五雲金刀封臂，闔土塡門，以封臂創發，潰血逾年。三年泣血也。既遭父喪，又傷妹服。以飲恨死一年。文姬紙筆，眞草惟命。居喪攻書，予文稿詩册，遂有成本。亡父賜書，流離塗炭矣。采三氏藏書至是盡散。乞知章之鑑湖，葬史公於禹穴。塋東郭，作《松臺辭墓圖》。而聊城任曉林守蘇州，知羅隱已歸江東，恐陸賈遂留南越，指支道林舊巷之門，没賈氏奴西支巷大宅直巨萬者，又贈我東支巷宅。後皆還之。爲孫伯符道南之宅。謂梁鴻舂杵，宜住皋橋；簫史夫妻，當居鶴市。催回訪雪之船，迓我渡江之櫓。留皋亭而坐梅花，上虎山而參大士。以孫弘開閣之時，爲吕蒙延賓之地。賓客下四十餘榻。調絲千指，下箸萬錢。仿子美滄浪故事，買羊求三徑舊園。買蔣氏山園，捐祀白太傅香火，爲東浦方伯懷杜閣地也。崑崙懷智〔二〕，善才之琵琶；朝雲夜來，鸞臺之婢妾。賈胡波斯，安民篆刻。清河珍珠，書畫之舫；金管玉簫，沙棠之楫。韓英、宋昭之閨彦，何曾、虞悰之飲食。膳祖一人，廚婢數十。玉杯金盞，涼堂燠室。五雲以清照詩詞、道昇翰墨，萬錢買徐熙丹青，四時蒔坡公竹石。上縹渺而圖春雲，宿穹窿而繪曉雪。畫鄧尉之梅，寫司徒之柏。獅林之石一洞，太湖之水千尺。天平而白雲上下，虎寺而劍池壁仄。傲郭李之長技，追文唐之故實。山塘龍舟，石湖串月。煙波畫船，浮家泛宅。謝靈運之衣裳器物，徐君蒨之管弦聲色。吳中人謂王陽能作黄金，疑智瓊必爲神女也。

惟時也，作竇融露布，衆識班彪；鎮陶侃武昌，人期殷浩。皇甫嵩黄巾之戰，未破波才；烏重允軍幕之中，急需溫造。或薦韓愈以行軍，蘭泉司寇等馳書交薦。或舉馬隆以良將。雲督吉，將以予改從武職，乞署都司。雲以府非蓮花，院非起草，丞相之帳難眠，亞夫之壁莫入。且李翱不任於陵幕僚，劉蕡肯爲令狐從事乎？京師使至，將以章京保舉經略參軍幕云。乃閉馮衍之門，移居金獅飲馬橋巷，釘門而居，不赴己未禮試。寧投揚雄之閣。何圖洛陽年少，吴公忽而薦賢；牀下姓名，王維已通天聽。葛誕之雷破柱，滕放之雷碎枕。愛我者以籧篨覆庇庾冰，惡我者喜霹靂驚翻王導。倖雞竿方懸赦書，而五雲猶脱簪待罪永巷，别遷東支巷，承撫軍費公意也。則始寓吴門之第四年也。

雲歸剡縣，予遊登州。一船抱《越絶》之書，兩地陟蓬萊之閣。一則千岩萬壑，雲門、若邪；烏蓬竹筏，遍遊越中山水。一則海市蜃樓，瀛洲、方丈。哀我者謂李白逃名東海，且留釣鼇；勉我者謂唐都再入金門，何妨待詔。寫真容而寄楚材，寄我《邪溪乘筏圖》，由遼左至登。賦《南征》而勗庭瑜。紹蘭時以書來，韞秀每因詩諫。乃辭望仙之門，重踏京塵之路。楊於陵薦李程日賦，《五色》空華；辛酉，楊静菴詹事薦中予文，時三主司詫爲奇才。忌者一人，不以予名寫榜。詹事怒，不飯者三日。吴武陵薦杜牧奇才，《阿房》徒好。壬戌，那東蘭洗馬薦中予文，十八房傳讀，爲一座所匿。洗馬出，抱予而哭。蓋匿姓名於户壁之間，咸知子愼；予八試八中八黜，每文入房，典校者皆知予名姓。及改名，復然。亦異事也。逃身命於水土之下，重困康成也。第四試爲本師戴先生摒。石舫學士遂手抄三場全卷，五色紛披，出闈而諸作已傳布諸省。招方干於寒山，指鑑湖爲博士，招隐寒山，戒予不仕。五雲居越又二年矣。淵明感孺仲之言，興公聽賢妻之語。王臨川誓墓終身，何仲弘告靈不仕，良有以也。吳郡衞街西橋普大夫宅者，紅欄架閣，青漆泥樓。主人曠獨樂之園，尤知襄之室。弘景以三層爲樓，熙載以暮年畜妾。肯假晉卿爲西園，許借王敦以後閣，予以緡錢居而安焉。紅鸚傳語，白松來風。課綠衣，誦《秋水》之篇；教春風，習雙聲之字。課僮奴四五人書法，時蔡僕工北宗畫。班昭《女誡》，漸有成書。刪增各家女史，合爲《鴻樓閫範》，冠以班氏『七誡』。蕭統選樓，幾歸婦氏。依昭明體例爲《女文選》未成。依劉向欲訓毛《詩》，踵劉向傳説，將并集齊、魯、韓《詩》爲四家傳。笑馬融徒知女樂。伶女以琵琶集館下，賓山生徒，以予主講，不赴。於是管弦絲竹，以特進之後堂；珮色釵聲，爲宣文之絳帳。琵琶弟子，桃李門生，森然成列也。新子畏桃花之菴，寫六如詩文之集。雲手寫唐寅詩文集，而唐陶山明府遂有重新桃花菴之事。瓦官寺金錢百萬，畫賣維摩；蕭子雲書紙三十，名傳百濟。銅船以所畫維摩像及十大弟子十餘艠入日本，而倭國長旗將軍以柳絮牋來乞畫〔三〕。張吳顧陸之五經，董展鄭楊之三史，莫不掩譽丹青，馳聲翰墨。或思訓數月之功，或道子一日之筆；或十斛以易寸牋，或百縑以成一紙。庶幾乎夏昶一竿之竹，西涼十錠之金矣。秋室蒔花，詩廊坐月，横塘泛暑，楞伽翫雪。既安市廛，旋思山澤。慕峨眉而追陸通，緬鹿門而隨龐德。始不笑李衡之伉儷，約種橘於武陵〔四〕；實則羨高柔之倡隨，終畝川而築室。則重寓吳門之又四年也。

紅柏山莊爲湖墅養魚、南宋種花之地，元詩人所謂『歸錦橋邊停舫子，散花灘上結樓居』者。雲樂而誓之曰：『我之歌哭，殆在是矣。』以嘉慶十年九月養痾杭州。王子猷借宅而竹，鄭康成借田而耕，其故事也。是行也，聽龍眠自寫山莊，知伯時才爲畫累。雲既抛槧而棄鉛，予亦带苦而擁耒。傅蠶室不辭自污，卞田居何妨自穢。魚隨名呼，鳥就掌餵。榴花避秦之雞犬，煙波志和之奴婢。順昌山裏，不識熙寧；武陵源中，焉知晉魏。或以爲山中宰相，有樓可居；或以爲白衣尚書，無官則貴。此孟光婦夫所由辭吴絶越、再入灞陵也。明年，屬予爲雁蕩之遊，狀天台之境。語予曰：『春山如慶，夏山如競，秋山如病，冬山如定。子不詡夫詩仙，我何争乎畫聖？』師人不如造化，遊山必有濟勝。苟疾病之可禱，何死生之有命。我因子而投畚，子因我而墮甑。梨園一本，黄粱一枕。知萬歲鄉之封君，能壽於武擔山之石鏡乎？年三十有六，卒之日，以梅爲聘，以桃爲媵。將慰遺我四十年文字功名之比興，抑懲戒我十二年熨體畫眉之情性歟？

按古冀缺、黔婁、接輿、萊子，皆以妻賢全其隱名。予髫幼習太史公縱横之書，弱冠學百家之藝，喜婦人之集，愛英雄之記。前嫡室朱氏，鑿心納劑，束髪署髻，勸樂羊以斷機，勗李固以負笈，雖越姬不免狐狸先驅，毛玄徒以蕭艾負氣。卒之郗超門下，尚無性命之憂；种放山中，猶有田園之地。此予所謂背坡面隍而不覆墜者，兩妻二十四年之助也。雲臨終之言曰：『名大則攻，才大則窮。余閲女史至阮修、劉巖四十無妻，而王敦、褚淵爲之更娶者，君其免乎？』

以某年月日殯於湖墅馬塍之散花樓下。嗚呼！非盤古夫妻〔五〕，何須合葬；是蒙雙男女，何必重生。空呼臯媚，人不將將軍魂招；後死徐悱，我不見三娘文祭。銘曰：

臯亭之西，秦亭之東。曰花馬塍，曰半道紅。伏勝之書，班彪之女。義成《孝經》，宣文《論語》。著書不勤，丹青則神。如曹大家，如管夫人。三十二相，蕭梁鑄像。以供奉蕭統觀音大士尊像，此山中偕隱，一念因緣也。萬花樓中，散花供養。桃花九品，梅花九命。以是因緣，有大士之龕，五雲之殯。

【校記】

〔一〕『貲』，鈔本作『資』。
〔二〕『懷』，鈔本脱。
〔三〕『旗』，鈔本作『崎』。
〔四〕『陵』，鈔本作『林』。
〔五〕『古』，陳本、錢本、伍本均作『占』，據張本、鈔本改。

第五姨墓誌

古之善嫁女者，開一窗而自選，牽五絲而得紅。媒妁之言，婚姻之賊也。共姬死火，貞姬死水，良史傷之，《春秋》所由，罪彊委禽乎？予自金陵來山陰也，指青衣而識狀頭，搴車帷而呼小宋。姨獨語其姊曰：『讀《漢書》乎？君慕鮑宣、梁鴻之高，妾亦從少君、孟光之事也。馬南郡《女論語》〔一〕。』翁聞之，曰：『讀《晉書》矣。段元妃不爲凡人妻，段季妃亦不爲庸人婦也。慕容段氏傳語。』姊皆笑而頷之〔二〕。

越明年，予道天台，締七孺子而不婚，聘三夫人而未娶，見翁於會稽之東郭。不知嚴光之志在梅福也，樂廣之心在衛玠也。厲言諫予，使予還范雲之翦刀，辭王珉之團扇，曰：『八篇典式，一女傳經，君之婦也。僕老矣！侯高嫁女，不與凡子；杜衍選婿，無若舜欽。』而時也州郡之舉，以种暠爲孝廉；

垂橐而來〔三〕，入子圍之婚館。蓋但知郗公徧覓東廂，不知玉璜誰爲繼室也。詢於二介，時李三堯枚、沈四金燧爲介。曰：『幡竿竹馬，既見許於甘公；布被練裳，必鍾情於五女。』二君知趙晃擇妹，意在九姨；崔浩求妻，志存少女。亦戲予曰：『翁若愛慕容之姊，畢竟許爾雙飛；君能射竇氏之屏，或者中其二雀。』及戒賓筵日，奮衣登席，喜得延明，坦腹登牀，樂觀逸少。謝月鏡戒王式之夜，時維仲冬；裴叔道婿夷甫之女，行居第四。

先是時也，簡婚鍾母，愛在兵兒；覓婦裴家，欲媒萬子。翁不得不分季隗於趙衰，輟小喬於公瑾，非其志也。劉孝標之妹有三，宋若昭之妹有五。同時髫髮，敢違祖母之心；一樣知書，喜弄甄兄之筆。此連稱不媵仲妹於宫，聲伯必嫁外妹於人者，又鄭志也。時兄承祖母意，而翁不能違。維時山陰夜雪，朱百年送婦天晴；息嬀無言，賈大夫如皋不笑。而予已一舟桃葉，渡江公車矣。虎媒擇媳，鴆鳥求娀。錦瑟夜啼，玉樓曉哭。曰：『吾死必以姊夫之文文吾冤也。』明年，偕兄姊葬翁松臺。亡人振萬，共仲内淫，三月歸寧，一鳥姑惡。闢輪而抱嫪毒，瞬目而招盛姬。楚越姬禮義之身，班婕妤修正之福。横遭怨耦，殞陷貞魂。始而揮匜沃盥，希圖怒我懷嬴；既而粉筆書扉，決不屍歸陰氏。縣令受賕，狂夫宜死。摸金之尉初來，淘沙之官已諾。發墓而歸女柩，蕭至忠既已愚矣；劈拳而出手玦〔四〕，斛律光豈不痛哉。幸而嫻都童女，保有眞身〔五〕；相如完人〔六〕，昵歸全璧〔七〕。薛瑤英勝衣之骨，尚着龍綃；戈小娥紅玉之軀，依然處女。蓋其于歸數月，浴斛覆牀，散灰扃户，雖嬰陶名有賢雄，許郎實未搴裾也〔八〕。不鑄金而合聟，食殘魚而寧死。姨之死，姊知之乎？嚮使胡兒詠雪，能如乃姊多才；崔妹登車，早與女兄代嫁。安知多情歐九，不敢作小姨舊婿之詩；亦何至才辨女倫，不能爲阿妹申情之賦哉。世無溷糞涅麻而保其西施之潔者，無敦洽犨麋而辱以南威之姝者。讀彩鳳隨鴉之句，怨火寃霜；誦女師《德象》之篇，紅冰碧血。嗚乎！火嘻宋廟，傅不至而捐身；水逼楚臺，使無符而竟死。當年避雨，疑我爲安東貴人；今日射麞，何處是崔君府裏。

【校記】

〔一〕『論』，原作『倫』，據鈔本改。
〔二〕『頷』，鈔本作『額』，誤。
〔三〕『橐』，鈔本作『櫜』。
〔四〕『劈』，鈔本作『擘』。
〔五〕『有』，鈔本作『其』。
〔六〕『完』，鈔本作『夫』，誤。
〔七〕『眤』，鈔本作『睨』。
〔八〕『裾』，鈔本作『裙』。

虎丘山穸室誌〔一〕

飛鳥之跡，蟬脫之殼；騰蛇之灰，神龍之角。名之於人，亦猶是乎？盡綿上爲介推田，環會稽爲范蠡地。身名不滅，亦何藉乎？一隴之松，一棺之石，置塚要離墓旁，求葬西門豹側哉。憂竹帛之不書，文章之不立，於是趙岐自爲壽藏，王樵預卜繭室，顏清臣自作墓誌，杜子夏臨終刻石，緊可哀也。

曇字仲瞿，一名良士，吳郡由拳杉青人也。私窺中秘，空洛陽市肆之書；學射十年，盡寇恂淇園之竹。年數歲，祖瑩聖小之稱，張堪神童之目。《凡將》、《急就》、《元尙》之篇，八法、六技、史籀之錄。然糠滅漆，斷虀削竹。棄豕亡羊，忘羹竊肉。滅油置燈，藏灰節燭。墮馬據鞍，穿牀升屋。異書借鈔，官書竊讀。落燼晨明，警枕夜觸。讀道邊之碑，覆圍棋之局。如是多年，而陸澄號爲書廚，李善稱爲書簏。既而擎弓逐走，調矢射飛，學大黃於飛衛，師參連於由基。七百里平秦之馬，三十萬迷香之姬。嫁女欲得以爲婿，美人樂得以爲妻。登牆而窺宋玉，金枕而薦陳思。聲色弦歌，君倩遊踐；衣裳器服，靈運奢侈。而狂白三十萬之金盡矣。上會稽，探禹穴，登東山，臨碣石。經途三千，行年二十。而時也，先王群玉之山，謁者獻書之路。麒麟天祿，蘭臺石室之秘；華林總明，仁壽文林之富。靈威洞庭之藏，委宛天承之蠹，莫不準劉歆《七略》之名，在王儉蓮花之府。叔祖文莊奏開四庫，賜第發祥坊，凡官本遺書，皆準總明王儉故事。予乃八年於次道春明之坊，依溫公讀書之堂，聚卷爲樓，積石爲倉，晨搜《海錄》，夜寫巾箱。居王導之宅，七年不出園；抄陽城之書，六年不出房。夫然後翺翔金陵，徘徊建業。雨花臺城，長干采石。過河東而背亡篋，登淩煙而補壁闕。李賀唾地，任昉腕脫。賦入圍城，詩叩銅鉢。圍碁以四子一首，靈運以百篇半日。書十吏而不辭，作百函而竟得。杜秀才之五題，武德殿之二刻。庶幾乎曹子桓之上馬橫槊、下馬賦詩，傅修期之下馬露布、上馬殺賊，不是過矣。出馳駿馬，入羅紅顏，醉盡花柳，賞窮江山，李白之在揚州也；愛止丘壑，性同鱗羽，眷戀松雲，輕迷人路，宗測之不樂於仕宦也。姓不載登科記，名不入翰林志。青溪之樓十三，平山之橋廿四。遜、抗、機、雲，聚巾書於鴛鴦之樓；倚翠偎紅，掌教法於雙飛之寺。居鷲峰蕭寺，而往來信宿於隨園、安園、寓園之間。陳季常戎裝駿馬，細女遊山；

杜牧之紅粉狂言，紫雲乞侍。時或司徒妓宴，洛陽之名士皆來；時或康海琵琶，姓董之牽頭畢至。方將以金焦、北固爲狂生之三山，虹橋、新亭爲酒人之牀第，而乃機絲蠶簿，僅有故妻，竈突風吹，忽焉喪耦。婿陶謙者，豈止甘公；相陳平者，不徒許負。約七姓以婚姻，感一人爲箕帚。晏公愛女，方見託於希文；山谷詩文，遂見選於師厚。王子敬山陰道上，郗鑒東牀；顧長康會稽山中〔一〕，嵇含女酒。侍以爲劉凝夫婦，從此遊山；高柔賢妻，終焉鄉里。而孰知漢武帝元光初歲，無端忽舉孝廉；唐高祖武德三年，畢世不成進士也哉。

舉應奉將帥才，薦龐參宰相器。學則爲任彥昇五經笥，博則爲李倉曹人物志。或重崔沔以巍科，或擠李戡以下第；或欲以固毅典竇府文章，或欲以令狐爲太原書記。予方視諸石，間如鷗鳥；亦且望灞上，軍如兒戲。以是韓琦及第，五色雲飛；孟敏文名，一甑墮地。馬拊便面，車驅塵尾。郭丹之符未買，終軍之繻已棄也。夫郅惲恥以軍功取位，崔圓媿以執戟受職。嘉慶元年，獷賊横行，殽函險澀。時也，問張郎之弓馬，豈獨褚淵；應勇士之詔書，不徒師德。予亦謂班超筆硯，安事丈夫；呂蒙從軍，且探虎穴。無如魏其客士，軍門亦田、竇之分；翁歸全才，文武亦東、西之别。贈郡王福、伯督和分統秦楚諸軍事。乃嘆蒯恩馬士，徒事彎弓；索靖詩書，焉能廟食。且朱雲之劍請上方，少游之車乘下澤，此杜少陵東下姑蘇，南尋禹穴，職有由歟。田千秋之一言，阮千里之三語。頭痛讀陳琳，焚山召阮瑀。

居吳三年，有遺我書者曰：舍捷徑之仕途，棄終南之佳處，乃韋忠辭司空之聘，義方觸宰相之怒乎？予報曰：晉有殷浩，漢有樊英。謝萬昡曜，房琯虚名。播流者許靖浮稱，溢美者葛瞻令聲。日者秦楚之事，連營七百里，犄角十三城。誤國一人沈田子，還朝單馬段中兵。賊竄渡滚河，遂至蔓延四省。予安能望塵而知馬步，嗅地而識軍情？今日之一隻簾鉤，且留杜甫；他日之兩杯殘炙，誰救陰鏗？吳中士大夫將爲九老之會，（司寇蘭泉昶、宮詹辛楣錢大昕、侍講夢樓文治、雲崧觀察趙翼、東浦方伯陳奉滋、藹若觀察宋思仁、立崖司馬蔣業晉、許穆堂、隨園卒，待工侍師歸也。）值予買蔣氏山園，築懷杜之閣，崇香山之祀，祠石湖之堂，移仰蘇之址，聚吳下歌姬，居東南名士。絲竹醉於洞庭，燈船照於虎市。高流朝客妓酒分朋〔三〕，惱亂司空蘇州刺史。（聊城任太守曉林葺治園林，樓船燈火，賓客飲食之費，五年中凡數巨萬。）

方是時也，志和自號煙波，羲之將以樂死矣。豈期銅山未塌，方聽鐸而知風；杯酒纔乾，乃聞雷而失箸。都憲吳公，賈餗座師，和凝舉主。詔書初讀，手戰桓溫；司馬行軍，忽薦韓愈。笑孤延之敢戰，霹靂鬚燒；嗤太初之視書，雄雷破柱。細君未嫁於烏孫，狂生幾死於黃祖。幸而孫權席上，衆救虞翻；嚴武幕中，不驚杜甫也歟。遂乃陟琅琊，泛登州，遵黃腄，上之罘。避楊球路上之刀，中郎亡命；受王彪漆匣之嚇，臺使箜篌。冒巨浪，犯陽侯，循扶餘之故道，臨薩摩之舊洲。漢武、秦王之跡，浮沮、下瀨之舟。颶母吹時，魚龍出没；寅賓出處，蚌蛤翔浮。斯時也，視楊右相之冰山，身經苦海；入張昌宗之海市，親見蜃樓。誠盧生之所不到，徐福之所未遊也已。

既而陸贄衡文，不收韓愈；劉幾程試，又黜歐修。或以爲策是天人，何用仲舒敢諫；或以爲文如枚、馬，豈容方朔俳優。減食忘餐，楊子雲之愛士；（楊靜菴詹事辛酉分校，以予名不入榜闈中，三日不飯。）號啕痛哭，衛洗馬之風流。（壬戌闈中，那東蘭洗馬以予名又不登榜，出闈，抱予大哭。皆薦師也。）始以爲鄭玄逃生，纔避馬融之禮樂；忽不料服虔改姓，又遭崔烈之《春秋》。狂不似乎孔融，偏逢路粹；才不同乎曹操，亦忌楊修。然後知賈誼之見薦，吳公盛恩可感；翟酺之力欺，孫懿陰沮堪憂。梁武帝所謂『恨我詞人，數窮百六』者乎！昔富人齎十萬錢，而不得附名於子雲之《法言》；豪士遺五百金，而不能載姓於穆修之《廟記》。今則以不須由竇之文章，爲不肯梯媒之遊戲。宜其龔寬、劉白，寫昭君爲醜人；馮宿、龐嚴，屏劉蕡於落第。此芻狗之科名，無害我畸人之文字也。杜光庭萬言不中，再隱青城；蔡中郎十有二年，重居吳市。於是奴婢一船，家山萬里。張志和之浮家泛宅，林君復之梅妻鶴子。

居吳三年，又有遺我書者曰：妻宓妃而儷織女，何福能消；學鮑宣而慕梁鴻，君才太似。子安能以八百彭籛之壽，寫三萬蜜香之紙也〔四〕？復棄皋橋，舍舂杵，問康成而借田，向東山而乞墅。擲果一車，種桃萬樹，於杭之散花灘爲隱人也。喟然而歎曰：伊尹區田之法，不行於今二千年矣。闢土藝粟，盡地利之宜〔五〕，管仲不如甯戚；躬執耒耜，開播琴之法，孔明不如鄧艾。仲尼之體不勤，后稷之功最大。力畦畯，手灌溉，畝收一鍾，粟支二載。將告之行省而無人，謂獻之朝廷而未暇。呼亥章，召許邁。四十九盤之雁蕩，遊身地中；萬八千丈之台山，舉頭天外。火種刀耕，梯田水碓。李悝地力之書，宗測遊山之帶。方悟劉晏爲錢流，纔笑陳湯爲丐貸。乃漆園之缶又鼓，而少伯之舟又敗也。嗚呼！間氣鍾於婦人，鍾情在於吾輩。滄海巫山之句，何處招魂；金釵沽酒之詩，心傷舊配。而予年四十有四矣。

飛鳥夫妻，盤龍父子。再泊秦郵，重遊燕市。遮視河使者而說之曰：河與運，不如是治也。昔平當以明《禹貢》爲河隄，劉向以治《尚書》爲水尉。一湖洪水，梁天監之下流；四閘分流，靳總河之急淚。幕本下才，人無上計。爲今之策，移淮堰於上游，塞洪河爲水櫃，雲梯溝爲屯田，倭銅鑄爲大幣。收三十年佔佃以足河兵，劃六百里淤河以爲井地。不塞馬港之新河，直敞開山之下勢。富國則斥鹵盡變爲膏腴，彊兵則人夫悉編爲戰隊。犉牛草馬，散洿萊以孳生；臥柳秃楊，遍河隄而樹蓺。上新例者十條，陳蠹國者四弊。歷行臺、宰相、尚書，皆知爲一勞永逸之計，而未能行也。

予惟一子曰善才者，從學淮南，亦知讀《盤庚》、《三誓》之書，下鄭監流民之涕。告之曰：『太史公年二十，南游江淮，北涉汶泗。兒其時矣，有廿一朝史傳於胸中，無一萬里山川於脚底。如視黄河，不知地理。東坡曰「惟有王城最堪隱」，子再觀書於燕肆乎？』時也巫誣仲舒，巫亡而仲舒不亡；僧咒傅奕，僧死而傅奕不死。作蘆蕟之謠，雪籧篨之恥，而議人尸於柴市。於是張祿變名，辛文改姓。少年誚予曰：『君以杜默之英雄，而不成進士文，其不善戰乎？』予笑而頷曰：『參軍屋漏來，諸侯壁上觀。自乙卯迄甲戌，策試十科，文成八卷。爲陳湯作稿，誰識兒寬；與潘昴爲辭，衆知王粲。疑盧郢者謂徐鉉之文，讀黄樓者猜子瞻之翰。《佛骨》之表，馮宿捉刀；常何之奏，馬周握管。沈約之詩，或問借於謝譞；韓愈之集，或託傳於李漢。餘錦潤於邱遲，唾殘曦於皇侃。是以劉向作《新序》而王尊無名，魏徵作《隋書》而王通無傳也〔六〕。孔子謂子路曰：嫁則不嫁矣，已嫁過半矣。昔唐張鷟、崔融、陽嶠、員半千、陸元方皆八試八科皆八中，予於文亦庶無憾乎。』

《後漢·寇榮傳》曰：『榮性矜潔，於人少與，以此見害於世，流離奔竄。』予之謂耶？初，乾隆六十年，王以鋙榜發，太上皇帝以臺官奏劾，命御前進卷，别選一榜，曇名與焉。而時東皋師闔門待罪，伯相公伏蒲請恩，榜乃如舊。及嘉慶六年，見閣學禮侍戴座師東山使署，謂今皇帝四年，普論軍機，若王曇來京會試，朕欲親見其人。汝見吾家尚書，乞其奏請，而知貢舉副都陳公嗣龍，以爲不必對簿，汝名登榜，我當奏聞。此曇所謂夢天難鵶跐，捧日難昇，聖恩太厚，臣罪太深也。乙丑，大庾中堂戴文端主禮試。入闈之日，又預告十八分校：『今歲浙貢王曇若不呈薦，我當拆名奏中。』而予以既隱吳門，不復偕計。梁公舉士，急薦東之；辛相糊名，獨求張說。呂蒙正之囊中册子，并非私人；施師默之夾袋人名，徒勞相國。方知鄭虔命運，數已定於相如；李膺文章，情不通於蘇軾也。

倭道人者，居虎坊五道神廟，年二百餘歲矣。蘇門再到，見阮籍之真人；汲郡重來，遇嵇康之道士。昔孫思邈識太白於酒家，李淳風知七星於西市。目予而笑曰：『釋爾矜情，去爾驕氣。子奈何仙佛爲因緣，必欲以功名爲遊戲？』予曰：『僕來挑縣官令長，才也不行區田，民無食計；不治黄河，民無燥地。懷兩事之飢溺，心廿年之經濟。葛洪勾漏，志不在乎丹砂；王喬鄴令，意不矜乎飛屧。』師啞然笑曰：『一身仙骨，誰似楊收；十年宰相，何加李泌。子不鑑墮落仙緣之夏竦，乃甘作見笑麻姑之盧杞乎？』予悚然懼曰：『是亦不可以已乎？』告予曰：『爾實善乎文章，予不期以科第。清流不爲步兵，而阮籍醉之；名士不爲主簿，而孫寶祭之。我爲子準，告緡於司農，丐一官爲縣吏。他日父老家貧，兒不擇官而仕焉可也。』

疇昔之日，歲在作噩。潘岳閒居，揚雄寂寞。東發軔於榆關，西停驂於劍閣。經秦晉之故墟，悲漢唐而著作。於沔南之定軍山止也。李固曰：周觀天下，惟不見益州耳。王右軍亦曰：願遊蜀都，登岷嶺、峨眉，惜不遂其志爾。時惟甲戌，至於大梁。汴水滔天，飢荒死傷。滑臺兵火，人民流亡。曹丕感癘疫而作《典論》，摯虞憂餓死而别文章。舊年邗上，人傳我死者，得輓詩焉。山松尚生，道上已殯歌滿口；張湛未死，齋前已墓木成行。予今年四十五歲矣。倘或六十虔刀，重徵别駕；七旬布被，竟舉賢良。則不望史晨之後碑，重書孔廟；亦或有趙雲之别傳，再刻堂皇。嗚呼！誓墓羲之，官情遂絶；告靈何偃，不仕何妨。愛我者謂杜當陽之俠遊，少違人望；哀我者知孫興公之穢行，老不荒唐。

所著有詩文集如干卷，《西夏書》如干卷，《讀竺貫華》如干卷，《鴻範五事官人書》如干卷，《歷代神史》如干卷，《居今稽古之錄》如干卷，《隨園金石考》如干卷，《繙帑集》如干卷，《魚龍爨傳奇》、《遼蕭皇后十香傳奇》如干卷。或寄之人家，或付之塗炭，或未足殘編，或尚存斷簡。昔桓譚作《新論》未成，班固足之；仲長統作《昌言》未竟，董襲譔之。他日我子著書，循我例而纂焉可也。嗚呼！摯仲治文書蕩盡，杜鄠流離；庾子嵩家財萬千，隨人取散。太史公曰：世言蘇秦異，異事皆附蘇秦。班孟堅曰：世言方朔奇，奇事皆歸方朔。予少嗜禪宗，長躭玄學。不知我者，或以爲學如孫吳，博如管郭。吾恐謝胡兒不識何人，漫作王堪之傳也。銘曰：

讀書而有益於身者，爲理義；讀書而有益於人民者，爲經濟。學王夷甫者，事廢；學王介甫者，人廢。以予周視一萬里之疾苦，四千年之利弊，而不得宰一縣官之地，爲賢良，作循吏。以吾爲羅隱、方干，吾亦視文字功名如敝屣。有十八篇論議，留以爲後世生民之利。

古之自爲墓誌者，唐則王績、傅奕、裴度、杜牧、顏蕘、辛秘、白樂天、李栖筠、嚴挺之、柳子華、衞大經、李行之、顏真卿也。朱翌曰：『生前作誌，謂之達亦可，謂之近名也亦可。』蘇子瞻謂秦少游曰：『某在儋耳，亦常自爲墓誌。』大抵憂讒負譏，死又誰爲之論列哉？若陶弘景《告逝》文，陶元亮、顏魯公自爲祭文，秦少游自作挽詞，徒事解嘲，無關臧否也。吴范孝敬，自爲長室；姚秦梁國，兒作壽塚。攜妻妾入塚讌飲，則又立意好奇，又不逮趙岐、司空圖之壽藏矣。若曰寂居穴，曰復真堂，曰永息庵者，我無取乎爾也。

【校記】

〔一〕此文又見《仲瞿詩録》。

〔二〕『中』原作『川』，據鈔本改。

〔三〕『流』，鈔本作『樓』。

〔四〕『寫』，鈔本作『寓』。

〔五〕『利』，鈔本作『理』，誤。

〔六〕『隋』，鈔本作『隨』，誤。

鴛鴦塚刻石爲唐峨山宰公作〔一〕

孔雀無詩，鴛鴦有牒。何兆福、高達姑同時縊死〔二〕，事同紫玉，無礙綱常，情類韓憑，不關名教。比逃天之太白，曷曾欺犯帝孫；律奔月之嫦娥，豈便斷歸后羿。仁同一負，商陵子實是義夫；誓不二天，魯次室豈非貞女。嫁廝養而不愿，義異於邯鄲才人；棄母命而弗從，禮本於廬江小吏。本縣體仲尼之例，得情則矜；上司懲周禮之文，此奔必禁。何也？前者檄同四鄰，讞彼兩造。牆頭着棘，絕少狐行；門上安關，略無灰跡。相盧家少婦之梁，即橋下尾生之柱。生死關只隔一垣，東西李原非同宅。以致一條歡帶，雙縵共命之禽；兩座情樓，合作同功之繭。於時擁雌雄之樹，鄭櫻桃尚似同根；

捧夫婦之花，郭芍藥猶然兩朵。騎來竹馬，少小長干。生是窮家，同年總角。街臨十字，人疑佛國門樓；路接三叉，家近飛龍藥店。日則呼郎白帽，門前隔谷之歌；夜則抱被黄昏，牆外圍人之戲。闐河有鵲，何拘七日纔來；刲羊無衁，豈但十年不字。如魚合隊，似鳥同林。慕容沖之姊弟，未必胞生；木蘭女之雌雄，居然火伴。蓋以爲明月長生、青天不老者也。

豈期勿慈烏母，另安鸞婿之牀；不好鴆媒，別掉墓門之斧。明知蕭史近在樓頭，暗配羅敷謀之桑下。黄瓜小草，死不願五馬使君；螢火身單，心勿愛縣官公子。無如出門庚帖，已成渡海飛書；入戶冰人，忽化經天大鷂。何兆福殺荷斷藕之日，西鄰責言；高大姑踏地唤天之時，東窗事發。其時也，銅梁玉壘，已驚蜀道之難；金枕銀環，又值丁娘之索。黄禾羸馬，無錢則畫地而賒；石闕棲牀，有背則圖天而誓。妾非遊子，敢做飛花；郎豈狂夫，甘爲浪水。惟是望漁陽於門限，牆上難趣；指海水於西洲，公河莫渡。與其呑席中蔽膝，短綫難縫；孰若叩肘後香囊，長繩竟繫。生而有鬼，終爲子夜之夫；嫁則隨蝦，不願龍王之婿。懸簾走馬，生可無情；入地梳頭，死寧無計。蘇伯玉盤中之字，寫满裙襴；郭紹蘭寄外之書，藏諸衣帶。於是郎呼起起，同懸蘇季之梁；妾叫荷荷，兩縊莫敖之谷。此理官之所哀矜，劉向之所必錄者也。乃有狗曲迂儒、人倫腐叟，謂彼季女乃無父母之言，懲此童郎絕乏婚姻之禮。豈知東家食而西家宿，不問爲淫；如其子皙美而子南夫，曷傷爲節。良姻自擇，宋司徒亦聽女郎；嘉偶自求，徐吾犯亦從乃妹。若謂地皇兄弟，若箇行媒；天姥夫翁，何人作伐？則上古無士昏之禮，葛天定作鰥夫；太初無媒氏之書，媧皇亦成怨女。此豈通談，必非名論也已。

本縣官非月老，司民間合姓之文；　職等調人，妥地下呼天之鬼。仲卿不死，焉知男兒可憐；　碧玉有夫，寧識女生苦相。日者踏搖娘子，戶歌《何滿》之詞；　播掿郎兒，人望比肩之里。呼發丘之郎將，藏此杉棺；　召復土之將軍，封其馬鬣。竹郎有廟，生不成雙；　木客無家，死須同穴。華山畿之古塚，雲陽尚存；　祝英臺之舊墳，明州猶在。仿彼故事，葬汝於西子湖頭；　依此前聞，祔爾於鳳凰山下。今日過青溪小姑之水，山響棖棖；　他年經漁山神女之祠，花竿孑孑。相思兩樹，多留蝴蝶之魂；　野土千年，永變鴛鴦之瓦。再來天上，爲生神墮地之男；　重到人間，作長命西河之女。

【校記】

〔一〕此文於鈔本中列卷六第九篇。

〔二〕『達』，鈔本作『大』。按：　下文亦有『高大姑』云云，似兩可。

卷五

爲吳江紳士呈請故贈光祿寺卿浙江按察使司前鞏秦階兵備道王翠庭公遵新例於本縣建昭忠祠狀

竊死有五節，獨疆場之餘勞爲足書；　祀有七名，惟祏主之無歸爲足卹。故祠官經典，以能死勤事者入昭忠；　郡縣章程，以別建專祠者著令甲。紳士某等，援周官旁招堂贈之禮，引鄉社族厲鬼歸之法，有故贈光祿寺卿、浙江按察司、前鞏秦階兵備、賜進士出身、兵部車駕司主事王某，篝軍貔道，裹革隴西。一葉身輕，皇上已予之葬而予之祭；　九層天大，聖恩復贈以廕而贈以卿。努力酬知，竭誠奉職，制詞之龍光也；　見危授命，臨難捐軀，溫綸之敷錫也。其嗣子某，捧璽書而泣血，淚盡眶枯；　其嗣孫某，承懿詔以受官，天遙地重。是何敢於窮泉雨露之外，再乞馨香；　幽光日月之中，復求毛血。獨是熊光哭墓，少尺地以廬其子孫；　韓弇死邊，無一甏以藏其匱主。不崇社祭，則欒公之餒何歸；不立叢祠，則桐鄉之魂無託。某等是敢粗具見聞，略摭行實，丐恩節府，待命臺司。

初，光祿承上命備兵鞏昌也。洮以外，雷公飛燕之妖；　秦以內，牛角羝根之賊。光祿疑以傳車走六百里書，而一駝負三十日食，則不若舍張綱單軺，就杜周一馬。掛不疑檑劍，脱暴勝綉衣。直覘賊壁殺門，竟揖將軍霸上。大府松公筠署光祿爲徽成軍需總事。於時也，民有捽艸杷土之勤，官無藁稅穀租之供[一]。茹陂七處，咸慮攻瑕；倅馬什群，皆來就草。鞏昌之守，或以爲軍興費大，疑鄧隲之在涼州，地險山多，恐鄭莊之遠千里。光祿乃告大府省糧臺，啓元戎撤調劄。故其守岷、洮二城也，椹乾礬豆，盡爲軍儲，魚膏草苫，皆資戰備。甘境之賊，爲藍線、白線，慓竄無定。光祿以爲不編魚陣，則蓋勛莫殲羌人；但寫《孝經》，則宋梟豈辦隴賊。遂乃求臨淄之弩兵，募煎靡之勇將。火矢五十爲排，馬士一千成隊，搜匿人於舫中，計殺賊於功簿。檄三郡二十一縣，得民兵八千餘人。凡一切解仇交質之豪，弛刑應募之衆，倉頭廬兒之廝，白虎揚威之校，莫不出魏尚私錢以買犒牛，設虞詡三科而賞壯士。光祿又遠修斥堠，内壁堅營[二]。木樵塹壘之堡，中周虎落之樓，尺藉伍符之書，藺石渠答之器，不半月中，成二千所。兩當之戰，賊帥張漢潮由鳳縣攔入，光祿衷甲抽戈，櫜鞬負鉞。如馬融之假部號，犇命西羌；似文聘之隊一軍，親當石梵。或賊去三舍，或虜來十步。或持重如韓安，或力戰如張羽。賊又偵伺糧臺，窺覦成縣，率烏合二萬，圍城門三日。光祿偃旂臥鼓，示之活門；拔旆投衡，蹙之死地。及賊之疑，則又潛出環槍，捷被慶甲，斷田疇平岡之蹊，署國淵首級之簿。當此之日，擊長離而諸羌散，邀抱罕而涼州平者，以光祿八千鄉勇爲長城也。秦階地連川陜，大營五六處，官兵十餘萬。流寇所竄，追軍所屯，時或賊壘居内，官營處外。光祿乃明修流馬，暗餉陳倉，冒程昱之膽，送鍾會之馬。蜀中方一日而十驚，峻軍乃十道爲一部。知公武者，謂王修必冒難而來；笑公文者，謂孔融乃成軍而出。光祿有募士王元佐者，西和鄉貢生也。生能挾輈，死猶鑿足[三]。實南八之男兒，爲史慈之名士。死之日曰：『我從張睢陽乎，無負嚴將軍也。』識者謂子桑知人，臼季舉士，無以過此。

嘉慶某年，軍功上計，皇上命爲浙江按察。光禄自以未殲餘醜，必靖羌涼，且大府以慶忌爲爪牙官，恐湟中有重膇疾，乃遮劉勛以安部曲，留杜畿以鎮河東。光禄於是繕平涼州邑之壁，置流民棲宿之所，給牛犂籽種之資，修掩骼埋胔之政〔四〕。或疑于禁鬚蒼，葛公食少，則光禄已於五年二月伏羌覯病。然猶覆頭柏孝，負大盾而習勞；擁膝高柔，抱文書而卧看。伏枕之日，口占朱博檄文，夜問賁麗星象。直至七亡七死之時，猶操九拒九攻之算；到十舉十危之地，尚畫三沮三仞之謀。及自知不起，人説彌留，始乃召丞椽爲先令書，呼長子爲鑿楹語也。巢門有鳥，雖張竦自知死期；夕陽在亭，豈楊震竟無歸魄。況乎豫州百姓，尚爲陳實圖形；焉有梓里九親，不見倉慈畫像。今其嗣子通判某，寄居吴江本族，名爲土著，實則寓公。抱胡公之祭器，俎豆無家；載木主之先君，衣冠無廟。伏蒙皇上賜有恩卹銀兩，尚留公庫，未紉私囊。可否馳牋上臺，下牒本縣。即君父貸死之金錢，爲臣子藏衣之夾室；即叔敖期思之首丘，爲石相棲神之泊宅。乞於吴江縣境，擇地一區，置王光禄專祠一所，以神主祔升昭忠祠。忠臣忽祀，魂則在羌湟水中；大招若來，鬼不死玉門關外。

【校記】

〔一〕「稅」，鈔本作「草」。

〔二〕「堅營」，鈔本作「營堅」。

〔三〕「鑿」，鈔本作「鏨」。

〔四〕「骼」原作「駱」，據伍本、張本、鈔本改。

舒鐵雲姨丈瓶水齋詩集序〔一〕

沉李昌谷於溷神之中，寄劉公幹於鬼伯之口。微之未死，託遺稿於香山；荀攸臨終，交阿鶩於鍾會。良士自大梁來揚，而吾姨丈人之集成於眞州。昔宋考功毒希夷而有其佳句，齊丘子沉譚峭而有其《化書》，若巴樸園觀察之敦命劂工，與刊傳作。何遜卒而王僧孺集其文，崔湜死而裴耀卿纂其集，爲千古尚也。

我姨丈人位，才備八廚，身行萬里。於粵則愛鐵雲之山，於黔則樂飛雲之洞。故其詩千巖競秀，萬怪惶惑。趙雲菘八十而願以詩師，梁山舟九十而見其書拜，其實錄也。王筠見沈約，不謂遲暮逢君；劉頌見張華，豈信人間有此。蓋讀書數倍於前輩，宜積薪居上於後來。

嘉慶二年，偕我備兵叔馳驛軍營，值齊王氏火燒朱鎮而西。時也師漏多魚，翁驚失馬。入黔貴則南籠方圍，馳楚壁而襄樊正急。間道則經煙塵六十四路而遥，遇敵則會相州九節度師而戰。湖督汪文禧新假我叔氏勝軍三千，以田悦之親家，分猗盧之餘卒，與先生一鞭一筆，九拒九攻。纔及貴境，而雲南土練、藤甲諸軍，悉隸麾下。婦人作賊，馬援之所能平；女子從軍，李廣之所不將。而時所部女官土司龍囊仙者，馬上桃花，木蘭火伴。寵以妹喜之男冠，假之敖曹之鼓蓋，壁其軍於水倒流山也。斬龍仙則惟擁二矛，禽史歸而僅馳七騎。從先生之計，又更舊將以易夷兵，變徽章而改番服。不旬月間，而女賊王囊仙致於麾下。興義之戰，以李典步騎八百，破吐番寧州三萬。力追銀鼓，生擒鬼章。論功者謂督部灰囊火馬之功，實本道輪攻墨守之奇也。

南籠圍解，我叔氏以前官左降，復介君於湖楚軍營者五載。急攻則氈下濃書，緩戰而圍城作賦。杜暹州紙，豈止百番；謝公庫牋，殆將九萬。房玄齡軍書之奏，駐馬皆成；令狐楚白刃之中，揮毫不輟。大府初以君奏留黔中，而介推逃賞，魯連辭功。賦《櫻桃》爲林甫微辭，軍中作《冰山曲》。詠《蜀道》與嚴公寓意。要其賦性蕭閒，秉心引退，示不願爲桓冲參軍，故託意作郝隆蠻語也。叔氏嘗語余曰：『吾貴州之行，湴斬叛苗一百餘萬。雖韓愈行軍，不逢裴度；而令狐辟幕，實得劉蕡。』蓋謂先生鄒枚之亞也。

八年癸亥，與良士結鄰吳中。何、蕭兩雋之巷，張、陸交讓之瀆。既無貞白層樓〔二〕，誰與戴公築室。重陽風雨，日日催租；淞水蒓鱸，年年負米。長洲宋汝和觀察爲同人刻《今雨集》也，屬良士删鄭集之《鷓鴣》，屏謝詩之《蝴蝶》，選取雄章，多將百首。其盛氣如孔文舉，其博議如劉子駿，其貫串如酈道元《水經注》，其磊落如司馬大人《遊獵賦》。繄是時也，趙曄第論其詩細，蔡邕已傳於京師。愛君者古焚宮中媚香，不識君者亦薔薇浣讀。香山誦一首而女子價高，康樂出一篇而洛陽紙貴，無以逾矣。古之工爲詩者，或一卷擢第，或一聯入相，或一詩得黄門、一詩得郎侍。如先生者，李泌蓬萊之閣，王珪金炬之蓮，國之光也。而乃楊徽警句〔三〕，未登御屏；公權法書，不題殿壁。生無花樹之居，死乏西華之里。嗚呼，命歟！

性樂楷隸，工李主錯刀，法永公門限，穿羽陽宮瓦，寫老嫗扇頭。其與人書也，綠盆糊麪，豈惟百函，青泥封書，每馳萬里。弆陳遵尺牘爲榮〔四〕，得劉宏手書爲悦。若良士之不嗜裝潢者，亦復衣藏索靖之書，带秘鍾繇之札。孔文舉謂舉篇見字，欣然獨笑；蔡中郎謂筆跡當面，相見無期。能無慟哉！精音律，工三弦，亦習弄笙簫。彈琵琶則鸜鵒立聽〔五〕，奏羯鼓而群羊躑躅〔六〕。十四年己巳，與太倉畢子筠華珍流寓京國，作《伶元通德》、《吳剛修月》數十齣〔七〕。微服聽酒樓之〔八〕歌，重賂購樂人之價。若王昌齡之旗亭次第，李協律之流布管弦，王門伶人，爭爲搬演也。素不賃車馬輿轎，公卿名大夫或時訪其門館，怡然不報。單衣練布，惟能書眠；散髮斜簪，不標丰度。竊以爲南州高士，但見林宗；江東步兵，不推張翰。先生之致，敻乎高也！

淵岱之寶不盡，延州之德不孤。錢塘陳雲伯洎令子孟楷、太倉蕭子山，學相次第，才各縱橫。先卒之日，紀其喪事，賻之斂之，傳之序之，而先生之哀毀滅性，死孝傳矣。夫詩，小藝也。好香山而死者爲唐衢，膏少陵而飲者如張籍。李洞鑄佛，孫晟畫仙，諒有人焉。李益征人之作，天下皆傳；嵇康四言之詩，愷之如畫。君何不年，而使後君死者，沈子明刻李賀遺詩，王士源爲浩然集序也。

時嘉慶二十一年秀水姨甥仲瞿王良士頓首拜書。

【校記】

〔一〕此文於錢本、伍本中均列卷五第八篇，於鈔本中則列卷三第八篇。

〔二〕『貞白』，錢本、伍本作『宏景』。

〔三〕『楊』，錢本作『揚』，誤。

〔四〕『弃』原作『棄』，據錢本、張本、伍本、鈔本改。

〔五〕『鸜』，錢本、伍本作『鸚』。

〔六〕『躅』，錢本、伍本作『蹋』。

〔七〕『數十』下錢本、伍本多『餘』字。

〔八〕此下文字，錢本、伍本均闕而未梓。

唐陶山觀察傳疑錄徵事啓〔一〕

《國語》證經，民謠著史。自《公羊》定傳聞之例，漆園發寓言之凡，信以傳信，擇其尤雅，疑則傳疑，見於他說。是以韓非述事務乎兩存，鄒衍談天驗之小物。灑神人之墨汁，《道德》五千；駕使者之黄車，輶軒九百。皆有補於教化，實足資乎簡編。昔裴松注《三國》，盡輯異聞；景文作《唐書》，兼收小說。使汲冢不藏《紀年》，二代幾無正朔；康成不採讖緯，五帝幾無名號。況乎神怪未明，桓子將欺以獲狗；浮夸必斥，劉氏且昧夫豢龍。是知傳疑者，傳信之肴蒸；傳信者，亦傳疑之炙轂也。

且夫天道好還，風霆顯其至教；人心不死，冰雪表其精誠。匹夫匹婦愚而神，一動一言衷諸道。閭史之所未載，鄉老之所樂稱。若無徐廣、劉向之長篇，王粲、戴逵之短部，將名湮於《談藪》，事闕於《語林》，抑亦有道仁人之所深惜歟。庖丁輪扁，柳梓韓圬。五行、方技之流，二氏、因果之諦。名物象數，鳥獸蟲魚。見智見仁，可歌可泣。卞壺整衿，以爲禮法之文；王衍揮麈，以爲清談之助。郢書燕說，誤亦可思；笑鰈言鯖，婉而善入。則譎趣勝於莊語，讜論寓於廋辭矣。至若伶元據通德微辭，白帝拾神童遺事，乞嫖姚太乙之精，求后土人部之夫，未免房幃勸褻，卷牘誨淫，文不雅馴，搢紳先生之所難言也。蒙也足蹇九垓，心賅八索。筆墨僻於嗜奇，文章耽於寓託。聆琅邪釋鄗之精，悟顓頊讀翾之繆。賦蟬則文無二千，徵貓亦事少七十。苟非揚子雲之鉛槧在懷，左太沖之門藩皆設，安能效匡鼎之解頤，隨野王之著腳。此《傳疑》一書之所由作也。是書也，類無取乎區分，文勿嫌於累牘。義主遏惡而揚善，辭貴微顯而闡幽。不傷名教，則滑稽之雄也；不惑異端，則機鋒之妙也；不及時政，則野曝之獻也〔二〕。闕。俟見原稿再行補刻。

【校記】

〔一〕此文於錢本、伍本中均列卷五第九篇，於鈔本中則列卷五第四篇。

〔二〕『也』字據張本、鈔本補。又張本此標『下佚』，鈔本則無。

虎丘建白太傅祠堂狀〔一〕

伏考禮祭之法，以能捍菑患爲功勞；郡國之典，亦得索鬼神而祭祀。以故陸雲去縣，浚儀之俗祀其神；石慶相齊，即墨之民配諸社。或以報功，或以示本，承而勿替矣。

吳郡晁雁爲鄉，舊稱澤國。初時也，范蠡闢長洲之瀆，地尚黿宮；子胥叱淛水之潮，人離魚府。洎至黃歇城吳，水分四縱，韓皋布地，波奠三江。所由禜社甍連，叢祠屋接。五花樓下，盡刻高公水政之文；四絕碑中，大書禹鑿了溪之事。固已祀法粗暾，祭儀略備已。獨是香山一瓣，空題刺史橋名，粉水千年，未立江州祠廟，如唐太傅白文公之刺史是邦也。太湖五宿，有三年去郡之詩；武阜兩壕，開七里横波之路。散龍口而築濤門，灑彪池而通斗户。常使長干靚女，盪花市以川游；大隄行人，泛酒城而水戲。設不塞海眼以金錢，賂波神以玉璧，焉知不地尚陸沉，山仍海湧也。嘗考昌黎訟旱，有懲呵風伯之文；表聖愁霖，有痛斥雨師之檄。是明神有吐食之嗟，功德歸馨香之薦歟。公身尚讜言，史明直道。論河東入相，豈容褻越平章；斥于頔佞人，不許曲歸天子。且復奪中官兵柄，謂承璀不可監軍；竦天下忠臣，謂奉國宜假節度。至今讀虞人之戒，字字忠言；當年詠《新井》之篇，人人忌口。夫豈但年尊九老，人重雞林，祭倉頡爲文神，鑄閬仙爲詩佛也已哉！

按祭神二義，王充主於報功；祀事十名，許慎兼以會福。公八灘手鑿，六井重甃。想當日虎山立碣，水號流桑；鶴市蒸隄，洲名種荻。水功紀在五湖，宦澤流諸三泖。豈可使白蛇廟壁，弗題魯峻碑陰；黄水祠門，不建李剛石室？今虎丘東麓有五賢祠者，但陳豆俎，不述勤勞；亂列衣冠，無關祭法。且復西門靈館，法宇欹頽；晉川涼堂，神宮陊塌。若非郎官水上，另書李白文章；太傅湖邊，别塑謝安神像。是何異沉碑峴首，棄羊祜於荒阡；作廟羅池，屏宗元於瘴海。卑府等擬於塔影舊園，建白刺史祠堂一所。髣司馬遷夏陽覽古，再列桓楹；視卜子夏崌谷棲遲，重安杵臼。庶幾樂陵墟館，記府君往日遊神；瓠子金隄，志子貢舊時工築。燎牲磔犬，有歲常豐；面郭臨岡，無堂不固。伏懇綿田桂樹，榮書介子之祠；木主石龜，永拜北君之廟。除申藩臬，伏乞施行。

【校記】

［一］此文於錢本、伍本、鈔本中均列卷五第二篇。

上達香圃尚書乞改名良士狀〔一〕

竊惟烈士殉名，君子疾没。是以顧雍佳士，慕中郎之才而借名；鄧艾農人，讀太丘之碑而改字。名以立義，孤而不更，古之制也。曇待罪公車，計偕選部，又數年矣。雲間日下，恥士龍、鳴鶴之再來；四海彌天，悲鑿齒、道安之又至。司馬公兒童皆識，愧其相才；韓休伯婦女皆知，焉能賣藥。語曰：避名名追，逃名名隨。非黄瓊之名難副，抑樊英之名太盛乎。前者孟郊牀下，累王維之一呼；賈誼小生，誤吳公之謬薦。於時服虔改姓，畏師門崔烈之《春秋》；鄭玄亡名，懼帳下馬融之禮樂。曇聞宋庠避讒，以郊爲嫌；趙岐逃難，以嘉爲諱。兹之呈改舊名者，非傅燮之慕南容，實劉備之畏北海。大部憐葛靚之義，問自字仲思何居；愛嘉貞之才，恐他日中書誤報。是猶欲鄭君以籍名求官，希楊朱以死名潤骨也。呼劉胡而止啼，聞花卿而已瘧，大部何望乎？狀元之必中老夫，進士之不諱曾肅哉。或者劉向更生，辛文不死，峴山再刻，雁塔重題。識狐篤之爲馬忠，知范睢之爲張祿。去戈則爲柳渾，加日則爲程昱。安知滕曇恭之即非曾子，黄叔度之不爲顏淵乎？慕樂天者黄，慕李白者碧。如曇者，力學髫年，隳名中歲。變范蠡以陶朱，豈忘功名；改董巒以仲舒，自傷今昔。伏惟大部俯准嵇奚，聽從疎束。庶幾易杜牧之名，白駒皎皎；仍唐風之字，良士瞿瞿。呼華陽貞逸，山中知有隱居；稱糞土愚臣，朝廷識爲方朔。謹狀。

【校記】

〔一〕此文於錢本、伍本、鈔本中均列卷五第三篇。

重修潮海寺啓〔一〕

朝梧啓：伏惟法華一雨，是地皆霑，毗首千堂，無金不布。能以一瓶瀉大海之瀾，即以甘露起梵王之國。是在法王大力，無容咒鉢呼龍；而在越士檀施，敢不鬃金報佛。阜城縣潮海寺者，始唐貞觀之初，越宋政和之末。因法運爲廢興，隨世輪而毁立。方一吹而成世界，即五變而化刧灰。至於今也，蓋已古矣。寺爲齊右夷庚，燕南使候。刹竿初倒，在乾隆癸丑之年；彌勒當來，逢司寇玉公之至。因决獄而賦東山，乃茇舍而留南國。時也飯王宫裏，正讀神農求雨之書；防風國中，忽來大禹騎龍之駕。民方磔犬而弗靈，公乃斬龍而不拜。爰是默禱天神，静惟佛力。繞牀一匝，十地雄雷，彈指三聲，八天大雨。遂使老人舞國，不殺巫尫；玄女下天，得收妖魃。人謂使君隨車之雨，公謂仁王護國之霖。是冬，大司寇胡公亦銜主上之命，往察東人之獄。入瓦官破寺，讀靖康殘碑。方停車而住初地，亦秣馬而弔諸天。目覩宿桑迦釋，土面風吹；獻花文殊，泥容露立。慨楞伽化作荒山，咤兜率鞠爲漏澤。遂欲以羯磨大斧，重修戰勝之堂；且思以舍利餘灰，再起忉利之塔。

某士民長官，佛天弟子。既分符於一郡，又受命於兩公。始擬以五十九年之秋，爲萬八千功德之始。而其時毒龍作孽，瓠子生波；蕩鹿苑於尼河，沉雞山於香海。幾使鸊鵜佛土，祇留大海一漚；

帝釋天人，盡証水光三昧。此給孤長老，分金布地之遲；優闐賢王，慕佛雕檀之晚者也。今歲玉燭萬年，人安俗乂，金剛四位，雨順風調。某念前誓因緣，感諸方護力。爲大司寇立頭陀之碣，地利當興；爲少司寇作喜雨之亭，佛恩當報。是用工召魯輸，匠呼宋墨，爲法華造此世界，與楞嚴改作講堂。敢布同官集腋，咸分大力輿瓢。務使母陀手臂，衆舉而造天宮；勿令須彌鼓椎〔二〕，獨拳而打大地。是序太凡，乃爲小引。善財五十三參之拜，佛佛書名；蛟龍七十二座之碑，人人署號。

【校記】

〔一〕此文於錢本、伍本中均列卷五第四篇，於鈔本中列卷五第五篇。

〔二〕『令』原缺，據張本補。鈔本作『使』。

陳汾川封翁查太宜人雙壽序〔一〕

雲伯大令攝崇邑之明年，爲嗣君孟楷茂才得孫之三歲。辰在壽星，汾川封翁暨查太宜人七十初度。廉頗矍鑠，高允聰強。則以爲美意延年，則以爲修道養壽。於是雲伯改集其詩文之自序曰『頤道堂』者，志實也。

崔瑗才華，無非父業；孝寬經史，傳及孫曾。昔三班以父子著述，鄭玄以孫祖傳經；今元伯何如其父，乃仲弓又有童孫。投分則元季兩難，忘年則紀群三世。蓋自真人東行以來，所謂陳太丘有何功德，而公不慚卿，卿不慚長，萃才於潁川之一門也。麥丘之祝，宜有憲言；壽人之文，大難鋪序。夫薄宰相不爲，則韋賢必以一經老矣；爲天子不臣，則桓榮必以五世昌矣。先生依記室而爲賢良，列釁員而工才語。舉孔休源茂才一策，轢倒仲舒；試杜正倫秀才五題，驚翻楊素。方且謂尚書求我，諫議得君，乃才辟四府而不薦辛湯，人求孝廉而弗舉黃穆。當李棲筠觀察浙西之時，有劉穆之日得百函之目。而無如馬周章奏，不遇常何；張忠辟屬，徒留孫寶。置崔駰於憲府，尚著白衣；得陳琳於頭風，但居記室。非不知河陽節下，溫造道高；東海府中，潘滔才大。而先生切以仲由之負米，寧學嬰兒之不嫁也。以幕穀事尊甫膝下者數十年，或縣榻以待周璆，或立倦而見千木。爲鄒衍襒席，爲侯嬴執轡，爲蓋公虛館，爲田忌郊迎。而先生終不出百里之杭州，近料一門之家政。讀甄琛稅書，手桓寬《鹽法》。舉氈而作軍書，倚馬而成文檄。怡怡然曾參之事親，悵悵乎魚梁之不能奉母爾。夫不居經儒之名者，則必入循吏之傳；不登科名之錄者，則必列文章之志。韋夐逍遙不仕，而荊州之治，乃盛於世康；韋孟詩禮傳家，而郊廟之制，卒正於元成。

長君雲伯，張霸神童，徐陵才子。讀《漢書》五行俱下，問秘閣四部皆通。文彥博舞象之年，侍尊人而監稅；阮孝緒未官之日，書父紙於湖州。以故靈臺豹鼠之博，馬前七紙之書，莫不斧以天雷，速其文步。武平即席，七穆三桓；張華胸中，千門萬戶。咸本父書，皆成家學。此洪公弼寧海荷光，祥鍾邁适；司馬池光山薄宦，名命溫公者歟。察本郡孝廉，充旗生教習。徐孝穆玉臺之集，刻徧京師；白舍人白金之篇，流傳夷相。於時待詔則祿養稽遲，棄繻則縣官可試，乃隨牒而至淮南，復量移而宰吳地。歷寶山、常熟、上海、奉賢、崇明五縣，彼號神君，此呼慈母。持衣嗅靴之民，板船海上；民樂官清之字，寫徧虞山。若固淮平使者，許留侯霸期年，潁川吏民，能借寇君一歲，何至攀申徽者百里不絕，遮五倫者數里難行乎！昔齊樂預七十老嫗，擔槲葉而追縣官；梁蕭昱百歲婦人，扶曾孫而送太守。史所謂『鄧侯挽不來，謝令推不去』者，今有之矣。慕劉渙官清，修其亭墓；哀林屠母烈，寵以圖形。不憂雲漢之災，竟獲鴻陂之利。此皆樊遜《清德》之頌，授之義方；傳民《治縣》之譜，秉之家訓者歟。少文之孫，必有宗慤；种放之孫，宜如師道。孟楷、終軍弱冠，白狼槩木之奇；賈誼少年，諸老先生之上。親師則蕭夫子之門牆，取友則王離騷之名士。才既大於陸機，書更多於袁豹。若上滕王之閣，必新庾信旌旗；使賦阿房之宮，豈愧唐朝進士。日者荀攸後事，盡付鍾君；楊恭門孤，實憑張裔。非乃祖之慷慨交遊，作其俠氣也乎？

七月十日，先生生嶽。越二日，查母帨辰。蒙雙嘉耦，天與比肩；盤古夫妻，同年壽考。始而劉凝車好，簿笨同乘；樊英婢來，下牀再拜。今則宣文講禮，已興韋氏之宗；義成通經，既啓清河之族。七十年捐金讓水，樂羊廉士之妻；五百里責鮓雷池，司馬孟仁之母。注七篇《女誡》，不徒子婦能賢；求仲將孤門，乃信冢孫有室。

孟楷配汪氏，壽母之孫息也。幼擬《離騷》，長通班史。去貂蟬鬢髮，翩翩侍中；呼紅粉關圖，堂堂進士。詩則天寶迴文，錦則太平環頌。若非上官玉尺，才子誰稱；亦非及第金釵，狀元誰配。所謂非此母不鍾此子，惟斯人乃有斯婦歟！先生次君壽蘇，以生員無官；季子謙谷，以贊府奉政。女子一；孫五，女孫四；曾孫一。閨門之內閶閶如者，先生之福也。

松喬彭朔，歲星住世之年；龍漢開皇，元始上元之紀。若祝尚父以鉤璜〔二〕，頌彭籛以斟雉，則非先生聰明老壽之本心。祖德一篇，隱居十賚。太史占老人之星，月惟孟秋；如來現壽者之相，祝公無量。謹序。

【校記】

〔一〕此文錢本、伍本無，鈔本列於卷六第七篇。

〔二〕『鉤』，鈔作『釣』，誤。

代華頂百五十茅菴乞米啓為天台湧泉菴女士陳妙圓作〔一〕

竊以德財並濟，顯布施之六門；法食兼資，譯比丘之二義。泥連河六年行道，亦須牧女調糜；奈羅城五衆安禪，誰化道人送食。天台者，東旦之鷲峰；華頂者，南贍之鹿苑也。獨是地隣奧壤，並無分衞之家；宅接幽區，絕少行檀之主。無非窮子，萬二千法侶之多；盡是化城，百五十茅菴之衆。雖其炊砂作飯，道性能堅；煮石爲羹，色身難住。羅云法大，食一菜而猶羸；迦釋功高，咽一麻而必瘦。道中五漏凡軀，三禪聖業。放開頭角，託居士而譚玄；墮落鬚眉，現女人而說法。山中歲月，只勤妮子針功；道外風情，誰識□陵米價。邇者法糧同匱，香積同空。羅睺供衆，呵道輩爲夷齊；彌勒投齋〔二〕，笑仙山爲陳蔡。甚者律明四分，無過午之頭陀；衣具七條，多呼庚之衲子。鬻魚聲裏，坐成有漏之因；飯版時中，行誤□□之果。道中嚼湯誦咒，時逢餓虎聽經；洗盋聞鐘〔三〕，日見飢猿習□。所望梵天托鉢，假佛子之神通；米汁流船，借樹神之法力。仁人起信〔四〕，誰非金粟如來；善士生心，即是好施太子。三旬九食，八千僧應荷人緣〔五〕；七日一炊，五百伴誰非佛果。宗風不墜，無過困睡飢餐；佛法無多，祇此穿衣喫飯。天台寺裏，今朝鑿破砂鍋；華頂峰頭，明日踏翻碓臼。

【校記】

〔一〕此文錢本、伍本均列於卷五第六篇，鈔本列於卷五第八篇。

〔二〕『勒』，鈔本作『勤』，誤。

〔三〕『鐘』各本均作『鍾』，據張本改。

〔四〕『人』原缺，據鈔本補。

〔五〕『八』，伍本作『大』，錢本作『人』，鈔本作『八』。推敲文意，當以『八』爲是。

天台國清寺建五百羅漢堂啓〔一〕

原夫眞性無形，無一形而不現；法身無像，無一像而不呈。張八教之綱，度法無邊；立五行之門，度機無量。誘凡夫於天界，覩金色者發心；憩小聖於化城，見灰身者起信。駕航濟險，雖四魔習定，亦成勇猛之軍；秉炬通幽，即六賊歸眞，亦入大王之路。阿羅漢者，十聖之始階，三賢之初磴也。宋太宗時，曾敕造天台山羅漢尊像五百一十六軀。肇於雍熙之年，奉於壽昌之日。儀形古矣，志載存焉。當時也，鑄峨眉百里之鐘，度天下名童者十七萬衆；建釋迦舍利之塔，修龍門石佛者萬七千身。夫既而乾明院土木之雄，尊尊有號；淨慈寺金銅之盛，像像有名。蓋不嘆學士之手題，隘以十六；豈徒懷安之廣塑，多逾八百者耶。耀冶愚荷，智超迷蒙。悟度力同蜩斧，住七祖之宗門；功類蚊梯，守九師之教寺。大悲有眼，弘誓無肩。希聖賢出處，即應身以體眞身；感龍象興衰，即化相以參眞相。前者綝宮陁塌，賴青衣護法神多；紺宇阤隤，藉鴻福圓成人衆。鎔金髹漆，廿五有顯巳光明；團土雕檀，八十好儼然完備。於時曇花亭下，再覩山神造寺之年；玉女峰前，重觀彌勒赴齋之日。去年先師遺教，指道場隙地爲壇；今春法衆興心，延賢劫諸賢爲會。影隨形現，登中峰者見文殊萬衆而來；響以音生，陟曹山者感梵侶飛行而至。斧群山之一木，百棟可成；畚衆土之一坯，千尊可就。廓莊嚴之境，功德如林；集歡喜之緣，慈悲如地。唯是庀功非易，冀萬善爲因依；鳩力唯艱，仰一心爲成就。儻或解囊蕆事〔二〕，何殊貢水歸瀛。如其輸篋程功，奚啻軀星助月。刻日材聘嵩華，匠追楊鄴。麗窮圖繪，爰新鹿苑之規；妙絕剸鐫，宛備雞山之概。所爲穿山度石，仿童子之南求；帶水拖泥，效常啼之東請。半千年一作，寧愁手足曹騰；五萬拜不辭，豈惜鬚眉墮落。今啓貴官尊士，結人天一會之因；賢宿仁人，修福慧雙清之果。望修羅戰勝堂成，殊非婆達施眸；倘昆首栴檀像就，誰謂豐干饒舌。

【校記】

〔一〕此文錢本、伍本均列於卷五第七篇，鈔本列於卷五第六篇。

〔二〕『蕆』，鈔本作『藏』，誤。

答陳雲伯書〔一〕

奉東海傳書於德公桑下，開椷一讀，語語出於肺腑。來書第一事，謂與小雲書不宜多諛辭。凡忘年之友所期於少年者，竊謂如禰衡之才豈及孔融，而諛之以顔淵復生。顔淵之克己復禮，豈肯赤身裸體，打鼓而罵曹者？因其好學與顔淵類，故以顔淵許之。若黄憲學問大成，則直曰國有顔子矣。小雲洋洋纚纚，筆底之零金碎玉，一掃數斗。鐵雲在真州謂良士曰：『小雲比蘇過好，才高而氣下。』及良士還吴，視其詩文，諦其氣息，聆其語言，性情從肝膽出，心以爲吾輩之替人也。喜之至，故許之過。良士浪遊數十載，見前輩賢哲，皆以此法誘掖後進，故眉飛色舞而欲於諸老後分一席也。今甫與締交而瑕疵之，譬如吾輩盛開之花，而責初茁之牡丹曰：汝蓓蕾小。牡丹之才，必望我鐵梗盈抱之海棠而卻葸矣。小雲此時，清才也，美才也，實奇才也。我輩目不遇清才、美才，遇清才、美才而亦奇之矣，況果奇耶！良士素畏奇才兩字，謂用之不善，不特嵇康、鍾會、孔融、禰衡之倫可鑒，即太白、東坡亦以奇才受累。良士不敢自誤以誤人也。蓋喉舌間有一斛言語，欲進吾小雲於百尺樓頭。又紅柏山莊有秘書數百種，欲效蔡邕於王粲故事，託付得人，庶心無罣礙耳。

來書謂足下之詩，不如鐵雲、樊村，且及良士。請以我四人之長短論之。鐵雲前八卷之詩，良士常向上一筆勾卻，曰從此存集〔二〕，則先生之詩，無古無今，獨步宇宙。於尊兄《碧城仙館詩》，曰〔三〕一篇不可删。二説出一人之口，非佞也。蓋《碧城》十卷之題，皆人人所欲做之題。如吴梅村《永和宫詞》、《圓圓曲》，但看題目，已是驚采絶豔，故可改而不可删。鐵雲八卷前，出鬼方則不若馬墨麟、徐芝仙諸人之奇險，出入京師而贈答諸人皆人世所不聞名，故謂之曰删。樊村詩體，漢魏正始之音也。其作南北朝樂府，是蹈楊鐵崖之前轍。與鐵雲之《春秋樂府》，皆揚子雲《太玄經》寂寞中耗費精神，非人人胸中欲做之題。恐作者極意矜重，閲者祇作十七史彈詞看也。《碧城》詩，良士欲盡一年之力，首首和遍，恐蹈詅癡符之誚，故不果作。蓋自有詩集，《碧城》一集，如秋霄月華，玉輪五色；如春林花讌，繡幔十重。又如天女炫粧，仙娥顧影，吐咳珠玉，隨閬風飛落人間也。宜將刪去之作，首首改存，不可一首刪也。謂不如鐵雲者，萬里路爾。不知萬里中人人欲做之題，不過百餘。如蜀道中人人欲做之題，皆在鳳翔、漢中，皆陜西也；入劍門，則武侯廟、綠珠井、明妃村而已。縱作一首登峨眉絕頂詩，無人能口誦也。老杜在蜀，如《秋興》、《諸將》，皆在成都而作西京之詩，故人人流涕而讀之。今樊村胸中，深知其故，不能懸虚而作，故作樂府，此避易而趨難。樊村之慷慨悲歌，嘗稍稍讀其數十篇，而惜乎其未全讀也。想其盛氣流行，驚人心目之處，必不在南北史樂府也。質之樊村，亦必首肯。至若良士則甚愛《碧城》一切之題。逞其狡獪伎倆，而改爲《董賢廟碑》、《孫夫人廟碑》、《蕭皇后哀文》、《懿德皇后哀文》。明與雲兄爭勝，而不和大集之題者，物可一不可兩也。去年見《頤道堂詩選》，益多憑弔古今、表章忠烈之作，驚心動魄，自以爲不可及，故有必傳兩字之作。及觀崇明往來一冊，多至百餘首，則心竊不然。以爲鐵雲之詩多於前，而雲兄之詩多於後。將來之病，必無好題目，而隨遇皆題目矣。此不得不爲雲兄進一言也。鬱其才使不即伸，忽然而作一首，得之天籟，或出鬼謀，則半首一篇，勝他人之十疊韻矣。譬如良士作《始皇墓》詩曰：『五百童男浮海去，八千子弟渡江來。』揚州在汪劍潭先生席上，他人閲此二句，曰此秦始皇一聯輓對，人人胸中有此語，而未嘗湊成一對也，所謂鬼謀者是也。雲兄新集中，篇篇有之，不謂過自謙抑。昔有謙之太過而不嫁其三女者，可以鑒矣。

尊伯老成清簡，是徐稚子、郭林宗一輩人。見屬壽序，當竭其心思能事而搆之，而略節不詳。古人作序、作傳，皆舉其平生行事之零星碎小者摹寫之。如《謝安傳》，絕不序其奠安江左之功，而序其坐海船、扇蒲扇、著圍棋、折屐齒，而東山絲竹，至今如聞其聲。即馬遷作《高祖本紀》，亦不過序其賴酒錢、闐博場，使兩女子洗足，而英雄之氣奕奕在紙上也。昨有一書寄小雲，屬添寄數條，遲久未得復，故先擬一篇奉政。仍望將嬉戲、釣遊之事，或幕中所辦公案利弊平反、新異可傳者，錄寄數則。俾得添入此序中，使文勢波瀾往返，則不同於章陳之沿襲矣。來書謂傾東海而潤筆，今急就而序次之，恐遇轍之鮒，見笑於東海龍王而以爲不足潤也。

小雲代購秋衣，而北風又來。索逋之客，座上常滿。較十年前浮家泛宅，全家在皋亭梅樹下度歲，另是一種風味。日日效陶淵明作《乞食》詩，臨顏魯公作《乞米》帖，知必有賞其筆墨之佳者，雲兄其首屈一指也。崇明卸事，若得實缺，良士思以方外之身，作碧城書記。先爲大集作一箋注，次將《萬春園》院本作成，再將鐵雲之《琵琶賺》、《人面桃花》及諸樂府，令兒子善才書一通，藏之碧城仙館。此又一大願也。蓋自國初至今百八十年，詩人輩出，至雲兄而集大成。鐵雲嘗與良士言，詩壇一席，各宜避君三舍，此後惟當以詞曲度日。鐵雲詩勝良士，尚作此言，況良士耶？況有追風逐日之小雲伉儷耶？文章五色鳳之雛，無非丹山鷟鸑，良士之合十讚歎，未有已也，尊兄勿過責也。山莊柿葉初紅，老梅、艾納作紺碧色。望東海朝霞隔大海水，思君不見，我勞如何。嘉慶丁丑秋日。

此余丁丑年在崇明初刻《頤道堂詩》，樊村勸余盡刪《碧城仙館》舊作，仲瞿謂舊作一首不可刪，因作此書相寄也。蓋樊村學人之詩，墨守婁東沈敬亭、許九日之派。沈、許奉歸愚爲圭臬，故所見如此。余十四卷前從樊村言，所刪較多，已梓成大半，後亦覺其減色。因以所刪另編外集。至今《頤道堂全集》，微特不愜閱者意，亦不愜己意。手定之集，尚如此，況身後待人論定耶？因思古人全集完善者少，職是之故。試取漢魏六朝三唐兩宋及元明各家全集觀之，毫無遺憾者，幾人哉！余詩自《頤道堂全集》外，加以《西泠》五集、《華胥》七編、《秣陵集》、《戒後詩存》、《畵林新詠》，不下萬首。潘榕皋先生謂余詩過多，無人能閱全集者。故擬分類、分體，另編《碧城詩髓》一編，損之又損，尚及二千首，則多只爲患也。此書久藏篋衍，因錢君梅溪爲仲瞿裒刻文集，因錄與之，并識顛末以志良友相愛之意。誤從樊村之言，在當日亦未嘗無所見，且非此則詩格不能變也，故無悔焉。道光戊戌六月雲伯書。

【校記】

〔一〕此文錢本、伍本無，鈔本列於卷六第十篇。

〔二〕『存』，鈔本作『成』。

〔三〕『城』各本作『成』，張本、鈔本則作『城』。按：文中屢及『碧城』，且陳文述詩集有名《碧城仙館詩抄》者，故據改。

卷六

祭光禄大夫素香公文

元戎麗極，仙源輝玉牒之圖；華嶽崩雲，天漢泣銀潢之胄。國以宗老爲尊，天必假耆臣以壽。蓋長生者泰壹之神〔一〕，不死者國皇之宿。乃勿令綠圖益算於軒庭，紫府乞齡於羲宙。國喪雄陶，人思風后，豈佑其後者能昌，介其躬者弗厚。仙闔難排，靈穹莫敂，如吾素香光禄府君之棄吾制府長公季昆而逝也。一則班超萬里，軍中讀馬服之書；一則黃霸三年，江表手鳳陽之詔。毀容侍翣，含賵匪親。纚髮承衾，桐棺莫附。蓋河湟遠而屺岵悲〔二〕，淮泗歸而《蓼莪》賦。竟使孝王伯仲，慟闕禮於飾終；百藥壎箎，爲奔喪而徒步。用是青芻縮醆，寮侶摧膺，白馬流蘇，寅官孺慕者也。

公傅賚鹽梅，皋颺肱股。懷平當之經濟，學出天人；資郤縠以詩書，才兼文武。世紀伐於功宗，身起家於民部。薛生兩鳳，翊家國之羽儀；荀毓雙龍，惠熙朝之霖雨。是非后軒夢弩，驅羊出牧伯之才；抑猶趙夙生衰，愛日煦江南之樹。繄公啓宇，手種三槐；郎伯巡方，天承八柱。越稽我長君制府長公之撫我江南也。碧幢紅旆，初開幕府於臨安；鐵鉞琱戈，遂築節樓於吳會。人歌杜母，羨斂胥蠲；民頌倪寬，羸逋不督。察蟲盤覆地之冤，洗蟻穴黃沙之獄，秉墨吏於蟊炎，屏譁官以鷹逐〔三〕。陶侃之恭勤軍府，檢束豪民；　劉宏之都督荊州，威行南服。於時中官錦彩，善政時旌；　天子璽書，慰勞最篤。而又黃龍望府，次君有飲水之清；　紫馬來南，太守有貨船之譽。初官司馬，江東兩杜之名；繼駕朱幡，鳳水三刀之署。使郵亭皆畜雞豚〔四〕，俾幹吏俱嫺文句〔五〕。此非殷家世學，盡受訓於劉翁；　公綽門風，定躬陶於孔鑄者耶。皇上以元齡屏誡，贈公光祿之勛；　韋賢籯金，晉移元成之爵。方喜福時令子，永承鯉訓中庭；　堯叟賢昆，長侍阿翁東閣。而公則福天遊幻，纔蒔少海之桑；　壽宇迉迡，竟騁遼東之鶴。神鴻歸去，天上行春；　赤鯉飛來，人間無葯。嗚呼，痛哉！某等和衷江戒〔六〕，有元方父事之尊；　參佐淮南，受萬石官聯之教。認楊公石馬，當年隴草增悲；　望彥先琴牀，今日徽弦永悼。蕪辭遠酹，思題都尉之碑；　絮酒空釃，敬奠平原之廟。靈駕風來，神顏電笑。尚饗！

【校記】

〔一〕『生者』原缺，據張本、鈔本補。

〔二〕『岵』原作『怙』，據張本、伍本、鈔本改。

〔三〕『鷹』，鈔本作『膺』，誤。

〔四〕『豚』各本缺，據張本補。

〔五〕『俾』各本缺，據張本補。

〔六〕『某等』各本缺，據張本補。

督撫公祭督部大學士公孫文靖文

嗚呼！靈穹勿圮，倚斗弼之有九星；巨鼇不傾，藉坤輿之有八柱。以故樞陳元律，七聖佑天；世馭蒼牙，五期佐命。設若斷盤皇之手臂，必無兩嶽同崩；即或壞帝座之藩門，豈有三台并暗？况壽中黄以翊寶鼎，元輔長生；老彭祖以相放勛，大臣弗死。豈有星逢復旦，再奪三公；日際重輪，三薨上將。謂中朝多翼弼，則未必玉帝少股肱；且天上有文昌，又何必向人間借將相也。

越我督部大學士公孫公，以七月某日薨於來鳳。時也苗民犬孽，軍已焚其牙旗；米賊妖人，部又褫其紙傘。天子坐金牀以望太歲，夜有捷書；三軍祭白石而召彭巫，鬼猶畏藥。乃繼福郡王祁山之訃，一國皆驚；距和伯督沔水之喪，前軍先哭。天喪元臣，何其革也。或謂公宵趨上邽，倍道兼程；夕救樊城，事繁食少。而又南封銅鼓，飲伏波之毒流；西祭金人，食疏勒之井水。以致偏枯病禹，大荒之神术無靈；甘草醫龍，伊尹之煎方不救。七萃謌虞，五軍郊弔，緊可痛也。蓋公忠以相國，義以督師。前此黎侯失德，阮疆徂侵。雕庫告國難於前，申胥乞濟師於後。說公者謂君如好鶴，臣敢盜弓；訟是元咺，國猶肥鼓。公以仲尼沐浴，荀息鼓鐘，自當收充國金城，徙夷人銅柱。將見一征自葛，三户亡秦，國斥癸辛，屯開戊己。直可使百蠻土牒，全歸天府輿圖；六詔爻閭，盡拜將軍畫像。此五單于分國之日，天厭南荒；亦兩可汗并立之時[一]，利居中國。而公則木罌緩渡，繩棧徐趨。圍項三重，退原一舍。明許其壺漿簞食以迎，默聽其棄甲曳兵而走。蓋以爲殺相柳而三仞三沮，無若服孟獲以七禽七縱，故其師陳富良江也。爲之子竊燕而伐，則匡章可以無功；爲季孫逐君而來，則乾侯可以勿戰。此由念彼苞桑，傷其破竹者也。洎乎羿弓射日，共頭觸天，太公以蒼兕覆船，長鬣以餘皇誤敵。公猶斧開馬足，軍出龍頭，以桓侯據橋之聲，止晉帥爭舟之血。宵且濟也，整以暇矣。如謂軍籓衷甲，荆舒肆欺，梨樹奸盟，吐蕃賣詐。公豈不知危攻束馬，險出飛狐？斷長蛇兩頭，塞狡兔三窟。祇以爲聖人不殺之心，王者無外之意，但宜魚水其君臣，不可鯨鯢其土地。是爪士全師以伏戎，虜公分謗於破斧者，堂堂乎仁且義也。於時降城既築，老鳳初飛。以桓公北伐之軍，充寇恂還朝之騎。以馬援南征之檄，應溫嶠內召之書。國以李牧爲長城，帝用張蒼爲計相。方知唐廷燕許，便是將星；舜殿夔龍，亦勝弓甲。公復曳姬公赤舄，活安石蒼生。務使呼韓頓顙，知貳師爲近臣；回紇來朝，識汾陽爲內相。所以樞庭樂奏，無非夔吼鵰爭；秘省文章，亦是三宮五意。蓋行父之頭未禿，而荊公之鬚已蝨也。未幾中書出鎮，節度巡方。領陶侃之八州，奏姚崇之十事。尉陀國裏，旌節花開；日月宮邊，阿衡船到。人以爲田千秋之相度，李光弼之軍聲歟。至若官轉六曹，身遊九寺，出托克爲行省中書，屈太白以翰林供奉。君恩則前後公銜，故事則子孫男爵，此史氏敘官詞林佳話。公之相業，不繫此也。

至於躬驅狡猰，手掃攙槍，皇上以廓爾喀不靖，命福郡王移師西藏也。時則婆羅門族，黃教三千；帝釋國中，魔兵十萬。帝謂梵天兜率，豈容調達刀聲；佛土耆闍，不許天神劍響。而不謂鐵圍三戰，鬼母皆飛；法螺一吹，金剛盡甲。王乃咒韋陀之杵，折波旬之戈。公又扉屨贏糧，馬牛運木，護火具以狼機，通雪山以狗站。驛名籌筆，馬借馱經。聚米如山，飛芻入國。公之輸輓，抑又勞也。既而韋皋鎮蜀，人言諸葛後身；嚴武守川，地是公孫舊國。而其日黃巾白狄，苗龍之支黨潛來；赤髁橫裙，槃瓠之子孫又反。我以爲令如蠆尾，楚人是何多也；彼以爲地是犬牙，漢兵其如予何〔二〕。公乃掀翻大海，沃潑流螢。全抽董澤之蒲，慟殺萑苻之盜，而無若荊巫狗嗾，楚鬼狐鳴。持白挺而作妖民，探黑丸而殺武吏。方將分玄女兵符，收蚩尤魔陣，乃赤眉之族未殲，而白雞之年已讖矣。嗚呼痛哉！河湟未靜，休璟先亡；安西未寧，代公又没。公不念大庭減膳，南内撤懸。與其風山紫府，天上神仙，孰若力牧山稽，太平宰相。某等官聯江左，手版淮南。奠尚父以玉璜，祭巫咸以金鼎。欲書亥字，碑已藏峴首之陽；要望午橋，神亦葬畢原之上。用申盎酒，祇酹緹觥。爲將軍作諭蜀之檄，靈馬風來；與丞相作詛楚之文，雲車雹下。

【校記】

〔一〕『可』原作『克』，據鈔本改。

〔二〕『何』，鈔本作『乎』。

爲河督徐心如宫保祭沈慕堂治中文

嗚呼！裹雞漬絮，奠南州之酒者，千里之交也；白馬牽旒，迎庾公之喪者，黄河之阻也。而況兒寬爲經術出身之吏，羊綏是國家可惜之人乎！嘉慶十年四月，天子嘉趙廣漢之聰明，使以南路廳分知畿輔；以張京兆之儒雅，又以治中官擢佐黄圖。方將收豺狼避道之最，枹鼓希鳴之薦，賜黄霸以丈車，拜韓稜以楚劍，而乃輦轂三年，膏肓一臥。褒馮勤爲佳吏，未下璽書；望蔡茂爲中台，空成禾夢。

受俸纔留一月，攀車已哭五倫。如我慕堂京兆治中之卒於官也。

公察舉本郡孝廉，充武英殿繪圖官六年。凡一切玉衡、金度、國章、泰壹、圖書之秘，風鼓、孤虛、鐘律、刑德、奇胲之式，蚩尤、封胡、鵊冶、地典、容區之圖，星經、日晷、宮室、職方、形勝之器，靡不手規黍尺，目睇熡蠡。輸盤不能名其工，輅璞不能究其博。以乾隆五十一年欽定四庫書議敘之日，命以左右輔令長官署用。公遐慕潁川四長之名，中牟三異之績，手樊遜《清德頌》，讀傅氏《治縣譜》，歷雞澤、唐山、肥鄉、安平、蠡令。於時韓延壽鐘鼓管弦之治，恩信遍廿四縣；袁邵公噫嗚流涕之聲，獄罪出四百家矣。而贈公捐館，賢宰宅憂。陶士行居廬弔鶴，阮嗣宗泣血蒸豚，無以喻其毀也。憂滿，又歷宰饒陽、藁城，爲大名、長垣令。懲西門豹請璽納璽之拙，任巫馬期星出星入之勞。二年之中，薛宣幾欲換縣，馮魴呼爲健令。

嘉慶元年，總督梁公上最狀，以公爲卓公寬中、劉陶錯節也。今上褒公治行，畿南百縣，張既爲三輔第一，日下諸城，呂又以一州居首。以三年某月，應三刀之夢，遇采薪之憂。病痊赴部，聖上以關中地重，非良吏不能成兕虎威，直督以畿甸才難，非賢者不能保繭絲障，大府表刺涿州。所謂八鎮開關，九州大湊也。改保定安州，長選深州、直隸州事。漢法以六條察千石，州牧爲尊；陸彰以一歲歷三州，車朱最曜。公風屬吏行春，警村民置鼓。郭伋去帝城不遠，蒙福京師；張亮作山頭好夢，絲掛幽州。趙郡之鹿不偷，綏山之桃常熟。或持鐮刈草而宿郵亭，或課果樹榆而訓村落。來則耰犁用水，去則胡牀掛柱。公之愛召翁卿似之，公之察龔渤海遜之也。京兆王畿千里，以同知分四路，猶郡國專十道。南路城接天垣，地連瀛鄚，賣刀劍、賣牛犢者爲良民，棄鉏鉤、持兵弩者爲奸宄。是以南塘舫下，逐捕爲難；冀州部中，豪強善梗。公肅清蹕路，涔擢治中。方高柔擁膝之時，正汲黯病多之日。德林之級未徙，張威之笏已還。以十五年四月卒於雄縣。

嗚呼！鄭子產國人含玦，盲史傷心；公孫弘經儒治才，《漢書》循吏。公四子，孟、季以孝廉、明經授令長、校官，叔、仲以河隄水工爲郡丞、縣宰。胡威父子，皆是清官；石奮一家，居然萬石。豈非隱侯門閥、雲卿文章，代有傳人替手乎？公治類桐鄉慶流石相。吳公爲治平第一，所去民思；田叔爲天下長者，乃令君死。某婁湖列宅，與沈慶之閈里通親；韋放徐州，與張吳郡昏姻篤舊。方期吳興印渚，他年歸話司州；東陽長山，今日已無支遁。孫興公畝川築室，空賦《遂初》；顧長康一鼻長風，無從寄淚。敬遣某官，順過任城，代躬醊奠。一杯椒醑，臨風望顧榮琴牀；幾瓣心香，何處哭王濛麈尾。尚饗！

爲河督徐心如宫保祭戴恭人文

夫有博平新野之德者，宜饗以鄉君萬歲之封；有宣文修成之賢者，宜報以趙母赤烏之壽。此史氏𪑿稱乎萬石君之教家、曹大姑之能誡子婦也。重九後之數日，恭人之訃書伻來淮浦。時也季君玉年，以邱嫂功喪，方館甥貳室。夢中指痛，許止之藥未嘗；遊子衣單，許郎之裾欲絕。括髮奔喪，禮也。恭人爲今治中刑部員外郎、前滇黔兩省州刺史芋園先生德配，故廣州司馬石蘭公冢媳，訓導戴雪溪公長女也。受經伏勝，侍戴公之《中庸》；治禮曲臺，傳韋姑之《論語》。續史則巾幗選談，弄筆而女中燕許。凡一切龍輔女紅之書、劉休鼎味之錄，陳媛獻椒，辛姬頌鞠，罔不佩容臭於雞鳴，承楎椸於夜燭。結褵之始，外則王舅在堂，內則君姑在室。興門五世，男角女羈；食指千名，奴耕婢織。李平陽高明賢女，每事皆諮；鍾夫人帷裏簡婚，無姻不擇。憲部公以名進士歷官內外也。雲司畫日之筆，治中京兆之眉。三刀雲北，一州水西。凡韓母中興之賦，皆蕭恭德政之碑也。丈夫之子六人，季女之尸三索。漢武帝元光初詔〔一〕，三兄各舉孝廉；唐高祖武德開科，一弟先成進士。竇家五桂，添郄詵之一枝；荀氏八龍，少朗陵之二子。嗣君等或乖厓治蜀，一縣神明；或震澤分符，三吳大治。九天咳玉，榮墀步於壎箎；一帖泥金，耀宮袍於娣姒。而恭人方三錫三加，一驚一喜也。喜則花磚弄影，小郎之乞假將歸；懼則竈突吹風，冢婦之災占不已。蓋洞庭之書方至，而恭人之疴已不起矣。當時也，巫山滄海，元微哭婦之詩；蠶薄機絲，王肅傷妻之淚。王夫人郗門宅相，九十何衰；魯姆師宗國女儀，百齡以外。憲部公將衰潘鬢，忽傷王維寡居；乍鼓莊盆，不作樊英再拜。天何奪我恭人以古稀之歲耶！

恭人期孫六人，女如之；曾孫二人，女亦如之。長君官銜在祿秩之令，姓名登茂陵之書。幼者或絳帷受《易》，吞卦聰明；或擁樹弄書，之無識字。李夫人之八篇《典式》，不傳女而傳男；華孟姬之輜軿安車，比抱孫於抱子。豈第京陵當日，人仰慈雲；東海當年，獨留孝水也已哉。某學愛子將，才憐士行。有左思嬌女之情，少張禹愛男之性。季君之讀書賓幕也，安陵樓上，丈母見憐，金谷園中，姊夫最勝。袁豹怪其書多，樂廣知其玉潤。方以爲選婿窗開，泰山峰近；豈意蒙喪錦被，元方訃聞。泣血蒸豚，嗣宗歸省，翳可痛也。夫甘泉畫像，朝廷翟茀之光也；子舍白頭，士大夫私家之事也。某家寄淮南，地睽吳會。六龍同食，喜荀、陳兩姓之方昌；五鳳齊飛，慨軾、轍二人之未第。方擬恭人以師氏媞媞之年、王母皤皤之几，何圖九龍母死，五時衣空，萬歲山高，一星婺墜。傾箱倒庋，待謝家親戚之濃；篚筥包苴，唁許允山中之淚。遙申椒酒，代榛栗於威姑；敬獻蕪辭，補闕文於君氏[一]。徐惠辭章，《唐六典》誰修女憲之官書；班昭文字，《漢春秋》宜入夫人之石誌。嗚呼，尚饗！

【校記】

〔一〕「武」，鈔本作「元」，誤。

爲户部侍郎總管内務府大臣桂香東芳及己未同年官九十六人公祭史太恭人文

嗚呼！讀《瀧岡》之表，慟母儀者一代文章；讀《碧落》之碑，哀母教者一門四子。匪桓少君鹿車甕汲，焉能相鮑宣爲名臣；匪義成君紫綬文軒，焉得訓崔駰若師氏。我年母太恭人之叔季嗣君，某等己未同年進士也。其初燕山五竇，舉孝廉者一叔而四昆；其後雁塔十年，成進士者同科而兩甲。雖堂開四桂，蘐庭悲一鶴之飛；而家本五良，令母喜三龍之躍。先年以宜人章服晉封太恭人也。五花金字，即長君鳳閣文章；百縑告身，即季子螭坳手筆。甫也工部，爲太夫人吟慈竹之詩；遜也揚州，有何水部看梅花之閣。我諸同年以歲時上壽也，擬以八十上郡君之板，九十介蘭英之酒。登堂呼魯肅以兄，上殿掖馮勤之母。乃石建之四子白頭，同居子舍；而王濬之三刀夢益，一麾出守也。季君守蜀郡之明年，陶母居京，潘輿弗駕。官中書者以蘭臺秘省爲家居，官工曹者以補闕拾遺爲林下。舍人俸薄，借潤筆以甘旨；水衡錢多，比參苓於米價。太恭人方嬉花圃以宜春，抱佛經而坐夏，豈意三周小滿，還朝之五馬未歸，五月中天，無恙之慈雲忽化耶。

太恭人執婦道六十年。風庭抱樹，代夫子而臥冰；麻粥兩盂，乳小郎而夢抱。蓋別駕不爽爲王祥之孝，撫叔不失爲昌黎之嫂也。初，年丈蓀裳公通守南康。三年熱釜，寧留孟光舂聲；一輛柴車，不入王良官舍。太恭人之意，以爲冷官滋味，不妨借鼎嚐黿；海樣王城，不若隱人高價。嘉慶元年，公膺兩宮引年之典，受于謹延年之杖。時也房中之樂，盡是壽人；夢裏之鈴，無非才子。七孫八婿，韋姑《周禮》之書；百拜三加，子姓冠婚之禮。其閫門福德，孰有甚於此者。嗚呼！八子爲二千石之官，一時未必；三品受女賢人之號，百歲何難。太恭人豈不見夷鼓方雷，一門氏族，封胡羯末，群從芝蘭。讀廿四首達生丈人之集，齊眉畢竟；手四十章西歸遺教之經，人淚闌干。文曰：

燈纂能榮，琨華不萎。仁人事母，百年乃慰。若佛涅槃，若仙脱蟬。慈母安矣，孝子憾焉。月惟重午，其日則晦。熒惑在心，是時熒惑守心者一月。日中方熭。三沐三薰，瀯潘請靧。反席未安，若坐假寐。恭人先期，召名畫師。曰予事佛，寫三歸依。曰予受經，具四威儀。童顔鶴髮，圖成而嬉。飾終之物，恭人手儲。瘞錢十萬，鑿楹而書。漆棺壽藏，含殮所需。明衣明器，治於閒居。不欠一錢，麻姑升仙。不磨一針，大士生天。南康之喪，居以九年。琴書一寢，行像長懸。俞氏史氏，初爲朱陳。漢法交互，相爲昏姻。內兄外弟，出入庚庚。謂甥謂舅，我舅我甥。以是兩姓，弟兄發發。季貍季豹，伯達伯适。八廚八及，四黃四括。進士者四，孝廉者八。兩氏各以姑表爲昏。各生四子，鄉舉者八人，成進士者各二人。同科同甲，金昆玉友。一樹之凋，三珠之秀。荀令中書，何郎水部。兩車入朝，五馬出守。昔事南康，不入官舍。臥冰哭竹，王祥別駕。乳姑者有，乳叔者寡。恭人之孝，名聞天下。上自廟祭，下迄童婢。三鼎五鼎，手自滌器。鼠耗米耗，三千不計。恭人之仁，如雨雨地。延壽有杯，長生有枕。飛軀不藥，畫龍無病。手遺教經，入華嚴定。鴻範五福，繫母則聖。亥字疑年，七十而五。凡我同年，登堂拜母。絳帷聽經，一朝弗覩。讀大家箴，悲《中興賦》。恭人之堂，名曰四桂；恭人之封，鄉曰萬歲。張說父碑，鍾會母誄。一門之中，文章諸貴。絳州刻石，甘泉畫像。列以班昭，傳之劉向。靈草一株，胡香四兩。絮酒椒馨，哀哉尚饗！

查梅舫大廷尉八十壽序

某聞威械弛而俎豆布，鉆鑽絕而九刑厝。若廬都內之獄不興，而后廷尉得以斷天下之平。孔稚圭曰：『從古名流，皆有法學。故釋之、定國，耆頤漢朝；元常、文惠，久壽魏闕也。』嘉慶十八年四月朔日，梅舫大廷尉八十攬揆。九卿六曹大夫爲公奏壽人之樂，翁覃溪學士以下，祝嘏而介詩者如干人。而屬序於良士曰：

昔荀爽百日而司空，賈誼一歲而大中。僕年八十，始爲廷尉。子毋祝我以殷阿衡、周鬻熊、張蒼、夏侯勝、胡廣、公孫弘，亦毋祝我以龐公戊子之大小、晉公甲辰之雌雄。使僕如羅結之百二十而長秋，王祥之九十四而三公。一門褓袘，百笏儀同。堯年蝙蝠，果老侍中。勿虛爲我譽也。予之康強而耆艾者，予知之矣。予滇州再刺，蜀縣再尹；守粵西者兩郡，臬黔贛者兩省。常鎮觀察，楚南轉運，中歷金川兵事、安南軍政。僕稍有武功，不足稱也。然予之康強而耆艾者，子知之乎？予始宰縣也，蜀之宕渠，今爲南江。橋名黄金，地曰柏陽。灌木百十里，古柏萬萬章。盤古不名其枝柯之壽，豎亥不測其道里之長。孔明不踞爲廟，漢武不取爲梁。幼者柏精，老者柏皇。在混沌不鑿之天地，有萬古不覿之太陽。時無莠民，乃有奸商。開山匪大禹，墾草匪商鞅。將庇焉而縱尋斧，亦狡然而思啟疆。山虞貨金錢，匠木刊州章。予投牒而籲大府曰：『人三爲衆，獸三爲群。十年樹木，百年樹人。五丁欺蜀牛之糞，大鐘紿厹由之君。商與民爭利，夷與民爭地。人非奢香，驛非龍場。徙令者商君之木，構兵者處女之桑。黄龍清酒罰必雙，深山大澤禍所藏。利市百倍必生否臧，斧斤一入必有死傷。惡木不廞，嘉樹無忘。曷若斷鐵山之直道，樹禁碑於棡陽？寧絶地利，毋破天荒。』至今五十年無干我判也。子知之乎？枯松有太保之名，大樹爲將軍之徵。老七松爲處士，壽五柳爲先生。樹有音聲，木有神靈。

某喟然曰：此公之所爲康強而耆艾也！某又聞之矣：槃疏地力，揉耒剡耜，神農氏之治也；鑄刃范金，避臭去毒，燧人氏之始也。昔鄭國溉澤鹵而秦成奥區，李冰開稻田而蜀稱陸海。公不嘗開巴山之老林乎？檄楚民二千户，墾萊田三萬頃。使九眞知火種者任延，俾廬江知牛耕者王景。棗祇之屯田許下，張飛不用於閬中；鄧艾之手執耒鋤，葛亮未行於南鄭。蓋后稷以稼穡而神，伊尹以區田而聖。某聞巴州通江之間，大寧竹山之内，終南漢陰之際，各有老林皆千餘里焉。使大吏行公之法，以清秦、楚、蜀之山溝，則材木栜蔽於漢江；以驅秦、楚、蜀之耕牛，則粟米積高於庾廩。統萬古之龍荒，合三省爲一井。苗民何所蟄其穴，山賊何所竄其脛。公之德倍彭籛而八百之，未有艾也。公觀察淮南，某從公遊。時蜀賊縱横西鄉、鄰水間。公方吟焦山之鼎，咏橋亭之硯，譔潤州之誌，收漢人之篆，率更千字之碑，寶晉百家之翰。江淮草木，張萬福之威名；甲士金山，陳少游之水戰。客方借箸而談，公不拊髀而歎。某以爲八公文字，乃在淮南；四皓功名，不如絳灌。宋制大理官不置吏，士大夫手掌文書，防吏奸也。公筆惟畫日，三尺之法不搖；案即如山，一牘之手弗假。不使召公勞而爲方伯者，朝廷所以禮耆賢也；必使皋陶喑而爲大理者，朝廷所以慎肆赦也。張湯持法精，天子用何比干而平；周興治獄峻，天子用徐有功而慎。此今日大理所由覈《尚書》之成要乎。某聞之伯機有支離之叟，法潛有蒼髯之友；弘景以種松而仙，張騫以石榴而壽。東平之柏西靡，摩頂之松東首。白公有檜，歐公有柳。成都之桑不多，龍陽之柑最久。外黄柏樹之數，虞延知之；大别千年之柏，神禹植之。某今而知楷模所以百世，周孔所以長生也。夫福一日之名位者，不若爭百世之利；立一時之事功者，不若壽一方之命。是以草宅病於周書，均田美於夏正。桓寬所謂寶路開，子思所謂寶藏興。古云：埋金九里，不若開得意之田；置身九卿，不若官一縣之令。蕭何作相，以請佃上林爲奇功；貢禹彈冠，以請佃宜春爲善政。若氾勝有九穀之書，而不墾一弓之地；賈勰有齊民之術，而不開一廛之畯，此老農之月令，非縣官之治譜也。《山海經》云：『西南黑水之間，廣都之野，爰有膏穀，冬夏播琴。』爲公千萬年南江德政碑，可也。中丞《銅鼓堂詩》遍天下矣。公換羽移宮，抛鍼擲綫。叔源之步不隨，明遠之色一變。詩如干卷：落花依草，邱中書之風流；《舞雪》、《迴風》，范衛軍之婉轉。廉頗今日，方上馬而如飛；馬援他年，且據鞍而顧盼。

歲癸酉春暮，花農通守自南海旋京，云：『廷尉生辰，京師鉅公爲詩，乞君爲序。』余曰：『某爲文喜紀實事，平生無釀詞。』遲日走見廷尉，曰：『我平生政事無當意者。少年宰南江，柏陽之柏，廣袤百十餘里，禁商民之奸，籲監司立鐵案封其山，至今遵之，活大柏億萬萬焉。時蜀未被兵，恐伏莽有先見也。又嘗開巴山之老林，深巖密箐，萬古不耕。予召湖楚民一千三百户，伐叢灌，芟荆棘，墾沃田二萬三千餘頃。刀耕火種，數十年熟矣。因書《南江紀事詩》暨《黄金橋古柏行》，曰此題目也，爲予序之。』某曰：『此功高大禹，德茂后稷矣。某聞川楚之間曰城口、團城，有未開老林千餘里焉。終南之南、漢陰之北，并柴關、鳳嶺而東，老林亦千餘里焉。合大小巴山之老林千數百里，凡三省四千餘里，皆《禹貢》梁州之域也。華陽黑水爲梁州黑水，在今留壩廳之内。想大禹刊木、益焚山澤時，皆在此處。此四千里之梁州，更世亂而再成洪荒者也。廷尉創開老林，始此一縣。所謂非常之原，黎民所懼，人情昧安，難於慮始。此事功之足傳千古者。』故序之，以請於後此之節鉞三省者。踵公法而行之，庶幾乎弭百世山民之亂，而衣食此四千里之人民也。并記於此文之後。

屠孟昭大尹尊甫蘭渚封君七十封安人宏農君五十八歲壽序〔一〕

漢崇上巳，晉紀重陽。春秋命歷之序，魯侯燕喜之章。古今士之傳世而不朽者，曰儒林、文林，曰賢良、循良。疑年在亥，四月維夏，廿有三日，爲封君屠蘭渚先生七十攬揆、封安人宏農君設帨舉觴，則孟昭太史宰古眞州之第六年也。初，先生年六十，浙中士大夫爲孟昭介雫於通德之里第。鴻章鉅製，班書范史，而先生之德始彰。

先生直亮方正，朱絲繩也；溫良精潤，玉界尺也。儉年稼穡，寒年纖纊，豐年玉也；讀萬卷書，行萬里路，天下才也。梓其壽之文十餘篇，景鸞經涉七州，李固周觀天下。序者謂先生豪：販吳漢於漁陽，賚百里於秦市；逢萌擲盾而不役，傅介棄觚而不事。序者謂先生介：一旦歸歟，手計然之書，取白圭之棄。序者謂先生善處貧：樓護過齊而合宗族，折像厚藏而施親疎。序者謂先生善處富：顧凱手植嘉樹而憲之果爲吏部，王祐身種庭槐而旦也眞爲三公。序者謂先生迍邅而後通，艱難而後順，爲先生食其福也。若者序先生之遇之奇，而不序先生之志其遠而志其大也。功莫難於傳世，人莫難於知子。陳群生實而知其爲興宗之人，索靖生綝而知其爲宗廟之器。夷簡宰相才，祖禹天下士，皆門以內知之。不先之以丁覽者，必不成子賤之堂構；不後之以韋陟者，必不傳安石之盛名。袁象才識，父覯知之；謝朏千金，父莊識之。蓋先生知孟昭之學，不惟翰林；孟昭之才，不止令長。故使之盡讀天下書，遍交天下士。若崔液以神駒譽兒，沈約以青箱名子，先生不屑屑也。舉孝廉而不使之急公車也，庭訓而讀等身之書；第進士而不使之僅工詞館也，庭訓而讀經濟之書；宰雄州、尹赤縣而不使之僅通一邑之治譜也，庭訓而讀天下利弊之書。以故孟昭之學精於馬、鄭，孟昭之才通於班、揚，孟昭之文與詩也富於韓、杜。孟昭之以德與威惠治其邑也，趙廣漢之聰明，張京兆之儒雅，皆有之矣。

孟昭讀書於清平山之日，良士弄田於花馬滕之時。當是時，鄭、楊、董、展、顧、陸、張、吳讀其畫，五經三史也；韋、王、盧、駱、蘇、黃、米、蔡讀其詩、評其書，三唐四宋也。踰年而孟昭入詞館，宰儀徵，良士縱遊秦晉。至京，而士夫藉藉述孟昭之治儀徵者，縛污赭而禽縫裾，斬持緤而辨烏盜。感以《孝經》，賜之畫傳。邑無苦水，地成好溪。及良士遊其境，文章訓士，經術飭治。劉寬之處士、諸生，文翁之學官、祭酒，莫不敬以神君，呼之慈母。先日登宓賤之堂，入崔儦之室。知先生韋氏宗會之法，延之庭誥之文。張融門律，穆崇家箴。樊重之子孫若公家，華歆之閨門如朝典，胥在是也。而後知先生數十年之志，不憚孟昭之不爲儒林、不爲文苑，而欲孟昭之必爲賢良、必爲循吏也。蓋古有父隱而名盛、子仕而名不噪者。龐德公不仕而山民爲黄門，管幼安不仕而子邈爲郎中，宗少文不仕而子賔爲南郡，韋道遙不仕而世康爲荆督。先生之所廑廑也。必也王祚家居而溥也趨侍，陳省華家居而堯佐也側立。則父子隱顯之盛名，先生當之矣。先生以一縣者，百城之表，十道之率。陶侃之八州，荆州之十郡，同是治也。乘一丈車，賜三神劍。隱者爲四皓之功名，顯者爲三楊之事業。鐘鼎在家，竹帛在史。政事文章，先生之遠大我孟昭者如此。

宏農君年次於先生十二歲。昔者馮勤之母八十而與朝會，張齊賢之母八十而受手詔。顧雍迎母，朝臣畢臻；合肥迎母，將吏羅拜。使孟昭他日導母輿而太常奏四部之樂，執母轡而淄州迎數十里之郊，則先生期頤掀髯，所謂公著爲名相而子揚其父美，敬夫爲大儒而子彰其父功者，先生之迍邅艱難與福位名壽〔二〕，兩無憾歟。良士聞之，劉、柳無稱於事業，姚、宋不見於文章。今孟昭詩文集盛行大江南北。此韋蘇州之焚香賦詩，而民不忍欺；白香山之家弦户誦，而吏牘一清。視當日局促翰院，焚宫香而讀麗正文章，登落雁而攜驚人詩句者，庶幾乎西南夷之弓衣，皆梅都官詩，吐谷渾之牀頭，亦溫子昇集歟？畫鶴之記，遍於新羅；子雲之書，傳於百濟。吾願孟昭弘揚先生之遠大，不急以藝事爲三絶〔三〕，而即以勛名爲四夔也。孟昭性純孝，故江以南能文者，必以一文爲先生壽。同載青山，羞掩父德；移書太常，求顯父名。古之志也。今孟昭求增父秩，古之孫逖也；乞擬母封，古之趙槩也。若良士之不文，亦思序先生梗概。曰此非歐陽氏《晝錦》之記，實趙清獻瑞安戲綵之堂也。

【校記】

〔一〕此文鈔本列卷六第八篇。

〔二〕『與』，鈔本作『其』。

〔三〕『以』，鈔本作『於』。

重修靈鷲寺啓

人天何幸，中華留靈鷲之山；煙水無人，彌勒坐毘盧之閣。寺左先有毘盧一閣，因基占廓云。將興大法，以人傑者地靈；要作道場，必財多者工聚。與迦葉建五層之屋，大石山穿；爲長者造祇樹之林，人牛金盡。至若盲人五百，託榛樹而求家；窮子三千，投化城而覓宿。是非九百柱化天之殿，道衆難居；無一千年住法之人，佛燈易滅矣。

蘇州府治艮隅靈鷲寺者，蕭梁棟宇，天監刹竿。地非花氏之城，名載摩陀之國。化龍影散，佛樹枝枯。以吳宮花草之墟，留沙劫沉灰之屋。久已鹿皮爛盡，髮地無泥，雞足山封，龕門不禮者已。嘉慶三年，有住僧僧綱某某者，大牀尸坐，窟室淫居。陽修梵網之經，陰搆摩登之室。私呼梵嫂，明犯燈光。亦師羅什大吞御婦之針，敢學文殊竟擁同牀之女。半千年佛姨壞法，大可傷心；五百衆甄女失通，居然末劫。以致雷音天鼓，神走伽藍，接手抱腰，冤呼佛眷。宰官瀦其故宮，桓因呵爲鬼住。幸而法無淨穢，地有衰興。不倒魔天之殿，難開戰勝之堂；勿夷惡鳥之林，難種鳩羅之樹。茲有漏盡禪那天台大德某者，內修白業，外覽玄文。讀豐干樓上之經，望天姥峰頭之月。草鞵踏遍，依普賢行願而來；拄杖擔存，託居士草菴而住。以乾隆年月，寓於蘇州也。鐵圍海裏，小結維摩手版之居；蟻子宮中，大書彌勒遮那之字。彭居士爲覓寺左小菴，署曰毘盧。而且開道場以甘露，表淨刹以金剛。止觀雙修，六時禪定。機緣四衆，五體和南。加以須達長貧，散陀不富。廉留賈客之金，儉餉貧婆之米。示病不肥，嗌麻長瘦。如斯人者，或亦梵門之龍象、釋氏之笙簧者歟？

蘇州百族羼居，五民魚聚。笙歌七里，色宮欲界之天；士女千年，極樂彌陀之國。亦有鞞藍大富，象馬施金；亦有糞窟奇貧，罌甌供米。或洗僧浴佛，溫室求男；或敬塔懸鈴，金錢祝子。且或香燒象藏，花獻波羅，媚佛燃燈，懸幡續命。如是小緣，咸希微福。至於蓮宮既廢，大刹乃荒。鹿苑盪爲屠場，蘇州北寺今爲殺人場。如來没後八十年，祇園亦改爲殺人場。雞園改爲茶市。西園，蘇之最大刹也，今爲茶場穢雜之地。地雄九縣，竟乏叢林；寺曰四禪，吳中叢林最古者，南禪，北禪，東、西禪也。今盡廢。不開鐘版。以致行腳打包之衆，過午無餐；螺螄蚌蛤之僧，沿街索睡。豈徒分衣迦葉，借宿桑中；托鉢阿難，誤投婬室。俗不施檀，地無分衛，良可歎也。近惟長、元、吳三方僧衆，門稱應付，未習四檀八教之儀，官有僧綱，不明十誦五分之律。或家居火宅，神通則唾婦藏壺；或身處魔宮，法力則燒豬噀酒。其或搖鈴鼓鈸，日諷彌陀般若之經；讚唄揚聲，夜譚焰口瑜伽之印。甚至驢唇鎖鐵，狗脚關釘，身燒釋迦之鐙，香爇藥王之臂。而且獮猴作帝，亦坐師牀；狐狸偷涎，竟操麈尾。自號大僧，難爲長老。此輩魔民勿化，必有因緣；鬼趣難降，須求賢聖。所以虎山頑石，生公到而低頭；天台山神，智者來而匿迹。聖教如燈，邪宗似海。無關末法，是仗導師。此易俗移風，宰官居士之所望於禪德者也。

某官等以十一月十有三日，送師主席。山門離垢，棟宇發光。槃特掃塵，金剛淨糞。目覩蜂房九曲，尚是污宮；蟻戶百門，都非淨土。緣是摧枯拉朽，芟其榱甍，正位辨方，夷其堂坫；以爲宏茲蘭若，必建廣堂，大此招提，必興傑閣。夫禪堂嚴密，乃結冬選佛之場；講堂寬閒，乃解夏談經之地。瞿利帝三千食指，則齋堂必有法同應供之廚；善知識五十來參，則客堂必須八萬四千之座。乃若圓通示應，開聞思一法之門，則大悲閣在所建也；唐梵同函，貯滿半三乘之典〔二〕，則藏經閣在所興也。如是棟梁，皆資土木。夫化人宮宇，匪偃師幻術可成；天釋殿堂，豈毘首妄心能造。須彌山青鴛一墅，亦用人功；阿育王梵宇千間，全憑國富。則可知羯磨大斧，勢不斲龍宮霜霰爲樓〔三〕；舍利長繩，必不界蜃氣青紅爲屋〔四〕。某等因緣作雨，解脫爲風。誦福田一卷之經，結香火萬年之社。仗此身心布施，同撑般若之船。從茲利益人天，共種菩提之樹。讀《洛陽伽藍》之記，草蔓煙荒；撰北天精舍之圖，高竿大剎。用布長牋，敢申小啓。署多寶如來之號，大士和南；書好施太子之名，龍王合掌。

【校記】

〔一〕此文鈔本列卷五第七篇。

〔二〕『半』，鈔本作『米』，誤。

〔三〕『斲』，鈔本作『斷』。

〔四〕『界』，鈔本作『駕』。

爲師禹門刺史送琴師張燮堂道士入東磊山序〔一〕

入懸霤之山者，聽靈鳥以爲箾韶；說《南斗》之經者，坐玉牀而踞洞穴。自輔漢著書而後，鶴鳴山深；想道陵冲舉以來，雲臺峰近。道陵與夫人雍氏於雲臺山白日昇天，見《仙鑑》。餐霞辟粒，代乏松喬；煮石蒸丹，世無彭朔。則何羨乎陟山采藥、泛海求師者之勤勤問津也。

予涖海州之明年，尸梟徒，懲獷俗，民稍安矣。而雲臺懸海外，枝峰蔓壑，側碧斜青。東磊者，又僻於清風之左麓、延福之下方。其羽流或太古衣冠，或空山鍾枝〔二〕。分門則別其子孫，析地則私其農畝。紫宮佇月，掌玉殿而道紀無人〔三〕；茅齋拶雲，守化樂而洞天無主。半千年末法之道場，非五百衆總持之正法也。爰選名流，與司香火。非葛仙公名聞東海，抱朴難居；非費長房朽索懸心，山深莫住。而金陵隱仙菴主張燮堂者，清淨爲師，太和爲友。委駕於無欲，指歸於無爲。其安心若操縵，其學道若彈琴。予使以蔡氏之五弄，入成連之三山。則東磊者，安知非他日華陽之室、金壇之庭乎？夫鼈靈鑿硤，力士開山。水以龍靈，地由人傑。彈十二引《水仙》之操，安八十調魚龍之變。其佐我宓堂希聲者，於吏治不無小補歟。琴不期於濫脇、號鐘，曲不必乎《陽春》、《白雪》。以和平爲寬猛之音，以宮角爲相悅之樂。庶幾葛天之八闋、羲樂之扶來乎？至於夏竦仙骨，而道流惜其墮落；李泌仙藥〔四〕，而世俗潑以韭虀。僕亦將斸膏剔髓，浣垢滌塵，從先生於綠水青山，爲風月主矣。蕉堅之體而慕龍鳳之年，朝菌之肥而求積朔之久。知先生亦未必尹林之冲舉，茅君之飛昇耳。《釋名》曰：『仙，遷也。

遷入山也。』《列子》曰：『岱輿、員嶠之山，沉於大海。』則先生猶龍伯國之一人，靈冥五百歲之春秋乎〔五〕？王平甫爲靈芝仙官，石曼卿爲芙蓉城主。僕主是州，亦將〔六〕望東磊而沒猶從也。爲琴歌以送之，其辭曰：

磊之歸矣，雲蘿煙蔦，仙國之梯兮。磊之隈矣，七真十賚，開雲種玉而嬉兮。雲臺之初搆，三元九聖而團欒；東磊之鑿坏，締結始於中官。余悲夫天宮化樂之萎髾矣，得金陵之隱仙。張雕銅而扣角兮，聆牙琴之七弦。得悟師一人以持法兮，十乃教夫百千。語見《太平經》。冀天宮而不壞兮，亦人力之盡焉。睇三山而在望兮，惟先生其安之。劚地芝與石髓兮，揖魚吏與龍師。緝清商而緝羽兮，我敢睎睨乎鍾期。築五嶽樓以貯藥兮，勿騎鯨而去斯。

【校記】

〔一〕此文鈔本列卷三第七篇。

〔二〕鈔本天頭有校語云：『鍾枝疑爲鐘鼓。』

〔三〕『掌』，鈔本作『學』。

〔四〕『藥』原作『樂』，據鈔本改。

〔五〕『冥』，鈔本作『蓂』。

〔六〕『亦將』以下文字，各本闕，據抄本補。

莫愁湖落成詩序〔一〕

香山未到，西子湖枯；醉翁不來，環池水涸〔二〕。以故吹謝安之竹〔三〕，則東山不惟一時；讀少陵之詩，則渼陂可以千古。守土者即不能名山學士，號湖郎官，而古蹟之湮埋，亦當事者之責備歟？石城西有莫愁湖者。當甓社珠沉之後，太白樓荒之日，蒲生董澤，草長蘇灣。裙屐去而人影消，笙歌散而衣香寂〔四〕。金粉百年，雲煙已散者矣。湖在明初爲徐武寧王湯沐之地。當時也阿侯故宅，曾經光祿池臺；少婦青樓，忽作將軍樓閣。二百八十年，是處風多；三萬六千場，此間人醉。今也大宮坊第，門戶猶存；十廟功臣，子孫尚在。豈非良弓高鳥，范蠡先聲；醇酒婦人，信陵故智乎？李松雲宮允來守是州〔五〕，重新黝堊，圖淩煙舊日丹青，再買胭脂，染好婦當時顏色。某青鞵布襪，弔古懷今。慨異姓之真王，可憐功狗；笑開元之天子，不及盧家。序滕王高閣，落霞與孤鶩齊飛；作王儉短篇，老子與韓非同傳。

【校記】

〔一〕此序即《詩選》卷一《莫愁湖落成奉呈李松雲宮允作》詩前小序，鈔本將之單列，餘本未見。

〔二〕『池』，《詩選》各本作『滁』。

〔三〕『謝安』，《詩選》各本作『安石』。

〔四〕《詩選》各本此有『久已哉』，鈔本無。

〔五〕『李松雲宮允』，《詩選》各本作『松雲中允』。

代袁香亭太守爲張甥婦張瑤英回夢軒詩稿序〔一〕

《中興》賦罷，淑女顔頹；《列女》書成，名姬髮白。以故宫人尚齒，當年則官號韓公；又或皇帝愛才，故事則人呼趙母。古憐好女無年，人苦詩才不老。夫固知《周南》非少女之風，樂府可以頌唐山之壽矣。瑤英幼賦椒花，長吟柳絮。王汝南窺妻之日，已著新編；鍾夫人婿女之年，重删舊作。惟其神明不變，至今是王氏家風；亦且宅相多靈，到老似吾家大捨。樹一遊東粵，司馬衫青；再到西湖，何郎鬢白。如意兒七齡詠雁，始則聞名；壽張女五十通經，今纔見面。得不歎《英雄記》上，袁君山之口齒徒存；《婦人集》中，王右軍之夫人獨老乎。昨詩來一卷，湖水生花；吟到七分，青山欲笑。嗟乎！曹豐生學齊班姊，未傳一篇；郭令暉才亞左姬，不存隻字。而且黄華善牘，片紙無聞；郄氏能書，萬金難買。豈非詩篇與明月同年，文字與青天共永耶？於時河梁未别，勉我鄧甥；白水將辭，行哉舅犯。大書卷首，重呼天上張星；小序卮言，再拜西方王母。當日外甥似舅，早不題幼女之書；今日子婦姓丁，且同結大家之集。

姬爲王健菴夫人。香亭以甥舅之親，未及見面。西湖相遇，年已五十。斯文序其一老而已。

【校記】

〔一〕此文僅見鈔本，餘本皆未見。

秋夜爲吳藕娘寄李蕉雨閩中詩序〔一〕

六月，秋涇生自淮海來越。唯時越王臺下，離愁風愁水之天；鄭旦宮邊，求爲雲爲雨之國〔二〕。始也枇杷門巷，伊人在煮藻灣頭；楊柳人家，是日過探花橋下。其人也眉無點翠，元和舊樣之釵；額不塗黃〔三〕，宋玉東家之粉。以故夏衫袖短，淡薄衣即是仙衣；秋枕雲鬆，倭墮髻豈非佛髻。然予也初逢段七，乍述張三。觀永豐楊柳，人祇在一樹風前；聽天寶琵琶，心乃在四條弦上。客方以一妹呼張，人謂其三郎姓李。則所謂伊人者，又鸞鳳虬龍之君子，江山花月之仙人也。既而琉璃淨匣，開緘出李白之詩；菡萏名鑪，添火索王維之句。嗟乎！庾玉臺腳短三寸，步韻何堪；陸餘慶手重五斤，拈題可笑。於是摹鸚鵡幽思，渲以文藻；繪鴛鴦良夢，緝以辭華。章惟五也，五日之期；言乃七也，七襄之恨。爰書鯉字，即渡龍灘〔四〕。是日也，索桃者窺戶之賓，嫁杏者撞門之酒。

【校記】

〔一〕此序即《殘稿》中《秋夜爲吳藕孃寄李蕉雨閩中》詩前小序，鈔本將之單列，餘本未見。

〔二〕「爲雲爲雨」，《殘稿》作「爲雨爲雲」。

〔三〕「塗」，《殘稿》作「圖」。

〔四〕此句之後，《殘稿》有「蟋蟀同吟，蜩螗無吠」，鈔本無。

集外詩文

東望望閣詩鈔序〔一〕

鐘之與磬也，近之則鐘音充，遠之則磬音章。音之所暨，詩亦然歟。友丙塘氏，弱年秉翰，上睞黄初，下睎衆代。每欽其五言壯健，則公幹一人，餘不足振其宏響。間或以七古見示，則李青蓮、蘇玉局一氣吐出，想其駘宕煙艱，犇驅星電。惟律不多見，而《落花》、《詠史》諸作，皆膾炙心口者也。夫古人之結習也，由波瀾既平之後，鬮聚衆辭，彙爲一部，剞劂流傳，遺俟後彥。今雒陽之紙，驟貴於丙塘年未三十之日，豈非圓水珠光，方流玉影，陳子昂之百軸擊胡琴而馳走者歟？昨讀韋莊《又玄集序》，謂當日大手名人，或百篇之内記其一章，或全集之中徵其數首。余於丙塘之作，尚不過豹毛龍甲，未攬全裘，然而荷斧登巖，擔鉼走渤，雖一枝一勺，亦足掇百木之羣芬，吸衆流之全味已。丙塘生古人之後，鐘之近也，磬之遠也；丙塘繼國朝諸老詩人之盛，鐘之充也，磬之章也。下第後，書來惓惓，衫袖頓濕。余素不能文，所願縫掖成陰之後，春草盈箱，梅花實篋。但吻合於鼓吹者之口，又何必李、杜、韓、蘇，終不敵於精《鬱輪袍》之一曲耶。凍雲在簷，託鴻翎以將斯序。乾隆己酉臘月長一日，仲瞿王曇書於午餐卯諷之齋。

【校記】

〔一〕此文見查奕照《東望望閣詩鈔》卷首。

致陳文述尺牘〔一〕

其一

雲伯仁兄宰公閣下：　虞山別後，良士課子於淮浦者一年。再客燕山，又爲馮婦不得虎，遂東稅榆關周四百里，觀碣石山，覽滄海，不能自鋤。遂西遊河東，渡河潼，陟華嶽，度渭，出褒斜至南鄭，無所益，又返三晉。稍得旅助，抵京，又搏虎於禮部之棘墻，作《十擲詩》。於舊年秋七，投效睢工。工不用納草人，流落於大梁夷門。及今歲三月而至邗上，見桓寬以荊州泛事書投之，如湯澆雪，而丈人之一紙廢矣。於是乞食於真州屠孟昭宰兄，得五十金以消夏，而原糧又罄矣。

鐵雲丈自吳下來，述仁兄續集之後，詩文皆丕變，世兄又出一文虎。惟子山有西河之説，不知是真是假。若謂子山不遇於科名，良士不爲子山屈，而且爲子山樂。若子山頽其心，□是何天命，非五十年紀人之所知也。聞子山四六文驅江趕海，走石流砂，又增一大家，將與雲兄三集詩方駕三唐。而子山以文傳，雲兄以詩傳，各讓一頭地，爲二賢不相厄，是良士與鐵雲兩人望南雲而頂祝者。良士才盡，運氣耗退，南人皆傳其已死而不死，爲之奈何？

蘇州也者，本良士舊遊。老交盡死，重以故人伉儷，聞滸關而慟絶，卒不欲再見虎山。而揚州絕地，無可措足，而大抵秋盡亦不得不歸。而吳門舊雨，僅有虎丘山兩和尚卓亭、鐵舟而已矣。卓亭隱居惠山，老死亦不可必，若其人尚在，骨未入普同塔，伏祈仁兄愛才惜士，與此師護法。近惟虎寺山門金剛神亦露立，而淫僧若靈鷲大和尚左擁右抱，南唯女俞，享欲天富貴之樂。而卓公締造佛山三十年，遊行托鉢，興六萬金工程於兩隻芒鞋之下，不化蘇州一緣，皆其舊交賢士大夫所助，而一敗於舒懷酷吏之手，使龍象傾頹，名山無色。將來兄宰此縣，必爲人天培植，亦吾輩詩酒菟裘也。吳中尚有生計，爲良士思一寄孥之地，則良士當挈子而歸。不然地大人多，并無孤竹氏之後堂山矣。此事可與單竹軒先商之。且即以是書呈竹兄一閱。靈鷲之惡，亦襄陽太守之流亞也。近有傳聞之言，故及。此言最切。伏祈忙中報我。

范小蔚者，長洲茂才。若漢朝在文景初年，可應異等詔；隋開皇舉十秀才，渠可當一人。雖不若杜正倫三兄弟，養其羽毛；贈之以崔儦書五千卷，儘可發揮。而困以學堂舊本，故聞見少。使之晉見吾兄，師事蕭子山之學，則博可從事也。

前歲鐵雲未歸，云吳中無一人。顧向者惟陳元方周旋患難，則良士在京時所耳聞也。作書甚懶，一作則刺刺不休。而亦無便人可託。小蔚來吳，與之一談，則良士別後狀，渠稍稍悉之。

秋涼卍福。近狀於鐵丈得之，不諛禱也。愚弟王良士頓首。

寓揚州缺口門內北河下原任宿北廳王公館，佇望回書，亦可官封寄儀徵縣轉來。又及。

此仲瞿廣陵所寄書也，不相見者七年矣。書亦久不達，僅於京師人來，約略消息而已。今得此書，乃悉別後蹤跡。爰付裝池，以當晤語。嘉慶乙亥中秋。

其二

省寓會合，忽及兩月。十一月初十日，由虎山發櫂，順風而達滬瀆，寓於松署者又廿餘日矣。觀察由省垣旋署，暢談學問。瑶人出所著誦讀，驚才絶世，一空前宿。難得以班、揚、鼂、賈之文，分一藝於填詞。其詩亦新。所惜者，其結集未多。

閲邸信，知雲兄署崇沙。一秋冬間，三渡重洋，致爲健羨。恨阿利畏水，不敢同駕樓船也。良士資斧，承瑶人厚愛，求之關吏。倘春風一得，即可回蘇。觀察亦有分廉之贈。知兄長累於往來，不敢求助，幸勿以鄙人有書，疑爲請粟。兹奉一牋以報此來之不易之不虚耳。

新猷惠政，使東海仁聲，布流寰内。愚弟之所禱也。

良士頓首上雲伯明宰公仁兄閣下。十二月初五日。

【校記】

〔一〕此二札見《舒鐵雲王仲瞿往來手札》。

澄懷堂詩集題辭〔一〕

曩最心折老雲《碧城仙館詩》，以爲天地間一種文字，擬爲作箋注。仿之不得，乃作駢體。拙集中《孫夫人廟碑》、《蕭愍后誄》諸篇是也。近與小雲談，恒數晝夜不倦。生平閲海内才人多矣，如小雲者，得未曾有也。詩亦如九天珠玉，隨風散播人間，零璣碎璧，一掃數斗。正不必以家雞野鶩爲嫌。秀水王良士仲瞿識。

【校記】

〔一〕此見陳裴之《澄懷堂詩集》卷首。

夫子之牆（殘）〔一〕

聖人以一身建百世之業，而非有畔岸也。憲章祖述，夫豈必與合宮太室爭道義之墉，而抑其崇者，傷其庳矣。定《禮》、《樂》者一門，序《詩》、《書》者一門，贊《易象》、修《春秋》者又一門，而不入不知也。問之美而不見也，問之富而不見也。寢如可晝，徒朽宰我之牆；郭可負居，空陋顏回之巷。其瞽不已甚歟！聖人以一人教三代之英，而更無涯際也。成德達材，夫豈必與夏屋靈臺兢規模之壯，而眩其高者，恥其下矣。分德行者一門，分文學者一門，分言語、政事者又一門，而不入不知也。語以宗廟而無見也，語以百官而無見也。七十子之弦歌，未許孺悲入戶；三千人之冠佩，僅聞仲路升堂。其朦尚可發歟！

【校記】

〔一〕此見梁章鉅《制義叢話》卷十一，梁氏有記云：『余甲寅同年王仲瞿曇，抱負奇偉，於風角壬遁之學，靡所弗通。因有薦其能發掌心雷者，朝廷嫌其近於怪誕，斥不用其所作。制義亦有奇氣。余嘗記其浙闈鄉墨二比題爲《夫子之牆》，一節文云。』末復按曰：『按此文在當時頗膾炙人口。文不必佳而傲兀之概存，此乃如見仲瞿之爲人。』。

呈隨園老人〔一〕

六朝文字六朝人，六代江山六代春。總是西湖無福分，他山留老寓公身。

【校記】

〔一〕此詩見李堂《緣庵詩話》：「王仲瞿孝廉曇，才情縱放，人亦跅弛不羈。曾執贄於隨園老人，投一絕（略），詩亦效之也。」轉引自錢仲聯《清詩紀事》第二冊一七三〇頁，鳳凰出版社二〇〇三年版。

附录

附録一：秋紅丈室遺詩

金禮嬴著

秋紅丈室詩序

文静玉

頤道居士《畫林新詠》『閨閣』一門，詠王仲瞿室金雲門夫人云：『山繞紅樓水繞門，玉壺班管寫黄昏。建安七子圖還在，此是金釵畫狀元。』因孝廉臨終以此圖贈公子小雲也。圖高六尺，寬四尺，宫殿樓閣，樹石人物，均極飛動之致。余歸碧城，恒得觀之。又嘗從孝慧宜人問字，見案頭置孝廉《煙霞萬古樓詩》，中附夫人詩甚多。頤道又從他畫録十餘首，屬余收藏，因并録而存之，曰《秋紅丈室遺詩》。丈室在錢塘武林門外西馬塍，南宋姜白石故居也。曰丈室，夫人中年筆墨之暇，耽禪誦也。今來春穀，適頤道爲刻孝廉詩，因并付梓，重校一過，並誌緣起。道光庚子重九吳門文静玉書於春穀官舍之明霞檻。

秋紅丈室遺詩序

陳文述

仲瞿繼室山陰金雲門女士精繪事，工界畫人物，近劉松年、趙千里、仇實父諸家，爲海内大宗，非止閨房中巨擘也。余生平所見，如《西王母降集靈臺》、《班婕妤辭輦》、《唐昌觀女仙觀玉蕊花》、《吴采鸞寫韻》、《江采蘋作樓東賦》、《周娥皇邀醉舞》諸圖，及他仙佛像甚多。《建安七子圖》大幅，今藏余家。畫輒有題，及附見仲瞿集凡數十首，屬姬人湘霞錄爲《秋紅丈室遺詩》一卷，附仲瞿詩以傳焉。道光庚子中秋頤道居士書於春穀官舍之碧城書局。

岳王墳

宗爺鼙鼓岳爺旗，偌大西湖一壠低。死後臣心如此水，馱來君馬又成泥。東京父老無須泣，南宋興亡不足題。難得杭州兒女好，春春踏破兩條堤。

舟泊莫涇搨東坡三過堂詩

一琖禪鐙四壁紅，桑城荒影踏冥濛。爲尋馬券遲僧寺，誰捏鴻泥塑長公。石版漫鐫三過字，布帆經趁兩番風。越來溪上年年住，我亦家山在夢中。

寓居武林門外紅柏山莊雲山如畫詩以寫之

梅妻鶴子林君復，泛宅浮家張志和。如此溪山留不得，五湖歸計又如何。

桃花庵詩

三尺孤墳一陌塵，桃花橋北墓門新。世間兒女憐名士，地下荒蠅弔酒人。末路青山窮措大，中年紅粉送終身。書樓一角淒然在，雲亂殘英急暮春。

大羅天下竟無名，浪飲何分酒濁清。龍虎榜高遭鬼擊，鴛鴦塚小被人平。九娘墓爲土人所佔。碑留死友胡中議，情迫窮交祝允明。踢盡繡鞋尖上土，踏青時節拜先生。

生就桃花煞命奇，朝官不識侍兒知。頭顱誤感陰人笑，手帕親賡盒子辭。六如《石田翁青樓盒子辭》集中失載，墨跡在越中。胡粉梨園嫺舊曲，煙花吳女豔新詞。英雄別有傳名處，何必文章借主司。

撩亂長明一琖鐙，準提庵院賸殘僧。桃花死占仙源福，好色生參佛地乘。醇酒婦人三了語，韁名鎖利一纏藤。書生亦有冬青樹，不獨唐衢哭六陵。聞真墓在橫塘，此爲疑塚，故云。

自題梅月雙清圖

三分鼻功德，一箇月聰明。約我西溪住，梅花可有情。

泛舟東郭

左右湖光一鏡東，龍門船子蓋烏篷。山如喜我迎來笑，樹不生花覺得紅。鴉轞舊由高擱後，青山閑在不游中。漁童略與樵青說，今日樵風爲郭公。

羅隱歸來一釣竿，寒山腳下住方干。向來山水江南好，從古文章蜀道難。惡木肯容鸞鳥足，蓮花亦是鑑湖官。箬門殘照鵝峯影，留段斜陽看不完。

松臺墓祭

誤卜唐城水，心傷馬鬣封。家存一坯土，山養萬株松。舊籍留堯典，新碑乞李邕。望娘灘子在，七十二高峯。

釧影泉

土墻坳處碧泠泠，佛座軍持借藏瓶。恨事眠牛山有水，當年哭竹地無靈。虛樓問字魚生蠹，空谷跑泉虎誦經。不有墓門人弔鶴，更誰來篆《醴泉銘》。

移舟泊島門山下奴子拾松卵烹茶

石面削瓜稜，波心激骨清。山容愁虎跡，水樂惡龍聲。茆火船脣活，松煙鼎足生。未曾傾七碗，膈縣已填平。

琴臺探梅

瓊樹六更風，闌干亞字紅。花疑戴安道，人笑趙師雄。瑤海三峯別，銀灣一鵲通。琴臺同樣好，不似館娃宮。

禮天竺呈觀音大士

同感楊枝洗孽塵，心香一瓣共朝真。神仙墮落爲名士，菩薩慈悲念女身。前度姻緣成小劫，下方夫婦是凡人。望娘灘遠潮音近，唯有聞思是至親。

白檀香裏再和南，重獻天花脱一簪。來世玉郎如處女，現身鏁骨化童男。生天福命無須好，作佛功名且不貪。只乞愛蓮三尺水，妙蓮花下總同參。

雷峯夕照

立盡殘霞一剎那，夕陽亭下送橫波。看纔好處須歸去，紅不移時又奈何。近夜鐘聲人易散，老晴天氣晚難多。只除一所黄皮塔，長在光明藏裏過。

移居

一間船子當精廬，心笑相如賦《子虛》。如此風波宜小住，者來奴婢會抄書。癡兒嬾學嬌無那，老作成家健有餘。喜與滄浪亭水近，西橋風雨有家居。

種木槿花詩

朝榮晚落太無端，七月秋風木槿寒。寄語滿堂尊貴客，百錢時買此花看。

病中題雁山圖後

原約�兩兩過，好山如夢病如魔。能傳付與牀頭看，欲畫其如紙費何。巾幗聲名身後事，神仙游債欠來多。觀音千手千枝筆，猶恐光陰一刹那。

胡蜨廳詩

茉莉花香扇紙輕，烏絲紅袖幾門生。晚來半臂無人送，冷煞修書宋子京。

奩中遺詩

梅子酸心樹，桃花短命枝。可憐馬膝月，孤負我來時。

自覺驚魂不得留，梅花開散月辭樓。斷腸祇有梅花樹，種好梅花不白頭。

門外桃花開未開，童奴來報滿田栽。自然有箇該開處，拍手崖邊看去來。

附録二：傳記資料

王仲瞿墓表銘

乾隆末，左都御史某公與大學士和坤有連，然非闇於機者，窺和珅且敗，不能决然舍去，不得已乃託於駿偵。川楚匪起，疏軍事，則薦其門生王曇能作掌中雷，落萬夫膽。自珅之誅也，新政肅然，比珅者皆詔獄緣坐。某公既先以言事駿避官，保躬林泉，而王君從此不齒於士列。掌中雷者，神寳君説洞神下乘法，所謂役令之事，即以道書論，亦其支流之不足詰者。王君少從大剌麻章佳胡圖克圖者游，習其游戲法，時時演之，不意卒以此敗。君既以此獲不白名，中朝士大夫，頗致毒君。禮部試同考官揣某卷似浙王某，必不薦；考官揣某卷似浙王某，必不中式；大挑雖二等不獲上。君亦自問已矣，乃益放縱。每會談，大聲叫呼，如百千鬼神、奇禽怪獸，挾風雨水火雷電而下上，座客逡巡引去，其一二留者，僞隱几，君猶手足舞不止。以故大江之南、大河之北，南至閩粤，北至山海關、熱河，販夫騶卒，皆知王舉人。言王舉人，或齒相擊，如譚龍蛇、説虎豹。

矮道人者，居京師之李鐵拐斜街，或曰年三百有餘歲矣，色如孩，臂能掉千鈞。王君走訪之，道人無言，君不敢坐。跽良久，再請，道人乃言曰：『京師有奇士，非汝所謂奇也。夜有光，如六等星，青霞繞之。青霞之下，當爲奇士廬，盍求之？』王君知非眞，笑曰：『如師言哉。』己巳春，見龔自珍於門樓胡同西首寓齋。是日也，大風漠漠多塵沙。時自珍年十有八矣。君忽嘆息起，自語曰：『師乎師乎，殆以我託若人乎？』遂與自珍訂忘年交。初，君以稚年往來諸老輩間，狂名猶未起，老輩皆禮之。至是老者盡死，同列者盡絕。君無憀甚，故頻頻與少年往來。微道人，亦得君也。

越八年，走訪龔自珍東海上，留海上一月，明年遂死，則爲丁丑歲。自珍於是助其葬，又爲之掇其大要而志其墓曰：君姓王氏，名曇，又名良士，字仲瞿，浙之秀水人。乾隆五十九年舉人也。其爲人也中身，沉沉芳逸，懷思惻悱。其爲文也，一往三復，情繁而聲長。其爲學也，溺於史，人所不經意，纍纍心口間。其爲文也，喜臚史；其爲人也，幽如閉如。寒夜屏人語，絮絮如老嫗。匪但平易近人而已，其一切奇怪不可邇之狀，皆貧病怨恨不得已，詐而遁焉者也。卒年五十有八，有集如干卷。祖某。父某。妻金，能畫與詩，先卒。子一，善才。墓在蘇州虎丘山南。銘曰：

生曇者天也，有曇者帝也。仇曇者海内士，識曇者四百歲之道人、十八齡之童子。曇來曇來，魂芳魄香。思幽名長，山青而土黃。瘞汝於是。噫！

——以上見龔自珍《龔定盦全集·續集》卷四

王仲瞿墓誌

君諱曇，字仲瞿，浙江秀水人。邑有瓶山，因以瓶山自號。乾隆甲寅舉人。幼穎異，讀書過目不忘。家素封，以購書耗其貲，讀一過即隨手散棄。性慷慨，好奇計，每發一論，出人意表。即營一器、製一衣，必別出新意。所爲詩文不循恒蹊，海內識與不識，皆曰奇才。好談經濟，尤喜論兵。嘉慶初，川楚不靖，總憲雲間吳公，君座主也，倚某相國。相國怙勢敗，懼罪及，因薦君知兵，以不經語入奏，冀以微罪避位，非愛君也。睿皇帝燭其情，罷吳公官，而君不問，然自是場屋中相戒不錄君文。君文奇麗易識別，君亦自悔，改名於禮部，曰良士，不錄如故。九上春官不得志，則好奇之累也，則有才而不自晦其才之累也。以嘉慶丙子秋卒於錢塘西馬塍之紅柏山莊。

君性豪逸，嘗於除夕攜眷屬泛舟皋亭梅花下度歲；又嘗建琵琶館於吳門，延海內善彈者，品其高下。其逸事大率類此。道光乙酉，子人樹爲卜葬嘉興祖塋之次，以原配朱、繼配金、人樹生母錢祔。朱名㮭香，嘉興人。金名禮嬴，字雲門，山陰人，工繪事。朱之《繡佛樓圖》，金所繪也。錢名婉，常熟人。君所著《烟霞萬古樓詩文集》，蒙古法式善與舒位、孫原湘稱曰三君。

銘曰：生才不恒，尤難者奇。奇才至君，而塞如斯。天限之耶，人爲之耶？不善用之，以至斯耶。聖賢中庸，豪傑韜晦。千古才士，若君幾輩。葬君先塚，鴛湖之濆。後有作者，視此刻文。

——以上見陳文述《頤道堂文鈔》卷八

書王仲瞿傳後

天地生才，聖賢以學濟之。非止博覽載籍也，必將深求古人之道，爲立身行己之準則。否則，恃其才而不知斂，適以受排擠擯斥於庸妄人，而徒爲天下後世之所惜。東坡之論賈生曰：『非才之難，所以自用者實難。』有才而不善其用，終無所遇而憔悴失意以死，則非生才之過，而不善用其才之過也。賈生且然，而況於不及賈生者歟？

王君仲瞿負不羈之才，所爲文章不循前人畦町，而自不同乎衆人之所爲，世多以奇才目之。惟君亦自負其奇，不屑屑以庸俗子自甘也。今上親政之初，某相國以擅政弄權見法。君座師都御史某公，相國黨也，懼禍及，思以他罪罷斥。適川楚教匪不靖，以君與某太守知兵薦。太守固庸妄人，與君並薦已不類，並以君能鼓掌作氣、辟易萬人諸鄙陋語登之簡牘。賴天子明聖，洞燭隱微，某公罷歸里，君應禮部試如故。然而朝貴人相戒不欲識君，約闈中不錄君文。君又不肯少自貶損，奇氣鬱勃，博辨縱橫，見者輒能辨之。曰此王仲瞿文，則色變搖手，閉目不敢視。自嘉慶己未至丁丑凡十九歲，七與會試，先後一轍。而君亦既憔悴失意，病且死矣。

論者既責主司以固執成見有意屈抑之，且追咎某公之薦，藉君以求去位，而君遂爲所累。是固然矣。而余則謂君實有以致之。昔柳宗元、劉禹錫，唐之文士也，因附王叔文得罪而終身不振。如某公者，仲瞿豈不知其爲權相私人？既不能先幾遠燭，請削門生之籍以避其浼，又喜爲怪誕不經之辭以振世駭俗，而終爲世人所藉口，則豈非不善用其才之所致歟？則豈非不學之所致歟？吾甚惜天下後世負才若仲瞿而受不學之累者，不乏人也；吾尤懼天下後世負才遠不若仲瞿，而放言高論受不學之累而不自知者，增長而未有已也。

——以上見陳文述《頤道堂文鈔》卷二

清史列傳

王曇字仲瞿，浙江秀水人。乾隆五十九年舉人。好游俠，兼通兵家言。善弓矢，上馬如飛。慷慨悲歌，不可一世。嘗謂其友錢泳曰：『吾死後，必葬我於虎丘短簿祠側，乞題一碣曰：晉散騎常侍東亭侯五十三世孫王曇之墓。』其好奇如此。侍郎吳省欽，曇座主也，館和珅家。時和珅方怙勢，曇三上書省欽，請劾和珅，不聽。乾隆六十年，王以語榜發，高宗以臺官參劾，命御前進卷，別選一榜，曇名與焉，既而榜復如舊。仁宗亦素聞曇名，嘉慶六年諭軍機云：『若王曇來京會試，朕欲親見其人。』先是，曇從大喇嘛章佳胡圖克圖者遊，習其遊戲法。會川楚匪起，吳省欽薦曇精五雷法，可制邪。朝士聞之，遂薄曇。因是屢躓南宮，卒潦倒以死。生平於學無所不窺，尤工駢體文。所作《西楚霸王廟碑》，竇光鼐歎以爲二千年來無此手筆。未歿時，自爲《虎丘山穸室誌》，敘所著述三百餘卷，然多散佚。今所傳者，《煙霞萬古樓文集》六卷、《詩選》二卷、《仲瞿詩錄》一卷。

——以上見《清史列傳》卷七十二

國朝先正事略

曇字仲瞿，一名良士，浙江秀水人。乾隆五十九年舉人。好游俠，通兵家言，善弓矢，上馬如飛，慷慨悲歌，不可一世。著有《煙霞萬古樓集》。竇東皋評所撰《西楚霸王廟碑》曰：『二千年來無此手筆矣。』吴侍郎省欽，仲瞿座師也，館和珅家。時和方怙勢，仲瞿三上書於侍郎，請劾和珅，書具存集中。張南山嘗曰：『漢有建安七子，唐初有四家。余欲選黃仲則詩、王仲瞿文，合刻之，題曰《乾隆二仲》。』

——以上見李元度《國朝先正事略》卷四十三

同治蘇州府志

王良士初名曇，字仲瞿，後更今名。嘉興人。乾隆甲寅舉人。其學縱横百城，出入三乘。嘗自言文章須自出機杼，成一家風骨，何能與人共生活哉？少見賞於錢唐袁枚。會楚蜀用兵，其座主某以讕言舉爲經略參謀，疏上，幾及禍，自此疲薾不振，而以詩自豪。足迹半天下，借名山大川以發其胸中不平之氣，故其登臨弔古之作尤多悲壯。有一女，嫁於吴。來往吴門，嘗居虎丘，後移家杭州西湖以卒。

——以上見同治《蘇州府志》卷一百十二『流寓二』

光緒嘉興府志

王曇號仲瞿，乾隆甲寅舉人。博通經史，旁及百家。負奇才，善道家掌中雷法。左都御使某以曇薦。會川楚匪起，方禁邪術，薦曇者夙與和珅有連，珅敗，方引避，曇亦被牽，不復振。乃落拓江湖，佯狂玩世。著有《昭明閣》、《煙霞萬古樓》等集。

——以上見光緒《嘉興府志》卷五十三『秀水文苑』

附錄三： 前人評騭

題王仲瞿先生烟霞萬古樓詩集

束髮學韻語，倔强兼支離。自謂天馬性，不受人羈縻。時在孟嘗座，鉅野田若谷夫子。得挹曇首姿。方瞳與修爪，鶴骨臞難支。豈知書萬卷，沸水傾漏卮。須彌鬱方寸，五嶽爲之卑。青眼視竪子，授以三昧詩。異日當一軍，匆決羝羊籬。天地亦太窄，未足容須眉。飄然舍兹去，歸隱鴛湖湄。浮家書畫舫，伉儷還肩隨。十年不相見，日月雙梭馳。每懷剡溪雪，欲問玄亭奇。客來碧城館，示我瓊瑰辭。夙昔本低首，遂乃怡心脾。騷壇競逐鹿，各有摩旌師。或沿宋人派，或啜唐人醨。梅村與竹□，吴越家家尸。豈知性靈地，造化無所私。失之千里渺，得之方寸持。先生揮巨刃，笑卻千熊羆。險語泣昌谷，側體參微之。古者若彝鼎，豔者如色絲。香者散薝蔔，雄者聞吼獅。壯士舞垂手，女郎搴大旗。赤文雜綠字，中有仙風披。嘔此一腔血，白盡燈前髭。寂寞身後事，於世何盈虧。掩卷三歎息，恐負髫年知。上爲昭諫慟，下爲先生悲。我邑學海書院，先生主講二年。後由吴門回嘉興，未幾下世。聞詩集未梓也。

——以上見袁翼《邃懷堂全集·詩集前編》卷二

書王仲瞿煙霞萬古樓詩集後

少哭憤王同杜默，先生下第歸，集琵琶伎拜項王墓。晚攜仙眷住祇園。有佛寺，先生逐僧出，挈眷居之。琵琶響絕王郎老，斷碣誰題畫狀元。其夫人金姓，善畫，時呼畫狀元。先公數月卒。歌哭無端付越吟，老顛風景裂雄心。愛才誰似陳同甫，苦爲焦桐覓賞音。陳雲伯刻先生詩集。

——以上見周壽昌《思益堂詩鈔》卷三

三君詠

舒鐵雲位

空谷有佳人，十年不一見。相逢託水雲，别去成風霰。臨行仰視天，遺我詩一卷。中有萬古心，事窮道不變。登科易事耳，君胡久貧賤。眄彼幽蘭花，無言開滿院。

王仲瞿曇

豪傑爲文章，已是不得意。奇氣抑弗出，酬恩空墮淚。説劍示俠腸，談玄託賓戲。有花須飽看，得山便酣睡。更願道心持，勿使天才逸。人間未見書，時時爲我寄。

孫子瀟

白雲遊在空，胡爲吐君口。明月生自海，胡爲出君手。想當落筆時，萬物皆我有。五城十二樓，誰復辨某某。一笑拈花枝，妙諦得諸偶。未必天真閣，獨師韋與柳。

——以上見法式善《存素堂詩初集録存》卷十四

哭王仲瞿

月黑天陰雨不止，蕭蕭庭宇悲風起。江東餘子老王郎，仲瞿句。奇才竟以奇窮死。讀書任俠誇生平，王郎少年多盛名。眼中千秋腹萬卷，五嶽方寸悲填膺。五花之馬千金劍，槍法梨花激飛電。八十一家兵權謀，二十四部史志傳。飛燕白爵邊烽馳，票姚車騎大出師。往來軍中若劇孟，韜鈐龍虎無人知。中年落魄不稱意，春官屢下劉蕡第。一紙吳公薦士書，世人欲殺眞多事。贏得狂名四海傳，江山花月消英氣。萬金屢散四壁空，故鄉何處垂綸地。去年橐筆仍歸來，青衫憔悴王孫哀。僧寮聽雨客舟臥，夢遊還繞黃金臺。骨相權奇空自勁，肝肺槎枒久成病。消渴文園託酒悲，《離騷》屈子嗟《天問》。散花灘畔西風寒，昭明閣外秋闌珊。太白騎鯨賈賦鵬，使我涕淚悲汍瀾。君學富於琅嬛武庫之張華，君行篤於載酒起墳之侯芭。君文雄於原衛罪言之杜牧，君詩奇於雪車冰柱之劉叉。君用宜今亦宜古，君才能文復能武。巍冠欘具七尺身，破硯殘書一坯土。君戚舒雅謂鐵雲，才絶奇。先君溘逝君心悲。幽宮待卜虎山麓，黄絹未勒中郎碑。病中貽書屬我子，願從埋骨青山陲。不知此願幾時遂，憐爾絶代同嬙施。君婦稱娥媌，簪毫擅能事。鶴市香魂賦《大招》，丹青留重人間世。君子亦才儁，玉立瑛瓊瑤。西華葛帔愴風雪，故人誰是劉孝標。一棺寂寞今已矣，世間從此無才子。君詩入道文通禪，思君疑佛疑神仙。君序我詩成絶筆，君注我書願空結。花馬塍西贉一龕，煙霞萬古生顔色。

——以上見陳文述《頣道堂詩選》卷十五

懷遠詩六十四首·王仲瞿孝廉

異書偏工收碎散，狂名嘖嘖九州滿。飛揚跋扈非奇才，豪傑多從閲歷來。白雲在天迹安託，空山無人花自開。霜雪盈頭老將至，一帆春水夕陽遲。

——以上見法式善《存素堂詩初集録存》卷十六

懷人詩·王仲瞿曇

仲宣才思最飛揚，劍拔秋霜弩盡張。下筆險能搜百怪，論詩狂欲廢三唐。久辭梅里鄉心澹，老戀蘇臺客夢長。聞道年來添畫癖，萬枝香雪寫横塘。

——以上見查奕照《東望望閣詩鈔·紫奈集》

乾嘉詩壇點將録一則

黑旋風王仲瞿曇：牛而鐵，風則黑。突如其來，學萬人敵。

——以上見舒位《乾嘉詩壇點將録》

瓶水齋詩話兩則

袁簡齋以詩古文主東南壇坫，海内爭頌其集，然耳食者居多。惟王仲瞿游隨園門下，謂先生詩惟七律爲可貴，餘體皆非造極。余讀《小倉山房集》一過，始歎仲瞿爲知言。嘗論七律至杜少陵而始盛且備，爲一變；李義山瓣香于杜，而易其面目，爲一變；至宋陸放翁專工此體而集其成，爲一變：凡三變。而他家之爲是體者，不能出其範圍矣。隨園七律又能一變，雖智巧所寓，亦風會攸關也。

王仲瞿七言古詩別有天地。以余所見儕輩之作，罕遇其敵。然頗不自收拾，今録數首，足見一斑。《解孝子行》云：『解孝子，入火抱棺身不死。冒火而出，風反火走。火冷於水，火之神矣。可以炙逆臣之臍，而不燒解孝子。一解。明哉神哉，曰城隍尊。嚙血一紙，爪髮代親，臺駘可祟，二豎不靈。神乎神乎，活孝子之父，而不奪孝子之年。呼神曰天。二解。黄泉之水，入於母棺。母棺不燥，子淚不乾。哭水生魚，哭竹生竿。吾歌孝子之德，天慘而不歡。三解。』《將進酒贈南屏小顛上人》云：『濟公一生醉如鼈，死作靈山去來佛。濟公不生酒不清，濟公不死佛不滅。醒中三昧醉中春，酒字南山大法門。山前失卻瓢壺帚，三十七代無兒孫。顛師大演西來法，酒竿打起門前刹。三千魔女醉來呵，五百僧人醒來喝。一家衣鉢挂南屏，提出千年老酒瓶。旁邊署個醍醐字，可似楞嚴十卷經。酒爲功德水，能澆煩惱薪。阿難不喫酒，呼作驢入羣。目蓮不喫酒，終古沙蟲一細民。伽羅龍，好兒女，要湖要海杯中取。香膠（醪）布作大慈雲，醅飲吹成法華雨。只勸阿顛飲，不勸阿顛止。文殊不出女兒定，何況酩酊醉男子。但恐罔明没眼老鬼瞎，勘破機關笑人死。人勸阿顛止，阿顛口不開。一杯復一杯，彌勒何時來。打穿洞底盛糟具，脱下娘生當酒材。東家喫酒西家醉，如此針鋒少人對。儂是天官大酒人，一瓻送上龍華會。』《善才生二十五月矣計識得二百五十餘字示以詩》云：『阿爺四歲識千字，一一形書曉其義。兒今三歲識二百，他日爲文定奇特。人間識字天上嗤，阿爺自誤還誤兒。兒莫學阿爺，知書娘道好，只今餓死無人保。夷齊廟裏要香煙，誰捧藜羹到門禱。阿爺配食兩廡去，賴爾門庭來灑掃。秦王燒書黑如炭，豫讓吞之不當飯。魚鹽作相盜作將，天下功名在屠販。兒不聞蒼頡作字鬼神哭，從此文人食無粟。又不聞黄帝軒轅不用一字丁，風后力牧爲公卿。』《弄書行示善才》云：『書不弄兒兒弄書，愚公之子如公愚。牢把一冊愛如命，撇得《中庸》便《論》、《孟》。睡來不放醒叫呼，阿兒餓死前生定。人家一蟹生一蟹，生到螃蜞骨不改。不然龍生九子子子別，弄水噴雲性還在。仲尼少小愛俎豆，千年廟食尊彝侑。子輿生長託黌宫，到今血食黌門中。但願吾兒讀書讀貫上下古，不願吾兒一科一甲呼吾父。』《登翠微亭作》云：『中江日落衣帶圍，西風吹人人不歸。水禽膞膞水中落，有翅不得空中飛。拍手呼山山欲笑，老馬銜枯向空叫。君不見晨風兒，布穀飛來呼爲鷂。朝遊武昌雲，暮踏海西石。

滿山紅樹一江風，萬里長空遮不得。』《獨秀峯歌》云：『須彌之尻崑崙骨，面目崢嶸性情倔。穿山伏地四千年，偶向南屏露髡鬜。盤王運斧君向逋，女媧大索天下無。君藏君顯世不測，神物肯與凡人奴。天公命汝龍蛇蟄，太白昏荒夜星落。鵂鶹惡鳥避空山，風雨一聲鬼神作。願君勿化雲，化雲雲笑君。洞庭小龍女兒子，赤腳咤嚓如有神。君勿化爲雨，化雨須隨雨師舞。不如兀兀坐巖阿，月帽風裘好千古。君不見秦王鑱石天下桀，一朝斷化黃金佛。百年香火何有無，至今頭帶共工血。』《對雨》云：『男兒少不成名三十許，日日浪浪聽山雨。雨聲不住人耳聾，擡頭不見天上龍。一蛟盤天受天語，魚鼈黿鰍半空舞。三十六鄉都是雲，白日一照天下春。河伯外臣日之使，何不捫天洗天水。雲中妖蛟有時墮，吾亦登天見龍子。』《大雨搨禹廟窆石題名紙溼不得上石》云：『空山一聲泥滑滑，兩腳渾泥雨中没。鬼神不許瞰山文，大隊雲師怒唐突。女媧昇車補天漏，禹廟中心天有竇。虛空水孔大於盂，雷公一鳴小龍吼。姒王好治地上河，功成不剗天河波。秤槌石上人名姓，洪水年間擔水婆。』至其《棋盤山爲大風所倒》一首，尤極奇肆俶詭，云：『春衫砉砉風礪刀，東塍西塍看紅桃。燒香女兒顏色嬌，招我來看碁石高。仰而望之山如尻，笏立兩石中火窯。窯間之僧老且妖，哃嚨閣閣聲如潮。似云正月初四朝，神風刮我庵頭茅。又云天公大恠南斗北斗不管事，日來手譚坐隱山之椒。金星招之不肯罷，下遣雷公撤取碁盤燒。燒之不肯熱，礮斧不敢敲。雷公奏帝：此石乃是混沌未闢一大局，下管十二萬陽，九百六一隻無可饒。一局復一局，雖有五星日月炁孛羅，計難逋逃。南斗輸一隻，五湖如旋飈；北斗輸一隻，三王四帝爭滁濠。秦皇漢武局中一隻劫，昆明赤土三重焦。一隻不到處，魚頭赤子湯火澆。當今閻浮，天子彌勒，下世萬萬歲，日兄月姊親同胞。老天不變道不變，此局破碎當掣銷。天公聞言大歡喜，傍邊玉女投兩梟。華山巨靈，蜀山五丁，渠是地大力小舁不動，道是六州之鐵生鑄牢。風姨娘子，貌如春花，一十八手，弄風輪絲。口宣玉皇旨，脚踏南山腰。三呼復三吸，百人輿一瓢。三百六十子，連瓜帶蔕抹入南塘坳。南斗罷去北斗走，有如鴉翻鵲亂歸雲霄。唯有煌煌北極實是定盤心中第一子，口傳二十八宿，司宫司度，守定唐堯朝。吾是爛柯山樵老士，骨難换，人未死。胸中一盤十七史，粒粒覆棋手可指。上山下山拾死子。』此作可謂奇想天開，使賀知章見之，當許其泣鬼神矣。

——以上見舒位《瓶水齋詩話》

靈芬館詩話 一則

王仲瞿孝廉本名曇，後改名良士，恃才放縱，議論俶詭。有達官以讕言上聞者，遂挫頓不振。然其奇氣逸材，自是桑悅、徐渭一流人。水心論陳同甫曰：『若同甫終身不偶，則爲狼疾人矣。』傷哉言乎！仲瞿卒以是不第。後又喪其佳耦，奔走就食於東諸侯間，侘傺以沒，可哀也。其子人樹，小名善才。幼極穎秀，恒隨父東西，不克盡心于學。爲詩時有佳語。嘗見其一册，《過滹池河》云：『黄昏飽麥飯，趁曉到滹沱。月落人歸市，天寒鳥渡河。風霜殘歲裏，奔走少年過。那是酬恩處，搖鞭起壯歌。』《揚州》云：『萬里旌旗渡遼海，一家花月住迷樓。』《舟夜》云：『春帆千里夢，黑月五更寒。』《樓坐》云：『春與愁人同老去，山如好女上樓來。』皆清雋不俗，充以學力，未見其止耳。

——以上見郭麐《靈芬館續詩話》卷六

郎潛紀聞一則

秀水王曇仲瞿，負才任俠，不喜繩檢。客游京師，名滿公卿間。值川楚教匪不靖，其座主吴總憲省欽薦曇知兵能作掌心雷，睿皇帝斥其誕妄，吴遂罷廢，而曇亦連蹇終其身。或曰省欽本和黨，窺新政肅然，和珅且敗，自託於騃不解事，冀以微咎去官也。謹按：嘉慶《東華録・仁宗諭旨》亦謂吴省欽恐被人彈劾，故避重就輕。

——以上見陳康祺《郎潛紀聞》卷四

匏廬詩話一則

嘉興王仲瞿孝廉曇少以任俠破家，詩文有奇氣。又能爲公孫大娘技，好談兵法。時川楚不靖，其座主吴白華總憲疏薦孝廉能平賊，措詞失當，幾陷不測。仁廟寬慈，謂書生庸妄，飭地方官管束而已。後屢上春官不售，行益不羈，落魄以死。詩稿藏陳雲伯處。金石千聲，雲霞萬色，流鈴擲火，誕幻靡涯。今錄其稍平易者。《兕子巖雷雨》云：『處女白猨公，團欒一洞中。霓裳奔月入，雷斧駭人紅。龍影青天熱，魈聲夕照烘。鵂鶹伺人過，驚落滿山風。』《書稚存太史大江東去詞後》云：『銅弦鐵撥到江東，胡粉妝花一塞翁。除死頭顱孤注擲，補天文字女媧窮。身從魑魅荒山後，人與辛蘇辣味同。誰是關西閒大漢，爲君彈唱夜燈紅。』他句如《昭關》云『此關送盡吹簫客，前路重開乞食天』，《詠錢》云『生從三日須湯洗，死到重泉要紙焚』，皆極抑塞磊落之致。

——以上見沈濤《匏廬詩話》卷下

冷廬雜識一則

秀水王仲瞿孝廉曇，倜儻負奇氣，文辭敏贍，下筆千言立就。家貧，依其外舅以居，賦詩有『娘子軍中分半壁，丈人峯下寄全家』之句。舉乾隆甲寅鄉試，闈作沉博絶麗，膾炙一時。與舒鐵雲孝廉交最深。舒贈以聯云：『菩薩心腸，英雄歲月；神仙眷屬，名士文章。』在京師時，法梧門祭酒式善重其才，與孫子瀟太史、鐵雲稱爲三君，作《三君詠》。適川楚教匪不靖，王之座師南匯吴白華總憲省欽薦王知兵，且以能作掌心雷諸不經語入告，睿皇帝斥吴歸里，而王應禮部試如故。然卒憔悴失意死，識者悲之。

——以上見陸以湉《冷廬雜識》卷三

小匏庵詩話三則

秀水王仲瞿曇，才氣横絶一時，精五雷法。時川楚白蓮教匪作亂，其座主吴白華總憲省欽欲薦仲瞿可制邪教，仲瞿以詩卻之，有『六州生鐵鑄顔回』句，吴弗聽。奏入，上震怒，褫吴職，而令仲瞿會試如故。吴嘗館和珅家，珅方赫赫，仲瞿三上書於吴，請劾之，可謂鐵中錚錚矣。著有《煙霞萬古樓集》。生平文勝於詩，所撰《西楚霸王廟碑文》，竇東皋先生見之，歎爲二千年來無此手筆。後改名良士，號蠡舟。晚寓揚州，爲其子援例納微秩，作禄養計。仲瞿自題楹聯云：『老子没出息，小兒未入流。』見者莫不絶倒。

仲瞿《下相》詩云：『七十戰而霸，八千人死之。不聞亞父冢，猶有憤王祠。』按亞父自有冢，在巢縣郭東。吴淵穎集中有《盗發亞父冢》詩，盗雖發，冢故在也。詩人貪發議論，信筆所至，不復深考耳。且亞父與憤王分屬君臣，一無冢，一有祠，以此相形，亦屬無謂。不若以敵人勝己者相形，改爲『不聞淮陰墓』，庶有氣勢。又仲瞿有《送趙介山殿撰奉使琉球》詩中聯云：『外海山河唐屬國，中朝天使宋王孫。』典切不浮，突過唐人『鸞掖』『鯉庭』一聯。

仲瞿繼室山陰金雲門女士，名禮嬴，工繪界畫人物，近劉松年、趙大年、仇實父諸家，爲海内大宗。陳雲伯題詩云：『山繞紅樓水繞門，玉臺斑管寫黄昏。建安七子圖還在，此是金釵畫狀元。』以才婦而配才子，洵是天生佳耦。惜不永年，不如趙、管之饒艷福也。著有《秋紅丈室遺詩》。《岳王墳》云：『宗爺鼙鼓岳爺旗，偌大西湖一壠低。死後臣心如此水，馱來君馬又成泥。東京父老無須泣，南宋興亡不足題。難得杭州兒女好，青春踏破兩條隄。』昔人以詞爲詩，此乃以曲爲詩，可云奇外出奇。上元梅伯元農部曾亮有《贈仲瞿丈》云：『早歲聲名寶劍篇，論兵談槊已年年。三車作伴行千里，一飯留賓破萬錢。南國微詞聊寄傲，東山遠志已堪憐。只今憔悴西湖上，繞屋清谿二頃田。』仲瞿里居之日少，一二逸事，皆得自傳聞。讀此詩，可想見豪宕之概。

——以上見吴仰賢《小匏庵詩話》卷五

霞外攟屑二則

《瓶水齋詩集》卷十四附録王仲瞿《住穀城之明日謹以斗酒牛膏合琵琶三十二弦侑祭於西楚霸王之墓》云：

穀城山曉黛蒼蒼，絃酌相逢拜憤王。百戰三年空地利，一身五體竟天亡。明分天下資劉季，誤讀兵書負項梁。留部瓠盧全漢在，英雄成敗太淒涼。

秦人天下楚人弓，枉把頭顱送馬童。天命何曾私赤帝，大王失計戀江東。早摧函國收圖籍，何必鴻門殺沛公。明縱咸陽三月火，讓他婁敬説關中。

黄土心香一匊塵，英雄兒女我沾巾。生能白板爲天子，死牘烏江一美人。壁裏沙蟲新子弟，烹來功狗舊君臣。戚姬脂粉虞姬血，一樣君恩不庇身。

後道光庚子陳文述刻其子婦汪端選定《煙霞萬古樓詩選》，卷一第一首起句作『江東餘子老王郎』，次句作『來抱琵琶哭大王』，三句作『如我文章遭鬼擊』，四句作『嗟渠身首竟天亡』，五作『誰删本紀翻遷史』，『全漢』作『漢書』。第二首『送』作『贈』，『命』作『意』，『私赤帝』作『祖劉季』，『摧』作『推』，『收圖籍』作『稱西帝』，『明』作『徒』。第三首『新』作『親』。殆仲瞿自定本，故與鐵雲所録之初稿異，非必小韞女史潤色也。《壽蘐廬隨筆》以此三詩爲鄂玉農雲作，『曉黛』作『色莽』，『酌相逢』作『管聲中』，『身』作『生』，『分』作『將』，『漢』作『史』，『命』亦作『意』，『摧』作『催』，『我』作『各』，『生能』作『三年』，『死賸』作『一劍』，下一字作『賸』，『新』亦作『親』，『一樣』作『同被』。殆玉農嗜王詩，偶録之，傳者誤爲鄂作耳。

——以上見平步青《霞外攟屑》卷八下『王仲瞿穀城西楚霸王墓詩』

《耐冷譚》卷五：　秀水王仲瞿《落花詩》三首，全爲自己寫照，而格高韻遠，人共謂其勝于唐六如也①。詩云：

三十韶華栩栩過，殺花聲裏坐銷磨。百年流水隨春去，一代紅顔奈老何。天上好風君子少，世間無福美人多。西窗一種悽涼事，鐙火更深月照他。

如此飄零怨也遲，斜陽肯照未殘時。句留幾世東皇債，冷落終年后土祠。隴水人吹三弄笛，孤山魂葬半墳詩。寒鴉齒冷秋煙笑，死若能香那得知。

年來心事更乖違，説不歸時怎不歸。春老肯教分手别，山空只好背人飛。風姨面冷吹紅雨，月姊心香鑒白衣。千里胡沙千里雪，琵琶此曲是明妃。

庸按：《煙霞萬古樓詩選》卷一所載止二、三兩首，而第二首第三句作『生成一樹桃花命』，第五

---

① 按：　宋咸熙《耐冷譚》卷五原文云：『秀水王仲瞿孝廉脱略勢利，狂語驚人，人終莫測其底蘊。嘗讀其《落花詩》三首，全爲自己寫照，而格高韻遠，人共謂其勝于唐六如也。詩云（略）。孝廉曾訪袁太史于隨園，室有玻璃鐙，知爲某達官所贈，被酒起舞劍，盡擊破之，太史不以爲忤。或以比陳子昂之碎胡琴焉。』

句『笛』作『月』，第三首起韻作『殘紅殺盡綠難肥，誰想逢年再著緋』，第三句『老』作『了』、『肯』作『定』，第五、六作『縱教幼女抛來著，敢笑文殊放下非』，第七句『雪』作『月』，與小茗所錄不同。豈仲瞿後定本？抑汪小韞女史選時有所點竄耶？

——以上見平步青《霞外攟屑》卷八下『王仲瞿落花詩』

寒松閣談藝瑣録一則

予所識諸老輩以梅巢先生爲第一，蓋先生之名早列《乾嘉詩壇點將録》中，至咸豐初已巋然魯靈光矣。先生自述與秀水王仲瞿先生爲忘年交，曾登其烟霞萬古樓。樓五楹，軒窗明爽，水清木華，塔影風帆，近接几席。樓中圖書、卷軸、筆硯、琴尊、金石、彝鼎、笙簫、劍戟、投壺、弈枰之屬，位置精雅；而無梯，樓板上穴一圓洞，主人一躍而上，客至則挾以俱登焉。其址在秋涇橋東北髑髏濱，故相傳其門聯云：『室中有碧水丹山，妻太聰明夫太怪；門外皆青燐白骨，人何寥落鬼何多。』兵燹後，鞠爲茂草，遺蹟蕩然，今已改建四明會館矣。

仲瞿先生天才亮特，通兵家言，上馬如飛，慷慨悲歌，不可一世。等身箸作，傳者甚尠。予嘗從嚴氏借得詩稿十餘冊，甄錄二百餘首，爲川沙沈韻初舍人樹鏞借去，燬於兵燹；嚴氏所藏原稿亦付劫灰。時文一冊，涇縣朱幼拙部郎蔭成刻之。後又在范雯茁處借詩集殘稿一卷，已爲刊行。尚有《黼黻圖》，予手摹一冊，其自跋云：『蘇蕙織錦迴文，予嫌其名曰璇璣，圖無圓體。讀書會稽山中，戲代其棄妾趙陽臺亦製一本，凡一千五百二十一字，讀成短長古律銘謠贊誦五萬七千餘首，中含三垣斗柄二十八宿及一切圓象，其方罫則列國輿圖風雲天地八陣游兵共圖一幅，分圖爲四十有九，交龍翔鳳，萬轉千環，握奇變化之數，雖兒女心思，善讀者亦知爲文章之壁壘乎。』

予尤愛其《西陵書事》一篇云：『歲在已酉，月陽值申，秋涇生檥舟於揚子之西陵。江雲欲霽，銀山如屏，潮平四尺，沙月無聲。榜人酌蘭陵之醞，童子吹笙。水窗上下，如百神鐙。就枕若張帆而行者，風檣欲裂，電閃雷騰。白魚抛尺，神鴉萬翎。上流簫管之聲，一船兩槳，鳳旆龍旌。軫軫隱隱，若聞韶韺。紅欄華繪，樓櫓如城。曰洞庭神人也。馬門隱顯，短燭長檠，雲鬟衆侍者，眉星額月，耀若湘靈，逆生舟而哂曰：「彼不諟其文章之技，奚慷慨而如萍？」二鬟導手，扶篙而升。紅曦西入，白月東昇。霓帬霰帔，霞散雲蒸。趨蹌再拜，目蕩心驚。曰：「妾苻秦竇氏，蘇姓蕙名。三湘七澤，屬我權衡。」生逡巡少選，膽氣方平。屏營而請曰：「亦嘗聞璇璣之窔奧矣，欲句讀而未能。」神靦然言曰：「靈笈之祕文，非當世之流行也。俗人膚淺，謬執文評。隋亡錦失，襲入龍庭。金輪僞本，不足爲憑。世不知旃檀糞土之殊等，何辯乎文章之死生？爾窮墳典，耳目晶瑩。東南千里，地屬軫星。海中一窟，館曰雲繒。靈函祕典，十洞三宬。靡人披展，誰厭神鯖。」神人迺咒水壁立，輦入由庚。海黿後纛，江鬼前旌。門樓百級，玉户瓏玲。龍書鳥篆，億史千經。靈光九間，羅圖一屏。神曳裾吟曰：「此五十圖也，璇璣之所由縱横。」秋涇生魂神震讋，氣沮思怔，不能卒讀，一字三停。司馬之女，闢匱開扃，奇光眴眼，異采迷睛。錦端數十，玄黄飛霙。生剜心究義，劃肚尋音，誦之再遍，字字瓊瑛。神曰：「是圖也，分之衆幅，合之一并。明珠走盤，十萬餘零。非俗傳之轇轕，世人之覩聽者也。」生頫顒稽首，誦之在口，服之存膺。騰忭喜踴，實獲未曾。喟然捧頭而言曰：「奚貴耳賤目，不知璇璣之更有真也。」神恚然憤色曰：「爾錮於塵好，猥慕浮榮。文章雕琢，實憚靈精。命之不遇，何異青寧。」銀濤瞥合，海水魚腥。神人不見，紅旭如鉦。身飄海岸，雞犬飛鳴。如醒大醉，覆臥吳舲。秋涇生於是披衣頮面，杜黜聰明。含豪記錄，三日圖成。』

仲瞿先生《黼黻圖》，老人擬付石印，未果，曾屬余以小篆楬諸簡耑。老人往矣，是圖不知流落何所，回憶惘然。受福附識。

——以上見張鳴珂《寒松閣談藝瑣録》卷一

晚晴簃詩匯一則

仲瞿權奇倜儻，好談兵。甲寅舉解首，出吳白華總憲門。時方有兵事，白華疏薦，謂能作掌中雷，爲仁廟所深斥。後屢上公車不第，行益不羈。詩有意求奇，《留侯祠》一篇，爲世傳誦，正與王季木《項王廟》詩相似。

——以上見徐世昌《晚晴簃詩匯》

清代學術概論一則

嘉道間，龔自珍、王曇、舒位號稱新體，則粗獷淺薄。

——以上見梁啟超《清代學術概論》

清詩紀事七則

仲瞿……嘗過東阿西楚霸王墓，徧招市倡彈琵琶唱古怨歌，釃酒墓下，遂痛飲吟詩而去。

——以上見吴振棫《國朝杭郡詩續輯》，轉引自錢仲聯《清詩紀事》

吾鄉王仲瞿孝廉曇狂放不羈，其蹤跡雜見近人記載。著有《煙霞萬古樓集》，未刻，罕有知者。所聞斷句如《題洪稚存詩集》云：『除死頭顱孤注擲，補天文字女媧窮。』《詠錢》云：『生後三日須湯洗，死到重泉要紙焚。』雖極抑塞感慨，究不足誦。

——以上見于源《鐙窗瑣話》，轉引自錢仲聯《清詩紀事》

閱王仲瞿《煙霞萬古樓集》詩篇，一往清折，未免疏獷，世以爲奇，乃正病其無奇，不如駢文遠甚。

——以上見譚獻《復堂日記》卷二

神狐通天，終不脱凡胎穢骨，吾惟服其狡獪已耳。

——以上見王濬冬《飲草廬藏書題記》，轉引自錢仲聯《清詩紀事》

乾嘉之際，王曇……之倫，浪使才情，往往流於俳諧薄弱，不規正體。

——以上見由雲龍《定厂詩話》，轉引自錢仲聯《清詩紀事》

王仲瞿初至穀城，以斗酒牛膏合琵琶三十二弦，侑酒於西楚霸王墓，作詩三首。孫子瀟、舒鐵雲均有和章，功力悉敵，法梧門因作《三君詠》以張之，一時傳爲盛事。

——以上見胡思敬《九朝新語》，轉引自錢仲聯《清詩紀事》

秀水王仲瞿有《祭西楚霸王墓》詩三首，相傳會試落第過穀城而作，借項王以寄慨，筆力縱恣，有不可一世之概。然意太憤激，詞太粗豪，不如吾鄉孫心青太史和作。

——以上見汪佑南《山涇草堂詩話》，轉引自錢仲聯《清詩紀事》

附録四：　王曇年譜簡編

鄭幸編著

乾隆二十五年庚辰（一七六〇）　一歲

本年生。

龔自珍《龔定盦全集·續集》卷四《王仲瞿墓表銘》：『留海上一月，明年遂死，則爲丁丑歲……卒年五十有八……祖某。父某。妻金，能畫與詩，先卒。子一，善才。』

乾隆二十八年癸未（一七六三）　四歲

能識千字，時有神童之目。

王曇《詩集》卷一有《善才生二十五月矣計識得二百五十餘字示以詩云》：『阿爺四歲識千字，一一形書曉其義……』

王曇《文集》卷四《虎丘山穸室誌》：『年數歲，祖瑩聖小之稱，張堪神童之目。』

乾隆三十三年戊子（一七六八）　九歲

從師受天地人三字，三年而畢。

陳文述《頤道堂詩選》卷九《答王仲瞿見贈之作即用原韻題其種秋堂詩集》有『萬卷高文通二氏，

九齡奇字識三才』之句，下注：『君齠齡從師，受天地人三字，三年而畢。故君博通有根柢。』今姑依陳詩繫於本年。

時已略知佛家之學。

王曇《詩集》卷四《國清寺感二千年佛法陵遲而作》有『髫年九歲向師參，一句機鋒一句禪』。

亦習史遷縱横之書。

王曇《文集》卷四《繼室金氏五雲墓誌銘》：『予髫幼習太史公縱横之書。』

乾隆三十九年甲午（一七七四）　十五歲

讀乾隆《大藏經》。

王曇《詩集》卷四《國清寺感二千年佛法陵遲而作》有『行年十五精神旺，讀遍儒書讀龍藏。讀盡天台幾十函，神魂已被台山蕩』。

乾隆四十三年戊戌（一七七八）　十九歲

讀書山陰外祖紹郡學舍中。

舒位《瓶水齋詩集》卷十三《查橋寓館值鐵雲姨丈松郡未歸作詩見意是日得奉先生二書》注：『曇讀書外祖夏峯先生紹郡學舍，時姨母年纔十二。今忽忽三十年矣。』詩係於嘉慶十二年，逆計三十年，正當本年。

按：　據嘉慶《山陰縣志》卷十《選舉志》，雍正朝至本年，山陰金姓進士凡五人。其中乾隆十三年進士金傳世，字汝臣，曾『授徒於邑之青藤書屋，及門多知名士』，與仲瞿之述略符，疑或即其外祖也。俟考。

時已婚嘉興朱氏名樨香者。本年復納側室錢畹，虞山錢謙益之曾孫女也。

王曇《詩集》卷五《鶴市詩》有『一夢桃花深巷口』句，自注云：『桃花巷在湧金門内。錢以故家族譜來歸，予時年十九，讀書會稽黌宫以外。大父命納爲貳室』；又『兩朝紅豆舊山莊』句自注云：『錢氏爲虞山總憲曾孫女也。』

陳文述《頤道堂文鈔》卷八《王仲瞿墓誌》：『原配朱……朱名樨香，嘉興人。』

乾隆四十四年己亥（一七七九）　二十歲

北上京師，補國子監生。

王曇《文集》卷四《虎丘山穸室誌》：『上會稽，探禹穴；登東山，臨碣石。經途三千，行年二十……』

平步青《霞外攟屑》卷五『王瓶山』條：『乾隆甲寅年三十五（原注：《齒錄》作甲申生，蓋匿年）以國子生舉浙江鄉試丨八名。』

時與金兆燕、羅聘諸老蒼交。

王曇《詩集》卷六《重至揚州同人邀觀紅橋芍藥是夕鐙火甚盛》有『初來故老皆黄土』之句，下注：

『予年弱冠與金棕亭羅兩峰諸老蒼交。』又《詩集》卷一有《平山堂同金棕亭羅兩峰兩先生作》，或即本年所作。

按：據金兆燕《棕亭詩鈔》卷十四《將還官入都管澹川以詩贈別次韻奉酬》一詩，可知兆燕亦於本年秋冬間卸揚州府學教授之職，北上入都。又據同卷稍後詩作，其時羅聘亦當在京。疑仲瞿之交金、羅，或在京師。

抵京，寓叔祖王際華之發祥坊賜第。先是，際華受命總裁《四庫全書》，故官本遺書皆集其府中。仲瞿自是乃杜門不出，潛心校讀四庫典籍，晨搜海錄，夜寫巾箱，如是者八年。

王曇《文集》卷四《虎丘山穸室誌》：『……而時也，先王羣玉之山，謁者獻書之路。麒麟天祿，蘭臺石室之秘；華林總明，仁壽文林之富。靈威、洞庭之藏，委宛、天承之蠹，莫不準劉歆《七略》之名，在王儉蓮花之府(原注：叔祖文莊奏開四庫，賜第發祥坊，凡官本遺書皆集。總明，王儉故事)。予乃八年於次道春明之坊，依温公讀書之堂，聚卷爲樓，積石爲倉，晨搜海錄，夜寫巾箱。居王導之宅，七年不出園；抄陽城之書，六年不出房。』

舒位《瓶水齋詩集》卷五《城南雨夜與姨生王仲瞿孝廉話舊》四首其一『東觀奇書猶記憶』之句下注：『仲瞿前主族祖尚書文莊公家，嘗校讀四庫秘書。』

按：據朱一新《京師坊巷志稿》卷上，王際華宅在護國寺街，屬發祥坊。宅有二十四福堂。檢仲瞿《詩集》卷六有《二十四風堂》，小序云：『余所居爲聽秋館，以秋花名也。春花種畢，顏曰二十四風者，以在二十四福堂後也。』

乾隆四十五年庚子（一七八〇）　二十一歲

在北京，從蒙古活佛遊，習其掌中雷法，時時演之。

龔自珍《龔定盦全集・續集》卷四《王仲瞿墓表銘》：『掌中雷者，神寶君説洞神下乘法，所謂役令之事。即以道書論，亦其支流之不足詰者。王君少從大剌麻章佳胡圖克圖者游，習其游戲法，時時演之。』

又王曇《詩集》卷一有《清字經館奉呈章嘉佛》，則仲瞿確曾與章嘉活佛有往來。此詩題注：『時繹藏既竣。』當指乾隆三十八年至五十五年譯滿文《大藏經》事。今姑繫此事於仲瞿入京之次年。

乾隆四十七年壬寅（一七八二）　二十三歲

冬，舒位自廣西永福入都。次年抵京，應鄉試而未舉，遂居於京。

見舒位《瓶水齋詩集》卷首《行狀》。

乾隆五十二年丁未（一七八七）　二十八歲

自京南歸。

參乾隆四十四年譜。

十二月，舟過臨平，購得文天祥舊硯。後轉贈袁枚。

曾燠《賞雨茅屋詩集》卷二《簡齋前輩贈所藏文信國公綠端蟬腹硯賦謝四十四韻》題注引子才硯銘：『乾隆丁未十二月，杭州臨平漁父網得此硯於臨平湖，王仲瞿居士舟過相值，知爲文文山故物，以番錢廿元得之。轉以見贈。余倣竹垞咏玉帶生故事，爲作匣，兼招詩流各賦一章。甲寅六月望日袁枚記于小倉山房，時年七十有九。』

乾隆五十三年戊申（一七八八）　二十九歲

舒位自黔歸蘇州，方一月，又欲往湖南。仲瞿乃面誦東坡詩送之。

王曇《詩集》卷三《奉和舒鐵雲姨丈見贈之作》自注：『留黔三年……戊申歸吳門一月，應楚藩通方伯撫湖南軍營書記之聘。余面誦東坡送喬施州詩「共怪河南門下士，不應萬里向長沙」之句。先生不然，曰：「吾負米養母，不畏百里，豈畏萬里。」』

乾隆五十四年己酉（一七八九）　三十歲

八月，與羅雲錦、李堯枚締交於杭州。

王曇《詩集》卷一《東郭奉懷金二丈》有『落拓尚隨黄犬日，往來多近白雞年』之句，下注：『己酉秋仲，與李堯枚、羅雲錦締交西泠，丈爲之介。』

羅雲錦，字仙石，會稽人。李堯枚，字蕉雨，山陰人，疑即李堯棟兄弟。

八月，與羅雲錦等偕游紹興。時二人聯句於繡野園，至二百韻。

王曇《詩集》卷一先後有《鑑湖懷遺佚諸賢》、《天衣寺二絕》、《繡野園秋日聯句二百韻》等詩，皆紀一路賞玩景致。

九月一日，在紹興。時寓居山陰陸遊三山故居舊址，有詩紀之。

王曇《詩集》卷一《三山懷放翁遺事》末署：『今寓居之地即爲放翁三山舊址。己酉九月一日記。』

冬，歸嘉興。

王曇《詩集》卷一中，緊隨前引諸詩之後，依次有《歸秋涇數日前湖上諸妓相率往吳淞矣感而作詩由禾無地主也》、《越州歸後風雪滿窗偶檢李三贈妓一編讀而誌之》。

十二月，爲查奕照詩集作序。

查奕照《東望望閣詩鈔》卷首王曇序，末署『乾隆己酉臘月長一日，仲瞿王曇書於午餐卯諷之齋』。此序《文集》未收。

乾隆五十五年庚戌（一七九〇）　三十一歲

二月，訪李堯枚、羅雲錦於紹興蘭亭。時假羅氏逸園而居，逗留彌旬。

王曇《詩集》卷一《題聯香疊韻詩卷》序：『聯香疊韻，越中李秀才蕉雨、羅秀才僊石代妓倡酬。庚戌春仲余訪兩秀才於蘭亭。』

乾隆五十七年壬子(一七九二)　三十三歲

二月,過嘉興思賢鄉施府君廟,有詩。

王曇《詩集》卷一《施府君神弦曲》序:『思賢鄉有施府君廟……壬子二月,乘輿廟下……』按:據光緒《嘉興府志》卷十壇廟一,施公廟在秀水縣,祀宋代施全者也。

乾隆五十八年癸丑(一七九三)　三十四歲

三月三日,過紹興蘭亭,有詩。

王曇《詩集》卷一《上巳日蘭亭時歲在癸丑》。

與唐仁埴同遊南京。时在江寧知府李堯棟幕中。

王曇《詩集》卷六《睢水河營奉熊介祉唐柘田兩觀察》二首其二『十三樓上酒花乾』之句下注:『癸丑同遊金陵,寓李松雲太守郡齋。』按:下引袁枚書札稱『府署王仲瞿』,可知仲瞿時在李堯棟幕中。

唐仁埴,字凝厚,號柘田,江蘇江都人。乾隆五十二年進士,歷官嵊縣、仁和、豐城知縣,五十九年以失察落職,家居數年,復起,後官至河南按察使。傳見阮元《揅經室集·二集》卷六《賜按察使銜河南開歸陳許兵備道柘田唐君墓志銘》。

李堯棟,字東采,又字松雲,浙江山陰人。二十歲成進士,改庶吉士,散館授編修。歷官常州、紹興、江寧知府,晉貴州按察使,調署江寧布政使,官至湖南巡撫。道光元年卒,年六十九。有《寫十四經堂詩集》。生平見陳用光《太乙舟文集》卷八《資政大夫前湖南巡撫李公神道碑銘》。

八月，李堯棟重修莫愁湖成，廣開文宴，招袁枚等往遊。仲瞿有詩、文紀之。

王曇《詩集》卷一《莫愁湖落成奉呈李松雲宮允作》。又同卷《移寓發祥坊第青藤初花懷袁州叔也》有注云：『莫愁湖之成，曇作文募之。』

又袁枚《小倉山房詩集》卷三四有《和李松雲太守重修莫愁湖詩》十九首，繫於本年。又《隨園詩話補遺》卷六第四一則云：『余七十後，惟暑不出，過中秋裁出，此定例也。今年八月八日，太守松雲李公新修莫愁湖成，招余往飲。』則此事當在八月。

時曾與袁枚同遊茅山。

駱綺蘭輯《聽秋軒贈言》附袁枚書札二十四通，其十二云：『……老人于前月十八日偕府署王仲瞿、詩人梁相國公子同游茅山，大爲雨困，不得已而奔至世妹府上。蒙文峯昆季掃塌相延，小住三日，極文宴之歡……前三日，詩人王仲瞿見隨園壁上詩箋，仰慕世妹之才，索我數行，踵門求見。諒此時尚未渡江，要等李太守來署常鎮道時一齊同來也……』

王曇《文集》卷二《哀江南文》末跋：『歲癸丑，予偕袁倉山先生過此，曰：此石無文，必作《哀江南文》以補之。先生曰：子山文孱弱不足刻，足下爲之。及文成而先生死，當以質之地下。』

時亦與吳錫麒往來。

吳錫麒《有正味齋集》卷九《李松雲前輩堯棟招同袁簡齋先生枚黃書厓王仲瞿曇集江寧郡齋二首》。

寓居南京之際，作《回心院》傳奇四十二出。

王曇《文集》卷四《虎丘山穸室誌》：『所著有詩文集如干卷……《隨園金石考》如干卷……《遼蕭皇后十香傳奇》如干卷……』又王曇《文集》卷二《遼懿德蕭后哀文后記》末跋：『余寓居秦淮，作《懿德十香詩案》曰《回心院》傳奇者四十二出。乙卯公車，留之山陰，爲李氏勘案，入之縣庫。此文在殘稿中，錄出以配《隋愍后哀文》。』按：汪超宏《明清曲家考》下編《王曇回心院傳奇的作年與本事》認爲仲瞿此傳奇作於乾隆五十年至五十八年間。

又據《文集》卷四《虎丘山穸室誌》，仲瞿尚有《隨園金石考》若干卷，或亦作於同時。

乾隆五十九年甲寅（一七九四）　三十五歲

秋，舉浙省鄉試。所作闈墨，有傲兀之概，一時膾炙人口，婢女亦能誦之。

龔自珍《龔定盦全集·續集》卷四《王仲瞿墓表銘》：『乾隆五十九年舉人也。』

梁章鉅《製義叢話》卷十一：『余甲寅同年王仲瞿曇，抱負奇偉，於風角壬遁之學靡所弗通。因有薦其能發掌心雷者，朝廷嫌其近於怪誕，斥不用其所作。製義亦有奇氣。余嘗記其浙闈鄉墨二比題爲《夫子之牆》一節文云……按此文在當時頗膾炙人口，文不必佳而傲兀之概存，此乃如見仲瞿之爲人。』

又舒位《瓶水齋詩集》卷五《城南雨夜與姨生王仲瞿孝廉話舊》其三有夾注云：『袁香亭太守家有婢，能背誦仲瞿省試卷。』

時於杭州交裘世璘。

王曇《詩集》卷六《小除日自揚州冒雨至真州時將與裘守齋觀察同遊廬嶽訪友南昌藉覽江行之勝既而不果》夾注：『鄉舉之日締交杭州。』

錢泳《履園叢話》卷十一下：『裘世璘，號守齋，儀徵人。以資爲郎，歷任浙江知縣，捐陞道員，署江西驛鹽道。能詩，工花卉，宗虞山蔣相國一派。』

十一月四日，入贅山陰金氏。其婦名禮嬴，則仲瞿之繼室也。能詩畫。婚後數日，即北上應會試。

王曇《文集》卷四《繼室金氏五雲墓誌銘》：『以乾隆五十九年十一月四日婚於山陰……三夜不曾息燭，四日而就公車……』

王曇《詩集》卷五《鶴市詩於虎丘之盈盈一水樓》其三『巫山滄海哭前非，一夢曹騰入會稽』之句下注：『婚越時穉香靈牀未撤。』

舒位《瓶水齋詩集》卷五《城南雨夜與姨生王仲瞿孝廉話舊》其一：『黃金費盡別無家，鏡影簫聲近若耶。客有因緣歌續竹，婦如影響筆生花（原注：仲瞿喪偶後爲贅壻於山陰金氏，其婦名禮嬴者，能詩畫）。已教柳絮吟成雪，更遣桃根散作霞。自向丈人峯下住，蘼蕪不用采天涯（原注：仲瞿有妾亦寄食婦家，故其詩有「娘子軍中分半壁，丈人峰下託全家」之句）。』

又孫原湘《天眞閣集》卷二十六《天仙畫人歌》小序敘金禮嬴事甚詳，錄之備覽：『金雲門夫人名禮嬴，山陰人，吾友王仲瞿之配也。於畫無所不工。山水似李昭道、董北苑，下亦似趙承旨。人物似李公麟；仙佛間似陳老遲；花鳥似徐、黃；墨楳似王參軍；蘭竹似趙子固。又能自出新意，發露天機。人問其何所師？曰：吾師造化耳。顧一畫恒數十日，稍不愜，便棄去。嘗作《十八尊者》，欲以施雲栖。長各徑丈，珍禽奇樹備極瓌偉。墨骨既就，以傅色須錢百千，久之不就，成龍樹一尊而已。每日晨起，坐一室研吮丹粉，盡二鼓乃已。家之有無不問也。予寓仲瞿家累月，未嘗悉其聲影。有具金帛求畫者，輒謝曰：吾畫豈可求而得者？獨善予與舒鐵雲詩，許爲作畫。余得墨楳一幅。又嘗爲先太守作《從軍西藏圖》，絹長三丈餘，人馬如豆，經年始成。未及傅色，而夫人亡矣，年二十有九。仲瞿寶其畫，常以數十幅自隨。有乞之者，别倩能手作贋本與之。仲瞿殁，不知流落誰手矣。夫人嘗乞予詩，予詩不苟作。今距夫人殁已十六年，乃作以報其靈爽。畫傳詩耶？詩傳畫耶？姑俟之百世以後。』

本年應宋思仁之囑，作《穀城西楚霸王墓碑》。竇光鼐評曰：『二千餘年以來，無此手筆。』

王曇《文集》卷一《穀城西楚霸王墓碑》序：『乾隆五十九年，觀察泰武臨兵備督山東全省糧運、前守濟南泰安府知府、長洲宋思仁繕畢泰山馳道，種補天門上下長松溝泄穀城水利，遂封樹於西楚霸王之墓周，方一畝，土階三等。屬其友人王曇爲文。』後附竇光鼐評語：『……是碑作於二千餘年之後，蓋斷自二千餘年以來，無此手筆。』

宋思仁（一七三〇——一八〇八），字藹若，號汝和，江蘇長洲人。邦綏子。歷官山東泰安知府、山東糧儲道，後以失察罷官。善繪蘭竹，好鑒古，精篆刻。亦好吟詠，有《槖餘存稿》。

乾隆六十年乙卯(一七九五)　三十六歲

春,與會試,報罷。時王以銜、王以鋙兄弟同中一甲,高宗命別選一榜,仲瞿之名與焉。及發榜,不錄如舊。

王曇《文集》卷四《虎丘山穸室誌》:『初乾隆六十年,王以鋙榜發,太上皇帝以臺官奏劾,命御前進卷別選一榜,曇名與焉。而時東皋師闔門待罪,伯相公伏蒲請恩,牓乃如舊。』

嘉慶元年丙辰(一七九六)　三十七歲

春,再與會試,復報罷。意不自聊,乃托王朝梧致書江東諸大夫,欲改行爲醫。時舒位代爲屬稿,有詩紀之。

舒位《瓶水齋詩集》卷五《仲瞿再試禮部報罷將歸意不自聊乃乞河間公多作書致江東諸大夫薦爲醫公既許之而皆余爲屬稿幾蒙闒匾之誚忽憶東坡有言學書者紙費學醫者人費然則爾我將分任其咎乎相與嘔噱仍爲三絕句解嘲》。按:時王際華之子朝梧任河間知府,所謂『河間公』者當指朝梧。

王朝梧(一七四二—?),字象六,號疏林,又號疏雨。浙江錢塘人。際華子。散館改刑部主事。官至山東按察使。

與孫原湘訂交。時孫氏亦在京與試。

孫原湘《天眞閣集》卷十二《贈秀水王仲瞿孝廉曇》有『與君結懽燕市頭,當筵鼻息輕王侯。屠刀賣漿皆我輩,惟畫俗士如鴻溝。落花春滿昭王墳,有酒且酹平原君』之句。按:孫原湘於乾隆六十年成舉人，此詩作於嘉慶三年，期間所歷會試則僅本年。

六月，鄉闈座師吳省欽寄書來，答之。

王曇《文集》卷三《報工侍吳先生書》：『……六月河間奉書，謂丁寬何以東歸，楊時何以南去。曇之東歸，東中丞之招；南去，蘇方伯太守之聘也……十倍於長安索米，中書伴食矣。前歲同門王以鋙榜發，上皇帝命御前進卷另選一榜，而先生呈勘落卷，曇在第一……』又其後尚有《工侍師二書》末云：『前書未盡，望馬吳門，何日見歸雲之慶也。』吳省欽，字充之，號白華，南匯人。乾隆二十二年召試賜內閣中書，二十八年成進士，官至左都御史。王昶《蒲褐山房詩話》云其少曾學於王漁洋、朱竹垞，所作皆別開蹊徑。有《白華詩鈔》。

時受薦爲軍旅記室，前往河北、吉林一帶。後以岳丈之喪南歸，得蘇州知府任兆炯贈宅，遂居蘇州。

王曇《文集》卷四《繼室金氏五雲墓誌銘》：『書生落第，無可歸也。而時諸老先生或以桓開幕府，嘉賓才可參軍；牧本知兵，僧孺索爲記室（原注：相府薦伯督，而侍御范師亦薦予贈郡王幕下）。伻來瀛鄭，馬走燕齊……行有日矣，而少微星隕，丈人山摧。烽火千里，家書萬金。騕馬而覘敦壁（原注：至大梁而朱仙鎮燬於女賊），投鞭而渡長江……而聊城任曉林守蘇州，知羅隱已歸江東，恐陸賈遂留南越，指支道林舊巷之門（原注：沒賈氏奴西支巷大宅，直巨萬者；又贈我東支巷宅。後皆還之），爲孫伯符道南之宅。』任兆炯，字曉林，山東聊城人。餘不詳。

又王曇《詩集》卷三《白雲湖上望饗堂霽雪訪嚴三明府病中話舊》有『重九糕時前令尹』之句，下注：『嚴明府置酒饗堂大集賓客，丙辰年九日也。時余遊長白山。』可知本年秋，仲瞿身在吉林。

又王曇《文集》卷四《繼室金氏五雲墓誌銘》：『待罪永巷，則始寓吳門之第四年也。』按：仲瞿『待罪』事在嘉慶四年（詳該年譜），故其遷居蘇州當始於本年。

嘉慶二年丁巳（一七九七）　三十八歲

蘇州知府任兆炯重修白居易祠，仲瞿爲作狀。時吳中弟子欲約袁枚、錢大昕、王昶、趙翼、王文治、吳省欽等爲九老會，仲瞿因有書寄省欽。

王曇《文集》卷五有《虎丘建白太傅祠堂狀》。又《文集》卷三《工侍師三書》夾注云：『時蘇郡建白公祠，錢辛楣宮詹、家蘭泉司寇、趙雲菘觀察、陳東浦方伯、王夢樓侍講諸公皆遲先生歸，爲九老會。』

顧禄《清嘉録》卷三『遊春玩景』條：『白公祠，嘉慶二年太守任公兆炯即蔣氏塔影園改建。』

時金氏居父喪，乃爲仲瞿校訂文稿詩冊。

王曇《文集》卷四《繼室金氏五雲墓誌銘》：『……既遭父喪，又傷妹服，文姬紙筆，真草惟命（原注：居喪攻書，予文稿、詩冊遂有成本）……』

嘉慶三年戊午（一七九八）　三十九歲

二月，吳省欽升左都御史，仲瞿作書相賀。時省欽於時勢不無憂心，仲瞿乃勸劾和珅。

王曇《文集》卷二《上都憲師四書》：『先歲二書，兩蒙獎答；一書不報，寒暑憂思。昨閱邸寄，知先生晉升總憲，喜極無眠。』據《清仁宗實錄》卷二十七，本年二月十八日，吴省欽以吏部左侍郎升都察院左都御史。

又書中尚有『若彼相居累卵之地而尚圖太山之樂，爲朝露之行而猶思傳世之功，則請先生以是書上之』之語，所謂『彼相』云云，當指和珅。

三月中旬，至昭文，訪孫原湘。

孫原湘《天眞閣集》卷十二《贈秀水王仲瞿孝廉曇》：『美人忽從天上來，入門大笑聲如雷。春風欲去不敢去，碧桃十萬花重開。世間誰足當奇才，豪傑自倒非吾推。丈夫意氣爲錢短，黄金手散如飛灰。一枝長槍一枝筆，四海蕭然孑身立。有時高吟華嶽巔，青天下聽秋雨泣。有時醉舞燕然臺，明月梨花盡無色。世無人識張子房，縱酒來作江南狂。且將草檄殺賊手，畫出閨房眉上柳。不然英雄髀肉生，安能一日無婦人。文章兵法盡如此，離卻陰陽天亦死……』

按：此詩之前爲《三月十三日……》，之後《春競渡》小序有『鄉人於三月二十日駕龍舟』之語，可知此事在三月中旬。

冬，與舒位相約北上，以赴明春之試。後皆不果行。

王曇《詩集》卷三《奉和舒鐵雲姨丈見贈之作》自注：『曇時寓吳門，約以是冬同赴己未會試，既而杳然，遂俱不赴北上。曇亦遭事。』

嘉慶四年己未（一七九九）　四十歲

正月十二日，吳省欽以和珅將敗，圖自保其身，乃以仲瞿薦，云能作氣按掌，辟易多人。仁宗見奏，斥爲不經，省欽遂得以微罪避禍，而仲瞿則受其累也。

《清仁宗實錄》卷三十七正月十二日條：『諭內閣：吳省欽條奏摺內……至所稱『候補知府李基曉諳兵法，有《手車火雷列卦圖》；又舉人王曇，能作氣按掌，辟易多人，請加試看』等語，殊屬大謬。前此特頒諭旨，廣開言路，吳省欽爲風憲之長，於和珅、福長安二人，并無一言舉劾，自系畏其聲勢。及將和珅、福長安革職拏交刑部後，伊尚心存畏怯，緘默不言。茲見各科道等紛紛密封陳奏，伊任總憲，不能不以一奏塞責，而所言竟屬荒謬。試問伊所稱李基所著《手車火雷列卦圖》，較之本朝訓練之九進連環，孰爲得用？其作氣按掌之語，即稗官野史所謂掌心雷者是也，系屬邪術。現當剿辦教匪之時，正當將妖言左道痛絕根株，方嚴禁之不暇，豈可轉引而試驗？吳省欽身爲臺長，不知政體，惑於邪言，妄行瀆奏，與學習邪教者何異耶？吳省欽著交部嚴加議處。』

又同卷正月十四日條：『又諭：吏部議處左都御史吳省欽一摺。昨因吳省欽條奏摺內語多不經，以伊平日學問而論，尚不至如此迂誕。蓋伊自揣系和珅私人，且在學政任內聲名甚屬平常，恐被人列款彈劾，故爾避重就輕，先爲此荒謬之奏，藉得罷官回籍，遂其田園之樂。其居心取巧，大率不出乎此。但此系誅心之論。吳省欽劣跡既未敗露，朕亦不爲已甚，姑免深究。即論其陳奏荒謬，已難勝臺長之任。吳省欽著即照部議革職回籍。』

又王曇《文集》卷三《與兵侍周石芳先生書》：『嘉慶四年，以師門芥蒂之嫌，車後塵囊之垢，錯書舉燭，誤點飛蠅。遂轟薦福之碑，忽破太初之柱。當時也，腐鼠飛鳶，欲亡虞氏；笠簑漆匣，幾殺王彪。都察院都憲吳師晏嬰民望，荀爽人師。不先淞水之鱸，致拔仲尼之樹……』又王曇《詩選》卷首陳文述序：『又爲座主吳公假其名形諸奏牘，得以微罪罷官歸里，而君之名遂爲世人所口實。』

三月，會試期至，而仲瞿以遭事不赴。時仁宗嘗普諭軍機，云若仲瞿來京會試，當親見之。

王曇《文集》卷四《繼室金氏五雲墓誌銘》：『移居金獅飲馬橋巷，釘門而居，不赴己未禮試。』

王曇《文集》卷四《虎丘山穸室誌》：『及嘉慶六年，見閣學禮侍戴座師東山使署，謂今皇帝四年，普論軍機，若王曇來京會試，朕欲親見其人。汝見吾家尚書，乞其奏請，而知貢舉副都陳公嗣龍以爲不必對簿。汝名登榜，我當奏聞。此曇所謂夢天難舐，捧日難升，聖恩太厚，臣罪太深也。』

時人多不敢與仲瞿往來，其婦金氏乃傭筆自給。

舒位《瓶水齋詩集》卷十《答示仲瞿話舊之作十首》其五夾注：『仲瞿婦雲門氏工畫。方仲瞿遘飛語，時人多不敢與之往來。雲門乃傭筆自給，求者踵至。其畫亦由此益工。』

嘉慶五年庚申（一八〇〇）　四十一歲

春，唐仲冕於蘇州重修唐寅祠、墓成，賦詩紀之。時仲瞿有詩和之，舒位評爲『一時傑構』。

王曇《詩集》卷三《桃花庵詩》序：『唐陶山明府以唐六如居士祠堂荒蕪，分廉助葺，落成日首倡四首，同人和韻。』按：唐仲冕詩見《陶山詩錄》卷六《修六如居士祠墓題桃花庵四首》，繫於本年春。

舒位《瓶水齋詩集》卷十《答示仲瞿話舊之作十首》其八夾注：『仲瞿近所作《唐六如墓》及《西楚霸王墓》詩，皆一時傑搆。』

唐仲冕（一七五三—一八二七），字六枳，號陶山，湖南善化人。乾隆五十八年進士。官至陝西布政使。有《陶山詩錄》、《陶山文錄》。

四月，李鼎元出使琉球，途經杭州。杭州士子作會餞行，仲瞿與之，有詩。時鼎元作《南臺祖帳圖》，仲瞿亦題詩其上。

王曇《詩集》卷三《西湖祖席奉題趙介山殿撰李墨莊舍人奉使琉球》，又卷二有《再題李墨莊駕部册使琉球南臺祖帳圖》。

又據李鼎元《使琉球記》卷二，本年四月十二日至十六日間，李鼎元一行駐留杭州，與在杭文士如王昶、潘庭筠、朱彭、何琪等多有往來。記中雖未及仲瞿之名，然據仲瞿之詩，時亦當往見鼎元。

閏四月，歸蘇州，移寓東園，賦詩留別任兆炯。

王曇《詩集》卷三有《閏四月自越中旋櫂移寓吳郡東園留別曉林太守》，夾注：『東西兩支巷中前後推我大宅，臨別封還。』按：據陳垣《二十史朔閏表》，仲瞿生前僅得兩次閏四月，一在乾隆五十七年，一在嘉慶五年。任兆炯贈宅事在嘉慶元年（參該年譜），故移居事當在本年。

五月，往遊琅琊、沙門等地，有《海上雜詩》十四首，舒位評曰『奇偉可喜』。

王曇《詩集》卷三《戲題梅鶴雙清圖示雲門母子》：『庚申五月，與雲門母子西湖相別，余自瑯邪放迹涉蓬海、成山，探沙門、皮島。』

王曇《文集》卷四《繼室金氏五雲墓誌銘》：『雲歸剡縣，予遊登州。一船抱《越絶》之書，兩地陟蓬萊之閣。一則千岩萬壑，雲門、若邪；一則海市蜃樓，瀛洲、方丈。』又《詩集》卷六《東磊》序云：『僕泛海自碣石、登、萊窮沙門數十島，登成山、之罘，憩息琅邪，遵海而南，求所謂嵎夷、暘谷者不可得……』

舒位《瓶水齋詩集》卷十《答示仲瞿話舊之作十首》夾注：『仲瞿自吴門至登州，登蓬萊閣，觀海市，又浮海至大小欽山、沙門島。所撰七言律詩，若《秦東門》、《望仙門》及《海市》諸作，皆奇偉可喜。』

冬，孫原湘來訪。

孫原湘《天眞閣集》卷十三《雪夜同仲瞿》：『消得銀瓶瀉酒聲，雪中詩思倍聰明。梅將入夢先通信，蘭本同心不要盟。歲晚天妝瓊樹豔，家貧風掃玉階清。縱談莫及人間事，芒角愁看漸漸生。』

按：詩繫於本年。又據前後詩，時孫氏在吴門。

嘉慶六年辛酉（一八〇一）　四十二歲

春，與會試。時上書禮部尚書達椿，欲改名蠡舟，弗許。遂改名良士。

王曇《文集》卷五《上達香圃尚書乞改名良士狀》：『曇待罪公車，計偕選部，又數年矣。』按：達椿於嘉慶五年至七年間任禮部尚書（七年卒），本年兼會試主考官，故繫此事於本年。陳文述《頤道堂文鈔》卷八《王仲瞿墓誌》：『君文奇麗易識別，君亦自悔，改名於禮部，曰良士。』

舒位《瓶水齋詩集》卷十《答示仲瞿話舊之作十首》其八有『忍換浮名官不許』之句，下注：『仲瞿呈請禮部改名蠡舟，宗伯達香圃先生曰蠡即螺也，螺舟老人言近於夸，且非名而似别字矣。遂弗許。』

又舒位《瓶水齋詩集》卷十四有《仲瞿改名於禮部曰良士繫之以詩》，詩繫於嘉慶十六年，當誤。檢陳文述《頤道堂文鈔》卷十《明蘇州府知府况公祠記》有『余至蘇之次年，嘉慶十二年丁卯也。王君良士以《况公辟疆館碑》及《重修五顯廟碑大殿題梁歲月記》拓本見示』之語，則仲瞿改名良士必在嘉慶十二年之前。

達椿（？—一八〇二），烏蘇氏，字香圃，滿洲鑲白旗人。乾隆二十五年進士。官至禮部尚書。

與試，薦而不錄。時得楊靜庵、周系英之賞。

王曇《文集》卷四《繼室金氏五雲墓誌銘》：『辛酉，楊靜庵詹事薦中予文。時三主司詫爲奇才，忌者一人不以予名薦榜。詹事怒，不飯者三日……予八試八中八黜，每文入房，典校者皆知予名姓，及改名復然。亦異事也。』

王曇《文集》卷三《與兵侍周石芳先生書》：『辛酉、壬戌，復以靜庵少詹之知，先生賞愛之酷。更生之傳，虞監手抄；會稽之碑，范雲背誦……』

周系英（一七六五—一八二四），字孟才，號石芳。湖南湘潭人。乾隆五十五年進士。官至户部左侍郎。

在京時，嘗爲查淳座上之客，時有狂論，張雲璈適見之。

張雲璈《簡松草堂詩集》卷十八《查篆仙觀察淳自楚南督運過鄂謁於舟次因呈二十八韻》：『……昨歲客春明，始識巖下電。引我葭莩親，共我笑言晏。時當青春深，梅舫樂文讌。王生適在坐，狂論驚河漢（原注：謂仲瞿孝廉）……』按：詩繫於嘉慶七年，則所謂『昨歲』當指本年。

查淳，字厚之，號梅舫。因嗜篆刻，故又號篆仙。宛平人。禮子。歷官湖南糧儲道、大理寺少卿。工書。

張雲璈（一七四七——一八二九），字仲雅，號簡松，晚號復丁老人。浙江錢塘人，映辰子。乾隆三十五年舉人，歷官湖南安福、湘潭知縣。於學無所不窺，精究選學，考據明審。尤長於詩，有《簡松草堂詩集》。

南還，賦《落花詩》，人謂其勝於唐寅。舒位、孫原湘皆有和詩。

詩見《詩集》卷二。又宋咸熙《耐冷譚》卷五『王仲瞿落花詩』條錄其詩三首，并云：『秀水王仲瞿《落花詩》三首，全爲自己寫照，而格高韻遠，人共謂其勝於唐六如也。』

又舒位《瓶水齋詩集》卷九有《題仲瞿落花詩後并送南還》三首，繫於本年；孫原湘《天真閣集》卷十四有《落花和仲瞿》六首，繫於嘉慶七年。

秋，在蘇州虎丘，寓孫星衍一榭園中，借觀書籍。時與王昶、唐仲冕、潘奕雋、蔣業晉、陳大謨等人遊。

舒位《瓶水齋詩集》卷十《答示仲瞿話舊之作十首》其七夾注：『去夏京師大水，余有《辛酉紀雨》詩，仲瞿時已南歸……仲瞿還寓虎丘，與武昌鐵舟同住一榭園借書。』

又潘奕雋《三松堂集》卷十四《雨中唐陶山招同王述庵李松雲張雪樵萬廉山方筠亭范芝巖蔣立崖

瞿花農王仲瞿一榭園賞桂》：『爲赴小山約，因成曲徑遊。濃香團丈室，溼翠入層樓。秉燭且爲樂，飛鳬何處留。厭厭吾既醉，不待酌言酬（原注：主人以事未至，而余與芝巖因道遠先起，故云）。』詩繫於本年秋。

又陳大謨《寄曠廬詩集》卷七依次有《山中貯天泉水同洪更生太史亮吉張雪樵觀察王仲瞿孝廉曇分韻得瘦字》、《一榭園贈王仲瞿孝廉》，詩據編年作於本年。

潘奕雋（一七四〇——一八三〇），字守愚，號榕皋，江蘇吴縣人。乾隆三十四年進士。嗜吟詠，尤擅書法。論詩原本風雅，得於性靈爲多。有《三松堂集》。

蔣業晉（一七二八——？），字紹初，號立厓，江蘇長洲人。乾隆二十一年舉人。官漢陽府同知。有《立厓詩鈔》。

嘉慶七年壬戌（一八〇二）　四十三歲

春，赴京與會試。途中作《住穀城之明日謹以斗酒牛膏合琵琶三十二弦致祭於西楚霸王之墓》，舒位、孫原湘和之。後舒位亦以此詩作《琵琶賺》傳奇一部。

詩見《詩集》卷三。舒位《瓶水齋詩集》卷十有《題仲瞿住穀城之明日謹以斗酒牛膏合琵琶三十二弦侑祭於西楚霸王之墓詩後》，作於仲瞿抵京後，則仲瞿原詩當爲赴京途中所作。又孫原湘《天真閣集》卷十四有《王仲瞿過穀城以酒脯祀項王墓并擕琵琶女樂侑神得詩三首比來京師出以見示予與大興舒鐵雲孝廉位從而和之》。

《舒鐵雲王仲瞿往來手札及詩曲稿合冊》第五葉：『曩者在都門逆旅，嘗以仲瞿項王墓題詩撰爲《琵琶賺》傳奇。彼時屬稿未定，不敢出以示人。』此傳奇部分内容見該合冊之第二十二、二十三葉。

時舒位亦居京，走訪仲瞿，有詩紀之。

舒位《瓶水齋詩集》卷十《仲瞿至自吳門頃走訪之忽移寓護國寺旁嫌其與弊居稍遠以詩達意》二首其二：『畫船短簿祠前月，笨轂長安道上風。月色到船江水白，風聲轉轂市塵紅。人天離合情何限，爾我悲歡事不同。若肯出門西向笑，横街只有此衚衕（原注：余居彭二衚衕，在横街極西）。』

時仲瞿將於蘇州短主簿祠旁爲西晉婢女謝芳姿造墓，徵各人詩。

舒位《瓶水齋詩集》卷十《團扇夫人曲爲王仲瞿孝廉題團扇圖》序云：『晉中書令王珉悦嫂婢謝芳姿，婢製團扇詩贈珉，以珉嘗手持白團扇也。仲瞿分宗琅邪，賃廡吳會，將於短主簿祠旁穿徑礱石，奉夫人香火，仍屬嘉耦雲門氏寫秋風小影，徵詩紀事云。』

又孫原湘《天眞閣集》卷十四《謝芳姿團扇曲仲瞿配金雲門夫人製圖仲瞿屬題其左》。詩亦繫於本年。

雨夜，與舒位同讀孫原湘《天真閣詩集》，并賦詩書其《紅豆圖》後。

舒位《瓶水齋詩集》卷十《雨夜與仲瞿讀子瀟天真閣詩集即書其紅豆圖後》。

三月，與會試。時那彦成薦仲瞿之文，然爲一座所匿，復不中。

王曇《文集》卷四《繼室金氏五雲墓誌銘》：『壬戌那東蘭洗馬薦中予文，十八房傳讀，爲一座所匿，洗馬出抱予而哭。』

相比。

那彦成，字韶九，號繹堂，章佳氏。滿洲正白旗人。乾隆五十四年進士，官至禮部尚書。

四月，同舒位、席世昌出都南下。至兗州，遇孫原湘，乃同行。四人一路接軫連鑣，人以『王楊盧駱』相比。

孫原湘《天眞閣集》卷十四有《至兗州脯眥又竭喜遇仲瞿鐵雲約同車南下》，又卷十五有《去年自東郡南下與仲瞿鐵雲子侃接軫連鑣人以王楊盧駱相比今鐵雲自揚州歸同寓仲瞿齋閣三人語雨如魯郡東堂時獨少子侃耳作書招之久不至寄以此詩》。

又舒位《瓶水齋詩集》卷十依次有《答示仲瞿話舊之作十首》、《出都之次日宿白溝示仲瞿》、《痓僕篇》，其中後者有『四月杏花飛，主人出郊宿……廿七過盧溝，廿八憩涿鹿。十日抵兗州，端午及初六』等句，可知一行人南下在本年四月。

席世昌，字子侃，江蘇昭文人。席佩蘭弟。少有才名，工詩古文辭，尤精《說文》之學。乾隆乙卯舉於鄉，早卒。有《席氏讀說文記》十五卷，識者推其該洽。

時重過西楚霸王墓，仲瞿再賦，舒位和之。

王曇《詩集》卷三有《重過穀城書宋汝和觀察項王碑》。又舒位《瓶水齋詩集》卷十有《題仲瞿重過西楚霸王墓詩》。

夏，過兗州，與舒位、趙懷玉、孫原湘、席世昌登少陵臺。

趙懷玉《亦有生齋集》詩卷二十有《與舒位王曇孫原湘席元侃諸孝廉登少陵臺歸集寓齋作》，中有『館舍僅容膝，當暑尤隘湫』之句，可知時當盛夏。

王曇《詩集》卷三《趙味辛太守招登兗州南樓舊址俗傳少陵臺也先日與大興舒鐵雲姨丈位虞山孫子瀟原湘席子侃世昌三孝廉同訪靈光疑蹟》

舒位《瓶水齋詩集》卷十《與孫子瀟席子侃王仲瞿登兗州城南樓》、《趙味辛司馬權知兗州置酒少陵臺送別》。

孫原湘《天眞閣集》卷十四《東魯書院之南有少陵臺焉下祀文貞像循級而上得七十餘武捫碑讀之爲康熙十八年趙蕙芽令滋陽重建蓋南樓故址也乃悟向所登城南樓非是適毘陵趙味辛懷玉來守是郡招同仲瞿鐵雲子侃登臺延眺發懷古之思慨然有作》。

途中作《東山聽雨圖》。

舒位《瓶水齋詩集》卷十《雨夜書李家莊壁》夾注：『是夜仲瞿寫《東山聽雨圖》。』

夏，過常州，訪趙翼。

趙翼《甌北集》卷四十四《王仲瞿孝廉見過》。詩繫於本年夏。

六月，孫原湘抵邗溝，與仲瞿、舒位以詩作別。

孫原湘《天眞閣集》卷十四先後有《守風袁浦舟中再贈鐵雲》（按：此詩又見《瓶水齋詩集》卷十附錄，題作《泊舟淮浦守風與鐵雲并船話別》）、《舟達邗溝別仲瞿鐵雲先行約至吳門相待》。前詩其二有『清淮六月水聲寒』之句，可知時當六月。

七月，與舒位泊舟蘇州，訪陳大謨。旋相別於嘉興秋涇橋。

陳大謨《寄曠廬詩集》卷首舒位序：『壬戌七月，與王仲瞿泊舟虎丘山塘，日夕登岸散步。過唐孝子坊，仲瞿指一扉未闔者曰：　此吾友陳亦園寓居。彼能詩，且工於醫，震澤之奇士也。詩俊逸無塵俗氣，亦不欲爲唐以後語，盍識之？　既入，至庭際間，屏後誦詩聲琅琅然擊節。仲瞿曰：　亦園之聲也。佇聽之，則所誦者皆余楚中舊詩。乃趨而入。亦園起問客，仲瞿曰：　且勿問客。今之所誦何詩也？　亦園曰：　此舒某者作，吾不識舒某，吾從陸景裴秀才處見其詩，似有異乎世之爲詩者，遂錄一副本歸……』

又陳大謨《寄曠廬詩集》卷八尚有《西園酒肆同潘榕臯進士奕雋宋香巖司馬鑣王仲瞿孝廉作》，據編年亦作於本年，姑一并繫於此。

舒位《瓶水齋詩集》卷十有《與仲瞿宿虎丘蒼靄山房曉起看荷榭驟雨有作兼示武昌鐵上人》、《金六桐門邀同仲瞿泛舟山塘送别》、《秋涇橋别仲瞿》。

舒位《瓶水齋詩集》卷十一《虎丘東山玉蘭已花與桐門仲瞿過憩嘉賓上人禪院記去秋山塘送别正此數人是夜還宿仲瞿寓樓感作》，詩繫於嘉慶八年。

冬，舒位有詩見懷，時仲瞿寓居杭州。

舒位《瓶水齋詩集》卷十《雪夜懷仲瞿西湖寓居》。

嘉慶八年癸亥（一八〇三）　四十四歲

春，趙翼偕仲瞿、蔣莘遊洞庭。

趙翼《甌北集》卷四十五《偕王仲瞿孝廉蔣于野秀才游洞庭東西兩山時吳縣湯明府爲治裝》。詩繫於本年春。

蔣莘，字覺夫，號于野，江蘇元和人。諸生。有《水竹莊詩鈔》。

春，舒位來蘇州，宿仲瞿寓所。

舒位《瓶水齋詩集》卷十一《虎丘東山玉蘭已花與桐門仲瞿過憩嘉賓上人禪院記去秋山塘送別正此數人是夜還宿仲瞿寓樓感作》。

四月，舒位自揚州還，寓仲瞿白松閣。時孫原湘亦來，相與話舊。

舒位《瓶水齋詩集》卷十一《雨夜宿仲瞿白松閣適子瀟至相與話舊記去年在兗府時人景相同獨少子侃耳作詩懷之》、《仲瞿屬其內史雲門氏寫留待山居圖圖成索余爲記先題四絶句》。

舒位《瓶水齋詩集》卷十七《書子山癸亥歲吳門會合詩後》序云：『子山原序云：今春余至吳下，適孫子瀟自虞山來主王仲瞿家。既而，舒鐵雲、呂叔訥亦至，昕夕相聚於仲瞿齋中。因贈仲瞿，并示諸君云云。此癸亥年事也。』

孫原湘《天眞閣集》卷十五《同鐵雲宿仲瞿吳門七十二公草堂諳雨達旦》。

時法式善作《三君咏》，托人寄至吳下。舒位、孫原湘均有謝詩。

法式善《存素堂詩初集録存》卷十四《三君詠》，依次引錄如下：

《舒鐵雲位》：空谷有佳人，十年不一見。相逢託水雲，別去成風霰。臨行仰視天，遺我詩一卷。中有萬古心，事窮道不變。登科易事耳，君胡久貧賤。眄彼幽蘭花，無言開滿院。

《王仲瞿曇》：豪傑爲文章，已是不得意。奇氣抑弗出，酬恩空墮淚。說劍示俠腸，談元託寘戲。

有花須飽看，得山便酣睡。更願道心持，勿使天才逸。人間未見書，時時爲我寄。《孫子瀟原湘》：白雲遊在空，胡爲吐君口。明月生自海，胡爲出君手。想當落筆時，萬物皆我有。五城十二樓，誰復辨某某。一笑拈花枝，妙諦得諸偶。未必天真閣，獨師韋與柳。又舒位《瓶水齋詩集》卷十一有《題梧門先生三君詠後並寄》，孫原湘《天真閣集》卷十五有《法梧門先生寄仲瞿鐵雲及原湘五言古各一題曰三君詠作長歌報之》，仲瞿和詩則未見。

春夏間，與沈钦韩、官懋斌、胡量等遊。

沈钦韩《幼學堂詩稿》卷六《官司馬招同王仲瞿胡元謹黄古愚觴齋中牡丹》。據編年繫於本年春夏間。又舒位《瓶水齋詩集》卷十一有《官尹兼懋斌同守見題拙集余返櫂南湖未遑奉和頃再泊吴門相見於白松閣雨泥遲答先以兩詩呈謝》，則舒位時亦與官懋斌有往來。

沈钦韩（一七七五—一八三二），字文起，號小宛，江蘇吴縣人。嘉慶十二年舉人，授安徽寧國府訓導。詩古文駢體外，尤長於訓詁考證。有《幼學堂詩文集》、《水經注疏證》、《左傳補注》等。

胡量（一七五一—？），字元謹，號眉峰，江蘇華亭人，僑居吴門。博覽古籍，工詩文，善藝術，兼長六法。嘗得婁江毛上炱指授。平生足跡甚廣，遍歷齊魯閩粵之地，所至人重之。

官懋斌，字尹兼，直隸大興人。有《自怡軒詩集》。

九月三十日，官懋斌招同仲瞿、胡量、倪稻孫、徐穎齋中觴菊。

沈钦韩《幼學堂詩稿》卷六《九月晦日官司馬懋斌招同胡量王曇倪稻孫徐穎齋中觴菊》。

倪稻孫，字穀民，號米樓，浙江仁和人。貢生。工填詞，嘗遊吴錫麒之門，與郭麐齊名。性嗜金石，精篆隸書，喜畫蘭。有《夢隱庵詩詞鈔》。

徐穎，未詳。

秋，舒位作論畫詩十五首，示仲瞿并金禮嬴。

舒位《瓶水齋詩集》卷十一有《與仲瞿論畫十五首并示雲門》。其十四論及仲瞿畫作云：『仲瞿書畫大有法，小事糊塗小敵怯。即其詩句亦復然，古風長於律絶篇。若使曲肱毀鼓架，終夜不眠巨毋霸。』詩繫於本年秋。

秋，舒位於仲瞿白松閣，觀董羽《風雨出蟄圖》真跡。

舒位《瓶水齋詩集》卷十一《白松閣觀董羽風雨出蟄圖真跡》。詩繫於本年秋。

十月，宋思仁輯舒位及仲瞿詩爲《皋橋今雨集》，而以舒位詩先行付梓。

王曇《文集》卷五《舒鐵雲姨丈瓶水齋詩集序》：『八年癸亥，與良士結鄰吳中……長洲宋汝和觀察爲同人刻今雨集也，屬良士删鄭集之鷓鴣，屏謝詩之蝴蝶，選取雄章，多將百首，其盛氣如孔文舉，其博議如劉子駿，其貫串如酈道元《水經注》，其磊落如司馬大人《遊獵賦》。』

又嘉慶八年十月刻本《皋橋今雨集》卷首宋思仁序云：『癸亥季春，鐵雲過吳門，得讀其《戎幕》、《今雪》兩集……因錄得若干首，先付諸梓。其姨甥王曇孝廉詩尤奇絶，將并索所作而續刻之。』今覽是集，所錄均爲舒位詩，則『續刻』云云顯未實現。

冬，杭州南屏小顛上人來蘇州，仲瞿、舒位與之遊。

舒位《瓶水齋詩集》卷十一《南屏小顛上人來吳相見於仲瞿處他日仲瞿招顛飲酒屬余以詩邀之》、

《詩至南禪寺而顛公已往靈巖矣乃以琴客俞五春浦補之是夕風雨俞取琵琶作曲仍寄顛公》。小顛，名法喜，字心舟。杭州南屏寺僧，釋讓山之徒。能詩而嗜飲。

嘉慶九年甲子（一八〇四）　四十五歲

夏，趙翼來蘇州，邀仲瞿、潘奕雋同游洞庭。

潘奕雋《三松堂詩集》卷十六《虎丘雜詩十四首并引》其七夾注：『陽湖趙雲崧前輩訪舊來蘇，泊舟白祠，拉王孝廉仲瞿同遊洞庭。偶談雁蕩之勝，訂余入秋同遊。』詩繫於本年夏。

自編詩文集，作序弁首。

王曇《詩選》卷首自序：『僕今年四十五歲矣。』按：仲瞿明年移家杭州，時已有詩十七集。王曇《詩集》卷三《武林郭外雲山如畫雲門有梅妻鶴子林君復泛宅浮家張志和如此溪山留不得五湖歸計又如何之句以詩答之》夾注：『詩十七集，內攜至越中，爲結集計。』

冬，戴公望寄書舒位，以不得見仲瞿爲恨。

舒位《瓶水齋詩集》卷十一《戴甥貞石寄書以至蘇州不得見王仲瞿爲恨作此答之并示仲瞿》。詩繫於本年。

戴公望，字又黄，號貞石，浙江嘉善人。生平酷好惲南田，凡遇佳跡，無不善價收藏。所作書畫，亦多摹南田，山水花卉蘭竹，偶一點筆，無不超雋。

嘉慶十年乙丑（一八〇五）　四十六歲

春，孫原湘北上應試，以詩別仲瞿，有『逃學兒童重上學，離婚老女再求婚』之句。是年仲瞿未應試，而孫終成進士。仲瞿、舒位皆賦詩相賀。

孫原湘詩見《天真閣集》卷十七《胥江與仲瞿話别》。

王曇《文集》卷四《虎丘山穸室誌》：『乙丑，大庚中堂戴文端主禮試，入闈之日又預告十八分校：今歲浙貢王曇若不呈薦，我當拆名奏中。而予以旣隱吳門，不復偕計。』

王曇《詩集》卷四《孫子瀟原湘以乙卯二名鄉舉復以乙丑二名登禮榜中式殿試二甲二名進士鐵雲姨丈有臣無第三亦復無第一之作奇體也亦紀以詩備詞林掌故》。

又舒位《瓶水齋詩集》卷十二《孫子瀟以乾隆乙卯舉人中式嘉慶乙丑會試名皆在第二旋以二甲進士詞垣爲作此詩》有『臣無第三，亦復無第一』之句。

九月，以妻金氏染疾，而移家杭州城西馬塍之紅柏山莊。舒位則於是年春遷居蘇州。

王曇《文集》卷四《繼室金氏五雲墓誌銘》：『紅柏山莊爲湖墅養魚、南宋種花之地……雲欒而誓之曰：我之歌哭，殆在是矣。以嘉慶十年九月養疴杭州。』又舒位《瓶水齋詩集》卷十三《重題留待山居圖》序則記：『追乙丑八月仲瞿移家西湖。』今以仲瞿自記爲準。

王曇《詩集》卷五《查橋寓館與姨母女牀山人話舊時鐵雲先生松郡未歸書來猶先生題封也》五首其三有『姨來鶴市月，甥老馬塍花』之句，下注：『曇山莊在杭之西馬塍云。』按：此詩又附見於《瓶水齋詩集》卷十三《仲瞿有騎省之戚頃來吳下余適還自雲間出示去年遊天台雁宕詩及見懷諸什既為評次仍題卷端》之後，凡六首，其五有『賃廡皋橋日，艱難各一家。姨來鶴市月，甥老馬塍花』之句，下注：『姨以乙丑春中遷居吳下，曇於是秋移家杭州。』

時有書寄舒位，位作詩答之。

舒位《瓶水齋詩集》卷十二《得仲瞿山中書卻寄》夾注：『所居王菴即南宋馬塍，爲姜白石棲隱處。』

嘉慶十一年丙寅（一八〇六）　四十七歲

五月，遊天台、雁蕩等地，得詩若干。時與李長庚交。

王曇《文集》卷四《總憲閩浙水師浙江提督壯烈伯李忠毅公神道碑》：『當嘉慶十一年五月……某以雁蕩山遊，謁公於雙崑之泊。』長庚生平詳神道碑。

又王曇《詩集》卷五先後有《題黃巖驛壁》、《晚渡臨海浮橋》、《自察嶺至淨土峰中經石硤側磴盤迴歷十數茅蓬逢庵憩息記事》、《宿華頂禪林》、《石梁觀瀑》、《龍湫觀瀑》、《望天姥不至》等詩，當皆紀遊之作。又舒位《瓶水齋詩集》卷十三有《重題仲瞿遊天台雁宕詩卷》。

又王曇《文集》卷四《繼室金氏五雲墓誌銘》有『明年屬予爲雁蕩之遊，狀天台之境，語予曰：「春山如慶，夏山如競，秋山如病，冬山如定。子不詡夫詩仙，我何爭乎畫聖？」』等語，則仲瞿之遊天台、雁蕩，似金氏囑之。

本年，梅曾亮賦詩相贈，有『只今憔悴西湖上，遶屋清溪二頃田』之語。

梅曾亮《柏梘山房詩集》卷一《贈王仲瞿丈》：『早歲聲名寶劍篇，論兵談槊過年年。三車作伴行千里，一飯留賓破萬錢。南國微詞聊寄傲，東山遠志已堪憐。只今憔悴西湖上，遶屋清溪二頃田。』詩繫於本年。

本年，妾錢畹沒於蘇州西橋。

王曇《詩集》卷五《鶴市詩於虎丘之盈盈一水樓》其四注：『滄浪亭爲錢氏畹娘厝處，先一年沒於吳市西橋。』

嘉慶十二年丁卯（一八〇七）　四十八歲

二月，孫原湘來信宿。

孫原湘《天眞閣集》卷二十六《桃花莊歌》序：『弔王仲瞿也。仲瞿僑西湖之王氏莊，隙地皆植桃。榜其門曰：借他紅粉三千樹，伴我青山十八年。意謂桃花命短，止此數耳。予於嘉慶丁卯仲春信宿其中，時花甫三年……』

繼室金氏卒，年三十六。仲瞿痛甚，賦詩悼之。

王曇《詩集》卷五《鶴市詩於虎丘之盈盈一水樓》序：『《鶴市》諸詩，爲已過繼妻會稽金氏秋紅作也。』

王曇《文集》卷四《繼室金氏五雲墓誌銘》：『年三十有六。』又孫原湘《天眞閣集》卷二十六《天仙畫人歌》小序云金氏年二十九，今以仲瞿自敘爲準。

訪舒位於蘇州，乞撰金氏墓誌，并攜金氏所繪之《留待山居圖》請題，以位適往雲間而未果。

舒位《瓶水齋詩集》卷十三《仲瞿有騎省之戚頃來吳下余適還自雲間出示去年遊天台雁宕詩及見懷諸什既為評次仍題卷端》後附仲瞿《查橋寓館與姨母女牀山人話舊時鐵雲先生松郡未歸書來猶先生題封也》五首，其二末注：『查橋在蘇府學宮西北。』

舒位《瓶水齋詩集》卷十三《重題留待山居圖》序：『曩歲癸亥，余在吳下白松閣，仲瞿嘗屬其內史雲門氏寫《留待山居》一圖，并請余爲記。余雖曾賦四詩，實未題於圖上也。迨乙丑八月仲瞿移家西湖，攜此圖去，遂不復得書。而余詩已爲宋觀察刊入《今雨集》。又越歲丁卯雲門逝世，仲瞿以騎省之戚，感鹿門之隱，來吳情話，乞撰雲門志銘。且出此圖歸余，以理前說。夫留待空言也。乃前之日未爲作記，今之日忽爲作志；且前日之詩作而未題，今日之詩題而又作，俯仰今昔，感從中來，抑豈可以空言而置之？既付裝池，并書余前後兩題詩於圖之左右，而敘其略。嘉慶戊辰冬十月既望，書於松郡齋之籥材琴德軒中。』

嘉慶十三年戊辰（一八〇八）　四十九歲

六月二十七日，過清江，見淮河決口，乃賦詩八首。

王曇《詩集》卷五《清江紀水》詩序：『自下相渡河，至於清口。時湖決堰工二十餘處，黃流南下，淮水狂澌。慨昏墊之頻仍，傷河清之莫俟。包公不笑，人壽幾何。率書八首，爲杞國之愚人，且待千年問葵園之魯女。戊辰六月廿有七日。』

十月十六日，舒位爲金禮嬴《留待山居圖》題詩。

舒位《瓶水齋詩集》卷十三《重題留待山居圖》：『……既付裝池，并書余前後兩題詩於圖之左右，而敘其略。嘉慶戊辰冬十月既望，書於松郡齋之簫材琴德軒中。』

十二月二十五日，李長庚以黑水洋一戰殉職，洪亮吉爲作墓誌，仲瞿讀而慟之，復爲作神道碑。

王曇《文集》卷四《總憲閩浙水師浙江提督壯烈伯李忠毅公神道碑》。

本年前後，嘗掌教江蘇寶山學海書院二年。

袁翼《邃懷堂全集·詩集前編》卷二《題王仲瞿先生烟霞萬古樓詩集》：『束髮學韻語，倔强兼支離。自謂天馬性，不受人羈縻。時在孟嘗座（原注：鉅野田若谷夫子），得挹曇首姿。方瞳與修爪，鶴骨臞難支。豈知書萬卷，沸水傾漏巵。須彌鬱方寸，五嶽爲之卑。青眼視豎子，授以三昧詩。異日當一軍，勿決羝羊籬。天地亦太窄，未足容須眉。飄然舍兹去，歸隱鴛湖湄。浮家書畫舫，伉儷還肩隨……掩卷三歎息，恐負髫年知。上爲昭諫慟，下爲先生悲（原注：我邑學海書院，先生主講二年，後由吴門回嘉興，未幾下世。聞詩集未梓也）。』

按：詩中所謂『鉅野田若谷夫子』即田鈞，字若谷，山東鉅野人。自嘉慶七年至十八年間任江蘇寶山知縣。又袁翼《邃懷堂全集·詩集後編》卷一《寄隱山莊歌贈李寶之明經》有『憶昔翩翩弱冠齡，田何弟子受義經』之句，下注『鉅野田若谷師由鎮洋調任寶山』，則袁翼在田鈞處見到仲瞿當在翼年二十前後。據《邃懷堂全集》卷首傳，袁翼生於乾隆五十四年（一七八九）。今姑繫此事於本年。

嘉慶十四年己巳（一八〇九）　五十歲

春，以應試入京。時見龔自珍於門樓胡同，龔年方十八，仲瞿見而歎曰：『師乎師乎，殆以我託若人乎？』遂與訂忘年交。

龔自珍《龔定盦全集·續集》卷四《王仲瞿墓表銘》：『己巳春，見龔自珍於門樓胡同西首寓齋。是日也，大風漠漠多塵沙。時自珍年十有八矣。君忽嘆息起，自語曰：「師乎師乎，殆以我託若人乎？」遂與自珍訂忘年交。』

按：據吳昌綬《定盦先生年譜》本年條，時龔自珍之父入直樞垣，自珍隨焉。是年有恩科會試，仲瞿之入京，當以應試耳。

時舒位、畢華珍皆流寓京師，位有《伶元通德》、《吳剛修月》等劇數十齣。

王曇《文集》卷五《舒鐵雲姨丈瓶水齋詩集序》：『十四年己巳，與太倉畢子筠華珍流寓京國，作《伶元通德》、《吳剛修月》數十齣。微服聽酒樓之歌，重賂購樂人之價，若王昌齡之旗亭次第，李協律之流布管弦，王門伶人爭爲搬演也。』

畢華珍，字子筠，號梅巢，江蘇太倉人。嘉慶十二年舉人，曾官浙江淳安、龍遊、慈溪知縣。致仕後，以詩畫自娛。有《論衡》十三篇、《雜詩》三十七首。又喜畫山水，人謂空濛蕭瑟。

四月二十九日，舒位有詩懷及仲瞿。

舒位《瓶水齋詩集》卷十四《四月二十九日既送徐二頡書出都與孔三梧鄉歸至客舍是夕風雨達旦作此寄意並懷王仲瞿且簡張春舫香臣兄弟》。

夏秋間，查奕照訪仲瞿於嘉興秋涇里。

查奕照《東望望閣詩鈔・鬪羽集》有《訪王仲瞿曇於秋涇里即席賦贈》，作於本年，且此詩後爲《嘉慶己巳仲秋……》，故此事當在夏秋之際。

七月，查奕照赴清江浦任淮安同知。時仲瞿、陳鴻壽、陳文述、袁通、袁遲、陳祺、吳鼒各以事至，乃有宴飲之會。

查奕照《東望望閣詩鈔・鬪羽集》有《嘉慶己巳仲秋捧檄袁江寓漢廣陵太守祠時陳曼生鴻壽陳雲伯文述袁蘭村通袁真來遲各以事至王仲瞿曇陳竹士祺自吳門來吳山尊鼒適告養南還咸來會集朱閑泉人鳳繪百尺樓雅集圖山尊學士即席作記同人皆綴詩卷末》。

仲瞿旋赴南京。

查奕照《東望望閣詩鈔・鬪羽集》有《送仲瞿之金陵》，緊隨於《嘉慶己巳仲秋……》之後。九月，孫原湘訪仲瞿於蘇州。時仲瞿在河督徐端幕中。

孫原湘《天眞閣集》卷十九《訪王仲瞿吳門時君方佐河帥宣防暫歸》。詩繫於本年。按：此詩有『我浮秋水壺盧至，君趁寒潮瓠子回』之句，又列於《重九遇風雨……》之後，可知當作於九月。

按：據《清代職官年表》，本年吳璥、徐端分任江南河道正、副總督。又仲瞿《文集》卷二有《告巫虒祁神文》，卷六有《爲河督徐心如宮保祭沈慕堂治中文》、《爲河督徐心如宮保祭戴恭人文》，即爲徐端而作，則前詩『河帥』云云當即指徐端。

徐端（一七五四—一八一二），字肇之，浙江德清人。振甲子。少隨父任，習於河事，遂畢生治河務。官至江南河道總督。

冬，讀陳文述《碧城仙館詩集》，有詩寄贈。文述亦作詩答之。

陳文述《頤道堂詩選》卷九依次有《答王仲瞿見贈之作即用原韻題其種秋堂詩集》、《和舒鐵雲見贈之作即用原韻》，後附仲瞿、舒位答詩，分別見王曇《詩集》卷六《書陳雲伯大令碧城仙館未刻詩後》、舒位《瓶水齋詩集》卷十三《題陳雲伯大令碧城仙館詩鈔》。據舒位詩集繫年，此事當在本年冬。

冬，借《漢書》於舒位，相與論史。時南屏小顛上人亦來蘇州，三人嘗同飲於仲瞿寓所。

舒位《瓶水齋詩集》卷十三《夜坐欲雪仲瞿來借漢書既檢付之仍爲絶句與之論史並書范史班固傳後》、《小顛來吳飲酒於仲瞿寓舍即事有作并送之潤州》

時仲瞿著解經各説，出示舒位。

舒位《瓶水齋詩集》卷十三《仲瞿出示所著解經各説即書其後》。詩繫於本年。

嘉慶十五年庚午（一八一〇）　五十一歲

春，舒位往訪仲瞿杭州寓所。

舒位《瓶水齋詩集》卷十四《松毛場訪仲瞿紅柏山莊因感雲門氏之化愴然有作並寄仲瞿》：『趁著歸鴉指舊柯，蓬門開處夕陽多。散花劫證諸天女，種樹書留郭橐駝（原注：老僕陳喜候門）。過眼雲烟難供養，等身金石與消磨。鬢絲禪榻真成讖，合付王郎斫地歌（原注：阮吾山《茶餘客話》載某至西湖見一處門聯云：兩口居碧水丹山，妻太聰明夫太怪；四面皆青燐白骨，人何寥落鬼何多。正仲瞿所居處也)。』詩繫於本年。

嘉慶十六年辛未(一八一一)　五十二歲

春,赴京會試。時寓居虎坊橋西,與宋翔鳳、舒位、畢華珍等居相近,夜夜過從。

宋翔鳳《憶山堂詩錄》卷五《虎坊橋雜詩十二首》其三:『落落知音客,相逢又一年(原注:舒鐵雲、沈小宛、畢子筠寓橋東,王仲瞿、雲蘅圃寓橋西,夜夜過從)。酒深聊斫地,鐙暗且譚天。患難交羣子,文章各幾篇。請看牛斗氣,今夜月初圓。』詩繫於本年。

又舒位《瓶水齋詩集》卷十四《雪夜雜詩》八首其七有『東閣花開何水部,街西人住杜樊川』之句,夾注:『謂俞苕琴都水,王仲瞿時主其家。』詩繫於本年。所謂『寓橋西』或即俞恒澤家。俞恒澤,字楚七,號苕琴,順天大興縣人。嘉慶四年進士,由工部郎中考選福建道御史,仕至廣西平樂府知府。

宋翔鳳(一七七九—一八六〇),字于庭,江蘇長洲人。嘉慶五年舉人,官湖南新寧知縣。淹貫群籍,著述甚豐。尤長於經,精治小學。兼工詩詞,雋雅可誦。

嘉慶十七年壬申(一八一二)　五十三歲

春,字舒位次子鎮樓曰仲舒,并敘詩相贈,位以詩謝之。

舒位《瓶水齋詩集》卷十三《仲瞿字余次子鎮樓曰仲舒並叙詩見贈矜此意而懼其弗克荷也乃作此

報之且爲樓勗》。詩繫於本年春。

五月，交趙遵律。

王曇《詩集》卷六《趙蘆洲太守遵律以播州乞假再赴選部壬申五月以今太僕莫青友工侍介交讀其所撰播州志及忠州國殤弔衈詩因紀其會合云》。

嘉慶十八年癸酉（一八一三）　五十四歲

四月初一日，查淳八十大壽，翁方綱等紛紛以詩賀，而屬序於仲瞿。仲瞿以爲文當紀實事，故走見之。

王曇《文集》卷六《查梅舫大廷尉八十壽序》：『嘉慶十八年四月朔日，梅舫大廷尉八十攬揆……翁覃溪學士以下祝嘏而介詩者如干人，而屬序於良士。』又末有跋云：『歲癸酉春暮，花農通守自南海旋京，云廷尉生辰，京師鉅公爲詩，乞君爲序。余曰：某爲文喜紀實事，平生無釀詞。遲日走見廷尉……』

嘉慶十九年甲戌（一八一四）　五十五歲

春，入京與會試，而不錄如故。

參《舒鐵雲王仲瞿往來手札及詩曲稿合册》。詳嘉慶二十年八月條。

秋，至陝西一帶。

參《舒鐵雲王仲瞿往來手札及詩曲稿合册》。詳嘉慶二十年八月條。

本年龔自珍作《明良論》四篇，仲瞿有評識。

吳昌綬《定盦先生年譜》本年條：『作《明良論》四篇，段先生加墨矜寵甚至，謂：吾且髦，猶見此才而死，吾不恨矣。元和李四香鋭及王仲瞿皆有評識。』

嘉慶二十年乙亥（一八一五）　五十六歲

春，宋翔鳳有詩答贈仲瞿。

宋翔鳳《憶山堂詩録》卷八《揚州客舍贈王仲瞿良士兼寄舒鐵雲位于眞州》：『王郎意氣傾四海，說劍論詩三十載。遊無知己一身歸，生作祭文磨石待。識君久已無等倫，如何忽問廣陵春。廣陵春色問不得，落花啼鳥空鮮新。曲折平山堂畔路，彷彿清遊曾幾度。小橋流水碧無情，璧月瓊枝冷誰顧。當年人重文選樓，文人心骨同雕鎪。不傳李善書中意，多恐昭明地下愁。從今一曲邗溝水，流向長江殊未已。與子生前稍闊疏，若論身後時悲喜。青燈闇壁月已升，長劍倚天光欲凝。漫愁逆旅飄零客，北斗相看猶有稜。前日春江波灎灎，我别元輿尤可念。相逢只此兩三人，但惜柳花飛滿店。我行驅馬北渡河，回頭似覺春風多。千齡萬代蕪城賦，歸聽王郎斫地歌。』詩繫於本年。又詩云仲瞿問及廣陵春，或與其三月至揚事有關。

三月，至揚州，得資助於屠倬。時有書致陳文述，略述近年行跡。

《舒鐵雲王仲瞿往來手札及詩曲稿合冊》第二十四葉：『雲伯仁兄宰公閣下：虞山别後，良士課子於淮浦者一年，再客燕山，又爲馮婦不得虎，遂東稅榆關周四百里，觀碣石山，覽滄海，不能自餬，遂西遊河東，渡河潼，陟華嶽，度渭出褒斜，至南鄭，無所益，又返三晉，稍得旅助。抵京，又搏虎於禮部之棘墻，作《十擲詩》。乃於舊年秋七投效睢工，工不用納草人，流落於大梁夷門。及今歲三月而至邗上……於是乞食於真州屠孟昭宰兄，得五十金以消夏，而原糧又罄矣。鐵雲丈自吴下來，述仁兄續集之後，詩文皆丕變……』又此札末有陳文述跋：『此仲瞿廣陵所寄書也，不相見者七年矣。書亦久不達，僅於京師人來，約略消息而已。今得此書，乃悉別後蹤跡。爰付裝池，以當晤語。嘉慶乙亥中秋。』

屠倬（一七八一——一八二八），字孟昭，號琴鄔，晚號潛園老人，浙江錢塘人。嘉慶十三年進士，歷官江蘇儀徵知縣、江西九江知府。所作詩伉爽灑脱，與郭麐、查揆齊名。亦長於書畫，規模董、米，有瀟灑出塵之致。兼通金石、篆刻。有《是程堂集》。

旋遊寓於淮南一帶。

舒位《瓶水齋詩集》卷十七《書子山癸亥歲吴門會合詩後》夾注：『時孫子瀟以翰林通籍里居，吕叔訥爲海州學正，王仲瞿遊寓淮南。年來舊侶得時時相見於吴門者，獨子山與余耳。』詩繫於本年。

九月，孫原湘有詩見懷。

孫原湘《天真閣集》卷二十二《有懷仲瞿前半全襲工部然予與仲瞿無切於此四語者使仲瞿見之必謂余作非工部作也》。詩繫於本年九月。

除夕，舒位卒。

據舒位《瓶水齋詩集》卷首陳裴之行狀，舒位卒於本年除夕。按：陳文述《頤道堂詩選》卷十三有《乙亥除夕哭舒鐵雲孝廉兼寄王仲瞿袁浦蕭樊邨婁東》，而仲瞿詩則未見。

本年吳錫麒七十大壽，仲瞿賦詩相賀。

王曇《詩集》卷六《穀人先生七十壽》。

嘉慶二十一年丙子（一八一六）　五十七歲

秋，遇包世臣。世臣問作書筆法，仲瞿乃授以繼室金氏之法。

包世臣《藝舟雙楫》卷五《述書上》：『丙子秋……又晤秀水王良士仲瞿，言其内子金禮嬴夢神授筆法，管須向左迤，後稍偃，若指鼻準者，鋒乃得中……於是執筆宗小仲而輔以仲瞿……』

七月，偕錢泳游雲臺山，同客海州知州師亮采幕中。

王曇《文集》卷首錢泳序：『嘉慶二十一年七月，嘗偕余遊雲臺山，同客海州刺史師禹門幕中者三閱月。』師亮采，字禹門。陝西韓城人。

按：錢泳、仲瞿八月即去海州（詳下），故疑此『三閱月』云云有誤。

在海州，與許喬林、錢泳、唐仲冕等往來，嘗作《蒼梧異松圖》。

許喬林《弇榆山房詩略》卷六依次有《王仲瞿曇以送張雪堂鍊師住東磊詩見示屬余同作并質鍊師》、《贈王仲瞿》、《師禹門太守亮采招同唐陶山觀察仲冕陳雨峰參戎階平及汪樊桐寶樹王仲瞿曇錢梅溪泳蔡曼綬成輅何春賓寅薛仲和詵諸名士歷遊雲臺東磊宿城諸山歸途有作》、《雲臺西澗有睡松徐節孝作歌指爲三代時物王仲瞿爲作蒼梧異松圖》。詩繫於本年。

又錢泳《梅花溪詩草》卷四有聯句詩，仲瞿亦與之。詩繫於本年。

許喬林（一七七六——一八五二），字貞仲，號石華。工詩詞歌賦，與胞弟許桂林並稱『東海二寶』。有《弇榆山房詩略》。

時仲瞿已病重，錢泳乃促之歸杭州。

錢泳《履園叢話》卷二十二『西華山神』條：『嘉慶丙子七月與余同遊雲臺山，看其病重，因促之歸杭州寓館。』

八月十五日，錢泳歸，賦詩送之。時仲瞿亦歸蘇州。

王曇《詩集》卷六有《送錢梅谿居士兄泳歸翁莊新築并紀雲臺刻石泛海尋碑同歸虎阜時八月望夜舟泊山塘作也》。

十一月十日，走訪龔自珍於滬，一月乃去。期間與龔氏暢談學問，於自珍之才有『驚采絕世』之歎。時署中集鈕樹玉、何元錫諸君，仲瞿當亦曾與之往來也。

龔自珍《龔定盦全集·續集》卷四《王仲瞿墓表銘》：『越八年，走訪龔自珍東海上，留海上一月，明年遂死。』

《舒鐵雲王仲瞿往來手札及詩曲稿合冊》第二十九葉：『省寓會合，忽及兩月。十一月初十日，由虎山發櫂，順風而達滬濱，寓於松署者又廿餘日矣。觀察由省垣旋署，暢談學問。瑶人出所著誦讀，驚才絕世，一空前宿。難得以班揚鼂賈之文，分一藝於填詞。其詩亦新。所惜者，其結集未多……良士資斧，承瑶人厚愛，求之關吏。倘春風一得，即可回蘇。觀察亦有分廉之贈。』按：此書乃與陳文述，落款署『十二月初五日』。

又吳昌綬《定盦先生年譜》本年條：『闇齋先生以宿學任監司，一時高才碩彥，多集其門。先生與吳縣鈕非石樹玉、錢塘何夢華元錫諸君，搜討典籍，凡文淵閣未箸錄者，及流傳本之據善本校者，必輾轉錄副歸……王仲瞿來訪，留一月乃去。』按：此闇齋先生當指龔自珍叔父龔守正。

冬，孫原湘來訪。時仲瞿正刻《煙霞萬古樓集》而未竟，乃屬原湘爲序。又撰《萬花緣》、《歸農樂》傳奇。

孫原湘《天眞閣集》卷二十二有《訪王仲瞿盈盈一水樓時刻煙霄萬古樓集未竟》，繫於本年。又詩在《十月望夜》之後，可知當作於本年冬。

又《天眞閣集》卷四十一有《王仲瞿煙霞萬古樓集序》一篇，中有『君自言今夏遊雲臺山』之語，可知此序當與前詩同作於本年，且前詩中《煙霄萬古樓集》當即《煙霞萬古樓集》也。

又許喬林《弇榆山房詩略》卷六《王仲瞿以煙霞萬古樓集索題詞》：『詩國長城漢幟懸，力開生面五千年。九成樂備終歸雅，萬變圖奇別有天。若鎮名山惟岱華，能分慧業只神仙。著書樓迥煙霞秘（原注：君詩文從不示人），許洞何期眼福偏。』詩當作於仲瞿在海州時。

又許喬林《弇榆山房詩略》卷六《贈王仲瞿》末注：『君有時文六十篇將刊行。』又同卷《哭王仲瞿》夾注：『近撰《萬花緣》、《歸農樂》傳奇。』

本年爲舒位《瓶水齋詩集》作序。

王曇《文集》卷五《舒鐵雲姨丈瓶水齋詩集序》。此序又見於舒位《瓶水齋詩集》卷首，落款『時嘉慶二十一年秀水姨甥仲瞿王良士頓首拜書』。

嘉慶二十二年丁丑（一八一七）　五十八歲

七月十日，陳文述父母雙壽，仲瞿作文賀之。

陳文述《頤道堂詩選》卷十五《高堂壽讌詩》序：『嘉慶丁丑七月十日，爲家大人七十生日，越二日即太夫人同庚帨辰……』又詩中夾注云：『甘亭、仲瞿、樊邨、淸如皆爲祝嘏之詞。』

又王曇《文集》卷五有《陳汾川封翁查太宜人雙壽序》。

秋，寄書陳文述，勸其勿刪《碧城仙館詩集》舊作。

王曇《文集》卷五《答陳雲伯書》，落款『嘉慶丁丑秋日』，末附陳文述道光十八年跋云：『此余丁丑年在崇明初刻《頤道堂詩》，樊村勸余盡刪碧城仙館舊作，仲瞿謂舊作一首不可刪，因作此書相寄也……此書久藏篋衍，因錢君梅溪爲仲瞿裒刻文集，因錄與之，并識顛末，以志良友相愛之意。』

秋，臥病蘇州華嚴庵。陳裴之聞訊往視，則疾已亟，乃買舟送仲瞿還杭，并預爲料理後事。

陳裴之《澄懷堂詩集》卷首《夢玉生事略》：『仲瞿素倜儻好奇，晚年貧病交迫。丁丑秋，臥病於吳中華嚴庵，君往視之，疾已亟。仲瞿固不羈，有宇宙蘧廬之意。君毅然曰：君家在杭，使君身後猶抱羈旅天涯之感，他日吾何以對君嗣哉？專傔飛棹送之還杭，并預爲料量身後事，仲瞿竟得正首丘。遺孤善才，君提掖不少倦，凡十餘年如一日焉。』

八月初一日，卒。龔自珍爲助其葬。

錢泳《履園叢話》卷二十二『西華山神』條：『嘉慶丙子七月與余同遊雲臺山，看其病重，因促之歸杭州寓館。丁丑八月初一日果死。』

龔自珍《龔定盦全集·續集》卷四《王仲瞿墓表銘》：『明年遂死，則爲丁丑歲。自珍於是助其葬，又爲之掇其大要而志其墓曰……』